Evelyn Kühne

**Dünenrauschen**

**Das Buch**

*Wellen, Strand und Neuanfang*

Tina ist Mitte vierzig und führt gemeinsam mit ihrem Mann eine Ferienwohnungsvermietung in Prerow an der Ostsee. Eigentlich war das schon immer ihr Traum, doch irgendwie sehnt sie sich nach einer Veränderung. Zum Glück kann sie sich auf ihre Freundin Marion verlassen, die im Nachbarort Zingst ein Schmuckgeschäft für Bernsteinarbeiten betreibt. Obwohl die zwanzig Jahre älter ist, bringt sie immer wieder Schwung in Tinas Leben. Als Marion plötzlich verstirbt und ihr den Bernsteinladen überlässt, ist Tina untröstlich. Sie denkt darüber nach, den Laden zu übernehmen, obwohl ihr Mann strikt dagegen ist. Aber da ist auch noch Daniel, den sie bei einem Fahrradunfall kennengelernt hat und der ihr seither Mut macht. Doch ist Tina schon bereit, für einen Neuanfang über ihren eigenen Schatten zu springen?

**Die Autorin**

Evelyn Kühne wurde 1970 in Radebeul geboren. Schon immer galt ihre ganze Leidenschaft den Büchern. Beruflich ging sie jedoch erst einmal andere Wege und arbeitete unter anderem als Verkäuferin. Viele Jahre später, nachdem sie eine Krebserkrankung überstanden hatte, traute sie sich erstmals mit ihren eigenen Geschichten an die Öffentlichkeit. Für sie war das Schreiben auch ein Stück Krankheitsbewältigung. Seitdem veröffentlichte sie mehrere Romane sowie das Kinderbuch "Die kühne Marie", welches sie zugunsten krebskranker Kinder schrieb. Sie lebt heute mit Mann und Tieren in der Nähe von Meißen und schreibt am liebsten Krimis und Liebesromane über starke Frauen.

Evelyn Kühne

# Dünenrauschen

Ein Ostseeroman

FOREVER

Forever by Ullstein
forever.ullstein.de

**Wir verpflichten uns zu Nachhaltigkeit**
- Klimaneutrales Produkt
- Papiere aus nachhaltiger Waldwirtschaft und anderen kontrollierten Quellen
- ullstein.de/nachhaltigkeit

MIX
Papier
FSC® C083411

Originalausgabe bei Forever
Forever ist ein Verlag
der Ullstein Buchverlage GmbH, Berlin
März 2019 (1)

3. Auflage 2022


Umschlaggestaltung: zero-media.net, München
Titelabbildung: © FinePic®
Innengestaltung: deblik Berlin
Gesetzt aus der Quadraat Pro powered by *pepyrus*
Druck- und Bindearbeiten: CPI books GmbH, Leck

ISBN 978-3-95818-377-3

# 1. Kapitel

Das Telefon schrillte laut durch das stille Haus. Tina, die gerade im Obergeschoss auf einem Bein herumhüpfte und versuchte in ihre knallengen Radfahrleggins zu kommen, zuckte heftig zusammen. Die Hose war verdammt schwer anzuziehen. Dafür konnte es nur zwei Erklärungen geben: Das Teil war beim Waschen eingelaufen, oder sie hatte zugenommen. Tina hoffte auf Ersteres.

Das Telefon klingelte zweimal, dreimal. Verdammt, wo steckte nur wieder ihr Mann Peter?

In diesem Moment ertönten von unten das Klappen einer Tür und seine Stimme. »Tina, hörst du nicht das Klingeln?«

»Geh du mal bitte ran, ich kann jetzt nicht«, rief sie ächzend und quetschte ein Hosenbein über ihren Oberschenkel.

Peter stöhnte lautstark auf. »Zimmervermittlung Ostseetraum«, hörte sie ihn sich melden. Danach herrschte Schweigen – Papiere raschelten, die Computertastatur klapperte.

Endlich hatte sie die Hose an. Tina streifte noch ihr Shirt über, schnappte sich die Turnschuhe aus dem Regal, eilte mit hochrotem Kopf die knarrende Holztreppe nach unten und bog scharf links ab.

Peter saß am Empfangstresen ihrer Zimmervermittlung und ließ einen nicht enden wollenden Redeschwall über sich ergehen. Das Büro ihrer Vermittlung war im ehemaligen Wohnzimmer des Hauses untergebracht. Neben dem großen Brett, an dem alle Wohnungsschlüssel hingen, gab es einige Aktenschränke und ein Regal mit diversen Broschüren für die Urlauber. Tina hatte den Raum in Blau und Weiß gestaltet und signalisierte allen Ankommenden ein herzliches Willkommen am Meer und besonders auf dem schönen Darß. Wegen dieses Büros hatte Tina vor einigen Jahren schweren Herzens auf ihr großes Wohnzimmer verzichtet. Einen zusätzlichen Raum anzumieten, hatten sie sich damals nicht leisten können, denn sie hatten mit ihrem Unternehmen erst am Anfang gestanden. Jeder Cent zählte, und alle unnötigen Kosten mussten vermieden werden. Also wurden die alten Möbel ihrer Großeltern entsorgt, bis auf einen alten Schrank, der die Diele schmückte. Sie fanden in dem kleinen Raum, der nun als Stube diente, einfach keinen Platz. Wehmütig hatte Tina zugesehen, wie alles abgeholt wurde, denn sie hatte doch sehr an den Schätzen ihrer Vorfahren gehangen. Mittlerweile hatten sich jedoch alle an die neuen Umstände gewöhnt, besonders daran, dass gerade im Sommer ständig Menschen bei ihnen ein und aus gingen.

Dafür gab es im Erdgeschoss nun eine kleine gemütliche Stube mit Blick in den Garten und eine große Wohnküche, die Tinas ganzer Stolz war. In den oberen Räumen lagen das Schlafzimmer und die beiden ehemaligen Kinderzimmer ihrer Töchter.

Missmutig schaute Peter sie an, hielt den Hörer auf Abstand und verdrehte die Augen. Er hasste es zu telefonieren, aber manchmal ließ es sich einfach nicht vermeiden. »Moment, ich gebe Ihnen mal meine Frau. Die hat den besseren Überblick.« Er wedelte mit dem Hörer und reichte diesen an sie weiter.

»Ja, hier ist Tina Barge«, meldete sie sich und vermied es, ihren Mann anzusehen. Peter umrundete den Tresen, stützte sich darauf ab und ließ seine Blicke fragend über ihr sportliches Outfit wandern.

Ausgerechnet jetzt ein Anruf, das hatte ihr gerade noch gefehlt. Und das, obwohl sie schon knapp dran war und bestimmt wieder einmal zu spät kommen würde. Resigniert betrachtete Tina die vor sich hin tickende Wanduhr.

Vor über zwanzig Jahren hatten Peter und sie zusammen ihre Zimmervermittlung in Prerow gegründet. Es war anfangs nicht leicht gewesen, die Konkurrenz war stark. Vermittlungen schossen damals wie

Pilze aus dem Boden. Alle witterten das große Geschäft und machten sich gegenseitig das Leben schwer. Doch Tina und Peter setzten sich durch. Vielleicht auch deswegen, weil sie beide aus dem Ort stammten und schon immer hier gelebt hatten. Die Leute vertrauten ihnen und schienen mit ihrer geleisteten Arbeit zufrieden zu sein.

Mittlerweile betreuten sie über fünfzig Ferienobjekte und hatten damit gut zu tun. Besonders jetzt, in der Saison, rollte der Rubel, und die Arbeit hörte nicht auf. Ferienobjekte waren knapp, und vielen Anrufern mussten sie leider absagen.

Eigentlich waren sie ein eingespieltes Team. Tina kümmerte sich um den Bürokram und half ihren zwei Angestellten dabei, die Wohnungen fertig zu machen. Peter war für die groben Arbeiten zuständig. Er reparierte, mähte Rasen oder schippte Schnee. Außerdem unternahm er manchmal mit den männlichen Gästen Angeltouren auf dem Bodden, die immer sehr gut ankamen. Dann wurden Männergespräche geführt, oder man schwieg gemeinsam und starrte still aufs Wasser.

Nur einmal im Monat war alles anders. Da hatte Tina ihren freien Tag. Diesen ganz besonderen Montag hatte sie sich vor zwei Jahren mühevoll und von heftigen Diskussionen begleitet erkämpft. Sie brauchte einfach einen Tag nur für sich, an dem sie machen konnte, was sie wollte. Trotzdem war sie immer wieder versucht, ihren Tag zu verschieben, weil meistens etwas Unerwartetes dazwischenkam. Da waren Feriengäste, die an diesem Tag anreisten, Bürokram, der sich stapelte, oder irgendwelche anderen unvorhersehbaren Dinge.

Doch zum Glück gab es Marion, ihre beste Freundin. Eigentlich war sie die beste Freundin ihrer Mutter gewesen. Aber seit diese zusammen mit ihrem Mann nach Bayern gezogen war, hatten Marion und Tina Freundschaft geschlossen und verstanden sich mittlerweile prächtig. Der Altersunterschied von zwanzig Jahren störte sie kein bisschen. Denn Marion war jung geblieben und manchmal besser drauf als Tina.

Heute Morgen hatten sie bereits miteinander telefoniert. Ihre Freundin hatte sie noch einmal an das heutige Treffen erinnert und sie beschworen, ja nicht einzuknicken. »Du hast letzten Monat schon abgesagt. Und einen Tag wird Peter ja wohl mal ohne dich auskommen. Tina, du musst dich einfach durchsetzen und auf den Tisch hauen. Jeden Tag nur Wohnungen, Gäste, Schlüssel – ich frag mich, wo du da eigentlich bleibst?«

Tina hatte nur geseufzt und die Augen verdreht, versprach aber schließlich zu kommen. Es war ja nicht so, dass Peter etwas gegen diesen Tag hatte, er mochte es nur nicht, wenn er sich um das Büro und speziell irgendwelche Buchungsanfragen kümmern musste. Und das Telefon stand einfach nicht still. Gefühlt jeder schien ans Meer reisen zu wollen, und das fiel den Menschen erst im allerletzten Moment ein.

Nun stand sie also hier und musste sich den Redeschwall einer zickigen Dame anhören, die ab Mitte Juli noch zwei Ferienwohnungen suchte. Leider waren alle ihre Objekte bereits belegt, und das schon seit Wochen. Aber die Frau schien das nicht akzeptieren zu wollen.

»Da muss man doch etwas machen können. Es gibt ja unendlich viele Häuser bei Ihnen. Schauen Sie doch noch einmal genau nach!«

Das brauchte sie nicht, denn Tina hatte es in den letzten Tagen unzählige Male getan. Ihr Reservierungsbuch platzte aus allen Nähten, und nicht mal mehr ein kleines Zimmerchen war zu bekommen. »Tut mir leid, wir sind voll belegt. Es ist Hauptsaison, und Ihr Anruf kommt ein wenig kurzfristig, wenn ich das mal so sagen darf. Da kann man wirklich nichts machen. Versuchen Sie es doch bei einer anderen Zimmervermittlung, oder weichen Sie auf einen der Nachbarorte aus«, bot Tina hilfsbereit an und tippte ungeduldig mit ihrem Finger auf den Schreibtisch.

Da ertönte ein Tuten, die Anruferin hatte offenbar wütend aufgelegt. »Da kann man nichts machen«, quetschte Tina heraus, hastete um den Tisch und ergriff ihren gepackten Rucksack.

Peter musterte sie immer noch mit nachdenklichem Blick. »Hab ich was verpasst, willst du etwa in diesem Outfit die Wohnungen putzen?«

Tina stöhnte innerlich, versuchte sich aber äußerlich nichts anmerken zu lassen. »Heute ist mein freier Tag, mein Montag. Das habe ich dir doch gestern beim Abendbrot noch einmal gesagt«, erklärte sie mit möglichst ruhiger Stimme. Manchmal machte Peter sie wahnsinnig. Nie hörte er ihr zu, und in letzter Zeit wurde es irgendwie schlimmer. Er schaute einfach in den Fernseher oder vergrub sich hinter seiner Zeitung.

Dementsprechend überrascht sah er sie an und warf einen knappen Blick Richtung Kalender, an dem unübersehbar ein dickes rotes Kreuz den heutigen Tag markierte. »Stimmt, heute ist der Montag.« Ihr Mann nagte an seiner Unterlippe und zog die Stirn in Falten.

»Warum schaust du denn so? Ist irgendwas?«

»Nein, nein, schon gut«, sagte Peter gedehnt und zuckte mit den Schultern. »Und die Wohnungen, wer kümmert sich darum?«

»Ist alles organisiert. Karin und Barbara schaffen die heutigen Abreisen locker, es sind nicht viele.« Tina ergriff das Diensthandy und legte es provokativ auf den Tresen. »Und hier ist das Telefon. Ich weiß nicht genau, wann ich wiederkomme. Marion und ich wollen an den Strand.«

Peters Miene wurde finsterer. Er musterte das Handy, als wären Spuren von Gift daran. »Kannst du das Telefon nicht mitnehmen? Du weißt doch, dass ich es hasse, wenn ich mich um den Bürokram kümmern muss«, klagte er mit leidender Stimme. »Und außerdem wollte ich heute Rasenmähen, da höre ich das Bimmeln eh nicht.«

»Ja, das weiß ich alles.« Tina stellte den Rucksack noch einmal ab und legte ihrem Mann die Hand auf den Arm. »Und weil ich das weiß, habe ich nur einen einzigen freien Tag im Monat, während du öfter mal angeln gehst oder dich mit deinen Kumpels triffst. Den Rasen kannst du auch morgen mähen, so hoch ist er noch nicht. Außerdem kann ich schlecht das Reservierungsbuch mitschleppen. Komm schon, Peter, es ist nur ein Tag, nur ein paar Stunden. Wir haben in den nächsten Wochen eh nichts mehr frei, und alles andere habe ich dir aufgeschrieben.« Dennoch meldete sich ihr schlechtes Gewissen. Wie ein dicker, fetter Klumpen saß es in ihrem Magen. Augenblicklich fielen ihr Marions mahnende Worte von heute Morgen ein. *Jetzt nur nicht nachgeben*, sagte sie sich wie ein inneres Mantra.

Ihr Mann nickte schließlich ergeben und steckte seufzend das

Handy in die Tasche. »Na dann, viel Spaß«, murmelte er kaum hörbar. Tina drückte ihm einen flüchtigen Kuss auf die Wange. Ehe weitere Diskussionen aufkamen, drehte sie sich um und ließ die Haustür hinter sich ins Schloss fallen.

Sie holte ihr Fahrrad aus dem Schuppen, befestigte den Rucksack mit dem Picknick und ihren Badesachen auf dem Gepäckträger und fuhr los. Tina radelte bis zur Hauptstraße und schwenkte dann auf die gepflasterte Zufahrt zur Seebrücke ein. Am Deichweg angekommen, bog sie rechts ab, ließ die Rückseite der großen, modernen Kurklinik seitlich liegen und passierte die hohen Dünen mit ihren rauschenden Kiefern. Endlich erreichte sie den grasbewachsenen Deich, der nur durch eine schmale Küstenbepflanzung vom Wasser getrennt, unmittelbar am Meer entlang nach Zingst führte. Auf dem glatten Belag des Weges fuhr es sich hervorragend, und Tina gab Gas. Ihre Beine traten fest in die Pedale, und sie strampelte sich den Frust über das eben mit ihrem Mann geführte Gespräch von der Seele. Schon nach kurzer Zeit merkte sie, wie der Ärger hinter ihr zurückblieb. Eigentlich war ja nichts weiter passiert, doch diese immer wieder auftretenden Diskussionen nervten Tina mehr, als sie zugeben wollte.

Die Bewegung tat gut, und sie merkte, wie sich ihr Atem beschleunigte. Um dem Wind ein wenig auszuweichen, beugte sie sich ein Stück tiefer über ihren Lenker. Zeit ihres Lebens hatte sie das Gefühl, dass ihr der Wind immer entgegenschlug, egal wohin sie auf dem Darß unterwegs war. Radelte man wenig später in die entgegengesetzte Richtung, kam das Lüftchen genau von der anderen Seite, und der hilfreiche Rückenwind blieb einem erneut verwehrt. Die morgendlich kühle Luft strich angenehm über Tinas Gesicht. Das würde sich bald ändern, denn auch für heute war ein weiterer heißer Tag angekündigt. In diesem Jahr überschlugen sich die Temperaturrekorde schon seit Mai. Nur im Schatten oder im Wasser ließ es sich gut aushalten.

Das Wetter erinnerte sie an die Sommer ihrer Kindheit und Jugend. Acht Wochen Ferien, in denen sie jeden Tag am Strand waren. Fast täglich schien die Sonne, Regen hatte es kaum gegeben, oder sie erinnerte sich einfach nicht mehr daran. Tinas Haut färbte sich damals dunkelbraun, aber erst nachdem sie einen heftigen Sonnenbrand hinter sich gebracht hatte. Der bescherte ihr ein paar schlaflose Nächte, in denen sie ihre Haut mit Panthenolspray kühlte und sich heftige Vorwürfe ihrer Mutter anhören musste. Doch dann wurde sie karamellbraun, nur die Sommersprossen in ihrem Gesicht blieben. Die rötlichen Haare schimmerten, als die Schule wieder losging, fast blond und ergaben einen zauberhaften Kontrast zu ihren grünen Augen. Sie waren damals eine ganze Truppe, Mädchen und Jungen, alle aus Prerow oder den umliegenden Orten gewesen. Jeden Tag traf man sich, und es stand ein neues Abenteuer an. Es wurde gebadet, in den Dünen herumgestromert, Löcher mit Quallen gefüllt, in die ahnungslose Strandwanderer hineintraten, oder einfach nur mit sandgezuckerter Haut am Strand gelegen und in den Himmel geschaut. Dann, im Teenageralter, schlich Tina sich zu später Stunde aus ihrem Kinderzimmerfenster davon. Bestimmt bemerkten ihre Eltern das, sagten aber nie ein Wort zu ihr. Einer der Jungen brachte eine Gitarre mit. Sie entzündeten am Strand ein Lagerfeuer und saßen dort bis tief in die Nacht. Billige Rotweinflaschen machten die Runde, es gab Wodka-Cola, und erste Küsse wurden ausgetauscht. Pärchen fanden sich, schworen sich die ewige Liebe und verloren sich dann wieder. Und erst als sie ihre Ausbildungen begannen und in alle Richtungen verstreut wurden, endete diese herrliche Zeit. Über diesen Tagen lag ein ganz besonderer Zauber, von Unbeschwertheit und Sorglosigkeit. Tina wünschte sich ihre Jugend oft noch einmal herbei, doch die Uhren ließen sich nun einmal nicht zurückdrehen.

Umso schöner würde dieser heutige Tag am Meer werden. Ein paar Stunden ohne Arbeit, einfach mal die Seele baumeln lassen, das war genau das, was sie momentan brauchte – einfach ein Tag ganz für sich allein. Tina atmete tief ein, sie sog die morgendliche Luft in ihre Lungen und bewunderte die traumhafte Gegend um sich herum. Da waren auf der einen Seite die sanft rauschenden Bäume, hinter denen das Meer lag, und auf der anderen Seite – jenseits der Straße – der Bodden, umgeben von saftig grünen Wiesen. Die Morgensonne schimmerte auf dem

Wasser, und kleine Wellen kräuselten sich auf der Oberfläche. Die Stille war herrlich und wurde nur gelegentlich von einem vorbeifahrenden Auto unterbrochen. So früh am Morgen war die Welt noch in Ordnung.

Der Deichweg war relativ leer. Nur vereinzelte Radler kamen ihr entgegen. Einige kannte sie sogar, Leute die auf dem Weg zu ihrer Arbeit in Prerow waren und lieber mit dem Fahrrad fuhren, als sich mühevoll einen Parkplatz zu suchen. Doch je näher Tina Zingst kam, umso mehr Spaziergänger und Wanderer waren unterwegs. Die riesigen Parkplätze am Straßenrand füllten sich allmählich mit Autos, und erste Gäste strebten mit riesigen Badetaschen bewaffnet an den Strand.

Dann war Zingst endlich erreicht. Seine schneeweißen Häuser fädelten sich wie auf einer Perlenschnur entlang des Schutzdeiches auf. Prächtige Villen, die nur noch von den Hotels am Hauptplatz getoppt wurden. Die oberen Etagen hatten Seeblick, hier ließ es sich bestimmt hervorragend Urlaub machen, sozusagen exklusiv in erster Reihe. Die Preise dafür stiegen jedes Jahr an, und dennoch waren die Häuser ausgebucht.

Sie radelte bis zur Seebrücke und bog dann rechts in den Ort ab. Am Zugang zur Fußgängerzone stieg Tina brav ab und schob ihr Fahrrad die letzten Meter bis zu Marions Laden über das holprige Pflaster. Bunte Kleidung wehte vor anderen Geschäften im Wind, die ersten Verkäuferinnen räumten ihre Warenständer nach draußen. Da gab es die unvermeidbaren kitschigen Souvenirs, Sandspielzeug und Sonnencreme in allen Stärken. Die Kellnerinnen wischten die Tische der Restaurants ab und belegten die Stühle mit weichen Polstern. Einige bekannte Gesichter riefen Tina einen Gruß zu oder winkten einfach.

Und dann war sie da, an »Marions Bernsteintruhe«, dem Geschäft ihrer Freundin. Es war ein kleiner Laden, den ein flüchtiger Besucher vielleicht sogar übersehen hätte. Die beiden Schaufenster waren schmal und boten nicht allzu viel Ausstellungsfläche. Aber die Miete war bezahlbar, und das war die Hauptsache. Zum Glück durfte ihre Freundin den Gehweg vor dem Geschäft nutzen und hatte dort einen Schaukasten mit einigen ihrer Kunstwerke aufgestellt. Und Marion hatte ihre

Stammkunden, die bei jedem Zingstbesuch wieder vorbeikamen. Denn sie verfügte über ein ganz besonderes Auge für das Gold des Meeres. Sie komponierte den Bernstein, wie es keine Zweite konnte, und erfasste seine Seele. Tina hatte früher so manches Mal mitgeholfen, sie liebte diese Arbeit über alles. Vor einigen Jahren hatte sie sich spontan einmal selbst an der Schmuckherstellung versucht, und Marion war über die Resultate erstaunt gewesen. Sogar Kurse für Gäste hatte Tina gegeben, und das recht erfolgreich. Doch die Zeit, die ihr dafür blieb, war einfach immer weniger geworden, und am Ende gab sie dieses Hobby fast vollständig auf.

Die kleine Glocke an der Eingangstür bimmelte harmonisch und kündete sie an. Wie eigentlich fast immer saß Marion an ihrem Arbeitsplatz in unmittelbarer Nähe des Schaufensters und fädelte Perlen auf Schnüre. Ihre schmale pinke Brille hockte auf der Nasenspitze und schien jeden Moment nach vorn zu fallen. Mit sicherer Hand griff sie in die einzelnen Fächer und holte die perfekt passende Perle heraus. Jedes Mal aufs Neue war Tina darüber erstaunt, in welch verschiedenen Farbtönen Bernstein funkelte.

Da gab es Steine, die fast schon farblos wirkten. Die meisten schimmerten honiggelb, und einige sahen wie dunkles Mahagoni aus. Auf einem großen Tableau hatte Marion ihre Schätze ausgebreitet, und sie ergaben ein einzigartiges Farbspiel. Es entstanden ganz besondere Kunstwerke, die so typisch für die Ostsee waren. Auch wenn die allermeisten der Steine nicht hier aus Zingst stammten, sondern aus Polen oder von noch weiter ostwärts kamen.

Ohne ein Wort zu sagen, schaute Marion sie über ihren Brillenrand an. Anschließend wanderte ihr Blick zur Wanduhr. Vielsagend musterte sie die Zeiger.

»Ja, ich weiß, ich bin zu spät, aber nur ein bisschen. Und ich bin da, immerhin.« Tina schüttelte verstohlen ihre Beine aus. Sie war schneller gefahren, als es ihre Fitness normalerweise zuließ, und nun brannten ihre Waden.

»Das allein ist schon ein Wunder, wenn ich so an letzten Monat denke.« Marion schmunzelte, verdrehte mit einer zierlichen Zange das Ende des Drahtes und bastelte in Sekundenschnelle den Kettenverschluss daran. Ein weiteres Schmuckstück war fertig. Dann erhob sie sich und drückte Tina liebevoll an sich. »Ich freue mich, dass du da bist. Und ich freue mich auf unseren Tag. Ich muss dringend mal raus. Endlich mal an den Strand, das Meer ansehen, nach Bernsteinen jagen und die Füße ins Wasser halten. Die letzten Tage war der Teufel los.« Marion holte tief Luft und sah sehnsuchtsvoll nach draußen.

Eigentlich war jetzt keine Bernsteinsaison. Die beste Zeit war immer Anfang des Jahres, wenn die Winterstürme tobten und den Meeresgrund aufwühlten. Dann wurde das goldene Gestein an den Strand gespült, und geübte Strandwanderer konnten den einen oder anderen unerwarteten Fund machen. Doch in der vergangenen Woche hatte es einen kleinen Sturm gegeben, und deswegen wollten die beiden Freundinnen ihr Glück versuchen. Sie wussten, wo sie nach dem Gold des Meeres suchen mussten und vor allem wie. Und wenn sie nichts fanden, hatten sie wenigstens einen schönen Tag zusammen verbracht. Das allein zählte.

Schon immer hatte der Bernstein Marion fasziniert. Wie sie Tina einmal erzählt hatte, hatte sie als kleines Mädchen fast jeden Abend den Erzählungen ihrer Großmutter gelauscht. Laut denen saß die allerschönste Tochter des Meeresgottes auf dem Grund des Ozeans, dort, wo er am allertiefsten war, in einem riesigen Palast und vergoss bittere Tränen, weil sie die Liebe ihres Lebens nicht heiraten konnte. Denn ihr Herzallerliebster und die Familie des Meeresgottes waren seit vielen Jahren erbitterte Feinde. Die verzweifelte Schöne tobte und schrie so lange, bis ihr Vater sie in ihrem Zimmer einschloss. Dort musste sie bleiben, weinte ihrem verlorenen Glück hinterher, und all ihre Tränen wurden zu Bernstein. Diese sammelte ihre Amme in großen Truhen. Nur einmal im Jahr durfte die Prinzessin ihr Zimmer verlassen, immer in den Wintermonaten. Sie tanzte dann mit ihrem blau schimmernden Kleid wie eine Wahnsinnige über den Meeresgrund, beschwor Stürme herauf und versenkte Schiffe. Sie stürzte Menschen ins Unglück, denn da sie selbst so traurig war, sollte es auch an Land kein Glück geben. Und immer während dieser Winterstürme wurden ihre Tränen ans Ufer gespült und bedeckten den ganzen Strand – so viele waren es. Dann verschwand die traurige Prinzessin wieder in ihrem Gemach, und das Spiel begann von vorn und würde, solange sie lebte, nicht enden.

Es war eine zu Herzen gehende Geschichte gewesen, doch die kleine Marion hatte sie wieder und wieder hören wollen und nicht genug davon bekommen können.

Stundenlang spazierte sie als Kind am Strand entlang und suchte bei jedem Wetter nach an den Strand gespülten Steinen. Oftmals kam sie im Winter vollkommen blau gefroren nach Hause. Dort setzte es dann ein Donnerwetter, weil Marion wieder einmal die Hausaufgaben vergessen hatte. Der Bernstein ging einfach immer vor, besonders im Winter, wo man ihn am leichtesten fand.

Eines Tages verkündete sie dann ihren Eltern, später einmal Schmuck aus Bernstein herstellen und verkaufen zu wollen. Doch diese nahmen das nicht ernst. So schickte das Leben Marion erst einmal in eine andere Richtung. Sie lernte Friseuse, zauberte unzähligen Damen die Haare auf dem Kopf zu schönen Frisuren. Erst als die DDR zusammenbrach und ihr Salon schließen musste, wagte sie den Schritt in die Selbstständigkeit. Und wie sie immer wieder betonte, hatte sie es bis jetzt nicht eine Sekunde bereut. Sie fädelte jeden Tag die Tränen der traurigen Prinzessin auf Schnüre und schuf damit wunderschöne Kunstwerke.

»Aber bevor wir gehen, hab ich noch etwas für dich und würde sehr gern deine Meinung hören«, holte sie Tina aus ihren Gedanken. Marion hatte anscheinend letzte Woche eine neue Lieferung Steine erhalten und fertigte gerade eine ganz besondere Kette an. Zartes Silber umschlang die Bernsteine. Es entstand ein modernes Schmuckstück, der Bernstein wurde wenig geschliffen, sondern möglichst naturbelassen verwendet, so wie das Meer ihn an den Strand gespült hatte. Es schien fast, als würden die Steine nebeneinander schweben. Sanft ließ Tina ihre Finger über das Collier gleiten. Es war eine Arbeit, die von ganz viel Feingefühl zeugte. Ihre Blicke schweiften über die restlichen Steine. »Wunderschön, das sieht traumhaft aus. Und hier würde ich noch diesen einsetzen, als absoluten Hingucker.« Sie zeigte auf einen großen, dunklen Bernstein, der wie flüssiges Karamell aussah.

Marion beugte sich über den Tisch und schaltete ihre Arbeitslampe an. Erstaunt musterte sie ihre Freundin. »Auf die Idee wäre ich nie gekommen, aber der Stein ist tatsächlich perfekt dafür geeignet. Du solltest dich wieder viel mehr mit der Schmuckherstellung beschäftigen.« Sie legte die Kette zurück in die Arbeitsschablone und verfrachtete alles in eine Schublade.

Marion holte ihre Sachen aus den hinteren Räumen und teilte ihrer Aushilfe Frau Knacke noch einige Arbeiten zu. Währenddessen schritt Tina die Vitrinen ab, die passgenau zwischen den kleinen Fensterchen standen, und bewunderte die Schmuckstücke und das ganze Geschäft. Ihre Freundin hatte wirklich viel Geschmack bewiesen und aus diesem kleinen, muffigen Laden eine wahre Schatztruhe gezaubert. Tina erinnerte sich noch daran, dass es am Anfang ein dunkles Loch war. Der alte Besitzer schien sichtlich erleichtert gewesen zu sein, endlich eine Mieterin gefunden zu haben. Doch Marion hatte diesen besonderen Blick und sah das Potenzial der Räume. Sie verlegte neuen Fußboden und strich alles in hellen, freundlichen Farbtönen. Die Möbel fertigte ihr ein befreundeter Tischler genau nach ihren Wünschen. Es gab viel Holz und Glas, ergänzt von anderen maritimen Elementen. Sogar ein altes Steuerrad samt Kompass hing an der Wand hinter der Kasse. Und so kam man sich ein bisschen wie auf einem alten Schiff vor. Überall in den Vitrinen lagen Muscheln und besondere Steine, zum Beispiel Hühnergötter. Am Strand gesammeltes Treibholz gab dem Geschäft den allerletzten Schliff.

Marion klatschte in die Hände und sah ihre Freundin fragend an. »Also, ich bin fertig, wollen wir los?«

Tina konnte sich wieder einmal kaum losreißen. Wehmut stieg in ihr auf, und sie dachte an früher, als sie selbst Schmuckstücke hergestellt hatte. Die kreative Arbeit hatte ihr Spaß gemacht, sie war so ganz anders als ihre Arbeit heute gewesen. Aber diese Zeiten waren ein für alle Mal vorbei.

Minuten später radelten die beiden Frauen auf dem Deich Richtung Pramort, wo auch das Naturschutzgebiet lag. Mittlerweile füllte sich der Ort immer mehr. Auch viele Tagesausflügler waren dabei, die einen schönen Tag am Meer verbringen wollten.

Erstaunt betrachtete Tina mehrere neue Baustellenschilder. Waren sie ihr beim letzten Mal noch nicht aufgefallen, oder veränderte sich Zingst wirklich so schnell? Wo vor einigen Wochen noch Gärten oder Wiesen gewesen waren, gähnten nun Baugruben. Es wurden Häuser und Villen errichtet, jede Lücke nutzte man aus, ganz besonders hier in der vordersten Reihe. Das bedeutete noch mehr Besucher. Die waren Segen und Fluch zugleich. Tina und ihr Mann lebten von ihnen, genau wie Marion, und deswegen wollte sie sich auch nicht beschweren. Doch so mancher Einheimische hatte da seine ganz eigene Meinung und hob schon länger mahnend den Finger.

Je weiter die beiden Frauen fuhren, umso ruhiger wurde es dann aber. Auch im Hochsommer fand man noch einsame Ecken auf dem Darß, man musste nur wissen wo. An einem der hintersten Strandübergänge schlossen die beiden ihre Fahrräder an einem Baum an und liefen hinunter zum Meer.

Sie erklommen den Dünenhügel, und Tinas Vorfreude stieg ins Unermessliche. Ihr Herz ging förmlich auf, und obwohl sie unmittelbar am Meer lebte, hätte sie am liebsten ihre Arme weit ausgebreitet und gejuchzt. Die Ostsee zeigte sich auch heute von ihrer allerbesten Seite, es war das reinste Postkartenwetter. Der Himmel war strahlend blau, das Wasser schimmerte ebenso. Kleine Wellen schwappten an Land und erzeugten das beruhigende Geräusch, dem sie eine Ewigkeit hätte lauschen können. Die Luft war immer noch morgendlich frisch und roch nach Fisch und Seetang. Ganz hinten am Horizont waren einige Schiffe unterwegs. Ihre weißen Leiber leuchteten zu ihnen, bis sie plötzlich von der Bildfläche verschwanden. Als Kind hatte Tina wirklich geglaubt, sie wären von der Erde gefallen. Hinter in den Sand gerammten Windfängen hatten es sich erste Badegäste gemütlich gemacht, und ein paar ganz Mutige stürzten sich sogar schon in die Fluten. Hier an diesem abseits liegenden Strandabschnitt ging es ungezwungen zu, die meisten Menschen bevorzugten FKK und nahmen dafür gerne einen etwas weiteren Anfahrtsweg in Kauf. Das nackte Baden hatte seinen Höhepunkt zu DDR-Zeiten gehabt und war ein stiller Protest gegen die Regierung gewesen.

Schweigend liefen die beiden Freundinnen im feuchten Sand direkt an der Wasserlinie nebeneinanderher. Von Zeit zu Zeit umspülte eine etwas stärkere Welle ihre Füße, die Schuhe hatten sie schon längst ausgezogen. Das Wasser war nur im ersten Augenblick kalt, schon kurze Zeit später fühlte es sich sehr angenehm an, und Tina lief mittlerweile bis zu den Waden im Meer. Sie atmete tief ein und sog die salzige Luft in ihre Lungen. Bei jedem Schritt fühlte sie sich leichter und befreiter. Nur ganz kurz dachte sie an Peter, und einen Moment schwappte das schlechte Gewissen nach oben. Doch sie schüttelte es gleich wieder ab und blickte aufs Meer. Und wieder einmal sagte sie sich, dass man viel öfter am Wasser unterwegs sein müsste. Früher hatten sie oft am Abend noch einen Strandspaziergang gemacht, einmal zur Seebrücke und zurück. Jetzt konnte sie sich kaum noch daran erinnern, wann sie das letzte Mal allein mit Peter am Strand gewesen war.

Hinter einer leichten Kurve begannen sie dann nach Bernstein zu suchen. Der Strand war hier fast menschenleer. Er wurde zusehends schmaler und unwirtlicher, viele große und kleine Steine versperrten den Zugang ins Wasser. Nur wenige nahmen den weiten Fußmarsch auf sich. Routiniert wendeten die beiden Frauen den Seetang, der sich zu großen Haufen im Sand auftürmte, oder durchforsteten Muschelhaufen. Darin hofften sie die Tränen der Meeresprinzessin zu finden. Es gehörte ein gutes Auge dazu, die kleinen Steine zu entdecken und von unechten Exemplaren, wie zum Beispiel Phosphor zu unterscheiden. Größere Bernsteine fand man hier nur mit sehr viel Glück.

Marion brach schließlich das vorherrschende Schweigen. »Und, was gibt es Neues bei dir?«

Tina zuckte die Schultern und steckte einen kleinen Stein in den Beutel an ihrem Gürtel. »Nichts Neues, alles beim Alten. Viel Arbeit, die nächsten Wochen sind wir komplett ausgebucht. Und immer noch rufen die Leute an und wollen ein Zimmer haben. Aber besser, als würde niemand kommen.«

»Und die Kinder, geht's ihnen gut? Was macht die kleine Fine.«

Als das Thema auf ihr erstes Enkelkind kam, huschte ein Strahlen über Tinas Gesicht. »Fine wächst und gedeiht. Sie wird so schnell groß, dass mir manchmal angst und bange wird. Oft frage ich mich, ob das bei meinen Mädels auch so war. Letztes Wochenende hatten wir sie wieder bei uns. Stundenlang war ich mit Fine unten am Strand und habe Burgen gebaut. Sie hat eine unendliche Ausdauer und findet einfach kein Ende. Irgendwann ist sie dann plötzlich eingeschlafen, mit der Schippe in der Hand.«

Marion nickte und lächelte leicht. »Und Jule, hast du von ihr mal wieder etwas gehört?« Es war die übliche Fragestunde zu Beginn eines jeden Treffens, und Tina nahm sie ihrer Freundin nicht übel. Juliane, die alle nur Jule nannten, war ihre jüngste Tochter und vor einigen Monaten zu einer Weltreise aufgebrochen. Work and Travel nannte man das. Tina war nicht begeistert gewesen und Peter noch weniger. Beide hatten gehofft, sie würde sich einen Job als Arzthelferin in der Nähe suchen, doch Jule war anders und hatte ihren ganz eigenen Kopf. Eines Morgens beim sonntäglichen Frühstück platzte sie mit ihren Plänen heraus. Die Flüge waren schon gebucht, und Peter und sie hatten es als Letzte erfahren. Doch alle Bedenken brachten nichts. Immerhin war ihre Tochter zwanzig und musste selbst entscheiden, wie sie ihr Leben gestalten wollte.

Überhaupt war es Tina schwergefallen, ihre beiden Mädels ziehen zu lassen, aber das war nun einmal der Lauf der Dinge. Sie war eine richtige Mama und ein bisschen auch eine Glucke, die ihre gesamte Liebe in die Kinder steckte.

Zu ihrer Erleichterung hatte Franziska, ihre Älteste, keine derartigen Ambitionen gehegt. Sie hatte mit ihrem Mann Ole im Nachbarort Born ein Haus gebaut, und vor zwei Jahren war Fine geboren worden.

Nun hatte Tina jemanden, den sie nach Herzenslust verwöhnen konnte. Das erste Enkelkind war etwas ganz Besonderes, und ihre Freude war grenzenlos gewesen. Und auch Peter war ein stolzer Opa und hatte die kleine Fine voller Rührung in der Geburtsklinik im Arm gehalten. Dieses winzige Wesen hatte sie beide wieder ein Stück nähergebracht.

»Jule.« Tina seufzte gedankenverloren. »Tja, das letzte Mal hat sie sich aus Neuseeland gemeldet. Von einem öffentlichen Telefon. Die Verbindung war derart schlecht, dass sie sich auch hätte auf dem Mond befinden können. Und irgendwie ist sie das ja auch – am anderen Ende der Welt. Sie hat einen Job auf einer Schafsfarm ergattert, stell dir das mal vor. Ausgerechnet Schafe, wo sie früher vor jeder Katze davongerannt ist. Aber die Zeiten ändern sich. Seit diesem Telefonat herrscht Stille. Aber man sagt ja immer, wenn die Kinder sich nicht melden, ist alles gut.«

Marion nahm alles nickend zur Kenntnis und lächelte. »Ganz bestimmt, mach dir nicht immer so viele Gedanken! Jule packt die Sache genau so an, wie man es tun sollte. Sie schaut sich die Welt an. Wann, wenn nicht als junger Mensch, soll man herumreisen? Sieh dich an, wann bist du das letzte Mal so richtig mit deinem Peter in den Urlaub gefahren?« Ihre Freundin bückte sich und durchsuchte mit einem Stock vorsichtig einen Seegrashaufen.

Das Thema war durchaus heikel, denn Tinas letzter richtiger Urlaub lag bereits ein paar Jahre zurück. Sie waren in Griechenland gewesen, auf heftiges Drängen von Jule hin. Diese meinte eines Tages energisch: »Mama und Papa, ihr müsst einfach mal raus.« Dann knallte sie mehrere Ferienkataloge auf den Tisch und blieb hart. Keine vorgebrachte Ausrede ließ sie gelten. Und so waren sie schließlich in den Süden geflogen. Jule schmiss in der Zwischenzeit zusammen mit ihrer großen Schwester Franzi die Vermietung und kümmerte sich hervorragend um alle anfallenden Aufgaben.

Tina hatte es in Griechenland unendlich gut gefallen, und so manches Mal dachte sie voller Wehmut an diese schöne Reise. Sie waren in einem kleinen Hotel direkt am Meer untergebracht gewesen, unternahmen Ausflüge, krochen in Ruinen herum oder lagen einfach nur am Pool. Am Abend saßen sie dann in kleinen, verträumten Tavernen und schauten zu, wie die Sonne im Meer versank.

Der Urlaub war wie im Flug vergangen, und schnell hatte der Alltag sie wieder in Beschlag genommen. In letzter Zeit fuhren sie immer nur für ein paar Tage weg, meist im November, wenn nichts los war. Die Vermietung ging einfach vor, und eine richtige Vertretung hatten sie auch nicht, Jule war ja weit weg, und Franzi hatte ihr eigenes Leben. Marion fand diesen Zustand unmöglich und brachte das Thema, sehr zu Tinas Leidwesen, regelmäßig zur Sprache. Angesichts der deprimierten Miene von Tina schien sie heute aber weitere Kommentare hinunterzuschlucken.

»Und bei dir, wie laufen die Geschäfte?«, fragte Tina und versuchte das Gespräch, in eine andere Richtung zu lenken.

Marion, die gerade in einem weiteren Haufen trockenem Seetang gewühlt hatte, richtete sich auf und schaute aufs Meer. »Ähnlich wie bei dir, es ist viel zu tun.« Sie griff sich kurz ans Herz und holte tief Luft. »Manchmal würde ich am liebsten kürzertreten, aber wie? Man muss die guten Zeiten nutzen, der Winter ist lang genug.« So nachdenklich kannte Tina ihre Freundin gar nicht. Doch gleich darauf lachte Marion herzhaft. »Nun aber Schluss mit den trüben Gedanken.« Da war sie wieder, fröhlich und unbeschwert wie immer.

Gegen Mittag erreichten die beiden eine sanft geschwungene kleine Bucht, die nicht ganz so steinig war. Schon lange war ihnen kein Mensch mehr begegnet. »Ich hab Hunger«, meinte Marion und griff sich an ihren Magen. »Wollen wir uns dort oben ein schönes Plätzchen suchen? Da, wo es etwas schattig ist?«

Im Schatten der Dünen breiteten sie ihre Decke aus und holten die mitgebrachten Leckereien aus der Kühltasche. Marion seufzte und verdrehte die Augen. »Ich hatte so auf deinen Kartoffelsalat gehofft, und ich sehe, ich werde nicht enttäuscht.«

Tina grinste. »Die halbe Nacht hab ich in der Küche zugebracht, nur deinetwegen.« Der Kommentar brachte ihr einen kleinen Stoß ein.

»Und gegenüber Peter musste ich die Schüssel auch noch todesmutig verteidigen, sonst hätten wir nur noch traurige Reste vorgefunden.«

Dann ließen sie es sich schmecken und betrachteten nebenbei ihre heutigen Funde. Die meisten waren kleinere Splitter, die sich nicht zu Schmuck verarbeiten ließen. Marion würde sie später in kleine Glasampullen füllen, die sie als Urlaubserinnerungen verkaufte, oder sie zauberte Wandbilder daraus.

Tina ließ sich nach dem Essen auf die Decke sinken und verschränkte die Hände im Nacken. Sie betrachtete den stahlblauen Himmel über ihnen. Eine einzelne Wolke machte sich gemächlich auf den Weg Richtung Hiddensee. Die Sonne schien ihr ins Gesicht, heute Abend würden Nase und Wangen von Sommersprossen übersät sein. Das war das Los aller Rothaarigen dieser Welt. Hatte sie als kleines Mädchen noch mit ihrer Haarfarbe gehadert, merkte sie spätestens im Teeniealter, dass sie etwas Besonderes war und dass das auch gewisse Vorteile mit sich brachte. Sie stach einfach aus der breiten Masse heraus, und so mancher Blick ging in ihre Richtung.

Das stete Rauschen der Wellen hatte etwas sehr Beruhigendes an sich. Tina spürte, wie sie müde wurde, und hätte am liebsten einfach die Augen geschlossen. Aber dann würden sie in einigen Stunden immer noch hier liegen.

»Was machst du eigentlich am Wochenende?« Mit dieser Frage holte Marion sie aus ihren Gedanken. Ihre Freundin stützte sich auf den Ellenbogen und ließ eine Handvoll Weintrauben in ihrem Mund verschwinden. Dann legte sie sich wieder auf die Decke und blickte ebenfalls gen Himmel.

Tina zuckte die Schultern. »Keine Ahnung, Fernsehen, oder vielleicht haben wir Fine wieder zur Übernachtung.«

»Kann es sein, dass dein Enkelkind mehr bei dir als bei seinen eigenen Eltern ist? Ich meine, es vergeht kein Wochenende, an dem ihr Fine nicht betreut. Und als wäre das nicht schon genug, schläft sie unter der Woche auch noch einige Tage bei euch.«

»Ich hab sie nun mal gerne um mich, und Peter auch. So ein kleines

Wesen hält jung und macht ganz viel Freude.« *Das kannst du nicht verstehen*, fügte Tina im Stillen hinzu, denn Marion hatte keine Kinder.

»Es ist ja auch euer Problem. Ich mach mir nur Sorgen um dich, weil du irgendwie überhaupt nicht mehr aus dem Haus kommst. Du wirkst wie ein verhuschtes Hausmütterchen, und manchmal frage ich mich, was du eigentlich vom Leben hast. Immerhin bist du noch nicht mal fünfzig, da ist alles noch drin. Wenn ich mit dir rede, erzählst du nur von der Vermietung, dem Haus, dem Garten und Peter.«

*Na ja*, dachte Tina, *das ist ja auch mein Leben*. Wovon sollte sie sonst erzählen? Im Großen und Ganzen war sie zufrieden damit. Nur manchmal regte sich ganz tief drinnen eine unendliche Sehnsucht nach etwas, das sie selbst nicht in Worte fassen konnte.

»Und weil das so ist, haben wir beide am nächsten Samstagabend etwas vor«, sagte Marion mit fester Stimme.

Nun richtete Tina sich überrascht auf und betrachtete Marion, die mit geschlossenen Augen neben ihr lag. »Und was haben wir vor, wenn ich fragen darf?«

»Wir gehen zu einem Konzert«, sagte Marion triumphierend und lächelte verschmitzt.

»Zu einem Konzert – aber zu was für einem Konzert?« Schon bei dem Gedanken an Musik wurde es Tina komisch. Hoffentlich nichts Klassisches, damit konnte sie so gar nichts anfangen.

»Kennst du noch die Gruppe Ramos?«

Tina forschte in ihren Erinnerungen. »Gruppe Ramos, nee, nie gehört. Das war vielleicht eher deine Zeit, immerhin bin ich einige Jährchen jünger als du.«

Marion verdrehte die Augen. »Du tust ja gerade so, als wäre ich schon halb im Altersheim. Ramos hat auch noch gespielt, als du jung warst. Zu deiner allerbesten Sturm-und-Drang-Zeit. Warte mal!«

Ihre Freundin kämpfte sich nach oben und brachte sich in Pose. Sie warf ihren Kopf zurück, und das, obwohl ihre grauen Haare raspelkurz geschnitten waren. Dann raffte sie ihr pinkes Top nach oben, legte den

Bauch frei und verknotete es unter der Brust. Tina lachte lauthals und hielt sich ihren Bauch. »Oh Gott, was wird das denn?«

»Pscht, jetzt pass auf!« Marion holte tief Luft. »Das war unser letzter Sommer, da waaaaaren nur du und ich. Und in diesem letzten Sommer, da verlooooor ich dich. Die Zeit heilt alle Wunden, doch da ist immer noch dieser Schmerz, und in manchen stillen Stunden denk ich heute noch an dich«, trällerte sie hingebungsvoll, breitete ihre Arme weit aus und sah schmachtend aufs Meer hinaus.

»Schon gut, schon gut«, sagte Tina lachend und hob flehend ihre Arme. »Gnade bitte.«

»Na komm, so schlecht war es nun auch nicht. Und, erinnerst du dich, nun komm, das Lied wurde damals im Radio rauf und runter gespielt.«

Irgendeine entfernte Erinnerung war in Tina aufgestiegen. Sie hatte dieses Lied schon gehört, sie hatte sogar schon danach getanzt. Aber das Gesicht des dazugehörenden Sängers war wie der Rest von Ramos im Nirwana ihrer Erinnerungen verschwunden.

»Ist ja auch egal, wenn du das Lied im Original hörst, weißt du Bescheid. Auf jeden Fall tritt Ramos am Wochenende im Fischerclub in Zingst auf, und wir beide sind mit dabei. Nun komm schon, bitte. Die Karten sind bereits gekauft, und ich rechne fest mit dir.« Marion hockte sich vor Tina hin und sah ihr ins Gesicht.

Diese rang mit sich. Wann war sie das letzte Mal bei einem Konzert gewesen, es war auf jeden Fall lange her. Es würde bestimmt ein schöner Abend werden. Aber was würde Peter sagen? Andererseits, wenn der mit seinen Kumpels auf dem Motorrad unterwegs war oder angeln ging, fragte er auch nicht großartig um Erlaubnis. Außerdem klingelte das Vermietungstelefon abends nicht. Und Fine, die würde bestimmt mal einen Samstag ohne ihre Oma auskommen. Eine gewisse Vorfreude machte sich in ihr breit. »Hm, ich könnte wirklich mitkommen. Es wäre auf jeden Fall mal etwas anderes«, sagte Tina gedehnt und ließ Sand durch ihre Handfläche rieseln. »Aber sag mal, ist diese Gruppe nicht schon steinalt? Ich meine, wenn die damals schon gespielt haben, sind die doch jetzt …« Sie verstummte und schaute Marion grinsend an.

»Alt wie Steinkohle, aber immer noch rüstig, so wie ich. Und soweit ich weiß, spielen jetzt einige Jüngere mit, so als Auffrischung. Also, bist du mit dabei? Ich freue mich wie verrückt. Und du kannst gleich bei mir schlafen und brauchst abends nicht mehr nach Prerow zurück. Wir machen uns einfach einen richtig schönen Mädelsabend.« Tina musste immer schmunzeln, wenn sich Marion trotz ihres fortgeschrittenen Alters noch als Mädchen bezeichnete.

»Also gut, ich komme mit, einverstanden. Aber wegen der Übernachtung reden wir noch mal«, schränkte sie sogleich ein.

Marion stand triumphierend auf. »Klasse, das ist die richtige Entscheidung.« Dann streifte sie ihr Top ab und kurze Zeit später auch noch den Rest ihrer Kleidung. »Und weißt du was, ich gehe jetzt baden! Komm schon, wer zuerst drin ist.« Splitternackt stürmte sie ins Wasser, und Tina folgte ihr nur Sekunden später.

Anfangs traf sie die Kälte wie tausend klitzekleine Nadelstiche. Doch gleich darauf war es einfach nur noch herrlich. Sanft platschten die Wellen gegen ihren Körper.

Plötzlich blieb Marion zurück, dort, wo ihr das Wasser nur bis zum Bauchnabel ging, und rang nach Atem.

Besorgt schaute Tina sie an. »Alles in Ordnung? Geht's dir nicht gut?« Normalerweise war ihre Freundin immer als Erste bis zum Hals im Wasser.

Doch gleich darauf warf sich Marion in die salzigen Fluten und lachte. »Es war nur der erste Moment. Ich bin eben doch nicht mehr die Jüngste und sollte die Dinge langsam ein wenig ruhiger angehen.«

# 2. Kapitel

Gegen Abend radelte Tina Richtung Heimat. Ihre Haut fühlte sich sonnengebräunt an, sie schmeckte Salz auf ihren Lippen – wie nach einem wundervollen Tag am Meer.

Ihr spukten die Worte, die Marion am Morgen zu ihr gesagt hatte, immer noch im Kopf herum. Sollte sie wirklich wieder damit beginnen, Schmuck herzustellen?

Sie merkte, dass sie langsamer radelte als sonst. Da war so ein Gefühl, einfach noch nicht nach Hause zu wollen. Ihre Gedanken drehten sich im Kreis. Es waren immer die gleichen. Wie sehr hatte sie sich einen Erfolg für ihr Vermietungsbüro gewünscht. Jetzt war er da, und sie war wieder nicht zufrieden. Sie sehnte sich nach Abwechslung in ihrem Leben, und sie sehnte sich nach mehr gemeinsamer Zeit mit ihrem Mann Peter. Sie lebten seit einigen Jahren nur noch nebeneinanderher. Jeder machte irgendwie seins. Wäre das Geschäft nicht gewesen, das sie verband, hätten sie so manches Mal gar kein Thema zum Reden gehabt. Dennoch liebte Tina ihren Mann und er sie auch – nahm sie zumindest an. Da waren immer noch die kleinen Gesten, die ihr zeigten, wie gut sie miteinander auskamen. Und war eine gewisse Eheroutine nach so vielen Jahren nicht vollkommen normal? Immerhin waren sie fast achtundzwanzig Jahre miteinander verheiratet. So vieles hatten sie zusammen erreicht, zwei wunderbare Töchter großgezogen. Sie waren immer noch ein Paar, und dafür galt es dankbar zu sein und über gewisse Probleme hinwegzusehen. Die hatten ihre Freundinnen schließlich auch.

Die Landschaft um sie herum wurde von der untergehenden Sonne in rötliches Licht getaucht. Der Bodden zu ihrer Linken schimmerte, als würde er in Flammen stehen. Fast schon ehrfürchtig hielt Tina einen Moment an und genoss den Anblick. Sie lebte an einem magischen Ort. Einem Sehnsuchtsort, und viele Menschen beneideten sie darum. Sie brauchte sich einfach nur ihr Fahrrad zu schnappen – und schwupps war sie am Meer. Dafür galt es dankbar zu sein. Mit einem unbeschreiblichen Glücksgefühl in der Brust radelte Tina langsam weiter.

Ein sportlich gekleideter Radfahrer überholte sie mit ziemlichem Tempo. Erschrocken wich sie ihm aus und wäre beinahe aus dem Gleichgewicht geraten. Er trat derart in die Pedale, dass man hätte meinen können, er wolle heute noch bis Wustrow radeln. Tina schaute ihm kopfschüttelnd nach. Wieder einer, der keinen Blick für diese tolle Landschaft hatte.

Kurz bevor er hinter einer leichten Biegung aus ihrem Blickfeld verschwand, kreuzte etwas Dunkles, vielleicht ein wildes Kaninchen oder eine Katze, seinen Weg. Und zwar derart plötzlich, dass der Mann hilflos den Lenker herumriss und den Deich hinunterpurzelte. Er überschlug sich ein- oder zweimal und blieb dann reglos liegen.

Tina trat kräftig in die Pedale. Hastig schaute sie sich um, doch außer ihr und dem Mann war der Deich leer. Schwer atmend erreichte sie die Unfallstelle, ließ ihr Fahrrad fallen und tippelte vorsichtig den Deich hinab.

Der Mann lag immer noch reglos auf dem Rücken, seine Augen waren geschlossen. Zum Glück trug er einen Fahrradhelm. Tina beugte sich über ihn und fühlte vorsichtig den Puls. Dieser schlug etwas schneller, aber für ihre Begriffe kräftig und normal. Erleichterung machte sich in ihr breit. Doch was nun? Sie forschte in ihren Erinnerungen. Stabile Seitenlage oder vielleicht doch nicht? Hatte der Mann sich eventuell am Rücken verletzt, konnte das falsch sein. Tinas Blick fiel auf ihr Fahrrad, im Rucksack war das Handy. Sollte sie einen Krankenwagen rufen, wäre das nicht das Allerbeste?

Doch genau in diesem Augenblick begann der Mann sich zu regen und stöhnte leise auf. Unsicher tasteten seine Hände über die Wiese. Instinktiv ergriff Tina seine Hand und hielt sie fest.

»Es ist alles in Ordnung, ich bin bei Ihnen. Sie sind mit Ihrem Fahrrad den Deich hinuntergestürzt, erinnern Sie sich?«, sagte sie mit beruhigender Stimme.

Der Mann stöhnte erneut und öffnete dann langsam seine flatternden Lider. Er blinzelte und versuchte sich zu orientieren. Dann sah er sie mit einem Ruck an, und Tina zuckte fasziniert zurück. Noch nie in ihrem Leben hatte sie so blaue Augen gesehen. Sie strahlten wie das Meer, an dem sie einen so schönen Tag verbracht hatte. Überhaupt war der Typ ausgesprochen gut aussehend. Sein Gesicht war braun gebrannt, und ein Kranz von Lachfältchen zog sich um seine Augen. Das Kinn schmückte ein Dreitagebart, der zu ihm passte und den Mann ein wenig verwegen wirken ließ. Er war etwa in ihrem Alter, schätzte Tina, vielleicht ein wenig älter. Es schien ihr, als könnte sie in seinen Augen versinken. Verwirrt wandte sie sich ab und schaute auf seinen verrutschten Fahrradhelm.

»Oh Gott, brummt mein Schädel! Könnten Sie mir eventuell helfen, ich würde mich gerne hinsetzen?«, sagte er mit einem leichten Stöhnen.

Vorsichtig ergriff Tina seinen Arm, stützte den Mann am Rücken zusätzlich und zog ihn langsam nach oben, bis er schließlich aufrecht saß. Ihrer beider Blicke fielen auf sein rechtes Knie. Bei seinem Sturz hatte er sich eine ziemlich heftige Fleischwunde zugezogen, die stark blutete und außerdem dreckverschmiert war.

»Oje, auch das noch«, sagte der Mann und schüttelte den Kopf. »Das hat mir gerade noch gefehlt, ich habe nämlich nicht mal ein Taschentuch dabei. Ich wollte eigentlich nur eine kleine Runde am Abend drehen, einmal von Prerow nach Zingst und zurück. Und nun das.«

»Zum Glück habe ich immer allerlei nützliche und unnütze Sachen in meinen Taschen.« Sie zwinkerte ihm zu. »Warten Sie, ich bin gleich wieder bei Ihnen.«

Tina eilte den Deich hinauf. Dort radelte eben ein Pärchen vorbei. Neugierig spähten beide den Hang hinab. Angesichts des verletzten

Mannes gaben sie schlagartig Gas. Vermutlich hatten sie Angst, helfen zu müssen.

Sie schnappte sich ihren Rucksack und eilte erneut den Hang nach unten. Dann holte sie eine Packung Taschentücher heraus sowie ihre Trinkflasche. Behutsam goss Tina ein wenig Wasser über die Wunde, um den gröbsten Dreck abzuspülen, und tupfte anschließend die Wundränder sanft ab. Zum Schluss legte sie vorsichtig eine Ladung Taschentücher darauf. Der Radfahrer zuckte zusammen, gab aber keinen Laut von sich. Tina suchte abermals in ihrem Rucksack und fand ein bunt gemustertes Halstuch, welches sie für alle Fälle eingesteckt hatte. Vorsichtig begann sie es um das Bein zu wickeln.

Augenblicklich ergriff der Mann ihre Hand. »Bitte, nein, das kann ich nicht annehmen. Es wird schon so gehen – irgendwie. Sie können doch nicht ihr gutes Tuch für mich opfern.« Seine Hände waren warm und sehnig, die Finger schlank und lang – fast wie bei einem Klavierspieler. Eine ganz besondere Energie durchströmte ihre Hand und ließ sie ein wenig zittern.

Vorsichtig löste sie sich aus seinem Griff. »Ach und die Taschentücher halten wie von Zauberhand oder was?«, erwiderte Tina mit fester Stimme. Energisch wickelte sie das bunte Tuch um die Wunde und betrachtete anschließend ihren Verband kritisch. Er war nicht perfekt, doch bis Prerow würde es sicher so gehen, es musste einfach.

Da hörte sie plötzlich ein glucksendes Geräusch. Tina, die bis jetzt ihre ganze Konzentration der Verletzung geschenkt hatte, schielte vorsichtig zum Gesicht des Mannes und bemerkte, dass er sie belustigt ansah. Ein verschmitztes Lächeln huschte um seine Mundwinkel. Er nahm seinen Fahrradhelm ab und fuhr sich mit der freien Hand durch seine leicht gelockten grauen Haare. »Sie sind ja ganz schön energisch, wie eine richtige Krankenschwester.«

»Da muss ich Sie leider enttäuschen. Eine Krankenschwester bin ich nicht, aber ich denke, ich habe trotzdem alles richtig gemacht«, sagte Tina mit leicht heiserer Stimme. Da war etwas in der Art, wie er sie anschaute, was sie vollkommen nervös machte.

»Ganz bestimmt, und ich danke Ihnen sehr für Ihre Hilfe. Ohne Sie würde ich immer noch wie ein Maikäfer im Gras liegen.« Seine Stimme klang angenehm – dunkel, sympathisch – und ließ keinerlei Rückschlüsse zu, aus welcher Gegend er stammte.

Tina löste ihren Blick von seinem Gesicht und musterte das Tuch noch einmal. Der Mann stützte sich indes auf seine Arme und stöhnte leicht auf. »Soll ich Ihnen vielleicht aufhelfen?«, meinte Tina mit leichtem Stirnrunzeln.

»Ich glaube, das schaffe ich allein, trotzdem danke!« Doch der erste Versuch, auf die Beine zu kommen, endete mit einem erneuten Plumps auf den Boden. Der Mann wischte sich über sein Gesicht und stöhnte erneut. »Verdammt, mir ist irgendwie schwindlig.« Er schluckte heftig und fixierte einen festen Punkt.

»Na nun kommen Sie schon, lassen Sie mich Ihnen helfen«, sagte Tina energisch und zog ihn langsam nach oben.

»Irgendwie komme ich mir gerade wie siebzig vor«, nuschelte er verlegen, nahm ihre Hilfe aber schließlich an.

Zusammen mit Tina schaffte er es auf die Beine und stand gebeugt und leicht schwankend vor ihr. Immer noch hielt er ihren Arm fest, löste sich erst nach einer kleinen Weile und richtete sich auf. Er war groß, fast einen Kopf größer als Tina. Er schien regelmäßig Sport zu treiben, denn seine Figur wirkte durchtrainiert. Sowohl Arme als auch Beine waren muskulös, nicht zu viel, sondern für ihre Begriffe gerade richtig.

Der Mann holte tief Luft, streckte sich und schüttelte vorsichtig seine Arme aus. »Danke für die Hilfe! Und nun schaue ich mir mein Fahrrad an.« Er humpelte einige Schritte und musterte das Rad kritisch. Tina begleitete ihn zur Sicherheit, sie hatte Angst, er würde wieder umfallen. Zu ihrer Erleichterung schien der Verband zu halten, er verrutschte kein Stück. Fachkundig betastete der Fremde alle möglichen Teile seines Fahrrades und wirkte dann ziemlich erleichtert. »Scheint alles in Ordnung zu sein, dass meiste habe wohl ich abbekommen.«

»Denken Sie denn, Sie kommen damit bis Prerow?« Tina warf einen Blick auf ihre Uhr und musterte kritisch das Fahrrad. Es war schon ziemlich spät, eigentlich hatte sie längst zu Hause sein wollen. Peter würde sich bestimmt bereits Sorgen machen. Dennoch siegte ihre Hilfsbereitschaft. »Ich könnte Sie auch begleiten, also mit Ihnen zusammen laufen. Allzu weit ist es ja nicht mehr«, sagte sie zögernd.

Der Mann wehrte heftig ab. »Auf keinen Fall, das kann ich nicht annehmen. Bald wird es dunkel, und Sie haben bestimmt noch andere Dinge zu tun, als mit mir den Deich entlangzuhumpeln. Ich laufe ganz langsam und werde es schon schaffen.«

In diesem Moment näherte sich ein Auto mit ziemlicher Geschwindigkeit und hielt schließlich mit quietschenden Reifen genau neben ihnen an. Verwirrt musterte Tina den Kleinbus, dem eine weißblonde Frau entstieg. Sie trug ein knallenges Jeanskleid, welches ihre Figur perfekt betonte, und wirkte wie aus einem Film gefallen. Ihr Ausschnitt war mehr als gewagt, genauso wie die Länge des Rocks, der lange gebräunte Beine zeigte. Auf hohen Absätzen stöckelte sie durch das Gras auf sie zu. Ihre Haare wehten in einer abendlichen Brise und wurden nur durch die große Sonnenbrille auf ihrem Kopf zurückgehalten.

»Dany, du meine Güte! Ich hab dich überall gesucht. Ich war im Hotel, dann in Prerow – aber von dir keine Spur. An dein Handy bist du auch nicht gegangen. Und jetzt finde ich dich hier, was für ein Glück!« Die Frau drückte den Mann vorsichtig an sich und betrachtete ihn dann besorgt von oben bis unten. Ihr Blick fiel auf das lädierte Knie und die aufgeschrammten Handflächen. »Um Gottes willen, was ist denn passiert, das sieht ja schrecklich aus. Wir müssen unbedingt einen Arzt aufsuchen oder gleich ins Krankenhaus fahren.«

Tina fühlte sich alles andere als wohl in ihrer Haut. Sie kam sich in diesem Moment vollkommen überflüssig vor, denn die Frau würdigte sie keines Blickes, als wäre sie Luft.

Seltsamerweise schien der Mann sich ebenfalls unwohl zu fühlen. Mit leicht säuerlicher Miene schaute er die blonde Dame an. »Es ist alles in Ordnung, mach bloß nicht so einen Aufriss! Wir brauchen weder zu einem Arzt noch in ein Krankenhaus zu fahren. Ich bin nur ein wenig gestürzt, aber es sieht schlimmer aus, als es tatsächlich ist …«

»Ach und das kannst du einschätzen, na ich weiß nicht. Vielleicht ist etwas gebrochen oder verstaucht oder was weiß ich. Du immer mit deinen blöden Radtouren. Irgendwann passiert mal was Schlimmes. Das habe ich dir schon so oft gesagt.« Der Redefluss der Dame nahm kein Ende. »Zum Glück habe ich dich gefunden.«

»Es ist alles gut, hörst du«, unterbrach er schließlich nach einer Weile den Monolog. »Diese Frau kam zufällig vorbei und hat mir netterweise und sehr kompetent geholfen.«

Zwei Augenpaare musterten Tina im selben Moment.

»Aha«, sagte die Frau und ließ ihre Blicke über Tinas Radfahroutfit gleiten. Anschließend musterte sie das verbundene Knie kritisch. »Ja, wie auch immer, das war sehr nett. Aber ich denke, wir verladen jetzt dein Fahrrad in den Bus, und ich bringe dich die letzten Meter zurück. Und morgen suchen wir einen Arzt auf, wir können nichts riskieren, nicht jetzt. Es steht zu viel auf dem Spiel.«

Diese Ansage nahm Tina zum Anlass, sich endlich aus der unangenehmen Situation loszueisen. »Ja, ich denke, ich werde mich dann auch mal auf den Heimweg machen. Es wird gleich richtig dunkel. Sie kommen ja jetzt auf jeden Fall nach Prerow.«

Sie drehte sich herum und wollte gerade den Hang nach oben steigen. Da ergriff der Mann ihr Handgelenk und hielt sie fest. »Warten Sie doch! Ich habe mich noch gar nicht richtig bei Ihnen bedankt. Also, vielen Dank für die schnelle und kompetente Hilfe!« Einen Moment sah er sie wieder so intensiv an wie vorher, und Tina spürte ein leichtes Flattern in ihrem Bauch. Ein Flattern, wie sie es schon viele Jahre nicht mehr gespürt hatte. Ihre Wangen röteten sich, zum Glück war es schon so dunkel, dass er es nicht sehen würde.

»Dany, kommst du?«, unterbrach in diesem Moment eine schrille Stimme den magischen Moment. Die blonde Dame hatte bereits das Fahrrad ergriffen und schleppte es ungeschickt und stöhnend zum Kleinbus. *Kein Mensch trägt auf so eine Art ein Fahrrad*, dachte Tina noch. »Alleine schaffe ich das nicht«, setzte die Stimme nach.

Tina rang sich noch ein knappes »Gern geschehen, kein Problem«

ab und kletterte den Damm empor. Oben angekommen schnallte sie ihren Rucksack auf den Gepäckträger und blickte noch einmal kurz nach unten. Der Mann wuchtete gerade das Rad ins Auto und drehte ihr den Rücken zu. Die Dame stand daneben und schaute zu Tinas Erstaunen in ihre Richtung. Ihr Gesicht lag im Dunkeln, der Ausdruck war nicht erkennbar. Kurz darauf wandte sie sich ab und beobachtete, wie der Mann das Rad verstaute.

Ein kurzer Blick auf die Uhr zeigte Tina, dass es schon nach neun war. Sie schwang sich auf ihr Fahrrad und trat heftig in die Pedale. Eigentlich hatte sie schon viel eher zu Hause sein wollen, da abends immer noch einiges an Papierkram auf sie wartete. Zum Glück kam sie gut voran, denn mittlerweile herrschte Windstille um sie herum. Und während sie so fuhr, ertappte sie sich dabei, wie sie immer wieder Richtung Straße schielte. Der Kleinbus musste sie eigentlich jeden Moment passieren, doch nichts geschah. An der hohen Düne bog Tina schließlich zum Ort ab und ließ die Straße mit einem gewissen Gefühl von Enttäuschung hinter sich zurück. Irgendwie hatte sie sich gewünscht, der Mann hätte ihr noch einmal zugewunken. Gleich darauf schalt sie sich selbst. Was für eine blöde Idee, warum sollte er das tun? Der Typ war vergeben, und sie war eine verheiratete Frau.

Im Schatten des Kiefernwaldes streifte ein kühler Hauch ihre heiße Stirn, der sie endgültig wieder ins Hier und Jetzt holte. Ihr Fahrrad knirschte über den Sandweg, und zu ihrer Rechten hörte sie die Ostsee leise rauschen. Es war mittlerweile finster, doch sie kannte den Weg gut, und ab dem Ortseingang von Prerow wiesen ihr Laternen den Weg.

Als Tina das kleine Hintertürchen an ihrem Gartenzaun öffnete, musste sie feststellen, dass das Haus in vollkommener Dunkelheit lag. Sie schob das Fahrrad in den Schuppen und verschloss sorgfältig die Tür. Peters Rad, welches immer unter einem Anbau stand, war verschwunden, ebenso wie seine Angelsachen.

Im Inneren des Hauses empfingen sie Stille und Finsternis. Tina knipste die Lampe am Tresen an, und ihr Blick fiel auf einen Zettel. *Bin mit Jan angeln, wird bestimmt später*, stand da. Zumindest das Handy schien Peter mitgenommen zu haben, bemerkte sie schmunzelnd.

Tina streifte ihre Schuhe und die Sachen ab und stieg in Unterwäsche in den ersten Stock. Im Bad lag noch ein altes Longshirt, welches sie überstreifte. Aus dem Kühlschrank holte sie sich den Rest Weißwein vom letzten Wochenende, schenkte sich ein Glas ein und ging dann hinüber ins Büro.

Unkonzentriert schaltete sie den Rechner ein. Es waren noch einige neue Buchungsanfragen gekommen. Wieder einmal konnte Tina den meisten Erholungswilligen nicht helfen und verschickte ihren Standardtext. Nach einer knappen Stunde war sie mit allem durch. Seufzend schaltete sie den Computer aus, schnappte sich den Rest Wein und setzte sich auf die Terrasse hinter dem Haus.

Mittlerweile hatte sich die Luft abgekühlt, und Tina erfasste ein leichtes Frösteln. Auf einem der Stühle lag eine Decke. Sie wickelte sich ein, legte die Beine auf den anderen Stuhl und schaute in den Himmel. Dort, wo heute Nachmittag noch weiße Wölkchen dahingezogen waren, blinkten mittlerweile die Sterne. Es war eine klare Nacht, und die Sicht war hervorragend. Tina versuchte letzte Erinnerungen, an den Astronomieunterricht in der Schule hervorzukramen – aber es wollte ihr nicht gelingen. All die damals erlernten Sternbilder waren aus ihrem Kopf verschwunden und ließen sich beim besten Willen nicht mehr zuordnen.

In ihrem Kopf herrschte Chaos. Wann immer Tina die Augen schloss, schauten sie zwei strahlend blaue Augen an. Dann tauchte die blonde Frau auf und mit ihr die Erkenntnis, dass die beiden ein ziemlich unpassendes Pärchen abgegeben hatten. Zumindest auf den ersten Blick. Wie hatte die Frau gesagt – Dany – irgendwie war dieser Name albern und passte gar nicht zu dem Mann.

Gleich darauf fragte Tina sich, warum sie sich darüber überhaupt Gedanken machte. Sowohl der Mann als auch die Frau konnten ihr schließlich herzlich egal sein. Mit dieser Erkenntnis döste Tina schließlich ein.

Erst der Nachbarshund, der wütend anfing zu kläffen, holte sie aus ihrem Nickerchen, und sie ging schließlich ins Bett. Schon nach wenigen Minuten, war sie erneut tief und fest eingeschlafen.

# 3. Kapitel

Punkt 5.30 Uhr schrillte der Wecker. Peter lag auf dem Rücken und schnarchte friedlich neben ihr. Tina hatte so tief geschlafen, dass sie ihn nicht hatte heimkommen hören. Jetzt drehte er sich verschlafen auf die Seite und brummte etwas Unverständliches in ihre Richtung.

Tina betätigte noch einmal die Schlummertaste – diesen kleinen Luxus gestand sie sich jeden Morgen zu. Doch beim zweiten Klingelton war sie sofort aus dem Bett heraus. Dann begann ihr Tag mit ganz viel morgendlicher Routine. Sie duschte erst warm und dann immer kühler, bis am Ende eiskaltes Wasser über ihren Körper lief. Tina redete sich ein, dass diese Abhärtung ihre Gesundheit stärkte. Und es schien zu funktionieren, denn sie war seit Jahren nicht mehr richtig krank gewesen. Auf jeden Fall war sie danach putzmunter. In der Küche warf sie die Kaffeemaschine an und kochte sich selbst einen Tee. Während sie den Tisch deckte, Brotscheiben abschnitt und die Zeitung von draußen hereinholte, kam Peter die Treppe herab.

Seit vielen Jahren bereitete Tina jeden Morgen das Frühstück zu. Früher noch für die ganze Familie, jetzt nur noch für sie beide. Nur sonntags übernahm Peter diesen Part. Auch das hatte sich vor Jahren eingebürgert. Sie liebte diese festen Rituale, irgendwie gaben sie ihr ganz viel Sicherheit. Mancher würde es vielleicht als langweilig empfinden, sie fühlte sich damit wohl.

Ihr Mann schlurfte zur Küchentür herein, gab ihr einen flüchtigen Wangenkuss und setzte sich an den Tisch. »Na«, fragte Tina lächelnd. »Hattet ihr Erfolg, gibt's heute Abend Fisch?«

Peter schüttelte grummelnd den Kopf. »War nicht dolle, nur winzige Teile, denen ich lieber das Leben geschenkt habe.« Er machte eine Pause, nahm einen Schluck Kaffee und vergrub sich hinter seiner Zeitung. »Und bei dir, wie war dein Tag? Wie geht's Marion?«, fragte er abwesend und raschelte mit der Zeitung.

»Es war schön, wir waren am Strand – baden und Bernstein sammeln. Marion geht's gut, so wie immer.« Beim Namen Marion fiel Tina das Konzert am Samstagabend ein. Es war zwar noch eine Weile hin, aber vielleicht sollte sie das Thema jetzt bereits ansprechen. »Apropos, Marion und ich würden am Samstag gerne auf ein Konzert gehen. In Zingst tritt die Gruppe Ramos auf, und Marion hat zwei Karten.« Etwas nervös wartete sie auf seine Reaktion und hielt den Atem an.

Zunächst geschah gar nichts, und sie hatte das Gefühl, er habe sie gar nicht gehört. Also hakte sie nach. »Peter, das Konzert, hast du mich verstanden?«

Langsam sank die Zeitung nach unten. Auf der Stirn ihres Mannes erschien eine tiefe Falte. Erstaunt schaute er sie an. *Oh Gott, er hat also was dagegen*, dachte Tina.

Doch in diesem Augenblick sagte Peter: »Ramos, das ist ja Ewigkeiten her. Hätte gar nicht gedacht, dass es die noch gibt.« Er zuckte die Schultern. »Na wegen mir. Aber sag mal, sollten wir Fine nicht am Wochenende nehmen?«

»Ich hab noch nichts gehört, also ich meine, Franzi hat mit mir noch nicht geredet. Es wird ja wohl auch einmal ein Wochenende ohne uns gehen.« Leise klirrte ihre Tasse, als Tina sie auf dem Teller absetzte. In diesem Moment war sie über sich selbst erstaunt. Hatte sie das wirklich gerade gesagt?

Peter wohl auch, denn sein Gesichtsausdruck war nicht recht zu deuten. »Tja, wenn du meinst. Ich werde angeln gehen. Hab ich gestern schon mit Jan ausgemacht. Und wenn Marion schon eine Karte hat, musst du wohl mit. Wird bestimmt gut.« Damit schien das Thema für ihn erledigt zu sein, denn er vergrub sein Gesicht erneut hinter der Zeitung.

Tina schaute kurz aus dem Fenster und beobachtete, wie die Sonnenstrahlen Stück für Stück ihren Küchenfußboden eroberten. Im kleinen Teich, den Peter vor einigen Jahren gebaut hatte, nahm eine dicke Amsel ein morgendliches Bad. Sie schüttelte ihr Gefieder, dass die Wassertropfen nur so spritzten. Tina liebte diese morgendlichen Stunden, in denen die Natur nach und nach erwachte. Wie sehr hatte sie es früher genossen, eine erste Strandrunde mit ihrem Hund Felix zu drehen. Manchmal hatte ein dunstiger Schleier auf dem Wasser gelegen, manchmal hatte die Ostsee bereits am Morgen gebrüllt und getost. Auf jeden Fall war der Strand menschenleer gewesen, und diese Einsamkeit war es, die sie so liebte. Felix auch, er jagte dann immer über den Strand und schien dabei über das gesamte Gesicht zu lachen. Es war dieses besondere Gefühl, ganz allein auf der Welt zu sein. Felix war vor einigen Jahren gestorben, und sie hatten sich aus Vernunftgründen gegen einen neuen Hund entschieden. Die Zeit für ein Tier war einfach zu knapp. Doch an manchen Tagen vermisste Tina ihn schmerzlich.

Nach einer weiteren Tasse Kaffee und Tee gingen sie ihre Pläne für den heutigen Tag durch. Danach verabschiedete Peter sich und fuhr mit seinem Transporter davon.

Erst gegen Mittag kam Tina wieder einen kleinen Augenblick zum Nachdenken. Bis dahin hatte sie drei Ferienwohnungen geputzt, Schlüssel abgeholt und mit Urlaubern telefoniert. Die Zeit war wie im Flug vergangen, und nur ihr grummelnder Magen erinnerte sie daran, wie spät es eigentlich schon war.

Sie hatte sich gerade kurz hingesetzt und in einen Apfel gebissen, als ihr Handy klingelte. Franzi, ihre Älteste, war am anderen Ende. Im Hintergrund herrschte wildes Stimmengewirr. Franzi jobbte ein paar Stunden die Woche in einem Kaffee in Wustrow, um ein paar Euros zum Familienunterhalt dazuzuverdienen.

»Muttsch, hallo, hast du eine Minute?«, hörte sie Franzis Stimme hektisch durch den Hörer.

»Ich hab gerade eine winzige Mittagspause eingelegt«, sagte Tina und legte kurz die Beine hoch. »Also, was ist los?«

»Bei uns ist gerade der Notstand ausgebrochen. Eine Kollegin hat sich vor ein paar Minuten krankgemeldet, und mein Chef fragt, ob ich kurzfristig einspringen könnte. Ole ist heute leider in Greifswald und kommt erst sonst wann nach Hause. Könntest du eventuell Fine vom Kindergarten abholen? Das wäre suuuper von dir«, säuselte ihre Tochter ins Telefon.

Tina seufzte innerlich auf und freute sich dennoch darüber, ein paar Stunden mit ihrer Enkelin verbringen zu können. Im Geiste ging sie ihre eigentlichen Pläne für heute Nachmittag durch und entschied, dass Fine vorging und die Fenster noch gar nicht so schmutzig waren. Putzen konnte sie auch noch an einem anderen Tag. »Das geht in Ordnung. Soll Fine dann gleich bei uns schlafen, oder holt ihr sie heute Abend noch ab?«

»Also wenn es dir nichts ausmacht, kann sie gerne bei euch schlafen. Ich weiß ja nicht, wann ich hier rauskomme. Bei dem Wetter ist die Bude voll ohne Ende.« Ihre Tochter stöhnte auf. »Muttsch, du bist einfach die Allerbeste – ich hab dich lieb.« Franzi schickte ihr noch einen schmatzenden Luftkuss durch den Hörer und legte dann auf.

In diesem Moment dachte Tina an Marions Worte. Und dennoch, sie liebte ihre Enkelin, Marion konnte das einfach nicht verstehen. Sie hatte eben keine Kinder und konnte nicht nachvollziehen, wie es war, wenn einem so ein kleines Wesen vollkommen den Kopf verdrehte.

Der Rest des Arbeitstages verging wie im Fluge. Pünktlich um halb vier übergab Tina die letzten Schlüssel an anreisende Urlauber. Hastig eilte sie ins Haus und nach oben, zog sich um und packte ein paar Sachen für Fine zusammen. Dann holte sie den Fahrradanhänger und die Sandspielsachen aus dem Schuppen und radelte Richtung Kindergarten.

Auf dem Weg dahin, hielt sie noch kurz beim Supermarkt an, kaufte ein Paar Brötchen und die Wiener Würstchen, die Fine ganz besonders liebte. An der Kasse stand eine lange Schlange, nur langsam ging es voran. Ramona, die Kassiererin, sah gestresst aus. »Hier ist heute wieder was los. Den ganzen Tag nur Massen, ich bin froh, wenn ich Feierabend habe. « Tina sah sie mitfühlend an und eilte dann nach draußen. Schon von Weitem sah sie, dass Fines Gruppe im Garten war. Der Sandkasten, einer der Lieblingsplätze ihrer Enkelin, lag unter einem Sonnensegel, und zahlreiche kleine Baumeister waren damit beschäftigt Kunstwerke entstehen zu lassen. Fine hatte sie augenblicklich erspäht und kam mit ihren kleinen Beinen, so schnell sie konnte, auf ihre Oma zugeeilt. Tina sah die strahlenden Augen und die niedlichen kleinen Grübchen auf den Wangen, und augenblicklich war es um sie geschehen. Sie hatte einfach das allerschönste Enkelkind der ganzen Welt, auch wenn das sicherlich alle Großeltern von sich behaupten würden.

Fine klatschte in ihre Hände und entdeckte sogleich das Sandspielzeug, welches im Fahrradanhänger lag. Eine halbe Stunde später hatte Tina eine Strandmuschel zum Schutz gegen die Sonne errichtet und spielte mit ihrer Enkelin im Sand. Sie war mit dem Fahrrad ein ganzes Stück Richtung Weststrand gefahren und hatte fast am Ende des lang gezogenen Campingplatzes ein idyllisches Plätzchen gefunden. Und dann bauten sie Kleckerburgen, errichteten Schutzwälle aus Sand und ließen Wasser in Gräben laufen. Zum Schluss wurde alles mit zahlreichen Muscheln verziert, und das Bauwerk war fertig.

Die verbleibende Zeit verging wie im Flug, und erst nach sechs machten sie sich auf den Heimweg. Fine war so erschöpft, dass sie am Abendbrottisch fast einschlief und kaum noch mitbekam, dass ihr Opa nach Hause kam.

Gemeinsam brachten sie Fine ins Bett, Tina las ihr eine Geschichte vor und beobachtete, wie ihre Enkelin ganz langsam ins Reich der Träume glitt. Ihre Wimpern flatterten, und die kleinen Hände zuckten im Schlaf. Stundenlang konnte Tina ihr beim Schlafen zusehen, und in ihrer Brust bildete sich ein schmerzliches Glücksgefühl.

Peter lag bereits auf der Couch und eiferte seiner Enkelin nach. Leise Schnarchgeräusche erfüllten den Raum, und der Fernseher dudelte einfach so vor sich hin. Anscheinend wollte er heute einmal nicht angeln gehen. Behutsam breitete sie eine Decke über ihm aus und ging leise nach draußen. Tina räumte entspannt die Küche auf, goss die Blumen im Garten und ging zeitiger als sonst erschöpft, aber glücklich ins Bett.

# 4. Kapitel

Und dann war auch schon Freitag. Morgen sollte das Konzert in Zingst stattfinden.

Am Vorabend hatte Tina ein ziemlich unangenehmes Gespräch mit Franzi gehabt, und erneut hatte sie das Gefühl, dass an den mahnenden Worten ihrer Freundin Marion etwas dran sein musste. Denn Franzi hatte fest damit gerechnet, dass ihre Eltern Fine am Wochenende wieder zu sich nahmen. Umso überraschter fiel ihre Reaktion aus. »Aber Muttsch, wir haben uns auf euch verlassen. Was soll denn jetzt mit Fine werden?«, fragte sie in etwas pampigem Tonfall. »Und was soll das überhaupt? Du gehst doch sonst nicht auf Konzerte, und wer soll das überhaupt sein – Ramos – noch nie gehört.«

»Die Gruppe war sehr bekannt, als ich so alt war wie du, zumindest so einigermaßen – ist ja auch egal. Habt ihr niemand anders, zu dem ihr Fine mal bringen könnt? Und was hast du denn überhaupt vor?«, fragte Tina, um Franzi zu beschwichtigen.

Es stellte sich heraus, dass ihre Tochter ebenfalls auf eine Fete wollte. Eine Fete, die schon ewig geplant gewesen war. Und das hatte sie ihrer Mutter angeblich vor langer Zeit schon gesagt. Tina war noch nicht senil und konnte sich beim besten Willen nicht an diesen Termin erinnern. Zumindest war nichts fest vereinbart worden. In der Folge ergab ein Wort das nächste. Zum ersten Mal war Tina fest entschlossen, diesmal nicht nachzugeben. Obwohl die innerliche Versuchung immer größer wurde. Ihr schlechtes Gewissen meldete sich, und vor ihrem inneren Auge tauchte die friedlich schlummernde Fine auf. Doch diesmal blieb sie hart.

Das Gespräch endete unschön und damit, dass Franzi einfach auflegte. Eine Reaktion, die Tina noch mehr verärgerte. Gleich anschließend rief sie Marion an und klagte ihrer Freundin ihr Leid. Doch damit war sie bei dieser an der falschen Adresse. Denn Marion wechselte schon nach kurzer Zeit das Thema. »Junge Leute können sich nicht immer auf die Alten verlassen. Du hast das richtig gemacht – absolut. Aber sag mal, was ziehst du eigentlich am Samstag an?«

Unschlüssig blickte Tina auf ihre Blumenrabatte und ging im Geist den Inhalt ihres Kleiderschranks durch. »Keine Ahnung, Jeans und T-Shirt vielleicht.« Was zog man am besten zu Konzerten an, das letzte lag viele Jahre zurück.

»Wirklich, hm, ich wollte eigentlich das schwarze kurze Kleid anziehen? Was meinst du?«, fragte Marion.

Tina holte tief Luft. »Bist du sicher, ich meine, ist das nicht ein bisschen sehr kurz? In dem Teil kannst du dich ja kaum bücken?« Das war ein gutes Argument, denn sämtliche Hinweise auf Marions Alter wären wie an einer Mauer abgeprallt. Diese fühlte sich zwanzig Jahre jünger und ließ sich diese Meinung auch nicht ausreden. Und sich auf altersgerechte Mode umzustellen, kam für sie schon gar nicht infrage. Im Stillen bewunderte Tina ihre Freundin, für deren Mut, aber vor allem für die überaus sportliche Figur. Wenn sie mit Mitte sechzig noch immer so aussah, konnte sie sich glücklich schätzen.

»Ich will mich ja auch nicht bücken, sondern Spaß haben«, meinte Marion trocken. »Du bist immer so schrecklich vernünftig.«

Am Ende entschieden sich beide Frauen für Jeans und lässige Tops, denn vermutlich würde es in dem Club ziemlich heiß werden. Und obwohl ihre Vorfreude, durch das Telefonat mit Franzi einen kleinen Dämpfer erhalten hatte, spürte Tina, wie es in ihrem Bauch zu kribbeln begann.

Und je näher der Samstagabend rückte, umso stärker wurde das Prickeln. Am Ende stand Tina mit zitternder Hand vorm Badspiegel und versuchte einen einigermaßen geraden Lidstrich unter ihr Auge zu zaubern. Sie hatte sich für eine helle Hose und ein dunkelgrünes Top entschieden, das die Farbe ihres Haares noch ein wenig mehr betonte. Darüber legte sie lässig einen Pullover gegen die abendliche Kühle. Ganz zum Schluss sprühte sie noch ein wenig Parfüm auf ihr Dekolleté und legte die silberne Kette mit dem tropfenförmigen Bernsteinanhänger an, die sie vor einigen Jahren selbst hergestellt hatte. Kritisch musterte Tina sich im Spiegel ihres Schlafzimmerschranks. Das, was sie sah, stimmte sie zufrieden – sie sah gut aus, und was das Beste war, sie fühlte sich auch gut. All die Jahre hatte sie sich ihre Figur einigermaßen bewahrt, da waren neuerdings zwar ein paar kleine Rundungen, die ihr aber egal waren. Fine konnte sich glücklich schätzen, eine so junge, gut aussehende Oma zu haben.

Peter, der im Garten gerade seine Angelsachen sichtete, betrachtete sie mit einem leichten Schmunzeln von oben bis unten.

»Was denn, warum lachst du?«, fragte Tina unsicher nach und versuchte seine Miene zu deuten.

»Alles in Ordnung, du siehst wirklich gut aus«, sagte er unbeholfen und hob die Hände. Komplimente und große Worte waren noch sie seine Stärke gewesen. Anfangs hatte Tina dies immer vermisst und sich nach Liebesschwüren gesehnt. Mittlerweile wusste sie ihren Mann zu nehmen, wie er war. »Ich wünsch dir jedenfalls viel Spaß. Wir sehen uns dann morgen früh«, sagte er leise. Seine dunkelbraunen Augen streiften kurz ihr Gesicht, während er seine schon etwas schütteren grauen Haare zurückstrich. Peter drückte ihr einen leichten Kuss auf die Wange und wandte sich dann wieder ab. Seine Angelruten zitterten leicht, als er sie gegen die Schuppenwand lehnte.

Tina schnappte sich ihre kleine Reisetasche und fuhr mit dem Auto zu Marion. Sie hatte sich dann doch dafür entschieden, bei ihrer Freundin zu schlafen. Und auch Peter schien diese Variante zu befürworten. Mit viel Mühe fand sie in der unmittelbaren Nähe von Marions Wohnung noch eine Parklücke, in die sie ihr Auto quetschte.

Marion erwartete sie schon an der Wohnungstür und musterte Tina aufmerksam von oben bis unten. »Also ich muss schon sagen, du siehst toll aus.«

»Das sagte mein Mann auch gerade«, bemerkte Tina mit einem leichten Grinsen.

»Na immerhin, das hätte ich deinem Peter gar nicht zugetraut. Nein im Ernst, du siehst klasse aus. Und erkenne ich da sogar ein wenig Farbe auf deinen Lippen?« Forschend musterte Marion ihr Gesicht.

»Ja doch, ich habe endlich mal den Lippenstift benutzt, den du mir vor einigen Jahren geschenkt hast.«

»Dass der nicht schon eingetrocknet war«, sagte Marion und wich dem kleinen Luftschlag von Tina geschickt aus. »Na wie auch immer. Ich habe dir im Gästezimmer die Couch bezogen. Du kannst deine Tasche am besten dort abstellen.«

Marion bewohnte eine kleine schnuckelige Wohnung mitten in Zingst. Sie war ruhig und passte einfach perfekt zu ihr. Es war nicht weit bis zu ihrem Laden, und auch den Strand erreichte man in wenigen Gehminuten. Das Beste aber war die riesengroße, vor Blicken sichere Dachterrasse, auf der man sich laut Marions Aussage sogar nackt sonnen konnte. Wegen dieser Terrasse hatte Marion vor einigen Jahren einen Kredit aufgenommen und die Wohnung schließlich käuflich erworben. Es gab ein kleines Bad, immerhin mit Badewanne und Dusche, eine kleine Küche, Schlafzimmer und ein Gästezimmer. Das Wohnzimmer gab den Blick auf die Terrasse frei und war mit seinen großen Fenstern lichtdurchflutet. Die Wände hatte Marion in hellen Pastelltönen gestrichen und weiße, glänzende Möbel dazu gekauft. Wenn Tina an ihr eigenes Zuhause dachte, kam es ihr manchmal vor, als wäre sie altmodischer eingerichtet als ihre ältere Freundin. Einzig eine neue Küche hatten sie sich vor drei Jahren gegönnt, und diese war Tinas ganzer Stolz.

»Wollen wir dann los?« Mit dieser Frage holte Marion sie aus ihren Überlegungen. »Ich dachte wir schauen vorher noch einmal bei *Siggi* rein und nehmen einen kleinen Sekt zum Vorglühen. Was meinst du?«

Tina lachte. »Meinetwegen, ich hab frei. Lass uns den Abend genießen.« Von Minute zu Minute fühlte sie sich unbeschwerter. Die Einladung zu diesem Konzertbesuch, war das Beste, was Tina seit Langem passiert war.

*Siggi* war eine kleine, versteckt liegende Bar, in der sehr viele Einheimische verkehrten und die nur wenige Gehminuten von Marions Wohnung entfernt lag. Irgendein früherer Vorbesitzer hatte dem Laden seinen Namen gegeben, und jeder Nachfolger hatte ihn treu übernommen. Denn *Siggi* war mittlerweile eine Instanz in Zingst.

Wenn Tina ehrlich war, brauchte sie nicht unbedingt vorzuglühen, denn sie glühte bereits mehr, als ihr lieb war. Ihre Wangen fühlten sich heiß an, und ihr Puls ging schneller. Sie schob dies erstens auf das schwüle Wetter und zweitens auf die Aufregung.

Das *Siggis* war gerammelt voll. Der alles andere als große Raum wurde von Stimmengewirr erfüllt. Obwohl die bodentiefen Fenster zum unter Bäumen liegenden Biergarten weit geöffnet waren, stand die Luft im Raum. Die alte Musikbox in der Ecke leierte vor sich hin und passte perfekt zur Einrichtung, die gut und gerne aus den Sechzigerjahren stammen konnte. Da waren Schallplatten an den Wänden und Postkarten aus aller Welt. Die Möbel waren alt und abgenutzt, und auch die Wandfarbe hatte schon bessere Zeiten gesehen. Hier gab es keinen modischen Schnack, den wollte auch keiner. Denn die Gäste hielten ihrem *Siggis* genau deswegen die Treue. Jeder neue Wirt übernahm das alte Konzept zu hundert Prozent und befand sich damit auf der Erfolgsspur.

Der Biergarten war voll, jeder wollte bei diesem Wetter draußen sitzen. Also drängten sie sich ins Innere der Bar und ließen ihre Blicke schweifen. Die beiden ergatterten mit viel Glück noch zwei freie Plätze an einem Stehtisch in der äußersten Ecke, genau neben dem Gang zu den Toiletten, als plötzlich laute Rufe ertönten. »Huhu, Tina, huhu!« Diese blickte sich suchend um und entdeckte schließlich auf der anderen Seite der Bar ihre gute Freundin Anne, eine Pensionsbesitzerin aus Prerow. Winkend bedeutete diese ihnen, an ihren Tisch zu kommen. Mit Müh und Not quetschten sie sich durch das volle Lokal. Anne saß mit zwei anderen Frauen am Tisch auf wackeligen Hockern. Eine der Frauen war Klara, eine Journalistin und Buchautorin, die Tina vor einiger Zeit kennengelernt hatte. Gemeinsam hatten sie an einem Artikel über das neue Seebrückenprojekt in Prerow gearbeitet und sich dabei ausgesprochen gut verstanden. Danach hatten sie sich noch einige Male getroffen, aber zuletzt war der Kontakt etwas eingeschlafen. Die Dritte im Bunde war ihr unbekannt. Blonde, ungebändigte Locken ringelten sich in ihr Gesicht, und große blaue Augen musterten Tina neugierig.

Anne sprang auf und umarmte Tina freudig. »Mensch das gibt's ja nicht. In Prerow laufen wir uns nicht über den Weg, aber hier in Zingst. Lass mich raten, bestimmt wollt ihr beiden auch zu Ramos«, sagte sie lachend. »Ich hab hier schon den halben Ort getroffen. Das ist die Zeit unserer Jugend. Da fühlt man sich gleich zehn Jahre jünger. Das ist Klara, aber ihr kennt euch ja schon. Und das ist Jessi, die beste Freundin von Klara.«

Sekunden später kam eine verschwitzte Kellnerin vorbei, die einen rot-weiß gepunkteten Petticoat trug. Fragend schaute sie in ihre Richtung. »Zwei Bier«, rief Marion laut über den Tisch, was die Frau mit einem Nicken quittierte und Richtung Tresen verschwand.

»Na sag mal, wir haben uns ja ewig nicht gesehen. Wie laufen die Geschäfte?«, erkundigte Anne sich bei Tina.

»Bestens, viel zu tun. Und bei euch?« Tina griff sich eine Getränkekarte und fächelte sich verzweifelt Luft zu. Auf ihrer Stirn bildete sich ein leichter Schweißfilm.

»Hör auf«, meinte Anne und winkte ab. »Wenn es so weiter geht, werden wir wohl noch anbauen müssen, bei den vielen Absagen. Oder wir machen eine Gaststätte auf, weil die Leute keinen Platz mehr zum Essen finden. Aber lass uns nicht über den Alltag reden. Peter ist wohl nicht mit?«

Tina schüttelte den Kopf. »Das ist nichts für ihn. Er ist beim Angeln. Und Thomas?«, fragte sie ihrerseits nach.

»Wir erwarten heute Abend noch neue Gäste. Einer muss ja die Stellung halten. Aber ich glaube, er war froh, nicht mitzumüssen.« Anne zwinkerte ihr verschwörerisch zu.

Inzwischen waren ihre Biere eingetroffen. Marion lauschte der Unterhaltung und nippte vorsichtig an ihrem eiskalten Getränk. Sie war erstaunlich still, etwas, das Tina von ihr gar nicht gewöhnt war.

»Alles in Ordnung?«, erkundigte sie sich deshalb leise bei ihrer Freundin.

»Alles gut«, bestätigte sie und lachte so herzlich wie immer. »Ich verfolge einfach euer lockeres Geplauder und schaue mich nach den knackigen Kerlen im Raum um.«

Tina war ein wenig beruhigt. Dennoch warf sie ihrer Freundin von Zeit zu Zeit einen besorgten Blick zu. Ein leichter Schweißfilm stand auf Marions Stirn. Aber das konnte auch an den tropischen Temperaturen im Raum liegen.

Eine Viertelstunde später begann das Lokal sich langsam zu leeren. Die ersten Gäste machten sich auf den Weg zum Fischerclub, und kurze Zeit später schlossen sich die fünf Frauen an. Anne hatte recht gehabt, stellte Tina fest. Vor der Eingangstür stießen sie wirklich auf halb Prerow. Auch viele Männer waren dabei, und eine Sekunde vermisste sie ihren Peter. Der würde jetzt schon zusammen mit Jan am Steg stehen und die Angel ins Wasser halten. Doch gleich darauf wurde sie von den Mädels ins Innere des Clubs mitgerissen, der schon gut gefüllt war. Sie reihten sich im vorderen Drittel ein, wo man einen guten Blick auf die Bühne hatte. Tina schaute sich neugierig um, noch nie war sie hier zu einem Konzert oder einer Tanzveranstaltung gewesen. Peter tanzte nicht so gerne. Sie liebte es, hatte aber keine Lust gehabt, ohne ihn zu gehen, wenn sie früher eingeladen wurde. Und manchmal fragte sie sich, ob sie es in den vielen Jahren nicht auch schon verlernt hatte. Die Wände des Clubs waren dunkel gestrichen. Einzig der Vorhang vor der Bühne schimmerte blutrot. Ein einzelner Scheinwerfer warf seinen Lichtstrahl nach vorn. Alle Tische und Stühle hatte man entfernt, um möglichst vielen Konzertbesuchern einen Platz bieten zu können. Irgendwo über ihren Köpfen leistete eine Klimaanlage Schwerstarbeit, doch je voller der Raum wurde, umso wärmer wurde es.

Marion, die neben ihr stand, fühlte sich gleich wie zu Hause und begann mit einem einige Jahre jüngeren Mann einen angeregten Schwatz.

Dieser kreuzte schließlich mit zwei Sektgläsern auf, und beschwipst prosteten beide sich zu. Aus dem Augenwinkel zwinkerte sie Tina zu und wackelte leicht mit dem Hintern. Mittlerweile war ihre Freundin wieder ganz die Alte und schien in ihrem Element zu sein.

Und dann setzte ein Countdown ein. Bei jeder Zahl, die auf den Vorhang projiziert wurde, ertönte ein Donnerschlag. Tina hatte das Gefühl, als würde der Boden unter ihren Füßen vibrieren. Bunte Lichter begannen zu tanzen und tauchten die Wände in eine schillernde Farbexplosion. Atemlos zählten alle nach unten, bis sich bei der Zahl Null schließlich der Vorhang öffnete. Arme flogen nach oben und begannen zu klatschen. Tina sah als Erstes den riesigen Schriftzug *Ramos* an der Rückwand, das verzerrte, ausgefranste Herz, und sofort waren die alten Bilder wieder da.

Nach und nach betraten die Musiker die Bühne, und jeder Einzelne von ihnen wurde mit einem frenetischen Jubel begrüßt. Ganz zum Schluss war nur der Platz hinter dem Mikrofon in der Mitte der Bühne leer. Der Sänger kam als Letztes, wurde von einem hellen Lichtkegel erfasst und noch ekstatischer als der Rest der Gruppe begrüßt. Tina jubelte mit, doch als sie genauer hinschaute, setzte ihr Herzschlag für einige Sekunden aus.

Das war nicht möglich, das konnte nicht sein – bestimmt hatte sie sich verguckt. Doch es gab keinen Zweifel. Sie hatte vor ein paar Tagen Erste Hilfe beim Sänger der Gruppe Ramos geleistet. Der verunfallte Radfahrer Dany und der Mann dort vorn, der so frenetisch gefeiert wurde, waren ein und dieselbe Person.

Das erste Lied bekam Tina nur halb mit. Ihre Augen hingen an dem Gesicht dort vorn, musterten das lädierte Knie, welches heute in einer Jeans steckte, und sahen die aufgeschrammten und noch nicht verheilten Handflächen.

Doch dann packte sie der Rhythmus, und spätestens bei den alten Hits war es um sie geschehen. In ihrem Magen vibrierte es, fast so, als wäre sie eins mit dem Schlagzeug. Tinas Hände flogen wie von allein nach oben, die Beine bewegten sich und kannten keine Müdigkeit. Sie war wieder zwanzig und tanzte durch die Nacht. Ihre roten Haare klebten bald schon schweißnass an ihrem Nacken, und sie band sie mit einem Zopfgummi nach oben. Den Frauen neben ihr ging es nicht anders. Bei manchen Liedern lagen sie sich im Arm, während um sie herum ein Meer von Feuerzeugen flackerte. Dann hüpften sie wieder oder schrien lautstark die Textzeilen mit, die tief in ihrem Inneren abgespeichert waren.

Erst als die Band sich das erste Mal verabschiedete, blickte Tina auf ihre Uhr. Fast zwei Stunden waren vergangen, voll mit den Hits aus ihrer Jugend. Die Band hatte eigene Titel geschickt mit denen anderer Gruppen gemischt und das Publikum auf eine Reise in die Vergangenheit mitgenommen. Tinas Herz klopfte, und sie fühlte sich unendlich jung.

Zugabe-Rufe erschallten durch den Raum, und die Musiker ließen sich nicht lange bitten. Pfiffe und Jubel ertönten, und Tina schrie mit. Der Schlagzeuger, der zusammen mit dem Keyboarder und dem Bassisten noch zur alten Besetzung gehörte, stellte die anderen Gruppenmitglieder nacheinander vor. Am Schluss kam ihr Radfahrer, und sie fühlte, wie ihr Puls stieg. Jetzt erfuhr Tina seinen wahren Namen – Daniel, nicht Dany, und sie fand, dass er viel besser zu ihm passte. Der Bandleader erzählte irgendwas davon, was Daniel im wahren Leben machte, aber Tina verstand kein Wort, so sehr rauschte das Blut in ihren Ohren.

Was auch immer aus Tinas Kehle gekommen war, es musste ein ziemlich lauter Jubelschrei gewesen sein. Jedenfalls beschattete der Mann da oben seine Augen und blickte aufmerksam ins Publikum. Langsam strich sein Blick die Reihen entlang, und plötzlich sah er genau in ihre Richtung. Es dauerte nur einen winzigen Augenblick, bis ein erstauntes Lächeln über sein Gesicht zog. Verschmitzt winkte er ihr zu und warf Tina eine Kusshand zu. Diese kleine Geste galt so eindeutig ihr, dass mehrere Konzertbesucher sich neugierig nach ihr umdrehten.

Auch Marion schaute sie verblüfft von der Seite an und stieß ihr den Ellenbogen in die Rippen. »He, na sag mal, kennt ihr euch?«

Tina grinste und meinte nur knapp: »Flüchtig, erzähl ich dir später.«

Die Miene ihrer Freundin war unbeschreiblich. Marion schaute so fassungslos, wie man es nur selten bei ihr sah.

Und dann kam er, der allergrößte Hit, den die Gruppe jemals gehabt hatte. Schon bei den ersten Tönen riss das Lied sie mit. Und obwohl Tina spürte, dass sie von der Bühne herab genauestens gemustert wurde, gab es für sie kein Halten mehr, sie musste einfach mitsingen, und zwar aus tiefster Kehle. »Das war unser letzter Sommer, da waaaaaren nur du und ich. Und in diesem letzten Sommer, da verlooooor ich dich. Die Zeit heilt alle Wunden, doch da ist immer noch dieser Schmerz, und in manchen stillen Stunden denk ich heute noch an dich.« Marion und sie lagen sich in den Armen. Dann spürte Tina, wie Klara sie umfasste, und zusammen sprangen die Frauen im Rhythmus auf und nieder.

Daniel reckte die Arme nach oben und feuerte das Publikum mit lautem Klatschen an. Irgendwie hatte Tina das Gefühl, als würde er an manchen Stellen allein für sie singen, denn immer noch waren seine Augen fest auf sie gerichtet. Das war natürlich pure Einbildung, aber der Gedanke war irgendwie äußerst aufregend. Am Ende sangen alle mit, der Saal übernahm den Part des Sängers, der das Mikrofon in den Raum richtete und schwieg. Die alten Gruppenmitglieder waren gerührt, so viel Begeisterung erlebten sie bestimmt nicht alle Tage.

Dann war der letzte Ton verklungen. Noch einmal verbeugte sich die Gruppe vor ihren Fans. Dann verlosch das Licht, und der Vorhang schloss sich.

Die darauf folgende Stille war fast schon mit den Händen zu greifen. Erst nach einem kleinen Moment setzte immer lauter werdendes Gemurmel ein. Die Türen öffneten sich, frische Luft erfüllte den Raum, und die Menschen strömten nach draußen. Jedoch nicht alle, einige zog es nach vorn zur Bühne, wo Gerüchten zufolge die Musiker anschließend noch Autogramme geben würden.

Marion ergriff ihre Hand und zerrte Tina hinter sich her, dem Strom der Heimgehenden entgegen. »Wenn ich schon mal hier bin, will ich auch ein Autogramm von meiner einstigen großen Jugendliebe – Fred, dem Schlagzeuger. Schlaflose Nächte habe ich wegen ihm verbracht und ohne Ende geschwärmt. Das ist ein toller Typ, und einen Hintern hatte der ...« Marion verdrehte genüsslich die Augen. »Ich hab ihm damals Briefe geschrieben, aber es kam nur eine lapidare Autogrammkarte zurück. Na ja, ich verzeihe ihm.«

»Aber du hast nichts mit, worauf soll er denn unterschreiben?«, fragte Tina und musterte ihre Freundin von oben bis unten.

»Worauf, pah, zur Not auf meinem Shirt, scheißegal, Hauptsache Autogramm. Und dann bist du mir noch eine Geschichte schuldig, ich will alles wissen, und zwar genauestens.«

»Ach, Marion, muss das Autogramm denn sein? Irgendwie bin ich müde und wollte eigentlich nach Hause«, meinte Tina, die sich immer unwohler fühlte.

Doch es half nichts, ihre Freundin war unerbittlich, und schließlich standen sie in einer Reihe mit etwa fünfzig Personen, hauptsächlich Frauen, die auf die Hauptakteure des heutigen Abends warteten. Helfende Hände hatten direkt vor der Bühne einige Tische und Stühle aufgebaut. Es vergingen etwa zehn Minuten, dann kamen die Musiker nach vorn. In der Zwischenzeit hatten sie sich umgezogen, und jetzt, aus der Nähe betrachtet, waren es außer den beiden jüngeren Bandmitgliedern wirklich alte Herren. Doch auf der Bühne hatte es gewirkt, als wären die Jahre spurlos an ihnen vorübergegangen.

Zu Tinas Erleichterung war ihr Radfahrer nicht dabei. Doch in diese Erleichterung mischte sich ein anderes Gefühl, und sie brauchte eine Weile, bis sie erkannte, dass es Enttäuschung war.

Als sie schon gar nicht mehr mit ihm rechnete, kam Daniel doch noch nach vorn. Es schien Tina, als würde er gespannt die lange Reihe der Wartenden absuchen. Als er sie schließlich entdeckte, huschte ein Lächeln über sein Gesicht. Dann beugte er sich nach unten, schrieb Autogramme, machte Selfies mit den Damen und war ganz für seine Fans da.

Langsam und allmählich rückten sie nach vorn, bis sie endlich an der Reihe waren. Je näher sie kamen, umso schweißnasser wurden Tinas Hände. Ab und zu wischte sie sie verstohlen an ihrer Jeans ab.

Marion bekam tatsächlich eine Unterschrift mitten auf ihr Shirt von ihrem einstigen Schwarm, dem Schlagzeuger, der mittlerweile in Ehren ergraut war. Tina erhielt eine Autogrammkarte, auf der alle Musiker unterschrieben.

Und dann stand sie vor ihm, er saß am Ende des Tisches. Er sah heute ganz anders aus. Seine Schläfen schimmerten feucht vom Schweiß des Auftritts. In dem dunkelblauen Shirt wirkte er äußerst sexy, was anscheinend einige der anwesenden Damen genau wie Tina sahen. Denn Daniel hatte eindeutig das größte Autogramminteresse gegolten. Mehrere Frauen umarmten ihn oder schossen mit ihren Handys Selfies.

»Wenn das Mal keine Überraschung ist, ich habe mich unglaublich gefreut, Sie wiederzusehen.« Herzlich schüttelte er Tinas Hand. »Ich war richtig untröstlich auf dem Heimweg. Ich wusste ja nicht mal, wo Sie wohnen. Denn ich wollte Ihnen nochmals für Ihre Mühe danken. Ohne Ihre Hilfe hätte ich wohl heute nicht auf der Bühne gestanden. Außerdem möchte ich Ihnen noch etwas zurückgeben, Sie wissen schon.« Er zwinkerte ihr zu. Tina brauchte einen kleinen Moment, um zu begreifen, dass es um ihr Tuch ging.

Doch sie kam gar nicht dazu, ihm zu antworten. Denn zu ihrer Überraschung beugte er sich plötzlich nach vorn über den Tisch, zog ihren Körper in seine Richtung und legte seinen Mund an ihr Ohr. Sie roch sein Aftershave. Der Duft machte sie ganz benommen. Am aufregendsten aber war sein Atem auf ihrer Haut. Ein kleiner Schauer lief über ihren Nacken. Daniel schien es zu bemerken und kam noch ein winziges Stück näher. »Ich würde gerne mit Ihnen anschließend ein Glas Wein trinken gehen, als kleines Dankeschön. Und ich lasse keine Widerrede gelten – also, sagen Sie bitte ja.«

Verwirrt blickte Tina ihm ins Gesicht und spürte in diesem Moment einen kräftigen Stoß in ihren Rippen. Der konnte nur von Marion gekommen sein, die seine Worte anscheinend gehört hatte.

»Ich weiß nicht, eigentlich wollte ich ja ...«, stammelte Tina aufgeregt.

»Ich warte in einer halben Stunde vor dem Club auf Sie. Sollten Sie nicht kommen, brechen Sie mir das Herz, und ich kann für nichts garantieren«, sagte Daniel leise und schaute sie bittend an.

Dann wandte er sich den nächsten Autogrammjägerinnen zu, und Tina taumelte hinter Marion her nach draußen. Die Luft war immer noch drückend schwül, nicht das kleinste Lüftchen wehte über das Meer zu ihnen. Dennoch fühlte sie sich augenblicklich besser und atmete tief durch.

»Was war das denn?«, kreischte Marion. »Ich fass es nicht, unsere Tina kennt den Sänger von Ramos, und zwar anscheinend mehr als gut. Und sie erzählt mir nicht mal was davon, mir, ihrer besten Freundin.«

»Ich kenne ihn nicht gut, ich kenne ihn eigentlich gar nicht«, sagte sie betont gleichgültig. »Außerdem wusste ich nicht mal, dass er der Sänger von Ramos ist. Wir sind uns vor einigen Tagen flüchtig begegnet, und ich war ihm bei einem kleinen Fahrradunfall behilflich. Dann kam seine Frau, und das war's auch schon.«

»Na hallo, das ist mehr, als so manch andere hier mit ihm erlebt hat. Hast du die Blicke der Frauen gesehen? Ich sage nur, wenn Blicke töten könnten. Er ist aber auch ein Schnuckelchen. Wenn ich zehn Jahre jünger wäre, könnte ich für nichts garantieren.« Marion verdrehte genüsslich die Augen. »Und nun, was will er von dir? Ich habe leider nur Bruchstücke verstanden.«

Gespielt mitleidig sah Tina ihre Freundin an. »Ach du Arme, vielleicht hätte er eher was in dein Ohr flüstern sollen. Aber du hättest ja den Schlagzeuger vorgezogen.« Sie schwieg kurz. »Er will mit mir irgendwo ein Glas Wein trinken – als Dankeschön für meine Hilfe. Aber das kommt natürlich überhaupt nicht infrage, also lass uns schnell nach Hause gehen.«

Tina wandte sich ab, doch Marion hielt sie am Arm fest und rückte keinen Zentimeter von der Stelle. Es schien, als wäre sie mit dem Boden fest verankert. »Das ist nicht dein Ernst? Du willst den armen Kerl nicht wirklich versetzen? Mein Gott, er will mit dir nur ein Glas Wein trinken. Da ist doch nun wirklich nichts dabei.«

»Nichts dabei? Der Typ ist verheiratet oder was weiß ich, und ich bin auch verheiratet. Was würde Peter sagen, wenn ich mit irgendeinem stockfremden Typen in einer Bar rumhänge? Nein, komm, lass uns gehen.« Tina versuchte in der Dunkelheit auf ihre Uhr zu schauen. Sie hatte das Gefühl, als ob die halbe Stunde bald um sein müsste. Jeden Moment würde der Sänger hier aufkreuzen, und sie stand immer noch da und diskutierte mit ihrer sturen Freundin.

»Ähm, bitte korrigiere mich. Du willst mit ihm einen Wein trinken und nicht mit auf sein Hotelzimmer gehen. Und Peter, der wird es nie erfahren und braucht es auch nicht zu wissen. Da ist doch nichts dabei.« Marion plusterte ihre Wangen auf und verdrehte genervt die Augen. »Sei doch mal ein bisschen spontaner und nicht so verkrampft! Ein bisschen so, wie du früher warst, und nicht wie eine ...« Ihre Freundin schien nach den richtigen Worten zu suchen. »Wie eine Mutti, ja genau, du wirst immer mehr zu einer Mutti.«

Das saß! Eine Mutti ... Natürlich war Tina eine Mutti und sogar schon eine Oma, doch sie fühlte sich immer noch jung und locker. Anscheinend sah ihr Umfeld das ganz anders. Denn sie erinnerte sich an ähnliche Formulierungen, die ihre jüngste Tochter Juliane vor einiger Zeit gebraucht hatte. Hatte sie nicht auch behauptet, dass Tina immer festgefahrener wurde?

Unentschlossen musterte Tina den Vorplatz, der sich langsam leerte. Nicht mehr lange, und sie waren die Letzten, die hier noch warteten.

Marion nahm sie freundschaftlich in den Arm. »Nun mach dir keine Gedanken. Morgen am Frühstückstisch wirst du mir alles brühwarm erzählen, jede Kleinigkeit. Mach dir einfach eine schöne Zeit und genieße es, dass ein Mann dich auf ein Glas Wein einlädt. Glaub mir, diese Einladungen werden von Jahr zu Jahr immer weniger«, sagte sie seufzend.

Mit diesen Worten entschwand Marion in der Dunkelheit. Und noch ehe Tina die Flucht ergreifen konnte, tauchte auch schon Daniel mit den anderen Musikern in der Türöffnung auf. Suchend blickte er über den Platz und lachte, als er sie endlich entdeckt hatte. Winkend verabschiedete er sich vom Rest der Band und kam lächelnd auf sie zu. Er hatte sich noch einmal umgezogen, trug eine helle Hose und dazu ein dunkles, eng geschnittenes Hemd, dessen Kragen offen stand. Hinter seinem Rücken verließ in diesem Augenblick die Frau mit dem Kleintransporter den Club und blickte neugierig zu ihnen hinüber. Auch heute trug sie wieder einen atemberaubend engen Hosenanzug, diesmal in einem grellen Weiß. Sie nickte Tina knapp zu und entschwand mit dem jüngeren Gitarristen in der Dunkelheit. Verwirrt sah Tina ihr nach. Ein Blick, der Daniel anscheinend nicht entgangen war.

»Das ist Lissy, die Frau von meinem Bruder Manuel, dem Gitarristen. Sie kümmert sich ein wenig um unsere Termine und die Verträge, und manchmal sammelt sie auch verloren geglaubte Musiker vom Straßenrand auf«, sagte er mit einem unterdrückten Lächeln.

»Ah, ich dachte ...«

Ihre Erleichterung musste Tina deutlich anzusehen gewesen sein. Denn Daniel sagte grinsend: »Sie dachten vermutlich, Lissy wäre meine Frau. Ja, das denken so manche Leute. Wenn ich ehrlich bin, benimmt sie sich auch manchmal so. Aber ich bin frei und ungebunden. Wissen Sie, feste Beziehungen sind nicht so mein Ding, ich liebe meine Freiheit. Aber vielleicht warte ich auch nur auf den Moment, an dem endlich die Richtige kommt.«

»Aha!« Irgendwie fehlten Tina noch immer die passenden Worte. Es war ein Fehler gewesen, sich auf diese Einladung einzulassen. Verkrampft schlang sie ihre Arme um den Körper und suchte nach der Leichtigkeit, die sie einst besessen hatte. Früher hatte sie geflirtet ohne Ende und war nie um eine Antwort verlegen gewesen.

Zum Glück übernahm Daniel die Regie und das mit einer solchen Selbstverständlichkeit, dass das Unwohlsein ganz langsam aus Tina entwich.

»Was denken Sie, wollen wir unser Glück unten an der Seebrücke versuchen, im Kurhaus? Ich finde es immer so herrlich, wenn die Lichter auf dem Wasser schimmern. Das ist mein allerliebstes Restaurant hier in Zingst«, meinte er und schaute sie lächelnd an.

»Ja, schauen wir, ob wir ein freies Plätzchen ergattern können.«

Ganz sacht berührte sein Arm ihren Rücken, so als würde er sie federleicht dirigieren, und sie liefen langsam los. Daniel sprach über Belanglosigkeiten, aber gerade dieses unverkrampfte Geplauder tat Tina gut. Noch immer war ihr unwohl. Doch das Gefühl, etwas Falsches zu tun, wurde langsam schwächer.

Rechts der Seebrücke lag ihr Ziel. Alle Tische waren besetzt, was an diesem schönen Abend kein Wunder war. Der Blick von hier war tatsächlich zauberhaft und für ein romantisches Rendezvous wie geschaffen. Doch gerade als sie eintrafen, erhob sich ein verliebt umschlungenes Pärchen, und zwei Plätze wurden frei. Höflich rückte Daniel ihr den Stuhl zurecht und ließ Tina Platz nehmen. Er selbst wählte den Stuhl an ihrer Seite. Auf dem Tisch vor ihnen brannte ein Windlicht und flackerte ganz leicht in einer allmählich aufkommenden Brise. Das Meer war glatt wie Glas, und deutlich spiegelten sich die einzelnen Laternen der Seebrücke auf seiner Oberfläche. Ganz in der Ferne zog ein einsames Schiff seine Bahn und ließ seine Positionslichter bis zu ihnen strahlen. Obwohl das Restaurant voll besetzt war, herrschte eine angenehm ruhige Atmosphäre. Die anderen Gäste unterhielten sich gedämpft oder genossen schweigend den zauberhaften Ausblick.

»Und was möchten Sie trinken?« Daniel hatte sich die Getränkekarte gegriffen und las sie im Schein der flackernden Kerze.

Unentschlossen zuckte Tina die Schultern. »Vielleicht ein Glas Weißwein?«

»Einverstanden, lassen wir uns von der Kellnerin einfach eine Sorte empfehlen. Denn wenn ich ehrlich bin, besitze ich, was Wein betrifft, leider nur ein äußerst dürftiges Halbwissen.«

Minuten später stellte die Bedienung eine kleine Karaffe mit zwei Gläsern und eine Knabberschale vor ihnen ab.

Daniel goss den Wein ein und hob dann sein Glas. »Aber bevor wir beide anstoßen, müssen Sie mir noch Ihren Namen verraten. Denn meinen wissen Sie ja nun schon.«

»Ich bin Tina, also eigentlich Christina, aber so sagt nur noch meine Mutter zu mir. Und auch nur dann, wenn sie böse auf mich ist.«

»Das kenne ich.« Daniel grinste sie an. »Wir bleiben immer Kinder, auch wenn wir schon selbst Enkel haben. Wobei ich da nicht so recht mitreden kann, also beim Thema Enkel.« Er erhob sein Glas. »Liebe Tina, trinken wir auf einen schönen Abend und darauf, dass Sie mir so gut geholfen haben.«

Zart klirrten ihre Gläser aneinander. Der Wein schmeckte gut, er war angenehm kühl, und Tina hoffte, er möge nicht allzu schnell in ihren Kopf steigen.

»Ich würde jetzt gern ein wenig neugierig sein, wenn ich darf«, meinte Daniel nach einer Weile und beendete das Schweigen, das sich über den Tisch gesenkt hatte.

*Was wird er jetzt wohl fragen?*, dachte Tina. *Hoffentlich nichts zu Privates. Und wenn schon, sie hatte doch in der Hand, was sie ihm erzählen würde.*

Doch zu ihrem Erstaunen fragte er: »Wie hat Ihnen das heutige Konzert gefallen?«

Augenblicklich beruhigte sich ihr Herzschlag. »Es war einfach super. Ich war schon ewig nicht mehr auf einem Konzert, und wenn meine Freundin Marion mich nicht mitgeschleift hätte, wäre ich wohl auch heute auf keinem gewesen. Ehrlich gesagt, wusste ich anfangs gar nichts mit Ihrer Gruppe anzufangen. Aber gleich beim ersten Ton war die Erinnerung wieder da.« Tina geriet ins Schwärmen und merkte nur am Rande, wie versonnen er sie musterte.

Danach war das Eis gebrochen. Entspannt saß sie auf ihrem Stuhl, und ein Thema folgte auf das andere. Der Wein lockerte ihre Zunge, und das schummrige Licht sorgte für noch mehr Leichtigkeit. Es war eine unverfängliche Plauderei, und Daniel war ein guter Zuhörer. Er erzählte unterhaltsam und mit viel Witz allerlei Geschichten, die ihm und seinen Bandkollegen in den ganzen Jahren so passiert waren.

Fast unbemerkt brachte die Kellnerin auf sein Winken hin die zweite

Karaffe Wein. Tina spürte einen kleinen Schwips, fühlte sich ansonsten aber pudelwohl. Zum Glück hatte sie auf Marion gehört und war der Einladung gefolgt. So ein nettes Gespräch hatte sie schon lange nicht mehr geführt. Allmählich leerten sich die Nachbarstische, und am Ende waren da nur noch sie und ein anderes Pärchen. Sich vorsichtig räuspernd, trat die Kellnerin näher.

Fast schon schuldbewusst blickte Daniel auf seine Uhr. »Oje, schon so spät. Wenn man plaudert, vergeht die Zeit einfach wie im Flug. Da werde ich mal zahlen, damit Sie dann auch Feierabend machen können«, sagte er charmant zu der wartenden Bedienung.

*Nun ist dieser schöne Abend also vorbei*, dachte Tina mit ein wenig Wehmut. Ihre anfänglichen Bedenken waren samt und sonders zerstreut worden. Daniel war nett und charmant gewesen. Mit ihm ein Glas Wein zu trinken, daran war wirklich nichts Verwerfliches gewesen. Dennoch überlegte sie bereits, ob sie Peter von der Verabredung erzählen sollte, und verschob die Entscheidung auf später.

Beim Aufstehen merkte Tina, dass sie doch ein wenig mehr als sonst getrunken hatte. Ihre Waden fühlten sich wie aus Watte an, und sie schwankte leicht vor und zurück. Zum Glück hatte sie sich gleich darauf wieder im Griff.

Dann standen sie am Rande der Seebrücke und blickten aufs Meer. Nun war es Zeit geworden, nach Hause zu gehen. Aber sie wollte noch nicht, am liebsten hätte sie zu Daniel gesagt: Lass uns noch ein wenig reden, es tut so gut.

»Hätten Sie Lust auf einen kleinen Spaziergang bis ganz nach vorn? Sozusagen als Abschluss dieses wunderschönen Abends?« Fragend schaute Daniel sie an, und das Licht einer Laterne beschien sein Gesicht. War es möglich, dass er ihre Gedanken lesen konnte?

»Gerne, ich liebe es, auf einer Seebrücke zu laufen. Man bekommt ein Gefühl von Freiheit, besonders wenn man fast allein ist. Da draußen sind nur noch das Meer und man selbst. Man spürt die unendliche Weite, und das lässt mich immer ganz demütig werden.« Tina lächelte und warf ihre Haare zurück.

Berührt schaute er sie an. »Wow, das haben Sie schön gesagt! Da könnte man fast einen Liedtext draus machen.«

»Den müssten Sie aber schreiben, mir fehlt dafür das Talent.«

»Man sollte im Leben nie nie sagen, keiner weiß, was hinter der nächsten Ecke auf uns lauert. Hätten Sie zum Beispiel heute Morgen gedacht, dass wir jetzt zusammen diesen Abendspaziergang machen?«

Leise klapperten die Bretter unter ihren Füßen. Die Zingster Seebrücke war nicht so lang wie die Prerower. Und die in ihrem Heimatort würde bald noch länger werden, stand doch ein gigantisches Bauprojekt im Raum. Tina hoffte nur, dass ein wenig von dem Charme der alten Brücke erhalten werden konnte, auch wenn deren Tage unwiderruflich gezählt waren.

Schnell hatten sie die vordere Kante erreicht. Vor ihnen lag nur noch das Meer und sonst nichts mehr. Seitlich war die Tauchkapsel angebracht, mit der interessierte Urlauber einen kleinen Blick auf den Grund der Ostsee werfen konnten. Irgendwann hatte Tina mit ihren Kindern mal eine Tauchfahrt unternommen. Franzi und Jule waren enttäuscht gewesen, sie hatten sonst was für Dinge auf dem Grund des Meeres erwartet. Doch bis auf ein paar winzige Fische hatte es nicht allzu viel zu sehen gegeben. Tina fand es faszinierend, warum, konnte sie nicht so genau sagen. Vielleicht war es, sich ein wenig wie Kapitän Nemo zu fühlen. Die Geschichten über ihn hatte sie in ihrer Jugend geradezu verschlungen. Jetzt am Abend lag die Tauchkapsel dunkel und verschlossen am Rande der Seebrücke. Leise schwappte das Wasser unter ihnen an die bemoosten Pfeiler.

Daniel ließ sich auf einer der Bänke nieder und klopfte auffordernd neben sich. Dann verschränkte er die Arme im Nacken und seufzte: »Einfach herrlich, man müsste viel öfter hier sitzen und aufs Meer schauen, statt in irgendeinem Probenraum zu versauern. Was machen Sie eigentlich beruflich, wenn Sie nicht gerade verunfallte Radfahrer vom Straßenrand klauben?«

»Nichts halb so Spannendes wie Sie. Ich führe zusammen mit meinem Mann eine Zimmervermietung in Prerow. Also, bei mir bekommen

Sie Ferienwohnungen oder Ferienhäuser – zumindest wenn noch etwas frei ist. Mein Tag besteht aus Wohnungen putzen, Bettwäsche abziehen und Schlüssel herausgeben«, sagte Tina und empfand ihre Worte als bitter und ungerecht. Manch einer wäre froh, wenn er eine solche Firma hätte, und sie war so rastlos. Da war sie wieder, ihre Unzufriedenheit, die immer stärker wurde und ihr so unerklärlich war.

»Macht Ihnen Freude, was Sie tun?« Lässig wippte sein Fuß auf und ab.

Es war nur eine einfache Frage, aber sie brachte Tina irgendwie aus der Fassung. »Freude, was heißt das schon, besonders in Bezug auf eine Arbeitsstelle? Die meisten Leute gehen nicht unbedingt voller Vorfreude jeden Tag aufs Neue in die Firma. Und ich bin meine eigene Herrin, kann meine eigenen Entscheidungen treffen«, sagte sie härter als eigentlich beabsichtigt. »Ich hab immer von dieser Zimmerbörse geträumt. Ich liebe es, mit Menschen, umzugehen, wir haben Erfolg, die Geschäfte laufen gut, aber ...« Sie seufzte tief. Auf dieses Thema hätte sie sich nicht einlassen sollen.

»Aber?«, hakte Daniel nach.

Sie schwieg und verfolgte ein weiteres Schiff, welches am Horizont Richtung Westen fuhr. Von Zeit zu Zeit blinkte eine Lampe an Bord auf und schickte ihren Lichtschein über das Meer. »Ach, ich weiß nicht, wie ich es sagen soll. Irgendwie bin ich so unzufrieden, so rastlos. Ich kann es mir selbst nicht erklären.« Was erzählte sie denn hier einem Mann, den sie kaum kannte? Doch vielleicht lag genau darin der Knackpunkt. Sie waren einen Wein trinken gewesen, nun saßen sie hier, und danach würden sie sich nie mehr wiedersehen. Wegen der Unverbindlichkeit fiel es Tina leichter, über ihre Gefühle zu sprechen. »Ich frage mich immer, ob in meiner Zukunft noch etwas anderes wartet oder ob ich noch in zwanzig Jahren Ferienwohnungen vermiete. Es kommt mir so vor, als würde ich etwas verpassen. Aber ich sehe es einfach nicht. Ach, vergessen Sie's!« Tina winkte ab. »Vermutlich habe ich die große Torschlusspanik, die einen oberhalb der vierzig überfällt«, sagte sie leichthin, aber ihr Tonfall strafte die geplante Leichtigkeit Lügen.

Daniel änderte seine Sitzhaltung, schlug die Beine übereinander und legte seinen Arm ganz leicht um ihre Schulter. Es war eine freundschaftliche Geste und alles andere als unangenehm – im Gegenteil. Augenblicklich schlug ihr Herz ein wenig schneller. »Okay, nehmen wir mal an, heute in der Nacht klopft die berühmte Fee mit ihrem Wunschbeutel an Ihre Tür. Und Sie bietet Ihnen an, noch einmal ganz von vorn zu beginnen, auf irgendeinem Gebiet. Es würde einen Knall geben, und Sie könnten die Weichen noch einmal in eine ganz andere Richtung stellen. Egal wo – Job, Beziehung, Kinder, Wohnort, was weiß ich, Ihre Entscheidung. Was würden Sie tun? Aber«, er hob warnend einen Finger, »Sie haben nur einen Wunsch frei und nicht drei.«

»Nur einen?« Tina blickte ihn empört an. »Das ist ungerecht, die Feen in den Märchen kommen doch immer mit drei Wünschen daher.« Sie kicherte leicht und wurde gleich darauf wieder ernst. »Das ist schwer, da fallen mir tausend Dinge ein. Doch gleich darauf denke ich, eigentlich bin ich ganz zufrieden.«

»Sie müssen diese Antwort auch nicht jetzt hier sofort finden. Aber irgendwann wird sie Ihnen einfallen. Stellen Sie sich diese Frage immer mal wieder. Ich habe es vor einigen Jahren genauso gemacht und mein altes Leben komplett über den Haufen geworfen. Damals war ich Architekt, in einer Firma angestellt, guter Job, Ansehen, Ruhm, Ehre, tolle Bezahlung. Eine Eigentumswohnung in Hamburg, in der ich nie war, denn meine Arbeit war in Berlin. Ein Luxusurlaub jedes Jahr, der mich irgendwo in die Karibik führte. Den ich aber nicht genießen konnte, weil pausenlos das Handy klingelte. Hier mal eine Affäre und da mal eine Frau. Zwei Schachteln Zigaretten am Tag und abends Tabletten, damit ich überhaupt ein bisschen runterkam. Eines Tages Krankenhaus, mein Herz hatte schlappgemacht, und ich war einfach umgekippt. Der Arzt war besorgt und meinte, mein Körper hätte mir einen deutlichen Warnschuss vor den Bug gegeben. Dann wollte ich zurück in mein altes Leben, aber es ging nicht mehr. Alles ödete mich nur noch an. Erst da wurde mir bewusst, wie lange ich schon unzufrieden gewesen war. Wie lange ich mir etwas vorgemacht hatte. Ich fragte mich, wo alle meine einstigen Träume geblieben waren.

Also glatter Schnitt, Wohnung verkauft, Job gekündigt und durch einen Kumpel in die Band eingestiegen, zusammen mit meinem Bruder. Die hatten damals ein, zwei Auftritte pro Monat. Davon konnte man nicht leben, und irgendwann war das Ersparte auch mal alle. Ein Plan musste her, und zwar möglichst fix. Ein alter Kumpel hatte schließlich die rettende Idee. Er suchte einen Nachfolger für sein Tonstudio, jemanden, der was von Musik und Technik verstand – der ein wenig texten, aber vor allem singen konnte. Und ich begriff, das war es, was ich wollte. Ich habe immer schon Musik gemacht, war in der Schülerband und so weiter. Das war mein Traum, das wollte ich machen. Doch ich konnte mir nie vorstellen, es so richtig zu tun. Tja, und jetzt mache ich es. Und das allen Widerständen und Unkenrufen zum Trotz. Wir sollten daran denken, dass wir nur ein Leben haben, und wir wissen nie, wann es vorbei ist. Also sollten wir das Allerbeste daraus machen.«

Tina nagte an ihrer Unterlippe und schwieg. Ihre Gedanken kreisten. Irgendwie hatte sie das Gefühl, er würde auf eine Antwort von ihr warten. »Na ja, man wünscht sich immer so allerlei. Zum Beispiel Gesundheit für sich selbst, die Kinder und die Enkel«, sagte sie daher vage.

»Sie haben schon Enkel?« Überrascht blickte Daniel sie an. »Die können sich glücklich schätzen, eine so junge Oma zu haben.«

»Es ist erst eine Enkelin, Fine, sie wird bald drei und ist mein Sonnenschein. Sie bringt Abwechslung in mein Leben.« Gedankenverloren schaute sie aufs Meer. »Mit ihrer Fee lässt sich wohl nicht reden, wenigstens zwei Wünsche zu bekommen? Denn nur einen einzigen Wunsch zu finden, das ist gar nicht so leicht.« Doch plötzlich kam ihr ein Gedanke. »Ich glaube, ich würde gerne Schmuck herstellen und verkaufen. So wie meine Freundin Marion, sie hat ein Geschäft hier in Zingst. Früher habe ich mich auch mal daran versucht, so als Hobby, nach Feierabend. Und ich war nicht mal schlecht, habe sogar Kurse gegeben, für Urlauber und Kinder. Aber dann wurde die Zeit immer knapper, meine Schmuckstücke verstauben mittlerweile im Keller. Aber ich merke schon, ich muss über diesen einen Wunsch noch einmal gut nachdenken«, sagte Tina lächelnd.

»Lassen Sie sich Zeit, und dann geben Sie ihn einfach nach oben ab.« Er legte den Kopf in den Nacken und deutete gen Himmel. »Wenn er intensiv genug war, wird er in Erfüllung gehen, glauben Sie mir. Sie müssen es sich nur ganz fest vorstellen, so tun, als wäre ihr sehnlichster Wunsch bereits Realität geworden.«

Daniel griff in seine Jackentasche und reichte Tina eine Visitenkarte. »Besuchen Sie mich doch mal, mein Studio ist in einem winzigen Kaff auf Rügen. Genau dort, wo sich Fuchs und Hase Gute Nacht sagen. Sie sind immer herzlich willkommen.«

Sie ergriff das Stück Papier und steckte es in die Tasche ihrer Jeans.

Dann erhob er sich und zog Tina an beiden Händen nach oben. Einen Moment standen sie sich ganz still gegenüber, und sie befürchtete fast, er würde sie küssen. Doch nichts geschah. Der Moment verstrich, und er löste seine Hände von ihren. Daniel wandte sich Richtung Land, und langsam schlenderten sie zum Ufer.

Vor dem Restaurant, in dem sie gerade noch einen Wein getrunken hatten, verabschiedeten sie sich. Er bot an, sie nach Hause zu bringen, doch Tina lehnte ab. »Vielen Dank, es ist gleich um die Ecke. Ich bin ganz schnell daheim. Danke für den schönen Abend, das Konzert und auch die Gespräche!«

»Es war mir eine Freude, ich habe selten einen so angenehmen Abend verbracht. Meist fahre ich nach einem Konzert allein nach Hause und höre laut Musik im Auto. Dann ist es so, als wäre jemand bei mir. Ich wünsche Ihnen alles Gute, Tina, und ich bin mir sicher, wir werden uns eines Tages wiedersehen.«

Sie nickte stumm, wandte sich um und lief Richtung Innenstadt. Kurz bevor sie die ersten Häuser erreichte, drehte sie sich noch einmal um. Daniel schlenderte langsam auf dem Deichweg entlang Richtung Prerow. In diesem Moment hätte sie am liebsten kehrtgemacht und wäre hinter ihm hergerannt. Doch sie lief weiter und fragte sich, was mit ihr eigentlich los war. In ihrem Inneren rasten die Gedanken und ließen sich nicht greifen. Daniels Worte hatten sie zutiefst berührt, und doch konnte sie momentan nicht die geringsten Schlüsse daraus ziehen. Denn eine Fee gab es nicht, und es gab auch sonst keinen Anlass, irgendetwas in ihrem Leben zu ändern.

Leise, um ihre Freundin nicht zu wecken, schlich Tina in die Wohnung. Aus Marions Schlafzimmer drang ein gleichmäßiges Schnarchen.

Tina sank auf die Gästecouch und war sich sicher, nicht eine Minute schlafen zu können. Dieser Aufruhr im Kopf war nur schwer zu beruhigen. Doch schneller als gedacht versank Tina im Reich der Träume.

# 5. Kapitel

Irgendjemand rüttelte Tina am Arm. Jemand, der sich von ihrem Protest einfach nicht abschütteln ließ und äußerst hartnäckig war. Mühsam öffnete sie erst das eine und dann das andere Auge und erblickte Marion, die putzmunter auf ihrer Bettkante saß. Sie trug heute eine giftgrüne Tunika, dazu passende Leggins und Ohrringe in der gleichen Farbe. Jede andere Frau ihres Alters hätte man gebeten, sich etwas dezenter zu kleiden. Doch zu Marion passte das Outfit wie die Faust aufs Auge.

»Na sag mal, es ist gleich zwölf. Ich frage mich ehrlich, wie lange du noch schlafen willst«, sagte Marion mit vorwurfsvoller Stimme.

»Was?« Mit einem Satz war Tina aus dem Bett heraus. »Schon zwölf, um Gottes willen! Da wollte ich schon längst zu Hause sein. Warum hast du mich nicht geweckt?« Hastig wankte sie durchs Zimmer und versuchte ihre Siebensachen zusammenzusuchen.

Marion verschränkte die Arme und grinste. »Ich hab dich deswegen nicht geweckt, weil es erst acht Uhr ist. Aber ich dachte, diese kleine Notlüge wäre eine gute Strategie, um dich schnell aus dem Bett herauszubekommen.« Mit Leichtigkeit wich Marion dem nach ihr geworfenen Kissen aus. »Geh erst mal duschen, der Frühstückstisch ist schon gedeckt, und dann will ich alles haarklein erzählt bekommen«, drohte sie ihr und erhob den Finger. »Mach einer alten Frau diese Freude.«

Eine Viertelstunde später setzte Tina sich mit frisch gewaschenen Haaren und eiskalt abgeduscht an den gedeckten Tisch, der im Schein der Morgensonne lag. Es gab frische Brötchen, einen Teller mit Wurst-

und Käseaufschnitt, Obst, und in der Mitte thronte eine riesige Kanne Kaffee.

»Na erzähl schon, was habt ihr gemacht und wie ist er so?« Marion beugte sich über den Tisch und hielt vor Spannung die Luft an.

Absichtlich langsam löffelte Tina einen Joghurt aus. »Na ja, es war ein schöner Abend, und er ist wirklich ein netter Typ«, sagte sie dann gedehnt. »Man konnte gut mit ihm reden, wir haben uns viel unterhalten.«

Marion schaute sie mit ihrem gekochten Ei in der Hand fassungslos an. »Das ist alles, mehr gibt es nicht zu berichten? Ein netter Typ, unterhalten – was soll das denn heißen?« Energisch zerschlug sie mit einem kleinen Löffel die Eierschale und verdrehte die Augen. »Er sah nett aus, sicher. Aber ich fand ihn nicht nett, sondern total heiß, hast du nicht die Blicke der anderen Weiber gesehen? Ich glaube, der braucht nur mit dem Finger zu schnipsen und kriegt jede rum.«

Tina zuckte möglichst gleichmütig die Schultern. »Keine Ahnung, darüber habe ich nun wirklich nicht nachgedacht.«

»Ach ehrlich nicht? Und warum sehe ich da eine verräterische Röte auf deinen Wangen?« Marion richtete ihren Zeigefinger auf ihr Gesicht. »Du machst mir nichts vor. Du fandest ihn auch klasse, das totale Kontrastprogramm zu deinem Peter.« Ihre Freundin stützte ihre Ellenbogen auf den Tisch und ließ sie nicht aus den Augen.

Tina fühlte sich ertappt und berichtete schließlich ausführlich, und zwar so lange, bis ihr Kaffee am Ende kalt war. Sie ließ nichts aus, und als sie an die Stelle mit der Fee und ihrem Wunsch kam, spürte sie noch einmal, wie sehr diese Worte und der Gedanke dahinter sie berührten.

Marion sah die Dinge anders, sie war immer ziemlich bodenständig und hatte mit Feen nichts im Sinn. »Wer kommt denn auf so eine Idee? Das kann ja nur ein Künstler sein.« Sie verdrehte die Augen. »Eine Fee, damit habe ich mich zum letzten Mal als Teenagerin beschäftigt. Und dann auch nur einen Wunsch, da hätte der Typ wirklich ein bisschen großzügiger sein können.« Sie schwieg kurz und forschte dann erneut nach. »Und sonst ist nichts passiert? Ich meine, die Seebrücke, der

Mondschein, die Sterne, das Auf und Ab der Wellen – romantischer geht's doch nun eigentlich gar nicht mehr. Heißt es nicht immer, dass Musiker die wildesten Typen sind?«

»Was du immer gleich denkst. Er wollte sich lediglich bedanken. Außerdem hat er mitgekriegt, dass ich verheiratet bin und keinerlei Ambitionen hatte, ihm irgendwie näherzukommen.« Das entsprach nun allerdings nicht der Wahrheit, denn Tina fragte sich schon, wie es nach so vielen Jahren wäre, mal wieder einen anderen Mann im Arm zu halten oder gar zu küssen. Ja überhaupt so richtig zu knutschen, wie in der Jugend, als die Lippen schmerzten und das Kinn rau wurde. Als man es kaum erwarten konnte, den Mund des anderen endlich auf seinem zu spüren. Energisch wischte sie diese Gedanken beiseite.

Marion schien jedenfalls mit ihrem Bericht nicht so ganz zufrieden zu sein, denn man merkte ihr eine gewisse Enttäuschung deutlich an. Sie hätte die Situation vermutlich ausgenutzt und sich an Daniel hemmungslos rangemacht, zumindest als sie noch ein paar Jährchen jünger gewesen war. Der Unterschied zwischen den beiden Frauen war einfach der, dass Marion noch nie eine lange, feste Beziehung gehabt hatte, geschweige denn verheiratet gewesen war. Wie Tina von ihrer Mutter wusste, war sie schon früher kein Kind von Traurigkeit gewesen. Männer mit festen Bindungsabsichten hatte sie schnell in den Wind geschossen und ein Hohelied auf ihre persönliche Freiheit gesungen.

Das Gespräch am Tisch plätscherte danach so dahin. Gegen zehn erhob sich ihre Freundin und sah Tina bedauernd an. »Tja, die schöne gemeinsame Zeit ist vorbei. Ich muss in den Laden, sonst bringt mich meine Frau Knacke noch um.«

Tina ging es ähnlich, auch ihr schlechtes Gewissen meldete sich. »Peter wird bestimmt auch warten, Zeit, dass ich mich auf den Weg mache. Zu Hause erwartet mich auf jeden Fall ein Haufen Bürokram.« Sie räumten noch gemeinsam den Tisch ab und verabschiedeten sich vor dem Haus. »Danke, dass du mich mitgenommen hast. Es war ein herrlicher Abend. Vielleicht sollten wir das wirklich öfter mal machen.« Die

Worte waren ehrlich gemeint, und Tina war fest entschlossen, sie in die Tat umzusetzen.

»Meine Rede.« Marion grinste. »Wir sollten das Leben genießen, solange wir die Möglichkeit dazu haben. Meld dich mal, ob du gut zu Hause gelandet bist, und dann schwatzen wir miteinander, was wir als Nächstes unternehmen. Der Sommer fängt erst an, da kommen noch einige Erlebnisse auf uns zu, habe ich im Gefühl.« Sie drückte Tina einen Kuss auf die Wange, schwang sich aufs Fahrrad und bog winkend um die nächste Ecke.

Die Rückfahrt nach Prerow verging wie im Flug, und schon eine halbe Stunde später bog Tina auf den Hof ihres Grundstücks. Peter schien nicht da zu sein, denn der Transporter stand nicht an seinem Platz. Irgendwie freute sie sich darüber, hatte sie doch so noch ein wenig Zeit, um ihre Gedanken ganz allein zu sortieren. Schwungvoll öffnete sie die hintere Türe, betrat den düsteren Flur und prallte gegen irgendetwas, das mitten im Raum stand. Ein scharfer Schmerz durchzuckte ihr linkes Knie und brachte sie ins Straucheln. In letzter Sekunde ergriff Tina reaktionsschnell den Rahmen der Kellertür und hielt sich daran fest, um den drohenden Sturz abzuwenden. Mit der linken Hand tastete sie vorsichtig nach dem Lichtschalter und vernahm in diesem Augenblick direkt vor sich ein schlurfendes Geräusch.

Im Schein der aufflammenden Lampe erblickte Tina erschrocken zunächst nur eine blonde Frau und brauchte eine Sekunde, um ihre Tochter Jule zu erkennen, die vollkommen verheult vor ihr stand.

»Mama!« Mit diesem Wort stürzte sie auf sie zu und warf Tina erneut fast um. Sie wurde von zwei Armen fest umschlungen, und eine nasse Wange drückte sich an ihr Gesicht. Jule schluchzte hemmungslos, so sehr, dass Tina sich fragte, wann ihr sonst so positives Kind das letzte Mal so geweint hatte.

Irgendwann versuchte Tina, sich zu befreien, und schob Jule sanft von sich fort. »Jule, was ist denn los? Wollen wir vielleicht in die Küche gehen? Ich koche dir einen Tee, und dann reden wir.« Sie schaute ihre Jüngste im Dämmerlicht fragend an. Diese nickte, ließ aber die Hand ihrer Mutter nicht los. Ganz langsam stieg ein beklemmendes Gefühl in Tina auf. Was konnte geschehen sein? Sie ließ alle möglichen Szenarien an sich vorbeiziehen, kam aber zu keiner Lösung. Am liebsten hätte sie vor lauter Sorge ihr Kind geschüttelt, um sofort den Grund für ihre Heimkehr zu erfahren. Aber Tina dachte an die Worte ihrer Großmutter: Manchmal muss man die Tränen erst laufen lassen – dann spricht es sich leichter.

Jule setzte sich auf die vor dem Fenster stehende Eckbank und schnäuzte energisch ihre Nase. Während das Teewasser kochte, griff Tina in das obere Fach des Küchenschranks und holte eine Tüte mit Keksen hervor. Butterkekse von Bäcker Barthel aus Rostock halfen in jeder Lage. Die ganze Familie aß sie gern, und Tina hatte stets einen gewissen Grundvorrat im Haus. Nirgends gab es so unendlich leckeres Gebäck wie dort, die Bäckerei war ein absoluter Geheimtipp der Familie, den sie vor vielen Jahren durch Zufall entdeckt hatten. Seitdem fuhr Tina einmal im Monat in die Hansestadt und kaufte Nachschub. Auch ihre Tochter Franzi hatte diese Familientradition übernommen, und Fine war schon ebenso auf die Kekse geeicht wie der Rest der Sippe.

Sie stellte die Tassen auf den Tisch, gab den fruchtig duftenden Tee ins Sieb und schaute immer noch ihr Kind an, das sich langsam zu beruhigen versuchte. Jule putzte noch einmal ihre Nase und musterte dann mit einem zarten Lächeln den Keksteller. »Barthels Butterkekse, ach wie habe ich die vermisst. Wenn die Neuseeländer eins nicht können, dann ist es backen.«

Tina goss das kochende Wasser in die Kanne und setzte sich dann ihrer Tochter gegenüber an den Tisch. Mit einem Lächeln nahm sie deren Hand und sah ihr Kind aufmunternd an. »Also, nun schieß los, Jule! Was ist passiert? Eigentlich dachte ich, du jobbst noch auf dieser Schaffarm in Neuseeland.«

Die Erwähnung des Landes oder der Farm setzten einen erneuten Tränenschwall bei Jule in Gang. Doch irgendwann begann sie stockend zu berichten. »Wo soll ich bloß anfangen? Es ist einfach alles beschissen, jawohl richtig beschissen. Gleich als ich in Neuseeland gelandet war, lernte ich am Flughafen einen Typen kennen. Er hieß Jean und kam aus Frankreich. Oh Mann, der sah so gut aus! Er hatte lange dunkle Haare, war groß und …« Jule kam kurz ins Stocken. »Ach, das ist jetzt eh wurscht. Also, wir beide hatten Probleme mit unserem Gepäck und kamen so ins Gespräch. Er war vor einem Jahr schon einmal in Neuseeland und kannte sich ziemlich gut aus. Dann war er mir behilflich, eine Vermisstenanzeige für meinen Rucksack aufzugeben, der dann aber doch noch auftauchte.«

*Aha, es geht also um das Thema Nummer eins, akuter Liebeskummer*, dachte Tina und fühlte eine gewisse Erleichterung.

Jule ergriff einen Keks, stopfte ihn sich in den Mund und sprach etwas undeutlich weiter. »Er war wirklich total süß und gut aussehend, charmant – na ja, eben so, wie die Franzosen nun einmal sind. Jedenfalls haben wir uns zusammen auf den Weg gemacht. Anfangs haben wir gemeinsam in diesem Schnellimbiss gejobbt. Und irgendwann ist es dann passiert, du weißt schon …« Sie stockte kurz und schaute ihre Mutter fragend an.

Tina nickte. »Ihr habt miteinander geschlafen?«

Wieder verschwand ein Butterkeks im Mund ihrer Tochter. »Ja, wir waren ja auch irgendwie zusammen, zumindest dachte ich das, ich blöde Kuh. Jede freie Minute haben wir zusammen verbracht. Dann kam dieses lukrative Angebot von der Schaffarm, und wieder sind wir zusammen weitergezogen. Ein paar Studenten hatten uns von dem Job erzählt, und was sie berichteten, klang richtig gut. Die Farm lag traumhaft in einem idyllischen Tal, die Bezahlung war okay, die Unterkunft super und die Arbeit nicht allzu schwer. Wie selbstverständlich bekamen wir ein gemeinsames Zimmer. Alle dachten, wir wären ein Paar, und ich dachte das auch.« Erneut schossen Jule die Tränen in die Augen. Tina ging um den Tisch und setzte sich neben ihre Tochter auf die Eckbank. Liebevoll legte sie den Arm um deren Schultern.

»Was soll ich sagen – es war alles gelogen. Mama, er hat mich von hinten bis vorne nur verarscht, dieser, dieser … ach egal.« Sie winkte ab und pustete sich eine Haarsträhne aus dem Gesicht. »Seine ganzen Liebesschwüre, alles Quatsch, Masche oder was weiß ich. Und ich war so blöd und hab es nicht gemerkt, obwohl alle anderen auf der Farm schon wussten, was los war. Da waren zwei Freundinnen im Nebenzimmer, Schwedinnen, groß, lange blonde Haare, üppiger Busen und irgendwie ziemlich locker in sexuellen Dingen. Zumindest eine von ihnen. Jedenfalls komme ich eines Tages in einen der Ställe und erwische meinen Jean im Heu mit dieser blonden Schickse. Und als wäre das nicht genug, meint er zu mir, es sei alles ganz anders, als es gerade aussieht.« Jule schlug sich an die Stirn und stopfte einen weiteren Keks in sich rein. Tina erhob sich vorsichtig, trat an den Schrank, nahm die Packung erneut aus dem oberen Fach und füllte den Teller unauffällig nach. »Ganz anders, als es aussieht, er muss wirklich gedacht haben, ich bin vollkommen bescheuert, was soll man denn da missverstehen, wenn zwei ... na ja, ist ja auch egal. Dann bin ich raus auf die Schafskoppel und hab geheult wie eine Verrückte. Die Tiere haben so was Tröstendes mit ihrem Mäh-mäh und so. Am Abend bin ich in unser gemeinsames Zimmer, und der Typ war fort, mitsamt seinen Sachen. Die Schwedin im Nachbarzimmer saß auch allein da, ihre Freundin hatte sich ebenfalls aus dem Staub gemacht. Auch gut, dachte ich, man ist mal wieder um eine Erfahrung reicher. Die ersten Tage tat es noch weh, aber dann kam ich eigentlich schnell drüber weg. Die restliche Zeit auf der Farm wurde dann noch richtig schön. Wir zwei Frauen haben uns angefreundet und hatten viel Spaß miteinander.«

An diesem Punkt war Tina dann doch etwas verwirrt. Anscheinend hatte ihre Tochter den Betrug ganz gut weggesteckt. Worin lag denn aber nun die Ursache ihrer plötzlichen Heimkehr? Kurzum, wo war das Problem?

»Und dann, eines Morgens – wollten wir beiden Mädels baden gehen. Denn gleich in der Nähe war ein wunderschöner idyllischer See, und wir hatten unseren freien Tag. Tja an dem Tag fielen mir urplötzlich meine Tampons in die Hände. Ich hatte sie seit Längerem nicht gebraucht, und du weißt ja, dass die Tage bei mir eh nicht so regelmäßig kommen. Aber so selten kommen sie nun auch nicht. Da hab ich mir einen Kalender geschnappt und nachgerechnet. Danach bin ich, statt zu baden, in die nächste Kleinstadt zu einer Apotheke gefahren und habe auf einem öffentlichen Klo diesen Test gemacht.« Jule wurde von einem weiteren Schluchzer geschüttelt und schaute ihre Mutter mit rot geweinten Augen an. »Mama, ich bin schwanger. Und als wäre das nicht schon schlimm genug, von einem Franzosen, einem Betrüger, einem Lügner – ist das nicht furchtbar?«

Nun brauchte Tina erst mal einen Keks. Langsam und bedächtig kaute sie auf dem leckeren Gebäck herum und versuchte die Gedanken zu ordnen, die in ihrem Kopf herumrasten. Automatisch nahm sie Jule in den Arm und wiegte sie langsam hin und her. »Pscht, alles wird gut, du wirst schon sehen. Erst mal muss man alles rauslassen, und dann wird es einfacher.«

Okay, sie lebten nicht mehr im finsteren Mittelalter. Unzählige Frauen zogen ihre Kinder alleine groß, dieses Lebensmodell war zu einer Selbstverständlichkeit geworden. Dennoch wollten sich in Tina nicht die freudigen Omagefühle einstellen, die bei Franzis Schwangerschaft in ihr emporgestiegen waren. Damals hatte sie ihr Glück kaum fassen können und wäre am liebste sofort losgestürzt, um Babysachen einzukaufen. Wenn sie ehrlich war, fiel es ihr äußerst schwer, sich ihre jüngste Tochter als Mutter vorzustellen. Sie war so ganz anders als ihre Schwester, so frei und ungezwungen. Jule war schon immer ziemlich spontan gewesen und auch ein wenig verrückt. Von Lebensplänen hielt sie gar nichts, auch nicht von Verpflichtungen oder davon, eine Sache durchzuziehen.

»Was machen wir denn jetzt, Mama?« Jule schaute sie um Hilfe bittend an.

Tina seufzte und lächelte dann. »Jetzt machen wir erst mal gar nichts. Wenn ich ehrlich bin, muss ich diese Nachricht ein klein wenig sacken lassen. Aber bekommen wir denn zusammen nicht alles hin?«, fügte sie beruhigend hinzu. »Also werden wir dein Kind schon schaukeln und irgendwie auch groß bekommen. Mach dir keine Gedanken.« Liebevoll strich sie ihrer Jüngsten über den Kopf. »Möchtest du das Kind denn bekommen?« Diese Frage war schwer, und dennoch hatte Tina sie stellen müssen. Denn von der Antwort hing vieles ab.

Jule nickte fast schon entrüstet. »Natürlich, unbedingt. Ich würde etwas anderes nie übers Herz bringen. Außerdem ist es für einen Abbruch eh zu spät.«

»Gut, dann lass uns in Ruhe über alles nachdenken. Da gibt es so einiges zu bedenken. Aber nicht heute und nicht jetzt. Immerhin bist du gerade erst nach Hause gekommen und hast bestimmt noch einiges zu erzählen. Konntest du denn schon schlafen? Willst du dich ein wenig hinlegen?«

Ihre Tochter schüttelte den Kopf. »Bloß nicht, ich kann gar nicht runterfahren. Heute Nacht hab ich zum Glück ein paar Stunden geschlafen, aber das war's.«

Tina schaute aus dem Fenster. Draußen strahlte die Sonne von einem azurblauen Himmel. Vielleicht war es das Beste rauszugehen. Hier in ihren vier Wänden konnte sie keinen klaren Gedanken fassen. »Wollen wir zusammen was unternehmen?« Tina verdrängte den blinkenden Anrufbeantworter und das sicherlich prall gefüllte Mailfach auf ihrem Computer. Jetzt war ihr Kind wichtiger, die Arbeit konnte warten. »Wir könnten nach Wieck fahren und uns an den Bodden setzen? Na, was meinst du?«

»Und dann holen wir uns beim Fischhändler ein Heringsbrötchen und lassen es uns schmecken. So, wie wir es früher immer gemacht haben.« Der gefasste Plan zauberte ein erstes zaghaftes Lächeln auf Jules Wangen.

»Also ist es abgemacht, wir schnappen uns die Räder und fahren los. Aber sag mal, wo ist eigentlich dein Vater?«, fragte Tina. Suchend schaute sie auf den immer noch leeren Parkplatz im Hof.

»Der ist in irgendeiner Ferienwohnung, kaputter Geschirrspüler oder so. Und anschließend wollte er mit Jan raus auf den Bodden zum Angeln fahren.«

»Weiß er es schon, ich meine, hast du es ihm schon erzählt?«

Jule schüttelte heftig den Kopf. »Nein, ich hab mir eine Ausrede einfallen lassen, warum ich eher heimgekommen bin. Vermutlich hat Papa mich durchschaut, denn er guckte so komisch. Wenn ich ehrlich bin, wollte ich erst mal mit dir reden. Du weißt doch, wie er manchmal ist.«

Tina nickte nur und räumte das schmutzige Geschirr in die Spüle. Während Jule ihren Rucksack durchwühlte und luftige Kleidung heraussuchte, stieg Tina nach oben in ihr Schlafzimmer. Dort setzte sie sich einen Moment auf ihr Bett und musterte sich im großen Spiegel, der gegenüber am Schrank hing. Sie konnte sich selbst nicht erklären, warum diese Nachricht sie so herunterzog. Doch da war das unbestimmte Gefühl, dass in der nächsten Zeit viel Arbeit auf sie zukommen würde. Und das, wo sie sich doch gerade vorgenommen hatte, mehr Zeit für ihre eigenen Interessen einzufordern und mit Marion öfter mal einen Mädelsabend zu verbringen. Mal wieder wurden ihre eigenen Pläne über den Haufen geworfen. Doch war es nicht die Aufgabe einer Mutter, für ihre Kinder da zu sein?

Was hatte Daniel noch einmal über die Fee gesagt? *Was würden Sie sich wünschen, wo würden Sie neu anfangen?* Die Antwort auf diese Frage musste notgedrungen erst mal warten.

Gemeinsam pumpten sie Luft in die Reifen von Jules altem Fahrrad. Nebenbei nahmen sie noch einen Schlüssel entgegen, von einem älteren Ehepaar, das heute nach Hause fuhr. Die beiden bedankten sich überschwänglich bei Tina und versprachen, im nächsten Jahr unbedingt wiederzukommen. Da die Leutchen ihnen schon seit einigen Jahren die Treue hielten, war an diesen Worten nicht zu zweifeln.

Lachend winkte Tina den beiden hinterher, als sie hupend vom Hof rollten.

Jule schaute ihre Mutter nachdenklich an. »Irgendwie beneide ich dich. Du hast eine Aufgabe gefunden, etwas, was dir Freude macht. Und du hast Papa, ihr seid ein Team, haltet immer zusammen. Ihr beiden seid ein Fels in der Brandung, etwas, was immer da ist. Ich hab das Gefühl, als würde ich das nie hinkriegen.«

Tina versuchte ein Lächeln und stürzte dann, so schnell sie konnte, ins Dunkel des Schuppens, um die aufsteigenden Tränen vor ihrer Tochter zu verbergen. Am liebsten hätte sie zu ihr gesagt, dass nicht alles so perfekt war, wie es schien. Aber sie schluckte die Worte herunter.

Dann radelten Mutter und Tochter durch den Darßwald Richtung Wieck. Zusammen mit ihnen waren viele Urlauber unterwegs. Doch Tina kannte die abgelegenen schmalen Pfade, und nach einigen Minuten fuhren sie ganz allein durch den Wald. Über ihnen rauschten die Kiefern im Wind und bogen sich sacht hin und her. Die Luft roch würzig, nach Zapfen und herabgefallenen Nadeln. Fast lautlos rollten sie über den Waldboden. Heidelbeersträucher bedeckten den Boden und wechselten sich mit üppigen Mooskissen ab. Tina liebte den Wald. Nicht so sehr wie die Ostsee, der galt ihre ganze Liebe. Doch an heißen Sommertagen war sie gern hier unterwegs. Ganz in der Nähe des Ortes gab es eine kleine moosbewachsene Lichtung. Durch Zufall hatte sie diese während eines Spaziergangs entdeckt. Sie lag weitab jeglicher begehbarer Pfade, und man kam sich dort vor, als wäre man vollkommen allein auf der Welt. Tina ging dorthin, wenn der Strand richtig voll war. Sie nahm sich ein gutes Buch mit, legte sich direkt ins Moos und beobachtete, wie die Wolken zwischen den Bäumen hervorlugten. Die friedliche Stille war so unendlich beruhigend, dass sie manches Mal einfach einschlief. Das Rauschen der Bäume erinnerte sie ans Meer, und das Spiel von Licht und Schatten auf dem Moos war wie die schillernde Ostsee. Einmal war Tina wach geworden und hatte wenige Zentimeter neben ihrem Gesicht eine kleine Maus gesehen, die an einem Halm knabberte. Sie war ganz still liegen geblieben und hatte das Tierchen beobachtet. Sie konnte Stunden auf der Lichtung zubringen und spürte keine Langeweile. Im Gegenteil, sie hatte das Gefühl, dass sie gestärkt von jedem Besuch wiederkam. Doch am heutigen Tag, hatte sie ein anderes Ziel.

In Wieck überquerten sie die Hauptstraße und fuhren durch den Ort hinunter zum Bodden. Am Fischverkaufswagen ließen sie sich zwei frische Heringsbrötchen einpacken und radelten weiter, bis sie ans Wasser kamen. Jule stieg ab und sog einen Moment die frische Luft in ihre Lungen. Mit geschlossenen Augen stand sie da. »Komisch, wenn man hier ist, will man unbedingt fort, weil man alles kennt und gerne etwas Neues entdecken möchte. Und kaum ist man in der Fremde, sehnt man sich nach zu Hause. Nirgends riecht es so wie hier. Auch nicht am Strand in Neuseeland.«

Die Anlegestelle für die Boddentouren ließen sie links liegen, schlugen einen sandigen Weg ein und stellten ihre Räder an einem Baum ab. Ein versteckter Pfad führte durch das Schilf, und gleich darauf erreichten sie einen kleinen natürlichen Sandstrand. Die Stelle war ein Geheimtipp, außer ihnen saß nur noch ein Pärchen im Sand und blickte aufs Wasser.

Tina breitete mit Jule die mitgebrachte Decke aus und setzte sich. Die Sonne brannte ihr heiß in den Nacken. Und gleich musste sie wieder an den herrlichen Tag mit Marion denken, den sie am Meer verbracht hatten.

Leise schwappten die Wellen ans Ufer. Ein paar Enten schwammen an ihnen vorbei und schlugen dann den Weg zum Ufer ein. Anscheinend waren ihnen die mitgebrachten Tüten nicht entgangen, und sie hofften auf ein bisschen Futter. In einigen Metern Entfernung verharrten sie im Wasser und beobachteten Tina und Jule aufmerksam.

Jule ließ sich das Fischbrötchen schmecken und kaute mit vollen runden Backen. »Eigentlich soll man ja in der Schwangerschaft gar keinen rohen Fisch essen«, sagte sie nach einer Weile. »Aber ich hab so einen schrecklichen Appetit drauf.«

Überrascht schaute Tina ihre Tochter an. »Ach, woher weißt du das denn? Da wird schon nichts passieren. Du sollst ja nur deshalb keinen rohen Fisch essen, weil er Krankheitserreger enthalten kann. Ich habe das aber während meiner Schwangerschaften auch nicht durchhalten können. So manches Mal musste mir dein Vater mitten in der Nacht ein Fischbrötchen zubereiten. Wir hatten immer Brötchen und Heringe da, sonst konnte ich nicht schlafen. Und meistens hab ich gleich anschließend eine Schnitte mit Marmelade gegessen.«

»Hab ich in irgendeinem Ratgeber gelesen«, meinte Jule gleichmütig und sah dann ihre Mutter an. »Und du warst gestern auf einem Konzert, mit Marion, diesem verrückten Huhn? Wie alt ist sie denn mittlerweile?«

»Offiziell achtundsechzig«, sagte Tina mit einem Grinsen. »Aber ich glaube, irgendwann ist den Behörden ein Fehler unterlaufen. Denn sie sieht aus wie fünfzig und benimmt sich wie dreißig. Wenn ich in dem Alter noch so fit bin, danke ich Gott auf Knien.«

»Und wer hat gespielt? Papa, wusste die Gruppe nicht mehr, als er heute Morgen nach Hause kam. Er sah ziemlich verschlafen aus, und gefangen haben sie wohl auch nichts. Da war die Stimmung im Keller.«

Tina stopfte den Rest des Brötchens in ihren Mund und wischte die Finger an der beiliegenden Serviette ab. »Wir waren bei Ramos, es war einfach super. Aber wehe, du verlangst von mir, dass ich dir jetzt etwas vorsinge.«

Jule hob die Hände. »Bitte nicht, ich kenne ja deine sängerischen Qualitäten.« Behutsam pulte ihr Kind Krumen aus dem restlichen Brötchen und warf sie den heranwatschelnden Enten vor die Füße. »Schön, ich freue mich, dass du einen lustigen Abend hattest. Endlich bist du mal ausgegangen. Und sonst, gibt es irgendwelche Neuigkeiten in Prerow? Was machen Franzi, Ole und die kleine Fine?«

»Denen geht's gut. Fine wächst und gedeiht und ist mittlerweile eine richtige Plaudertasche. Die werden Augen machen, wenn du wieder daheim bist.«

»Auf jeden Fall. Ich höre schon meine ältere Schwester sagen, dass sie ja alles sowieso vorher gewusst hat. Und Ole wird dazu bestätigend nicken. Dann werden sie meinen, ich hätte mal lieber hierbleiben und auch so ein spießiges Leben führen sollen wie sie.« Jule verdrehte die Augen. Irgendwann hatten die Schwestern sich mal richtig gut verstanden. Aber im Laufe der Jahre waren ihre unterschiedlichen Sichtweisen auf das Leben zu einem Problem geworden. Bei so mancher Geburtstagsfeier hatte es Streit gegeben, so lange, bis sie oder Peter dazwischengehen mussten. Tina hoffte, dass diese Kluft im Laufe der Jahre verschwinden würde, aber momentan sah es nicht danach aus.

»Du bist ungerecht, nicht jeder will so leben wie du. Deswegen sind

Franzi und Ole noch lange keine Spießer. Immerhin haben sie sich einiges aufgebaut. Das muss man achten, genau wie deine Sicht auf die Dinge«, sagte Tina strenger als eigentlich beabsichtigt. Jules Wangen verfärbten sich dunkelrot, und sie schwieg fast schon verlegen.

Auf dem Heimweg stellte Tina fest, dass die Stunden wieder einmal wie im Flug vergangen waren. Sie hatten kaum ein Wort über Jules Schwangerschaft verloren, und ein paarmal hatte Tina es auch geschafft, nicht daran zu denken. Aber jetzt, angesichts ihres Heimatortes, war das Thema wieder auf dem Schirm.

Peter war inzwischen zu Hause. Er werkelte im Schuppen herum und brachte sein Angelzeug auf Vordermann. Neugierig kam er nach draußen und sah die Heimkehrerinnen an. Fragend wanderte sein Blick zwischen den beiden Frauen hin und her und blieb dann auf dem Gesicht seiner Frau hängen. Tina lockerte die angespannte Stimmung mit der Frage nach Kaffee auf. Ihr Mann nickte, und Jule zog sich in ihr altes Zimmer zurück, um ein Nickerchen zu halten. Das war die offizielle Version. Tina hatte das Gefühl, dass sie die Schwangerschaftsbeichte ihrer Mutter überlassen wollte.

Sie stellte das Geschirr aufs Tablett, packte noch ein paar Butterkekse dazu und ging zur schattigen Sitzecke, die sie vor einigen Jahren hinter dem Haus errichtet hatten. Ihr Mann setzte sich auf seinen Stammplatz, von dem aus er den gesamten Garten gut im Blick hatte. Während er die Beete und seinen Rasen betrachtete, schlürfte er Kaffee und knabberte einige der guten Butterkekse. Doch zwischendurch schielte er immer wieder zu Tina.

Schließlich brach er die Stille und beugte sich ein Stück zu ihr. »Ich vermute mal, dein gestriger Abend war schön, also schieben wir das gleich beiseite. Nun würde ich gerne wissen, was eigentlich los ist? Ich komme nachts heim und finde meine jüngste Tochter in Decken eingemummelt auf der Terrasse liegend vor. In einem Zustand der eher nach Katastrophe als großem Glück aussieht. Das Gesicht vollkommen verquollen und verheult. Doch sie erzählt mir irgendwelche lapidaren Geschichten – keine Lust mehr, Sehnsucht nach zu Hause. Urplötzlich, wo doch gerade noch Neuseeland das Land ihrer Träume war. Dann komme ich heute Nachmittag wieder, und ihr beide seid verschwunden. Fischbrötchen essen in Zingst, das bedeutet, irgendwas ist im Busche. Das war schon früher immer so.«

Das war für Peters Verhältnisse eine relativ lange Rede gewesen. Doch bei aller Ironie spürte Tina seine Sorge zwischen den Worten, die auch auf seinem Gesicht deutlich zu erkennen war. Sie seufzte tief. »Du hast ganz recht.« Jetzt musste es raus. »Jule ist schwanger«, flüsterte sie ihm leise zu. Peter fuhr augenblicklich nach oben. Tina hob beruhigend die Hände und schaute zum Fenster ihrer Tochter, das fast genau über ihnen lag. »Pscht, jetzt nicht aufregen, sie hat mir alles erzählt, und es geht ihr ehrlich gesagt beschissen. Das Kind ist von einem Franzosen, den sie in Neuseeland kennengelernt hat und der es wohl mit der Treue nicht so genau nahm«, raunte sie ihrem Mann zu.

Peter nahm einen Schluck Kaffee und stellte die Tasse klirrend ab. Dann sprang er auf und begann erregt vor der Sitzgruppe hin und her zu laufen. »Na klasse, und nun? Habt ihr darüber gesprochen, was jetzt werden soll? Will sie wieder hier wohnen – in ihrem alten Kinderzimmer –, sich eine Arbeit suchen?«, fragte er und versuchte dabei ebenso leise zu sprechen, was ihm nicht so recht gelang.

»Die Details haben wir noch nicht geklärt, alles Weitere ist auf die nächsten Tage verschoben«, zischte Tina ihm zu. »Jetzt setz dich doch wieder, du machst mich ganz kirre, mit deinem Herumgerenne. Ich wollte sie nicht bedrängen, sie ist auch so schon verzweifelt genug. Nur so viel steht fest, Jule will das Kind bekommen. Was hätte ich denn machen sollen, sie ist nun mal schwanger und Punkt.« Daraufhin nickte Peter nur und versank in tiefe Grübeleien. Tina war äußerst dankbar für sein Schweigen, wusste sie doch selbst nicht so recht, was sie sagen sollte.

# 6. Kapitel

Der Montag begann wie gewohnt hektisch. Es standen Abreisen und Ankünfte auf dem Plan. Tina hatte bis in die Nacht im Büro gesessen und die Arbeit der letzten Tage nachgeholt. Dann war sie in ihr Bett gewankt und auf der Stelle tief und fest eingeschlafen.

Gleich früh am Morgen war sie unterwegs gewesen, hatte Wohnungen geputzt und tausenderlei andere Dinge erledigt. Die Aufgabenliste wurde immer länger. Jule, der anscheinend langweilig war oder die mit ihrem schlechten Gewissen zu kämpfen hatte, bot schließlich an, das Büro und den Telefondienst zu übernehmen. Das hatte sie früher schon ein paarmal gemacht, und Tina war ihr äußerst dankbar dafür. Gegen Mittag, als sie in aller Eile in einen Apfel biss, schaute sie kurz auf ihr Handy und las eine Textnachricht von Franzi. Auch die schien das schlechte Gewissen zu plagen, denn sie entschuldigte sich in aller Form bei ihrer Mutter und versprach, am Mittwochnachmittag mit Fine vorbeizukommen.

Der Dienstag gestaltete sich ähnlich hektisch. Fast sehnte Tina ein wenig Regen herbei, damit endlich die unzähligen Anfragen nach freien Zimmern aufhören würden. Doch Petrus kannte keine Gnade und schickte Sonne ohne Ende Richtung Ostsee. Für nächste Woche waren noch einmal steigende Temperaturen angesagt, und es war gerade mal Anfang Juni. Da würde das Telefon wohl weiterhin keine Minute stillstehen.

Nach Feierabend begab sich Tina seufzend in ihren Garten und nahm den Kampf mit dem Unkraut auf. Jedes Jahr aufs Neue nahm sie sich vor, die Beete zu verkleinern und stattdessen Rasen anzulegen. Dieser war schnell gemäht und machte nicht so viel Arbeit, vor allem war ihr Mann dafür zuständig und erledigte seine Aufgabe auch mit einer gewissen Hingabe. In manchen Jahren wirkte ihr Rasen, als ob er darauf ein Tennisturnier ausrichten wollte. Doch wenn Tina dann in der Gärtnerei nur ein paar Pflänzchen für ihre Kästen und Schalen besorgen wollte und all die schönen Gemüsepflanzen sah, begann das alljährliche Dilemma von vorn. Sie konnte einfach nicht widerstehen und kaufte dieses und jenes, bis die Beete am Ende wieder allesamt bepflanzt waren.

Jule kam nach draußen und versuchte ihrer Mutter mehr oder weniger pflichtschuldigst zu helfen. Doch nachdem sie zum zwanzigsten Mal gefragt hatte, was denn nun Unkraut und was Gemüse sei, schickte Tina sie entnervt ins Haus. Sichtlich erleichtert verzog sich ihr Kind, so schnell es konnte. Jule hatte sich noch nie für Gartenarbeit interessiert, und es war unwahrscheinlich, dass sich das jetzt änderte.

Bei der Gartenarbeit konnte Tina am besten nachdenken. Die körperliche Betätigung schien ihr gutzutun. Während sie energisch Löwenzahn aus der Erde riss, überlegte sie, wann ein guter Zeitpunkt für ein Gespräch mit Jule wäre und in welchem Rahmen es stattfinden sollte. Denn so langsam beschlich sie das Gefühl, als ob ihre Tochter tatsächlich vorhatte, wieder bei ihnen einzuziehen. Gleich am Montag hatte ihr Kind nämlich damit begonnen, das alte Zimmer zu putzen. Jule wischte alle Schränke aus und räumte ihre Wäsche ein. Mitgebrachter Nippes wurde entsprechend drapiert und irgendwelche Bilder aufgehängt. Alte Sachen wurden aussortiert und in großen Müllsäcken davongefahren. Das alles hatte an sich noch nichts zu bedeuten. Doch heute Morgen fand sie Jule mit einem Metermaß in der Hand über den Boden kriechend und einen Katalog für Kindermöbel wälzend vor. Kritisch beäugte ihre Tochter das mehr als kleine Zimmer, welches zwar fünfzehn Quadratmeter hatte, aber durch reichlich vorhandene Dachflächen wesentlich kleiner wirkte. Man konnte schauen, soviel man wollte, der Raum wurde dadurch nicht größer. Franzis Zimmer nebenan stand nicht mehr zur Verfügung. Darin hatte sich Peter einen lang gehegten Traum erfüllt und endlich seine seit Ewigkeiten im Keller schmorende Modelleisenbahn aufgebaut. Sobald ihre Älteste ausgezogen war, wurde gehämmert und gesägt und geleimt, und eine wirklich wunderbare Landschaft war entstanden. Tina konnte sich nicht vorstellen, dass die Züge wieder in irgendwelchen Pappkartons im Keller verschwinden würden.

Jule hatte kein Wort zu ihr gesagt, sondern weiter mit dem Maßband hantiert, und sie hatte nicht nachgefragt.

Wenn man nun alle diese Zeichen zusammennahm, deuteten sie aus Tinas Sicht auf einen Wiedereinzug von Jule hin. Und was den betraf, fühlte sie sich hin- und hergerissen. Denn natürlich liebte sie ihre Tochter. Sie aber in einem winzigen Kinderzimmer nebenan zu wissen, noch dazu mit einem Baby, gehörte nicht unbedingt zu Tinas Wunschvorstellungen.

Energisch drückte sie ihren Hintern in die Höhe und rückte einem besonders widerstandsfähigen Grasbüschel zu Leibe. Die Pflanze wehrte sich nach Leibeskräften, alles Zerren schien nichts zu helfen. Da vernahm Tina Schritte hinter sich auf dem Kiesweg. Peter schlenderte heran, und einen Moment wünschte sie sich, er würde ihr wie früher einen leichten Klaps auf den Hintern geben. Das hatte er vor einigen Jahren öfter getan, manchmal hatte er sie dann in seine Arme gezogen, und kichernd waren sie im Haus oder gleich im Schuppen verschwunden. Aber diese Zeiten waren lange her, und Peters Hand blieb, wo sie war.

Ächzend setzte er sich auf den Baumstumpf, der bis vor Kurzem eine mächtige Lärche gewesen war. Einer der Januarstürme hatte sie vor zwei Jahren umgeworfen, und Tina war untröstlich gewesen. Der riesige Baum hatte ihr immer ein Gefühl der Geborgenheit vermittelt. Er gehörte einfach zu ihnen und stand schon hier, als ihre Großeltern damals das Haus gebaut hatten. In seinem Schatten hatten sie im Sommer gesessen und im Winter verfolgt, wie die Äste bei Schneefall immer schwerer wurden. Jedem Sturm hatte er getrotzt und seine Wurzeln tief in den Boden gebohrt, bis er dann eines Tages doch kapitulieren musste. Dann waren die Sägen gekommen, und nun herrschte an dieser Stelle eine gewisse Leere.

Peter rieb sich stöhnend den Rücken und schaute seiner Frau schweigend zu.

»Rückenschmerzen? Soll ich dich einreiben?«

Er winkte ab. »Lass mal, bei der Reparatur von diesem verdammten Geschirrspüler hab ich mir irgendwas gezerrt. Du weißt doch, diese blöde Wohnung, die so vollgerammelt ist, dass man sich kaum rühren kann. Man kann aus einer Fünfzig-Quadratmeter-Bude nun mal kein Haus machen, so viele Möbel man auch hineinstellt.« Tina wusste zu gut, was ihr Mann meinte, das Putzen dort war der reinste Horror. Peter grummelte weiter. »Und kein Wunder, dass alles verstopft, wenn die Leute die Abfälle gleich mit in die Maschine geben.« Tina harkte und zupfte und wartete, was als Nächstes kommen würde. »Hast du mit Jule schon gesprochen?«, fragte Peter schließlich nach einer Weile. »Sie hat mich nämlich heute nach Franzis altem Zimmer gefragt.«

*Aha, daher wehte also der Wind. Ihre Jüngste ging die Angelegenheit von zwei Seiten an.* »Ich dachte, wir reden morgen.« Tina richtete sich ächzend auf und prüfte die vor ihr liegende Arbeit. In einem Anflug von Faulheit entschied sie sich, angesichts der großen noch vom Unkraut zu befreienden Fläche, Feierabend zu machen. »Franzi will mit Fine zum Kaffee vorbeikommen. Und dann werden wir sehen. Ich hoffe, du hast keine Termine, es wäre, glaube ich, gut, wenn wir alle zusammen am Tisch sitzen.«

Peter seufzte. »Ja, ich bin dabei.« Dann schlich er Richtung Angelschuppen. Auf halbem Weg blieb er stehen und drehte sich noch einmal zu ihr um. Einen Moment schien es Tina, als wollte er etwas sagen. Doch dann lächelte er nur und winkte ihr kurz zu.

Am Abend, im Bett, kam sie zum ersten Mal dazu, einen Blick auf ihr Handy zu werfen. Marion hatte sie einige Male zu erreichen versucht. Verdammt, sie hatte sich ja bei ihr melden sollen, aber Jules überraschende Rückkehr hatte alles ein wenig durcheinandergebracht. Da Peter unten fernsah, wählte Tina die Nummer ihrer Freundin. Gleich beim ersten Klingelton ging Marion ran. »Na du treulose Tomate.«

»Sorry, Entschuldigung, ich hab's vergessen. Jule ist überraschend heimgekommen. Am liebsten würde ich mich jetzt ins Auto setzen und zu dir fahren. Ich müsste dringend mit jemandem reden.«

»Mach doch.« Marion kicherte durch den Hörer. »Ich hab mir gerade ein Glas Wein eingegossen und wäre ein wenig Gesellschaft nicht abgeneigt. Aber warum ist Jule wieder da? Ich dachte, die pflegt irgendwelche Schafböcke in Neuseeland«, antwortete ihre Freundin. Wenn Tina sich nicht irrte, war Marion bereits ein wenig angeschickert.

»Hör bloß auf, es gibt einiges zu berichten. Aber ich bin schon im Bett und ehrlich gesagt vollkommen fertig. Aber vielleicht ... warte mal, ich bin gleich wieder da.« Mit nackten Füßen tapste Tina die Treppe hinunter und checkte den Terminkalender für den morgigen Tag. Aus dem Wohnzimmer erklangen Peters gleichmäßige Schnarchgeräusche. Nach dem Chaos und der Hektik der vergangenen Tage würde es morgen direkt ruhig sein. Der Kalender war fast leer, es standen nur ein paar Nichtigkeiten an, die Tina auch nachmittags erledigen konnte. Sekunden später schlüpfte sie wieder ins Bett. »Ich könnte morgen zum Frühstück kommen, sagen wir um sieben? Dann hätten wir anderthalb Stunden, um zu quatschen.«

Ihre Freundin gähnte herzhaft. »Okay, wenn du meinst. Ich bin eh wach. Aber du bringst die frischen Brötchen mit, ich stelle den Rest. Bis dann!« Mit diesen Worten legte Marion auf.

Tina griff zum Krimi auf ihrem Nachttisch. Sie begann zu lesen, konnte aber keinen klaren Gedanken fassen. Jule, Peter, Marion und seltsamerweise auch Daniel wirbelten in ihrem Kopf herum. Irgendwann löschte sie das Licht und versuchte zu schlafen. Doch die ersehnte Ruhe wollte sich nicht einstellen. Schließlich kam Peter zu ihr, legte sich hin und war Sekunden später bereits im Reich der Träume. Tina beneidete ihn unendlich. Und während er sachte neben ihr schnarchte, schob sie Gedanken hin und her und kam doch zu keiner Lösung. Irgendwie hatte sie das Gefühl, als ob sie in einem Irrgarten unterwegs wäre. An jeder neuen Wegbiegung musste sie sich entscheiden und wählte anscheinend immer ausgerechnet die Sackgasse.

# 7. Kapitel

Mit frischen Brötchen auf dem Beifahrersitz rollte Tina zu frühmorgendlicher Stunde nach Zingst. Die Verkäuferin Frau Damme hatte sie in der kleinen Bäckerei an der Hauptstraße überrascht angesehen. »Na sag mal, wo willst du denn am frühen Morgen hin?«

Tina hatte gelacht. »Mädelsfrühstück bei meiner Freundin Marion. Wenn wir sonst schon nicht dazu kommen, dann wenigstens in der halben Nacht.« Und schon war sie zur Tür hinaus gewesen. Sogar diese kleinen Schokobrötchen, die es nicht alle Tage gab und die Marion so gerne aß, hatte sie bekommen.

Tina hatte die Fenster ihres Autos weit nach unten gestellt und ließ die frische Luft hereinströmen. Jegliche Restmüdigkeit verflog durch den kühlen Fahrtwind augenblicklich. Heute Abend würde sie sich vermutlich wieder mit einem steifen Nacken herumplagen, doch das war ihr momentan herzlich egal.

Vor Marions Wohnblock kehrte ein Hausmeister die Treppe und nickte ihr mürrisch zu, als Tina durch die offene Haustür hineinschlüpfte. Die Zeit schien auch nicht seine zu sein, aber anscheinend nutzte er die kühle Morgenstunde, um der Hitze des Tages zu entgehen.

Tina klingelte bei ihrer Freundin und legte sich einen entsprechenden Spruch zurecht. Doch nichts geschah, sie klingelte erneut und lauschte schließlich an der Tür. Im Inneren der Wohnung war kein Laut zu vernehmen. Sicher gab es eine vollkommen logische Erklärung, vielleicht war Marion einfach auf der Toilette oder so, also wartete sie einen kleinen Augenblick. Noch einmal horchte Tina und klopfte dann schon eine Spur energischer gegen die Tür. Doch da war nicht die geringste Reaktion zu hören. Tina griff nach ihrem Handy und wählte Marions Nummer. Aus dem Inneren der Wohnung erklang der nervige Klingelton ihrer Freundin. Mittlerweile fühlte sie eine gewisse Sorge in sich, die immer stärker wurde. Tina kippte die Handtasche auf den Boden und suchte hektisch nach dem Ersatzschlüssel. Marion hatte ihr diesen nur für alle Fälle gegeben. »Falls ich mal wieder meinen Schlüssel verliere, du kennst mich doch. Und jedes Mal den Schlüsseldienst anzurufen, ist mir auf Dauer zu teuer. Na ja älter werde ich außerdem auch noch. Wenn mal was passiert, kannst du rein – wobei ich mindestens hundert werden möchte.« Das letzte Mal hatte Tina den Schlüssel nach dem Konzert benutzt.

Endlich wurde sie fündig, in einem kleinen Seitentäschchen. Mit zitternden Fingern schloss Tina die Wohnung auf und trat vorsichtig in den weiß gestrichenen und mit einem knallroten Teppich ausgelegten Flur. »Marion, hallo, ich bin's«, sagte sie mit leiser Stimme, auf die keine Antwort kam. Von irgendwoher ertönte ein schleifendes Geräusch, das Tina zunächst nicht zuordnen konnte. Mittlerweile dröhnte ihr Herzschlag laut in den Ohren. Da war eine Vorahnung, ein Gefühl von Angst in ihrem Inneren.

Behutsam klopfte sie an die Badtür, doch der Raum war leer. Genau wie die kleine Küche, das Gästezimmer und Marions Schlafzimmer. Das Bett war unberührt, die Decke zurückgeschlagen, als wollte ihre Freundin sich jeden Augenblick hinlegen. Dann blieb nur noch ein Raum – das Wohnzimmer, dessen Tür angelehnt war. Zentimeter für Zentimeter öffnete Tina sie und blickte um die Ecke. Sie hatte ihre Freundin gefunden. Marion saß in ihrem Lieblingssessel am Fenster und hatte die Füße auf den Hocker gegenüber gelegt. Ihr Kopf lehnte am Sessel, die Augen waren geschlossen. Eine Decke lag ausgebreitet über ihrem Schoß. Sie sah aus, als würde sie schlafen. Doch Tina wusste sofort, dass es der ewige Schlaf war, in den Marion gesunken war. Der Schlaf, aus dem man nie mehr erwachen würde. Auf dem Tisch neben ihr lag das Handy, mit dem sie gestern Abend noch telefoniert hatte. Ein halb volles Glas Rotwein stand daneben, und sie glaubte noch den Abdruck von Marions Lippenstift, darauf zu erkennen.

Tina sank in den anderen Sessel und legte die Tüte mit den frischen Brötchen geistesabwesend auf den Tisch. In ihrer Brust spürte sie eine furchtbare Beklemmung, die ihr fast die Luft raubte. Wie in Trance griff sie sich an den Hals und betrachtete die Tote. Sie spürte eine schreckliche Wehmut in ihrem Herzen und konnte ihren Blick einfach nicht von Marion wenden. War das denn möglich, gerade hatten sie noch miteinander gesprochen, hatten einen herrlichen Abend verlebt, und nun? Ausgerechnet Marion, die immer so gut drauf gewesen war, die die hundert vollmachen wollte und alle mit ihrer positiven Fröhlichkeit ansteckte, war gestorben.

Nach einer Weile erhob Tina sich vorsichtig und berührte die Tote an der Wange. Es war wie ein letzter Abschiedsgruß. Hinter ihr ertönte immer noch das schleifende Geräusch. Es stammte von Marions altem Schallplattenspieler. Die Platte war zu Ende gewesen, der Abspieler zurückgefahren, doch niemand hatte das Gerät ausgeschaltet. Die Plattenhülle lag daneben, Tina schaute darauf und erkannte den Schriftzug »Ramos«. Und erst in diesem Moment schossen ihr die Tränen in die Augen. Sie weinte hemmungslos, nicht nur um ihre Freundin, sondern irgendwie auch um sich selbst. Um all die Pläne, die sie noch miteinander gehabt hatten. Futsch, mit einem Schlag war alles vorbei.

Erst eine halbe Stunde später hatte Tina sich wieder einigermaßen beruhigt und versuchte sich zu sammeln. Was war jetzt zu tun? An der Pinnwand in der Küche hing die Telefonnummer von Marions Hausarzt. Mit zitternden Fingern wählte Tina sie. Die Sprechstundenhilfe versprach, dass der Doktor schnellstmöglich vorbeikommen würde. Und tatsächlich war er zehn Minuten später da.

Tina kannte ihn nur vom Hörensagen. Er war ein jüngerer Mann, was irgendwie zu Marion passte. Bei einem älteren Arzt hätte sie sich vermutlich auch alt gefühlt. Routiniert untersuchte er den Leichnam, während Tina im Nebenzimmer mit verkrampften Händen wartete.

»Geht es Ihnen gut?« Er sah sie fragend an, und Tina nickte schweigend. »Ich habe den Schein auf den Tisch gelegt. Als Nächstes müssten Sie das Bestattungsunternehmen anrufen«, sagte der Mann ruhig.

Verwirrt schaute sie ihn an. »Ich weiß ja gar nicht welches, ich meine, sie hatte ja niemanden. Ich bin ihre beste Freundin, wissen Sie, aber doch keine Angehörige. Gott, wenn ich ehrlich bin, kenn ich mich mit so was gar nicht aus. Wer muss sich denn jetzt um alles kümmern?«

Der Arzt lächelte. »Ich weiß, wer Sie sind, sie hat viel von Ihnen gesprochen. Machen Sie sich mal keine Gedanken! Frau Fischer hat für den Fall ihres Todes alles schon vorab geklärt. Die Bestattung läuft über die Firma Jankowski hier im Ort. Die Nummer hängt bestimmt an der Pinnwand, ansonsten kann ich Ihnen weiterhelfen.« Der Arzt griff nach seinem Handy und schaute Tina fragend an.

»Lassen Sie mal, die Nummer krieg ich schon raus. Aber ich verstehe das nicht so ganz.« Ihre Verwirrung war riesengroß. »Das passt gar nicht zu meiner Freundin, diese Planerei im Voraus. Sie war eher sehr spontan.«

»Das war sie, auf jeden Fall. Aber seit bei ihr diese Herzschwäche diagnostiziert wurde, hat sie ihren Nachlass geregelt. Ihr war bewusst, dass es keine Angehörigen gab, deswegen wurde alles geklärt.« Er schaute seufzend auf seine Uhr. »Sie entschuldigen mich jetzt, ich habe leider die Praxis voller Patienten.«

Tina war durcheinander, nie hatte Marion eine Krankheit erwähnt, nicht mal von irgendwelchen Arztbesuchen erzählt. Von Herzschwäche und ähnlichen Dingen ganz zu schweigen. Im Gegenteil, nie hatte Tina bei ihr irgendwelche Medikamente gesehen oder Marion beim Einnehmen beobachtet. Ihr fiel das kurze Zögern ein, als sie gemeinsam ins Meer gelaufen waren, die zurückhaltende Art vor dem Konzert. Doch musste man deswegen gleich einen Gedanken an Tod und Krankheit verschwenden?

Tatsächlich hing in der Küche die Visitenkarte eines Zingster Bestattungsunternehmens. Dieses war tatsächlich über alles informiert, und ein mitfühlend klingender Herr versprach, in der nächsten Stunde vorbeizukommen. Dann rief Tina zu Hause an. Peter meldete sich murrend, und sie hörte im Hintergrund leise Geschirr klappern. »Mein Gott, du bist ja schon früh raus. Hab gerade erst deinen Zettel gefunden. Wir sitzen noch am Frühstückstisch.«

Tina schwieg und suchte nach den richtigen Worten. Doch welche Worte waren in einem solchen Fall richtig und welche falsch? Ihr Schweigen fiel Peter nach kurzer Zeit auf. »Tina, was ist los, ist was passiert?«

Erneut schossen ihr die Tränen in die Augen, und ein Schluchzer stieg empor. Sie hörte die Zeitung rascheln, die Peter gerade beiseitegelegt hatte. »Tina, um Himmels willen, was ist denn?«

»Marion ist tot, ich hab sie gerade gefunden.«

Am anderen Ende herrschte Stille. Es war nicht so, dass ihr Mann mit ihrer Freundin sehr vertraut gewesen wäre. Schon früher, als seine Schwiegermutter noch in Prerow gewohnt hatte, konnte er mit der verrückten Frau, die seltsamen Schmuck bastelte und manchmal wie eine Zwanzigjährige herumrannte, nichts anfangen. Doch er wusste um die Vertrautheit, die zwischen den beiden Frauen geherrscht hatte.

»Das tut mir leid. Wie ist sie denn gestorben? Soll ich rüberkommen?«

»Nein, nein, lass mal. Der Arzt war schon da, und jetzt warte ich noch auf den Bestatter. Sie ist einfach so eingeschlafen und sitzt in ihrem Sessel. So hab ich sie gefunden. Und weißt du was, sie war krank und hat deswegen alles im Voraus geplant, die ganze Beerdigung und so.«

»Na ja, verständlich. Immerhin hatte sie niemanden. Melde dich, wenn noch was ist. Jule drücke ich das Büro aufs Auge, und ich versuche, den Rest zu regeln.« Da war er, ihr kühl und klar denkender Mann. Heute war sie ihm ausnahmsweise dafür sehr dankbar.

Der Rest zog an Tina vorbei wie ein schlechter Film. Der Bestatter im dunklen Anzug, der mit leiser Stimme sprach und ihr bestätigte, dass tatsächlich alles bereits geklärt und bezahlt war. Der ihr sagte, dass Marion sich sogar schon eine Grabstelle ausgesucht und ihre Feier bis ins kleinste Detail durchgeplant hatte. Der einfache, schmucklose

Sarg, der erst hinein- und dann einige Zeit später wieder durch die Tür herausgetragen wurde. Die darauf folgende Stille, die ihr fast die Luft abschnürte. Der unwirkliche Sonnenschein, der auf die Terrasse fiel, die bunten Blumen, die in allen Farben schillerten und Marions ganzer Stolz gewesen waren. Die Hausbewohner, die neugierig im Treppenhaus verharrten und Tina mit fragenden Blicken ansahen. Und schließlich ihr Auto, aus dessen Innenraum die aufgestaute Hitze wie eine Welle entwich und ihr entgegenschlug.

Ohne groß nachzudenken, fuhr Tina aus Zingst hinaus einen schmalen Weg entlang. Sie konnte jetzt einfach noch nicht nach Hause gehen und ganz normal weitermachen. Am Naturschutzstützpunkt Pramort stellte sie ihr Auto ab, da, wo es nicht mehr weiterging, und marschierte los. Sie lief über irgendwelche Wege, bog links und rechts ab und stand plötzlich vor dem Deich, der das Land vorm Meer schützte. Atemlos kletterte sie ihn empor, an einer Stelle, an der das eigentlich nicht gestattet war. Doch nirgends war ein Mensch zu sehen. Dann stapfte Tina durch Sand und Dünengras, bis sie nach einigen Minuten endlich das Meer erreichte. Der Strand war hier schmal und unwirtlich. Kleine und größere Steine bedeckten das Ufer. Deswegen war er zum Baden nur schlecht geeignet, und selten verirrte sich ein Mensch hierher. Es roch brackig, nach Seetang und verfaultem Fisch.

Tina setzte sich an den Rand der Dünen, sie spürte, wie das Dünengras ihren Nacken kitzelte. Dann umschlang sie ihre Beine mit beiden Armen und blickte auf die große, unendliche Wasserfläche vor ihr. Der Seegang war minimal, nur kleine Wellen rollten ans Land und kräuselten die Oberfläche. Neben ihr lagen Plastikflaschen und Tüten, die das Meer angespült hatte. Außer den kreischenden Möwen über ihr und dem leisen Rauschen der Dünengräser war nichts zu hören. Es war ein einsamer Ort und wie geschaffen für ihre Gemütsverfassung.

Tina schaukelte langsam vor und zurück. Vor einer Woche noch waren sie unbeschwert baden gewesen, nicht mal weit von hier, und nun war alles vorbei. So schnell, so unerwartet, so unbegreiflich – Marion würde nie mehr lachen, ihren Kopf in dieser ganz bestimmten Art zurückwerfen und sie mit ihrem Muttisein aufziehen. Sie hatte gewusst, dass sie sterben musste und ihr nichts davon gesagt. Und sie hätte auch nicht gewollt, dass Tina in tiefer Trauer versank. Marion hatte Trauerfeiern wie die Pest gemieden und ging stattdessen lieber spazieren und später an das Grab. »Nicht rumheulen, sondern besser liebevoll an die schönen Momente denken, die man mit einem Verstorbenen hatte.« Das waren immer ihre Worte gewesen. Genau das versuchte Tina, und ihr fielen unendlich viele Begebenheiten der letzten Jahre ein. Zum Schluss dachte sie noch einmal an den Konzertabend. Was würde Daniel jetzt wohl sagen? Hätte er auch ein paar tröstende Worte für sie?

Tinas Handy piepte, erschrocken zuckte sie zusammen und wischte sich die Tränen aus dem Gesicht. Sie hatte eine Nachricht von Franzi bekommen.

> *Soll ich Kuchen vom Bäcker mitbringen, oder machst du das?*

Und diese alltägliche Frage ihrer Tochter, die von Marions Tod noch nichts wusste, brachte Tina ein wenig zurück ins Hier und Jetzt. Es war gleich elf, Zeit, sich auf den Heimweg zu machen. Sie würde selbst beim Bäcker vorbeigehen. Fines Lieblingskuchen besorgen, die Sorte, die sie so gerne aß. Immerhin stand heute Nachmittag noch ein Familientreffen an. Auch wenn Tina jetzt noch nicht wusste, wie sie das überhaupt durchstehen sollte.

Sie warf noch einen letzten Blick auf die Ostsee und steckte gedankenverloren eine Muschel ein, die genau neben ihr lag. Dann lief sie durch den Sand zurück zu ihrem Alltag, der dort hinter den Dünen auf sie wartete.

# 8. Kapitel

Die nächsten Tage vergingen im Eiltempo, sie zogen rasend schnell vorbei. Später konnte sich Tina kaum noch an Einzelheiten erinnern.

Als sie vom Strand zurückgekommen war, wurde Tina von Jule und Franzi zu Hause bereits mit rot geweinten Augen erwartet. Fine war noch im Kindergarten, und beide Töchter fielen ihr traurig um den Hals. Die ewig lustige Tante Marion hatte ihr Leben von klein auf begleitet, und es war schwer, sich vorzustellen, dass sie nie mehr schlüpfrige Witze an der Geburtstagstafel erzählen würde oder in irgendeinem verrückten Outfit bei ihnen aufkreuzte. Mit dem Kuchenpaket und der Brötchentüte vom Morgen in der Hand stand Tina einfach stocksteif da – hilflos irgendwie, während ihre Mädchen sie traurig ansahen. Sie konnte nichts sagen, es war, als würde ein dicker Kloß ihre Kehle zuschnüren. Jule kochte schließlich Kaffee, und zu dritt setzten sie sich in die schattige Sitzecke. Niemand sagte ein Wort, ab und zu klirrte eine Tasse. Tina stierte nur den Kuchen an und bemerkte die besorgten Blicke ihrer Töchter kaum. Später stieß Peter dazu und nahm sie behutsam in den Arm. Er schwieg, was sollte er auch sagen? Alle Worte waren in diesem Moment so sinnlos.

Die anderen langten zu, langsam leerte sich der Kuchenteller, aber Tina bekam keinen Bissen herunter. Immer wieder schaute sie die Bäckertüte mit Marions Lieblingsbrötchen an und sah sich in deren Wohnung stehen. Der Anblick ihrer toten Freundin wollte einfach nicht mehr weichen, und sie fragte sich, ob das irgendwann anders werden würde.

Am späten Nachmittag verabschiedete sich Franzi schließlich, sie musste Fine aus dem Kindergarten abholen. Tina legte sich auf Drängen ihrer Jüngsten ein wenig hin. Schlafen konnte sie nicht, aber die Stille tat ihr gut. Kein Telefon läutete, vermutlich nahm Jule die Anrufe draußen entgegen. Irgendjemand schien auch ihrer Mutter Bescheid gesagt zu haben, denn Peter setzte sich gegen Abend behutsam auf die Sofakante, strich ihr über die Wange und erzählte, dass diese Anfang nächster Woche zur Beerdigung anreisen würde.

Tina nahm es kommentarlos zur Kenntnis. In dieser Nacht schlief sie tief und traumlos. Der Schlaf gab ihr Kraft, und sie erwachte gegen fünf ausgeruht und voller Tatendrang. Sie gierte förmlich danach, sich ins pralle Leben zu stürzen, einfach irgendetwas zu tun. Denn Marion hätte nicht gewollt, dass sie in Trauer versank.

Also duschte Tina eiskalt, zog ihre Turnschuhe an und drehte eine morgendliche Runde am Strand. Sie war allein, niemand war um diese Zeit unterwegs. Es war kühl, ein Dunstschleier lag auf dem spiegelglatten Wasser. Die Seebrücke zeigte sich immer nur in kurzen Fragmenten und wurde von Nebelschwaden umwabert. Tina marschierte energisch voran, im feuchten Sand, wo es sich gut laufen ließ. Immer mehr steigerte sie ihr Tempo, atmete schneller, keuchte, bis sie am Ende das Gefühl hatte, die Lunge würde ihr gleich aus dem Leib springen. Sie musste ihren Körper spüren, merken, dass sie noch am Leben war.

Tina lief unter der Seebrücke hindurch und drehte irgendwann um. Sie folgte ihren eigenen Fußspuren zurück zum Ort, nur an manchen Stellen hatte das Meer diese bereits verwischt. Alles am Strand war vergänglich, das Wasser holte sich irgendwann die Dinge zurück. Langsam kämpfte sich die aufgehende Sonne durch den Nebel und vertrieb den Dunst. Ihre Strahlen schimmerten auf dem Wasser und ließen es in den unterschiedlichsten Farben erstrahlen. Tina ließ den Anblick kurz auf sich wirken, bevor sie langsam auf dem Strandweg nach Hause lief. Die kleinen Geschäfte und Restaurants hatten noch geschlossen. Es war die Ruhe vor dem Sturm, nicht mehr lange, und unzählige Menschen würden den Sonnenschein genießen.

Atemlos betrat sie den Flur, verschnaufte einen Augenblick, kochte dann Kaffee und deckte den Tisch, so wie jeden Morgen. Und damit war Tina endgültig wieder im Alltag angekommen. Erstaunlicherweise tat es ihr gut. Als ihre Familie nach unten kam, saß sie schon am Tisch und schaute ihnen leise lächelnd entgegen.

»Na, Mama, geht es dir ein bisschen besser?«, fragte Jule, während sie sie behutsam in den Arm nahm. »Konntest du ein wenig schlafen?«

Tina nickte, und Peter drückte ihr zaghaft die Hand. Fast schon krampfhaft drehten sich ihre Gespräche danach um alltägliche Dinge. Alles, was mit Marion zu tun hatte, wurde möglichst vermieden. Anscheinend hatten sich die beiden Töchter gestern bereits über Jules plötzliche Rückkehr unterhalten, denn diese meinte nur kurz, Franzi wisse über alles Bescheid.

Am Freitag erhielt Tina überraschend einen Anruf des Zingster Bestatters. »Frau Barge, Sie wurden uns als nächste Ansprechpartnerin von der Verstorbenen Frau Fischer genannt. Nun, es gäbe da noch ein paar Kleinigkeiten, bei denen Sie uns behilflich sein könnten.« Tina nickte verwirrt, bestätigte es aber und machte sich dann auf den Weg. Mit einem beklemmenden Gefühl betrat sie den Flachbau und sah sich nervös um. Noch nie war sie in einem Bestattungsinstitut gewesen, und irgendwie hatte sie sich eine solche Einrichtung ganz anders vorgestellt. Die Wände waren dezent cremefarben gestrichen, überall hingen bunte Aquarelle und waren prächtige Grünpflanzen aufgestellt.

Frau Jankowski, eine Dame mit großer Oberweite und ausladendem Hinterteil, empfing sie und geleitete sie in das Büro ihres Gatten.

»Kaffee, Tee, Wasser – kann ich Ihnen irgendwas bringen?« Freundlich lächelte sie ihr zu und wirkte in ihrer ganzen Art irgendwie mütterlich. Tina konnte sich gut vorstellen, dass sie damit Trauernden Trost spendete.

Sie verneinte und musterte stattdessen unauffällig das Büro des Bestatters. Auch hier gab es helle, freundliche Möbel und einen weichen Teppich, der die Schritte schluckte. Herr Jankowski saß hinter seinem Schreibtisch und beendete gerade das Telefonat mit irgendeiner Behörde. Ungeduldig trommelten seine Finger auf die Schreibtischunterlage. Er war ein Mann Anfang fünfzig, sein Haar war raspelkurz geschnitten, und eine goldene Nickelbrille thronte auf seiner Nase.

*Der Tod gehört zum Leben* – stand auf einem gerahmten Poster an der Wand ihr gegenüber. Und Tina fand diese Aussage sehr treffend. Nur hatte ihre Generation den Umgang mit diesem letzten Akt im Leben verlernt. Der Tod hatte einen gewissen Schrecken bekommen, den man nach Möglichkeit vermied. Früher war dies ganz anders gewesen. Soweit sie sich erinnerte, war ihre Urgroßmutter zu Hause gestorben. Ihre Mutter hatte immer erzählt, dass sie so lange aufgebahrt in ihrem Bett gelegen hatte, bis sich alle Nachbarn verabschiedet hatten. Dann kamen Sterbefrauen und machten die Verstorbene für ihren letzten Weg zurecht.

Herr Jankowski legte endlich den Hörer auf und eilte mit schnellen Schritten um den Schreibtisch herum. »Schön, dass Sie es einrichten konnten«, begrüßte er sie mit einem warmen Händedruck. »Sie wurden mir von der Verstorbenen als Ansprechperson genannt, deswegen mein Anruf.« Augenblicklich veränderte sich sein Tonfall, er klang irgendwie salbungsvoller, ohne dass es aufgesetzt wirkte.

Der Mann nahm wieder hinter seinem Schreibtisch Platz und zückte einen dünnen Hefter. Bedächtig schlug er ihn auf und blätterte einige Seiten nach vorn. »Frau Fischer hat vor einigen Monaten eine Sterbevereinbarung bei uns abgeschlossen, wie ich Ihnen schon sagte. Darin ist alles geregelt, Sie müssen sich also um nichts mehr kümmern. Sämtliche Rechnungen sind bereits beglichen. Sie wünschte sich eine Erdbestattung, und zwar auf dem Prerower Friedhof. Die Grabstelle ist bereits gewählt, ein wirklich schöner Platz, wenn ich das so sagen darf.« Das erstaunte Tina, denn eigentlich hatte Marion sich immer sehr verbunden mit Zingst gezeigt. Doch der Bestatter sprach schon weiter. »Sie hat die Lieder ausgesucht, ein paar Stichworte für die Rede gegeben und ihren Blumenschmuck bezahlt. Ihr Sarg soll mit Bartnelken geschmückt werden. Soweit ich informiert bin, waren das wohl ihre Lieblingsblumen. Und nun zu meiner Bitte. Frau Fischer wollte auf ihrem letzten Weg das knallrote Kleid tragen. Sie sagte zu mir, Sie wüssten schon, welches sie meint. Könnten Sie es wohl aus ihrer Wohnung holen?«

Tina wurde immer verblüffter. Trugen Tote nicht irgendwelche hässlichen weißen Hemden? Doch sie schwieg. Wenn das Marions letzter Wunsch war, dann sollte es so sein. »Ich werde das Kleid holen«, versprach sie.

»Tja, und dann wäre da noch die Kleiderordnung für die Trauerfeier. Frau Fischer wünscht keine schwarze Kleidung. Im Gegenteil, alle sollen möglichst bunt gekleidet kommen.« All das war so typisch für Marion, und es kam Tina fast vor, als würde sie grinsend neben ihr sitzen. »Das war ihr sehr wichtig, und ich denke, wir sollten ihren letzten Wunsch respektieren. Wir haben es, soweit es uns möglich war, an die anderen Trauergäste weitergegeben. Vielleicht könnten Sie es Ihrerseits in Prerow auch kommunizieren? Immerhin sind Sie vor Ort, vielleicht werden Sie von Trauergästen angesprochen.« Fragend sah er sie an, und Tina nickte.

»Ja natürlich, ich werde es weitergeben.« Zerstreut strich sie sich über ihr Gesicht. »Ich bin nur so verwirrt, weil sie das alles schon so detailliert geregelt hat. Ich kenne sie so, ich meine, ich kannte sie so gar nicht. Sie war ein sehr spontaner Mensch.«

Herr Jankowski legte seine Hände ineinander. »Jeder hat seine Methode, mit dem eigenen Ende umzugehen. Viele Menschen fühlen sich unendlich erleichtert, wenn alles geklärt ist, und können dann erst beruhigt gehen.« Er dachte kurz nach. »Ich kannte Frau Fischer schon sehr lange und habe früher das eine oder andere Schmuckstück für meine Frau bei ihr gekauft. Sie war tatsächlich unglaublich lebenslustig. Selbst hier, in meinem Büro, als wir all diese Dinge bezüglich ihres Ablebens geklärt haben, lachten wir ohne Ende. Machen Sie sich keine Gedanken, sie war mit sich im Reinen.«

Nach dem Gespräch mit dem Bestatter fuhr Tina sofort in Marions Wohnung. Eine ganze Weile verharrte sie vor der Wohnungstür und sammelte sich, bis sie endlich den Mut fand und den Schlüssel vorsichtig umdrehte. Irgendwie fürchtete sie sich vor den Energien, die sie dort drinnen erwarten würden. Mit angehaltenem Atem betrat sie die stillen Räume. Alles war genau so, wie sie es verlassen hatte. Logisch, außer ihr schien niemand einen Schlüssel zu haben. Von irgendwelchen Energien war nicht die geringste Spur wahrzunehmen, im Gegenteil. Auf dem Tisch stand noch das Glas Wein. Als Erstes ging Tina in sämtliche Räume und öffnete weit die Fenster. Die stickige Luft wurde von einer frischen Meeresbrise vertrieben. Möwengekreisch ertönte bis zu ihr und erfüllte die stillen Räume mit Leben. Dann entsorgte sie den Wein und goss sämtliche Grünpflanzen. Einen verdorrten Strauß Blumen auf dem Küchentisch stopfte sie in den Abfalleimer und brachte den Müll nach unten. Danach sichtete sie den Inhalt des Kühlschranks und verfuhr damit genauso. Am Schlüsselbord suchte sie den Briefkastenschlüssel. Tina durchstöberte die Post, legte alles auf den Küchentisch, denn es schien nichts Wichtiges dabei zu sein, und sie war unsicher, wie damit zu verfahren war.

Nun blieb nur noch eine Aufgabe. Im Schlafzimmer öffnete sie den Schrank und fand das rote Kleid auf Anhieb. Sorgfältig legte sie es zusammen und steckte es dann in eine große Plastiktüte. Andächtig strichen ihre Finger über die anderen Kleidungsstücke. Ein leichter Duft strömte zu ihr und brachte Marion noch einmal ganz nahe. Es war ihr ganz besonderes Parfüm, das mit dieser eigenartigen Moschusnote. Tina setzte sich einen Moment auf Marions Bett und ließ sich dann fallen. Sie schloss die Augen, und da waren sie plötzlich wieder, die anderen Bilder. Die lachende Marion, mit ihrer immer etwas spöttisch klingenden Stimme. Die verrückte Nudel, die mit den kürzesten Röcken herumlief und stets mit wesentlich jüngeren Männern flirtete. Es war ein befreiender Moment, und augenblicklich fühlte sich Tina besser.

Sie brachte das Kleid in das Beerdigungsinstitut und fuhr gleich auf dem Rückweg in die Gärtnerei. Dort orderte sie einen großen Strauß Bartnelken für die Beerdigung, gleich für ihre Eltern und Töchter mit. Dann war alles getan, was sie tun konnte.

Dienstag reiste ihre Mutter Marianne an. Obwohl Tina ihr die Couch angeboten hatte, wollte sie partout bei einer alten Schulfreundin übernachten und nur die Mahlzeiten bei ihrer Tochter einnehmen. Nur keine Mühe machen oder irgendwelche Umstände bereiten, das sagte sie unablässig. Ihr Vater Bernd würde am Donnerstag nachkommen. Tina die sich gerade mühevoll aus der lähmenden Trauer herausgekämpft hatte, wurde von Marianne augenblicklich wieder hineingezogen. Denn diese setzte sich in die Küche, schlürfte einen Tee und deprimierte alle um sich herum mit ihren alten Geschichten. Tränen strömten über Mariannes Gesicht, und permanentes Schluchzen erfüllte das ganze Haus. Immer wieder meinte sie, dass Marion viel zu jung gestorben sei, aber vielleicht auch ihr unsteter Lebenswandel daran schuld gewesen wäre. Die haltlosen Mutmaßungen nahmen einfach kein Ende. Langsam dämmerte Tina, dass ihr Vater wegen dieser Reden vermutlich erst später nachkam. Vermutlich genoss er die Ruhe in ihrem Häuschen in den Bergen in vollen Zügen. Jule und Peter ergriffen als Erste die Flucht und täuschten irgendwelche dringenden Arbeiten vor. Seufzend ließ Tina alles eine Weile über sich ergehen, bis schließlich auch ihr der Geduldsfaden riss.

»Du hast das alles jetzt schon zehnmal erzählt, Mama«, sagte sie, während sie gründlicher als eigentlich nötig ihre Arbeitsplatte abwischte. »Willst du nicht mal ein Stück spazieren gehen, am Strand? Oder du fährst zu Franzi und verbringst mal ein bisschen Zeit mit deiner Urenkelin?«

Marianne sah sie vorwurfsvoll an. »Sie war meine beste Freundin. Da wird man doch wohl mal ein bisschen trauern dürfen. Du scheinst das alles ja geradezu blendend weggesteckt zu haben.« Beleidigt verschränkte sie ihre Arme vor dem Körper. »Und wieso ist überhaupt Jule da, ich denke, sie war gerade in Australien unterwegs?«

»In Neuseeland, Mama, in Neuseeland«, korrigierte Tina ihre Mutter schärfer als beabsichtigt. »Ich erzähle es dir ein anderes Mal, momentan hab ich ehrlich nicht den Nerv dafür. Denn Marion war auch meine Freundin und hat mir sehr nahegestanden. Aber in tiefster Trauer zu versinken, bringt sie nicht zurück, sosehr ich mir das auch wünsche.«

Sie stand auf und goss sich zitternd eine weitere Tasse Tee ein. Hinter sich spürte sie eine Bewegung. Ihre Mutter stand ganz nah bei ihr, hilflos hingen die Arme nach unten, und ihre Augen waren voller Tränen. Da begriff Tina, dass alles Geplapper nur Mariannes Hilflosigkeit gezeigt hatte. Behutsam nahm sie sie in den Arm. »Ach Mensch, Mama, tut mir leid. Ich wollte nicht so ...«

»Du hast ja recht«, unterbrach Marianne sie. »Du hast ihr viel nähergestanden, ich hab einfach viel zu weit weg gewohnt. Seit einigen Wochen wollte ich sie mal wieder anrufen, aber immer kam irgendwas dazwischen. Ständig habe ich mir vorgenommen, morgen telefoniere ich mit ihr – ganz sicher. Aber dann war wieder irgendwas. Und nun ... Man kann die Zeit nicht zurückdrehen. Ich würde das gerne tun, denn ich hab ein schlechtes Gewissen.«

Tina wischte ihrer Mutter eine Träne von der Wange. »Immerhin bist du jetzt da, Mama. Darüber würde sie sich freuen, und wir alle freuen uns über euren Besuch. Auch wenn der Anlass nicht der beste ist.« Immerhin schien die kleine Ansage etwas bewegt zu haben, denn ihre Mutter setzte sich kurze Zeit später ins Auto und besuchte tatsächlich eine alte Freundin.

Bernd kam am Donnerstag. Tina holte ihren Vater von der Bushaltestelle ab. Er nahm sie kurz in den Arm und strich ihr eine Strähne hinter das linke Ohr – so wie er es früher schon immer getan hatte. Ihr Vater ging mit der Situation ganz anders um. Er sah die Dinge einfach pragmatisch und ließ sich seine Hilflosigkeit nicht anmerken. So wie früher schon, gab er sich als der starke Mann, der einfach alles im Griff hatte. Schon immer war ihr Vater Tinas Held gewesen. Er war für sie der Mensch, der jedes Problem meisterte und das Heft in der Hand hielt. Und wenn mal gar nichts mehr ging, riss er einfach einen Witz und rettete damit die Situation.

Vater brachte einen gewissen Frohsinn ins Haus zurück, obwohl der dem Anlass seines Besuchs nicht angemessen war. Marion hätte es dennoch so lieber gehabt. Schon immer hatte sie sich mit Tinas Vater gut verstanden, sie schwammen einfach auf einer Wellenlänge. Bernd schwatzte mit seinen Enkelinnen, kitzelte die kleine Fine am Bauch und ging am Abend mit Peter zum Angeln. Dabei wurde nicht viel geredet, um die Fische nicht zu vergraulen.

Und dann war er da, der Freitag, der Tag, vor dem es Tina so unendlich gegraut hatte. Heute würden sie Marion zu ihrer letzten Ruhe betten.

Am Vorabend checkte sie ihren Kleiderschrank und entschied sich spontan für ein farbenfrohes Sommerkleid, das von unzähligen Blüten übersät war. Es hatte Marion immer gut gefallen, und es war für den traurigen Anlass auf seine ganz eigene Art perfekt. Peter, der am liebsten seinen dunklen Anzug getragen hätte, wie er es immer zu Beerdigungen tat, schaute sie verdutzt an. »So willst du gehen? Ich weiß ja nicht.«

Tina seufzte. »Sie hat es sich so gewünscht, also halten wir uns dran.« Energisch hängte sie ihm eine helle Hose an den Schrank und ein dazu passendes weinrotes Hemd. Missmutig betrachtete er die Kleidung, »So eine blöde Idee, in hellen Sachen zu einer Beerdigung zu gehen. Das hab ich echt noch nie gehört.« Sie warf ihm einen knappen Blick zu, und schließlich verstummte er und verließ grummelnd das Zimmer.

Ihre Eltern mussten sich Sachen borgen, denn sie hatten nur schwarze Kleidung eingepackt. Beide zeigten sich über Marions Wunsch nicht erstaunt, im Gegenteil. Ihr Vater meinte lakonisch: »Endlich mal was anderes. Ich glaube, genauso machen wir das auch, oder was meinst du?« Diese Aussage brachte ihm einen kleinen Rempler seiner Frau ein. Marianne mochte es nicht, wenn über den Tod gesprochen wurde.

Am Freitagmorgen zeigte sich der Himmel trüb und grau. In der Nacht hatte es zu regnen begonnen. Mittlerweile fiel zwar nur noch ein leichter Nieselregen, doch die Luft war für Ostseeverhältnisse unerwartet schwer und legte sich wie Blei auf die Brust. Das Blau der letzten Tage war verschwunden, und es schien fast, als ob die Welt auf ihre ganz eigene Art von Marion Abschied nehmen wollte. Gemeinsam liefen sie zum nahe gelegenen Friedhof. Erstaunlich viele Menschen hatten sich bereits auf dem Vorplatz eingefunden.

Die meisten hatten sich an Marions Wünsche gehalten und erschienen in bunten Sachen. Nur ein paar alte Damen kamen in Schwarz mit dunklen Hüten auf ihrem Kopf – so wie sie es gewohnt waren –, und niemand nahm es ihnen übel.

Marianne schaute sich unter den Wartenden um und nickte der halben Trauergemeinde zur Begrüßung zu. Kein Wunder, hier hatte sie fast ihr ganzes Leben verbracht. Da waren alte Nachbarn, Kollegen und Schulkameraden. Doch dann verweilte der Blick ihrer Mutter auf einem etwas abseits stehenden Mann. Marianne stierte ihn an, und Tina bemerkte es als Erste. Der Mann war etwa Mitte sechzig und trug einen hellen Anzug. An seinem Revers steckte eine dunkelrote Rose. Die grauen Haare waren kurz geschnitten und umrahmten ein braun gebranntes Gesicht. Er schien früher ein sehr interessanter Typ gewesen zu sein, dachte Tina. Ein schöner Mann, sozusagen. Fast schon gelassen betrachtete er den Rest der Trauergesellschaft. Er schien die neugierigen Blicke sehr wohl wahrzunehmen, aber nicht weiter zu beachten.

Bernd fragte: »Was ist denn nun schon wieder los? Was schaust du denn so?«

»Na guck doch mal dort drüben. Das ist doch Walter, unser ehemaliger Klassenkamerad. Der hatte vor vielen Jahren mal was mit Marion. Dann ist er in den Westen abgehauen, und niemand hat jemals von ihm wieder etwas gehört. Komisch, dass der hier ist.«

»Was ist denn daran komisch«, fragte ihr Vater, betrachtete den anderen Mann aber auch voller Interesse. »Immerhin sind wir ja auch hier. Ich glaube du hast recht, es ist wirklich Walter. Vielleicht sollte ich mal …«

In diesem Moment öffneten sich die Türen der alten Seemannskirche, und die Trauergäste wurden ins Innere gebeten. Tina und ihre Familie fanden sich in der vordersten Reihe wieder. Instinktiv hatten ihr die anderen Einwohner von Prerow diesen Platz zugestanden.

Das Innere der Kirche war schlicht gehalten, genau wie der helle

Sarg, der mit einem üppigen Gesteck aus Bartnelken in allen Farben geschmückt war. Das übliche Geraune und Geraschel setzte ein, bis schließlich jeder seinen Platz gefunden hatte. Tina drehte sich um und sah, dass fast alle Plätze besetzt waren. Dann herrschte Stille. Der Gottesdienst begann, und gleich am Anfang sahen sich alle überrascht an. Denn es ertönte nicht die gewohnte Orgel, sondern ein Chanson. »Für mich soll's rote Rosen regnen.« Marion war sich treu geblieben. In dieser besonderen Art ging es weiter. Die Trauerrede, die von einer jungen Frau gehalten wurde, war kurz und bündig und alles andere als traurig. So wie Marion gelebt hatte, stets mit ganz viel Humor im Herzen, so ging sie auch von dieser Erde. Sie hörten einige Anekdoten aus ihrem Leben, und manchmal hatte Tina das Gefühl, als würde ihre Freundin grinsend in der Ecke sitzen und sich über die entsetzten Blicke mancher Trauergäste köstlich amüsieren.

Tina blickte die ganze Zeit auf das große Foto, welches man neben dem Sarg aufgestellt hatte. Es zeigte eine lachende Marion, die ihren Kopf zurückwarf und ihre ganze Lebensfreude zeigte. Große Ohrringe baumelten an ihrem Hals, um den sie die dazu passende Kette trug. Wer immer sie in diesem Augenblick fotografiert hatte, besaß ein gutes Timing für den Moment und schien sehr vertraut mit ihr gewesen zu sein. Sie trug dasselbe rote Kleid, welches sie auch jetzt auf ihrer letzten Reise anhatte.

Schließlich ertönte das Schlusslied. Es war von Unheilig, »Geboren, um zu leben«, und jeder sang im Geist die bekannten Zeilen mit. Dann betraten die Mitarbeiter des Bestattungsunternehmens die Kirche und trugen langsam den Sarg nach draußen. Gemessenen Schrittes folgte die Trauergemeinde. Mittlerweile hatte der Regen nachgelassen, der Himmel war wolkig, zeigte aber schon erste blaue Stellen. Leise rauschte der Wind in den Bäumen.

Auf schmalen Wegen ging es an anderen Grabstellen vorbei, bis der Zug an Marions letztem Ruheplatz angelangte. Es war tatsächlich eine schöne Stelle, etwas abseits und stets von der Sonne beschienen. Der Sarg wurde auf ein Gestell gesetzt, und die Rednerin sagte ein paar letzte Worte. Obwohl Tina untröstlich war, weinte sie nicht. Es schnürte ihr die Kehle zu, und trotzdem blieb sie tapfer. Dann senkte sich der Sarg langsam in die Erde. Sie trat als Erste vor, stand einen Moment ganz still und warf dann eine Handvoll Blüten auf Marions Sarg. Sie rieselten zwischen die Blumen des Gestecks und bedeckten das Holz wie ein natürliches Tuch.

Hintereinander defilierten die Menschen am Grab vorbei. Tina hatte sich abgewandt und strebte zusammen mit Peter dem kleinen Vorplatz vor dem Friedhof zu. Dort wartete sie auf den Rest ihrer Familie. Marianne hatte rot geweinte Augen, und auch ihr Vater wischte sich verstohlen eine Träne ab. »Es war eine schöne Feier«, sagte Tinas Mutter. »Unglaublich, dass sie sich das alles schon zu Lebzeiten ausgedacht hat. Ich könnte das nicht. Wenn ich mal sterbe, müsst ihr euch darum kümmern.« Dann wurden ihre Augen kugelrund, und sie stieß verstohlen ihren Mann an. »Dort kommt Walter, und ich hab das Gefühl, er kommt direkt auf uns zu.«

Tatsächlich näherte sich der Mann im hellen Anzug ihrer kleinen Gruppe. Als Erstes gab er Marianne die Hand. »Hallo, schön, dass wir uns mal wiedersehen. Auch wenn der Anlass leider sehr traurig ist. Bernd.« Auch ihrem Vater schüttelte er mit einem leichten Lächeln die Hand.

»Tja, leider, wer hätte das gedacht, dass ausgerechnet Marion als eine der Ersten von uns stirbt. Umso verwunderter bin ich, dass du von ihrem Tod erfahren hast«, meinte ihre Mutter mit spitzer Zunge. Sie schien schon wieder ganz die Alte zu sein. »Immerhin haben wir dich bei keinem der letzten Klassentreffen gesehen.«

Der Mann schmunzelte immer noch. »Klassentreffen, gab es da welche? Die Einladungen müssen mich vermutlich verfehlt haben.« Tina sah ihm die kleine Lüge deutlich an, er gab sich keinerlei Mühe, sie zu verbergen. »Ansonsten habe ich mit Marion regelmäßig Kontakt gehabt. Da wir beide in derselben Branche gearbeitet haben, blieb das nicht aus.« Die Überraschung konnte nicht größer sein, bei Marianne, aber vor allem bei Tina, die von diesem Mann noch nie etwas gehört hatte. Es schien, als würde Marion erst jetzt ihre kleinen Geheimnisse offenbaren.

»Und Sie müssen Tina sein«, wandte sich Walter an sie und gab ihr die Hand. Er hatte einen festen Händedruck, und irgendwie machte ihn das augenblicklich sympathisch. »Marion hat mir schon so viel von Ihnen erzählt, dass ich glaube, Sie sehr gut zu kennen.«

»Da haben Sie mir einiges voraus, denn ich kenne Sie leider nicht und weiß auch nichts von Ihnen. Was aber nicht schlimm ist«, erwiderte Tina schmunzelnd.

»Genauso sehe ich das auch, was nicht ist, kann ja noch werden.«

Während Walter den Rest der Runde begrüßte, fragte Marianne: »Und, wohin hat es dich verschlagen? Wir haben seit deiner Ausreise in den Westen nichts mehr von dir gehört.«

»Ich wohne jetzt auf Usedom, in Bansin. Und falls du auch noch wissen möchtest, was ich mache, so verrate ich dir das sehr gerne. Ich handle mit Bernstein und gebe Kurse, wie man diesen optimal verarbeitet. Deswegen auch mein guter Kontakt zu Marion.«

Tina konnte sich ein Grinsen nicht verkneifen. Irgendwie fand sie Walters Art absolut herrlich, schien er doch ihre Mutter und deren Neugier bestens zu kennen. Und so kamen ihr spontan die folgenden Worte über die Lippen: »Möchten Sie sich uns nicht vielleicht anschließen? Wir gehen zu uns nach Hause und wollen eine Tasse Kaffee trinken und ein Stück Kuchen essen. Ganz zwanglos, nur so in der Familie. Damit man an diesem Tag nicht einfach so auseinanderrennt. Ich glaube, Marion hätte es gefallen, wenn sie mitkommen würden.«

Peter blickte sie genau wie der Rest der Familie verwundert an. Tapfer hielt sie den Blicken stand, die Einladung war eine innere Eingebung gewesen, und sie vertraute auf ihre Intuition.

»Gerne«, sagte Walter. »Aber ich hoffe, ich störe nicht.«

»Keinesfalls, dann können wir über alte Zeiten reden.« Ihr Vater sprang für sie in die Bresche und schlug seinem alten Klassenkameraden kräftig auf die Schulter. Augenblicklich vertieften sich die beiden Männer in ein angeregtes Gespräch.

Während sie nach Hause gingen, schob sich ihre Mutter an Tinas Seite. Peter ging voraus und schien mit sich und seinen eigenen Gedanken beschäftigt zu sein. »Was soll das denn? Er ist ein fremder Mann. Warum lädst du ihn ein?« Marianne schien verärgert zu sein.

»Ganz so fremd ist er ja nun auch nicht. Immerhin kennt ihr beide ihn, und auch Marion war mit Walter wohl dicker befreundet, als wir alle dachten. Entspann dich doch mal ein bisschen!«

Es wurde dann tatsächlich ein wunderbarer Nachmittag, und Tina beglückwünschte sich unzählige Male selbst zu ihrer Entscheidung, Walter eingeladen zu haben. Die anfangs etwas unterkühlte Stimmung taute schnell auf. Zusammen reisten sie in die Vergangenheit und gedachten Marion genau so, wie diese es sich gewünscht hatte – mit ganz viel Lachen und Frohsinn.

Es war schon früher Abend, als alle aufbrachen. Zwischendurch hatte Franzi zusammen mit Jule die kleine Fine aus dem Kindergarten geholt, die sofort der Star der Runde war. Anfangs musterte sie die vielen Leute etwas schüchtern, doch nach dem ersten Stückchen Kuchen taute sie schlagartig auf und plapperte unbeschwert drauflos.

Später zum Abschied drückte Walter Tina lange die Hand. »Ich danke Ihnen für den schönen Nachmittag. Es wäre wirklich traurig gewesen, einfach nach der Beerdigung allein nach Hause fahren zu müssen. So war es ein wundervoller Tag. Und vielleicht haben Sie einmal Lust, einen Kurs bei mir zu absolvieren. Marion erzählte mir, Sie hätten ein besonderes Auge, was den Bernstein betrifft.«

Tina seufzte. »Das mag wohl sein. Aber ich habe mit meiner Zimmervermietung einfach zu viel zu tun. Schmuck herstellen ist ein schönes Hobby, für das ich keine Zeit habe – mehr nicht.«

»Das ist schade. Es gibt nicht viele Menschen, die sich in den Stein einfühlen können. Ich gebe Ihnen trotzdem für alle Fälle meine Karte. Man weiß im Leben nie, wann man sich wiedersieht.«

# 9. Kapitel

Ein paar Tage später holte Tina die Post aus ihrem Briefkasten. Hätte sie gewusst, dass der schlichte weiße Umschlag, der ganz unten in dem Haufen Briefe steckte, ihr ganzes Leben umkrempeln würde, sie hätte ihn vielleicht sofort geöffnet und nicht erst auf den Schreibtisch gelegt. Aber so deponierte sie ihn zusammen mit der restlichen Post auf einem Haufen und widmete sich erst mal dem Tagesgeschäft.

Marions Beerdigung war zwei Wochen her. Ihre Eltern waren kurz danach abgereist, und Tina ging wieder vollkommen in ihrer Zimmervermietung auf. Jule half ihr, so gut es ging, und Tina ertappte sich dabei, dass sie das dringend erforderliche Gespräch mit ihrer Tochter immer wieder hinausschob. Auch Franzi hatte schon Mutmaßungen über die Zukunft ihrer Schwester angestellt. Und die enthielten eine gewisse Spur von Sarkasmus, prallten an ihrer Jüngsten aber ab. Denn Jule richtete sich mehr und mehr häuslich ein. Von einem Auszug konnte nicht mehr die Rede sein. Peter zog seine Stirn kraus, wenn gelegentlich Bemerkungen über sein Modelleisenbahnzimmer fielen, schwieg aber. Seine Gestik drückte stattdessen überdeutlich aus, dass er sein kleines Reich auf jeden Fall verteidigen würde – egal, was da kam. Ansonsten ging er noch ein wenig häufiger angeln als früher und war kaum einen Abend zu Hause. Doch komischerweise war Tina das egal. Oft machte sie einsame Strandspaziergänge, soweit das bei den reichlichen Urlaubern möglich war, und radelte am Abend große Strecken mit dem Fahrrad. Dabei dachte sie an Daniel und fragte sich, wie es ihm wohl ging. Seine Visitenkarte war verschwunden. Tina hatte sie eine Weile gesucht und es dann als einen Wink des Schicksals gesehen, dass sie nicht aufzufinden war. Doch seine Worte über diesen einen Wunsch an ihre Fee waren fest in ihrem Kopf verankert. Dann blickte sie über das Meer Richtung Rügen und sandte ihm einen stillen Gruß.

Oft musste sie auch an Marion denken. Vor allem daran, was aus ihren Sachen werden würde. Wie hatte der Bestatter gesagt? »Sie hat sich um alles im Vorfeld gekümmert.« Einmal war Tina sogar am Laden vorbeigefahren. Marions Angestellte hatte ein Schild ins Fenster gehängt, dass das Geschäft bis auf Weiteres geschlossen sei. Niemand wusste etwas Genaueres, und alles sah noch genauso aus wie zu Lebzeiten ihrer Freundin.

Am Wochenende fand sie endlich Zeit, sich um den Bürokram zu kümmern. Tina kochte sich eine große Kanne Tee, öffnete weit das Fenster des kleinen Büros und ließ die Sonne ins Zimmer scheinen. Nach und nach arbeitete sie sich durch den angefallenen Papierwust. Und dann – fast als Allerletztes – öffnete sie den weißen Umschlag, nicht ohne vorher noch einen kurzen Blick auf den Absender zu werfen. Er war von einem Notar aus Stralsund. Nachdenklich fuhr sie mit dem Finger unter die Klappe und schlitzte den Umschlag auf. Ein einzelner Bogen dieses schweren Papiers, das Anwälte und Notare so gerne benutzten, fiel ihr entgegen.

Darauf standen nur wenige Zeilen. Man schlug ihr Mittwoch nächste Woche einen Termin vor. Es gehe um die Erbschaftsangelegenheit von Frau Marion Fischer. Sollte sie verhindert sein, bat man sie dringend, einen neuen Termin zu vereinbaren.

Mit dem Blatt Papier in der Hand wanderte Tina zu ihrem Terminkalender, der an der Wand hing. Mittwoch standen reichlich An- und Abreisen auf dem Plan. Eigentlich hätte sie den Termin verschieben müssen, dennoch ging sie nach draußen, wo Jule in der Sitzecke herumlungerte und wie wild auf dem Handy tippte.

»Ich hab eine Einladung, nächste Woche muss ich zu einem Notartermin, wegen Marion.«

Fragend und verständnislos schaute Jule sie an und wippte mit dem Bein.

»Ich hab Post bekommen, von einem Notar«, wiederholte Tina noch einmal und sah ihre Tochter eindringlich an. »Meinst du, also könntest du an dem Tag für mich einspringen, ich hab reichlich An- und Abreisen. Aber irgendwie habe ich das Gefühl, dass der Termin wichtig ist. Ich würde gerne hingehen.«

»Einen Notartermin – das klingt wirklich wichtig. Ja, das passt schon, klar helfe ich«, sagte Jule zerstreut.

Tina setzte sich zu ihrem Kind. Vielleicht war jetzt der Zeitpunkt gekommen, um endlich das notwendige Gespräch zu führen. Jule widmete sich erneut ihrem Handy und schien ihre Mutter nicht zu bemerken.

Tina legte das Blatt Papier zur Seite und räusperte sich. »Du Jule, ich glaube, wir müssten mal reden.«

»Hm«, sagte diese und schwieg. Ihre Finger wischten über das Telefon.

Tina spürte, wie ihr Blutdruck stieg. »Wäre es vielleicht möglich, dass du dein blödes Handy zehn Minuten aus der Hand legst und mich mal ansiehst«, fragte sie einen Zacken schärfer. Die Ansage schien zu helfen, denn ihre Tochter legte das Telefon sofort auf den Tisch und sah sie unsicher an. »Ich würde nämlich gern mal wissen, wie deine Pläne so aussehen. Du bist nun schon eine ganze Weile wieder hier, aber versinkst im Nichtstun.«

Jule protestierte augenblicklich heftig. »Das ist nicht wahr. Ich helfe dir, wie oft bin ich in den letzten Tagen im Büro eingesprungen? Und auch jetzt hast du mich gerade wieder um meine Hilfe gebeten.« Beleidigt schürzte sie ihre Unterlippe.

»Ja, das stimmt, aber darum geht es mir nicht. Natürlich bin ich dir für deine Hilfe sehr dankbar. Aber wenn alles wieder in normalen Bahnen läuft, werde ich mit Vati allein gut zurechtkommen. Was sind deine Pläne, wie soll es weitergehen? Du bekommst ein Kind. Willst du mit ihm in deinem Kinderzimmer hausen? Oder spekulierst du darauf,

Franzis ehemaliges Zimmer dazuzubekommen? Das wird nicht funktionieren. Papa gibt seine Modellbahn nicht wieder her.«

Tina sah es an Jules Gesichtsfarbe und der Art, wie sie urplötzlich nach unten schaute. Genau das waren ihre Pläne gewesen. Sie wollte tatsächlich wieder zu Hause einziehen, so als wäre nichts gewesen.

Jule brach in Tränen aus. »Denkst du, ich hab mir darüber noch keine Gedanken gemacht? Ich denke eigentlich an gar nichts anderes mehr. Ich hab keinen Plan, wie es weitergehen soll. Ausgerechnet ich, die immer eine Lösung parat hatte.« Jule schluchzte und wischte sich eine dicke Träne ab. Tina rutschte auf der Bank ein Stück näher und ergriff ihre Hand. »Aber das ist nicht das Schlimmste, weißt du, was das Schlimmste ist?« Fragend sah sie ihre Mutter an, und Tina schüttelte leicht den Kopf. »Das Schlimmste ist, dass er sich nicht meldet. Kein Anruf, keine Nachricht – und ich hatte doch so gehofft.«

Das war es also. Entgegen allen Behauptungen saß der Liebeskummer tief. »Hast du ihn denn mal angerufen?«

Jule schenkte ihr einen entrüsteten Blick. »Niemals, denkst du, ich renne diesem Kerl hinterher, auf keinen Fall. Ich weiß nur, dass es mit der Schwedin vorbei ist, das hat mir ihre Freundin geschrieben. Er scheint sehr viel von mir gesprochen zu haben, da hat sie Schluss gemacht. Und, na ja, da habe ich mir eben wieder Hoffnung gemacht. Ich meine, wenn er von mir spricht, da könnte es doch sein ...« Mit großen Augen sah Jule sie an.

»Natürlich wäre es möglich, aber vielleicht auch nicht. Schreib ihm eine Nachricht, sonst wirst du es nie erfahren. Und, Jule, ich will dich wirklich nicht drängen, aber du musst dir um deine Zukunft Gedanken machen. Es ist zwar noch ein bisschen hin, aber du wirst bald Mutter, du hast dann Verantwortung. Du brauchst einen Job, eine Wohnung – dein Kinderzimmer ist keine Dauerlösung mit einem kleinen Kind. Frag doch mal bei deinem alten Chef nach, vielleicht braucht er wieder eine Arzthelferin.«

Das Klingeln des Telefons riss sie aus ihrer Unterhaltung. Zerstreut eilte Tina in ihr Büro und hörte sich die Beschwerden einer Urlauberin an, die den Wasserkocher nicht fand. Als das Telefonat beendet war, hatte Jule ihren Platz verlassen. Wie fast immer vermied sie Auseinandersetzungen, die zu tief gingen, und wählte lieber den Weg des geringsten Widerstandes – nämlich die Flucht.

Am Mittwoch parkte Tina ihr Auto in dem großen Parkhaus in der Nähe des Meereskundemuseums und marschierte dann in die Stralsunder Innenstadt. Das Büro des Notars lag in einem dieser typischen Hansestadthäuser, die aus roten Ziegelsteinen erbaut waren. Mit dem Aufzug fuhr sie in die dritte Etage und wurde dort bereits von einer netten Empfangsdame erwartet. »Dr. Jäckel ist sofort für Sie da. Wenn Sie nur einen kleinen Moment da drüben Platz nehmen.«

Nervös setzte Tina sich in die kleine Sitzgruppe und schaute aus dem Fenster. Der Blick ging auf die gegenüberliegende Häuserfront, man sah nichts außer der Fassade und blank geputzten Fenstern. Ihre Hände waren schweißnass, und vorsichtig wischte sie sie an ihrer Jeans ab. Noch nie hatte sie mit einem Notar zu tun gehabt, und der Sinn ihrer Einladung hatte der ganzen Familie Rätsel aufgegeben. »Vielleicht hat sie dir ein Bild oder ein Schmuckstück vererbt«, hatte Franzi gemutmaßt. »So sieht man es doch immer in Filmen.«

»Oder sie vererbt dir ihr kleines Auto«, meinte Jule und schaute sie dabei hoffnungsvoll an. Vermutlich sah sie sich schon in diesem Auto durch die Gegend düsen.

Peter hatte zunächst geschwiegen, doch dann fragte er sie: »Soll ich mitkommen? Wäre dir das lieber?«

Tina hatte abgewunken. »Lass mal, es ist so viel zu tun. So schlimm wird's schon nicht werden.« Er hatte in seiner bedächtigen Art genickt. Doch jetzt, in diesem Moment, wünschte sich Tina, er wäre an ihrer Seite.

Da öffnete sich die Tür, und ein Mann, etwa Mitte vierzig, geleitete eine ältere Dame nach draußen. Unsicher drückte diese ihre Handtasche an die Brust und verließ langsam die Kanzlei. Dann kam er auf sie zu. »Frau Barge, mein Name ist Dr. Jäckel. Ich hatte Sie um diesen Termin gebeten, kommen Sie doch bitte herein.« Seine Stimme war angenehm, und er hatte eine dermaßen ruhige Art, dass Tinas Nervosität augenblicklich ein ganzes Stück nachließ. Dr. Jäckel machte einen sehr sportlichen Eindruck. Sein dunkler Anzug war modern körpernah geschnitten, darunter ahnte man einen durchtrainierten Oberkörper. Die dunklen Haare trug er etwas länger, und ihn umgab der angenehme Hauch eines teuren Aftershaves. Auf seiner Nase prangte eine dieser modernen Brillen mit dunklem Gestell, und einen winzigen Augenblick sah er wie der alt gewordene Harry Potter aus. Tina rief sich selbst zur Räson, in letzter Zeit schaute sie nur noch nach Männern, als hätte sie keine anderen Sorgen.

»Nehmen Sie Platz!« Er wies auf einen bequemen Sessel vor seinem Schreibtisch. Dann ergriff er eine Mappe, öffnete sie und entnahm ihr ein Schriftstück. »Ihre Freundin Marion Fischer hatte mich vor einiger Zeit mit der Aufsetzung ihres Testaments beauftragt. Wie ich mitgeteilt bekam, ist Frau Fischer vor Kurzem verstorben. Deswegen möchte ich Ihnen als Erstes mein tief empfundenes Beileid aussprechen. Soweit ich weiß, waren Sie eine ziemlich enge Vertraute.« Dr. Jäckel machte eine kleine Pause und sah sie aus seinen von der Brille umrahmten braunen Augen bedeutsam an. Augenblicklich begann Tinas Herz schneller zu schlagen. Ihr wurde in diesem Moment bewusst, dass es nicht nur um irgendein Schmuckstück gehen konnte, wie Franzi vermutet hatte. Und gleich darauf bestätigte sich ihre Vermutung.

»Ich würde Ihnen das Schriftstück gerne verlesen, wenn Sie erlauben. Vorher noch eine Frage, möchten Sie etwas trinken?«

Tina, deren Kehle staubtrocken war, lehnte ab. Sie wollte, dass diese Zeremonie sich nicht noch weiter verzögerte und endlich vorbei war.

»Also gut.« Er räusperte sich und begann dann vorzulesen:

**Mein letzter Wille**

*Ich, Marion Fischer, notiere im Vollbesitz meiner geistigen Kräfte meinen letzten Willen.*

*Ich habe zeit meines Lebens keine Familie gehabt, aber in den letzten*

Jahren eine sehr gute Freundin gewonnen, nämlich dich, liebe Tina. Ich habe die Zeit mit dir sehr genossen, du bist für mich eine Vertraute geworden und hast viel Freude in mein Leben gebracht. Danken möchte ich dir für dein Vertrauen, du hast mich an deinen Zweifeln und Gedanken teilhaben lassen. Und auch ich konnte mit dir immer über alles sprechen.

Ich weiß um dein Talent, was die Schmuckherstellung betrifft, obwohl ich auch weiß, dass du das nicht wahrhaben möchtest. Du hast einen anderen Weg eingeschlagen und hältst verbissen daran fest. Doch kein Weg ist in Stein gemeißelt. Aus diesem Grund kommt jetzt mein letzter Wille, und ich möchte, dass du über mein Angebot gut nachdenkst. Auch deswegen, weil ich das Gefühl habe, dass du mit deiner jetzigen Aufgabe nicht glücklich bist. Lass dir sagen, dass man immer noch einmal von vorn beginnen kann.

Ich möchte dir hiermit mein Geschäft vererben, mit allem, was darin ist, und mit dem entsprechenden Guthaben auf meinem Geschäftskonto. Meine langjährige Mitarbeiterin Frau Knacke empfehle ich dir und bitte dich, diese nicht zu entlassen. Sie ist ehrlich und zuverlässig und mir eine große Stütze gewesen, wenn ich gesundheitlich nicht so auf dem Damm war. Bei vielen anfallenden Dingen wird sie dir gut weiterhelfen können.

Das Guthaben auf meinem Geschäftskonto könntest du dazu nutzen, meinen alten Schulkameraden Walter Steeger zu besuchen und bei ihm eine Schulung zu absolvieren. Er ist ein absolutes Genie, und ich weiß, du wirst von ihm und seinen Arbeiten begeistert sein. Ich bin sicher, ihr habt euch auf der Beerdigung bereits kennengelernt. Er wird dir im wahrsten Sinne des Wortes den letzten Schliff geben, was die Schmuckverarbeitung betrifft.

Des Weiteren vermache ich dir meine Eigentumswohnung. Die Nutzung dieser steht dir frei. Ich bitte dich nur, sie nicht in eine Ferienwohnung umzuwandeln. Du darfst sie natürlich verkaufen, nimm dir einfach ein wenig Zeit und überstürze nichts. Mein Notar Herr Dr. Jäckel wird dir sicher mit Rat und Tat zur Seite stehen und den Behördenkram übernehmen.

Nun, meine liebe Tina, wirst du sicher vollkommen überrascht vor Dr. Jäckel sitzen. Überdenke alles in Ruhe, niemand treibt dich – du hast Zeit.

*Ich habe nur einen letzten Wunsch für dich, da du mir in den vergangenen Jahren zu einer Tochter geworden bist – werde glücklich!*

*Deine Freundin Marion*

Dann herrschte Stille im Raum. Wie von Zauberhand tauchte vor Tina ein Glas Wasser auf, und sie nahm dankbar einen Schluck. Dr. Jäckel schaute diskret zu Boden, während sie sich die Tränen aus den Augen wischte und aus dem Fenster sah. Marion musste vollkommen verrückt gewesen sein, was sollte sie denn mit dem Geschäft? Sie hatte jetzt schon mehr als genug zu tun und nun auch noch das. Momentan drehte sich alles vor ihren Augen. Was meinte sie denn damit, dass sie glücklich werden sollte? Sie war doch glücklich, so auf ihre eigene Art. Irgendwie war ihr das alles zu viel, am liebsten hätte sie fluchtartig den Raum verlassen. Doch da war ja immer noch Dr. Jäckel, und dieser sah sie prüfend an.

Schlagartig fiel ihr der Abend mit Daniel ein. Ihr Herz schlug immer schneller, und Panik machte sich in ihr breit. Was hatte er gesagt, wenn ein Wunsch nur fest genug war, dann würde er in Erfüllung gehen? Sie hatte von ihrem Wunsch, wieder mehr mit Schmuck zu arbeiten, gesprochen, und nun war Marion tot. Eigentlich war Tina nicht abergläubisch, aber das alles konnte doch kein Zufall sein.

Nach einer Weile räusperte sich Dr. Jäckel diskret. »Ich vermute, die Überraschung ist Ihrer Freundin tatsächlich gelungen. Doch wie sie schon selbst schrieb, Sie brauchen nichts zu überstürzen, Frau Barge. Das Geschäft öffnet morgen wieder, ich habe mit der Angestellten bereits gesprochen, sie übernimmt den Betrieb erst einmal allein. Auskennen tut sie sich ja. Wie ich es verstanden habe, hat sie Frau Fischer in den letzten Wochen wohl öfter vertreten. Ware ist genug vorhanden, und das Gehalt wird vom Geschäftskonto beglichen. Genau wie alle Nebenkosten. Auch um die tägliche Abrechnung wird sich gekümmert, und für alle anderen Dinge bin ich erst mal der Ansprechpartner. Das Gleiche gilt für die Eigentumswohnung. Die dort anfallenden Kosten sind ebenfalls gedeckt.« Er schob einige Papiere zur Seite und warf einen flüchtigen Blick darauf. »Es gibt dann noch weitere kleine Ergänzungen. Frau Fischer vererbt ihrer Mutter ein ganz bestimmtes Schmuckstück, genau wie ihre Angestellte Frau Knacke etwas bekommt. Aber das sind Kleinigkeiten, mit denen wir uns nicht näher befassen müssen. Ich wollte nur, dass Sie darüber informiert sind.« Der Notar sprach immer weiter, doch Tina hörte nur noch mit halbem Ohr zu.

Irgendwann schien ihm das aufzufallen, und er klappte den Hefter zu. »Ich glaube, das ist alles etwas viel für Sie. Sie müssten mir zeitnah eigentlich nur mitteilen, ob Sie die Erbschaft annehmen. Den Rest erledigen wir dann einfach beim nächsten Mal, was denken Sie?«

Tina fuhr sich zerstreut über ihr Gesicht, sie spürte förmlich, wie sich eine mittelschwere Migräne anbahnte. Der Schmerz senkte sich Stück für Stück über ihren Kopf, lähmte ihr Denken und ließ die Umgebung wie hinter einer Milchglasscheibe wirken. Tief in ihr drin begann das vertraute Pochen, welches irgendwann ihren gesamten Kopf ausfüllen würde. »Ja, ich denke, Sie haben recht«, sagte sie leise. »Ich bin tatsächlich sehr überrascht und auch etwas überfordert. Wissen Sie, ich weiß gar nicht, was das alles bedeuten soll, warum hat sie mir all das vermacht?« Hilflos schaute sie den Notar an.

Dr. Jäckel zuckte die Schultern. »Sie hat sehr oft von Ihnen gesprochen. Und sie wollte einfach nicht, dass ihr Geschäft unter die Räder kommt oder an irgendjemanden verkauft wird. Frau Fischer hatte sich da etwas aufgebaut, und das wollte sie in guten Händen wissen. Und wie sie mir sagte, scheinen Sie ja ein gewisses Talent für Schmuck zu besitzen.«

Tina lächelte sarkastisch. »Talent hin, Talent her, das ist alles leichter gesagt als getan. Ich habe doch bereits eine Firma.« Mit kreisenden Bewegungen massierte Tina ihre Schläfen und versuchte klar zu denken. »Bevor ich irgendetwas unterschreibe, müsste ich noch einmal mit meinem Mann sprechen. Diese Entscheidung kann ich nicht allein treffen. Es hängt einfach zu viel dran. Ich würde mich in den nächsten Tagen bei Ihnen melden.«

Der Notar nickte. »Einverstanden, lassen Sie sich einfach einen Termin bei meiner Sekretärin geben. Denken Sie wirklich in Ruhe nach. Es ist ein tolles Angebot, der Laden steht hervorragend da, die Zahlen sind gut, die Geschäfte laufen prächtig.«

Die Geschäfte laufen prächtig, es ist alles bezahlt – langsam sickerten diese Informationen in Tinas Hirn. Woher hatte Marion das ganze Geld gehabt? Sie hatte immer angenommen, dass ihre Freundin mühevoll den Kredit für ihre Eigentumswohnung abstotterte, stattdessen war diese wohl längst bezahlt. Verwirrt sah sie den Notar an. »Ich begreife das irgendwie nicht, ich meine, dass Marion so viel Geld hatte.«

Unschlüssig blätterte Andreas Jäckel in seinen Papieren. »Nun, ich kann Ihnen nichts Näheres sagen, tut mir leid. Ich weiß nur, dass Frau Fischer vor einigen Jahren etwas geerbt hat, von einer entfernten Verwandten. Aber darüber sollten Sie sich keine Gedanken machen. Denken Sie über die Erbschaft in Ruhe nach, und wägen Sie alles gut gegeneinander ab.«

Dr. Jäckel begleitete sie zur Tür und gab ihr zum Abschied die Hand. Mit einem Nicken zur Sekretärin verließ Tina die Kanzlei.

Vorsichtig stolperte sie die Treppen nach unten, statt den Aufzug zu nehmen. Die Stufen tanzten vor ihren Augen und wurden zu einem verschwommenen Grau. Dann stand sie im hellen Sonnenschein. Die grelle Sonne traf sie wie ein Schlag, und Tina kniff, so fest sie konnte, die Augen zusammen. Bummelnde Menschen flanierten an ihr vorbei und verschwammen zu einer großen undeutlichen Masse. Plötzlich schien es ihr, als würde der Boden auf sie zukommen. In letzter Sekunde stützte sie sich an einer Hauswand ab. Vor ihren Augen drehte sich alles. Sie nestelte das kleine Döschen mit ihren Schmerztabletten aus der Handtasche und würgte eine davon herunter. Tina atmete tief ein und aus, verharrte ein Weilchen mit dem Rücken an der Wand. Allmählich ließ der Schmerz nach, und das Flirren vor ihren Augen ging zurück. Langsam machte sie sich auf den Rückweg zu ihrem Auto. Eine ganze Weile saß sie einfach nur da und starrte vor sich hin, bis sie das Gefühl hatte, fahren zu können. Hoch konzentriert tuckerte Tina durch den vormittäglichen Verkehr Stralsunds und war froh, als sie endlich die etwas einsamere Landstraße Richtung Darß erreicht hatte. Irgendwann kam ein kleiner Parkplatz am Straßenrand in Sicht. Sie fuhr spontan ab und suchte sich einen schattigen Platz unter einem der Bäume.

Mit geschlossenen Augen saß Tina eine ganze Weile da, während der Verkehr an ihr vorbeirauschte. Das Medikament tat seine Wirkung, und der Schmerz wurde langsam schwächer. Eigentlich fuhr sie in diesem Zustand nur ungern Auto, aber irgendwie musste sie ja nach Hause kommen.

Tina versuchte, tief und gleichmäßig Luft zu holen. Ihr kam es vor, als wäre ihr alles andere als einfaches Leben mit einem Schlag noch weiter verkompliziert worden. Manch anderer hätte sich über diese Erbschaft sicher gefreut. Sie war ungerecht, das wusste sie, aber momentan empfand sie nur Leere und Chaos. Und eine gewisse Wut auf Marion, die ihr das alles eingebrockt hatte, ohne sie vorzuwarnen. Oder war doch ihr eigener Wunsch an allem schuld? Sie hatte ihn schließlich ausgesprochen und an den Himmel oder sonst wohin gesendet, und nun hatte sie den Salat. Tina musste nachdenken, und sie musste in aller Ruhe mit Peter sprechen. Dessen Reaktion war nicht vorauszusagen. Unklar, was er von der Sache hielt und ihr raten würde.

Als sie durch die Hintertür ihren kühlen Hausflur betrat, lehnte sie sich einen Moment an die Wand. Tina hörte Jule im Büro telefonieren, auch Peter schien im Haus zu sein. Denn Transporter und Fahrrad standen an ihren Plätzen.

Ihr Mann saß in der Küche und schrieb etwas in seinen Notizkalender. Bei ihrem Eintreten schaute er überrascht auf und sah dann auf die Uhr. »Du kommst spät, hat ja eine ganze Weile gedauert.«

»Ja, ich musste unterwegs kurz anhalten, meine Migräne«, sagte sie erklärend. Tina setzte Teewasser auf und warf einen kurzen Blick ins Büro, in dem Jule immer noch telefonierte.

Dann goss sie das kochende Wasser ins Teesieb und setzte sich ihrem Mann gegenüber an den Tisch.

»Und«, fragte Peter nach einer Weile, ohne auch nur im Geringsten ungeduldig zu wirken. »Welchen alten Ölschinken oder welche Kette hat sie dir vererbt?«

Mit ihren Fingerspitzen massierte Tina vorsichtig ihre Schläfen und holte dann tief Luft. »Sie hat mir weder einen Ölschinken noch eine Kette vererbt, sondern das komplette Geschäft und ihre Eigentumswohnung, also kurz gesagt, alles, was sie besaß.«

Im Raum herrschte Stille, Peter sah sie verblüfft an und rührte in seiner Kaffeetasse herum. Nach einer Weile stand er auf, schenkte sich nach und setzte sich dann wieder hin. Der Stuhl knarrte leicht unter seinem Gewicht, die alte Wanduhr tickte, und selbst Jule schwieg in ihrem Büro.

»Du erbst also die Wohnung und den Laden? Eine sehr großzügige Erbschaft, das muss ich schon sagen. Das hätte ich Marion gar nicht zugetraut.« Peter blickte nach draußen und schien nachzudenken. »Okay, da müsste man sich erkundigen, wie man alles gut verkaufen kann«, sagte er sinnierend. »Die Wohnung ist ja in Toplage, die dürfte einen guten Preis bringen, die reißt man uns auf jeden Fall aus den Händen. Und der Laden ist vermutlich nur gemietet, also geht es um den Schmuck und die Möbel. Aber das kann man bestimmt auch verkaufen, mal schauen, wer uns da helfen kann. Vielleicht weiß Ole Rat, der kennt doch Tod und Teufel.«

Tina saß da und schaute ihren Mann schweigend an, während dieser Mutmaßungen über die zu erzielenden Preise abgab. In ihr brodelte es, seine plötzlich so geschäftige Art ging ihr maßlos auf den Geist. Er redete und redete immer weiter. »Und wenn ich gar nicht verkaufen will?« Ihr Satz schlug in einer Gesprächspause wie eine Bombe ein. Peter verstummte. Nur die Wanduhr tickte immer noch und brach das Schweigen.

»Wie meinst du das?«, fragte Peter schließlich und verlagerte sein Gewicht. In seinem Gesicht erkannte sie viele Fragen.

»Na ja, vielleicht will ich beides behalten?«, antwortete Tina mit leiser Stimme. Unsicher umschlossen ihre Finger die Teetasse.

»Warum denn, was willst du mit der Wohnung? Eine Ferienwohnung draus machen? Okay, das wäre eine Möglichkeit. Aber der Laden, der macht doch nur Arbeit und wirft nichts ab, zumindest garantiert nicht genug.«

»Und wenn ich den Laden übernehmen will, wenn ich selbst darin arbeiten will? Das war zumindest Marions letzter Wunsch für mich.« Tinas Stimme wurde langsam lauter. In ihr regte sich Widerstand. Immer hatten sie alles zusammen entschieden, und nun tat ihr Mann, als wären die Würfel bereits gefallen.

»Das soll jetzt hoffentlich ein Witz sein. Du willst doch nicht im Ernst mit diesem Schmuckgeklimper einen Laden betreiben? Du hast keine Ahnung davon. Die paar Sachen, die du früher gemacht hast, ich bitte dich. Das war doch nur ein Hobby und nicht mehr. Vor allem frage ich mich, wann du das alles erledigen willst? Haben wir hier nicht weiß Gott genug zu tun? In der Saison kommen wir manche Tage kaum hinterher, zerreißen uns fast. Wie soll das funktionieren? Du beschwerst dich doch ständig, dass dir für Fine manchmal gar keine Zeit bleibt.«

Peter hatte recht, mit allem, was er sagte. Es würde niemals funktionieren. Es war das Beste, alles zu verkaufen. Doch sobald Tina diesen Gedanken zu Ende verfolgte, regte sich heftiger Widerstand in ihr. Sie konnte einfach nicht kapitulieren, sie musste nachdenken, in Ruhe. Peter nahm ihr die Ruhe, verscheuchte jeden klaren Gedanken. Bis nächste Woche hatte sie immerhin noch Zeit. »Es war doch erst mal nur eine Überlegung, wir sollten nichts überstürzen«, verteidigte Tina sich daher recht lahm.

Ihr Mann verschränkte die Arme und schaltete auf stur. Sie sah es an seinem Gesichtsausdruck. »Das stimmt, ich verstehe nur nicht, wie du überhaupt in diese Richtung denken kannst. Das und nur das regt mich so auf. Was immer sich Marion gedacht hat, es ist Schwachsinn. Du weißt doch, wie verrückt sie manchmal war. Sie hatte nie eine Familie, hat von vielen Dingen nicht die geringste Ahnung. Es gibt nur eine

Möglichkeit. Beides wird definitiv verkauft und gut.« Peter wurde langsam lauter. Seine bestimmende Art brachte Tina erneut auf die Palme, vor allem aber auch, dass er ihre Schmuckstücke als Geklimper bezeichnete.

»Für mich steht noch gar nichts fest«, sagte sie daher fast schon trotzig. »Immerhin habe ich geerbt und nicht wir beide.« Diesen Satz hatte sie eigentlich nicht sagen wollen, aber irgendwie war er ihr über die Lippen gekommen, und nun war es zu spät. Tina hob entschuldigend die Arme. »Sorry, das wollte ich so nicht sagen. Aber für dich scheint alles schon so absolut klar, für mich aber nicht.«

Peter lief hochrot an. »Aha! Deine Erbschaft und deine Entscheidung, na klasse!« Eine Ader an seinem Hals begann zu pochen. »Ich verstehe ehrlich gesagt diese ganze Diskussion nicht. Wir führen ein Unternehmen, mit dem wir viel zu tun haben. Du wolltest diese Zimmervermietung immer haben. Nun haben wir sie, und wir haben Erfolg. Und auf einmal willst du in Schmuck machen. Ich habe das Gefühl, als wüsstest du überhaupt nicht mehr, was du eigentlich willst.«

Draußen im Flur knarrte eine Diele, und Tina war sich sicher, dass Jule dort stand und lauschte. »Ich habe doch gar nicht gesagt, dass ich in Schmuck machen will. Wir sollten nur darüber nachdenken und nichts ...«

»Für mich gibt's da gar nichts nachzudenken«, unterbrach Peter sie. Seine Stimme dröhnte durchs Haus. Er erhob sich, schob den Stuhl mit einem Ruck zurück, sodass er umfiel, und stützte seine Arme auf dem Tisch ab. »Jedes Nachdenken verbietet sich nämlich von allein, zumindest wenn man nur ein kleines bisschen seinen Kopf einschaltet. Da kannst du jeden fragen. Deswegen sage ich: Entweder du verkaufst das Erbe, oder wir sind geschiedene Leute, überleg es dir gut! Ich hab deine Faxen nämlich langsam dicke.«

»Willst du mir etwa drohen?« Tina schrie mittlerweile zurück. Sie konnte sich nicht erinnern, wann sie sich jemals so gestritten hatten. Seine Reaktion war so unerwartet und irgendwie vollkommen überzogen. Und was meinte er mit ihren Faxen?

»Wenn du es so auffassen willst – bitte schön!« Ihr Mann knallte seine Kaffeetasse in die Spüle. »Ich für meinen Teil gehe jetzt zu diesem verdammten Geschirrspüler in der 14 a, der schon wieder verstopft ist. Aber das interessiert dich vermutlich schon gar nicht mehr. Und heute Abend bin ich angeln.«

»Was auch sonst, geh ruhig angeln, das tust du ja eh jeden Abend und bringst nie einen Fisch mit heim. Da sitze ich halt wie immer allein vor dem Fernseher.« Tränen schossen ihr in die Augen. Tina erhob sich, verließ vor ihrem Mann die Küche und knallte die Türe zu. Sie sah nur einen hellen Schatten ins Büro huschen. Also hatte Jule tatsächlich dort gestanden und gelauscht. Vermutlich waren sie aber so oder so nicht zu überhören gewesen.

So schnell sie konnte, stürzte Tina die Treppe empor und knallte die Schlafzimmertür zu. Mit vollem Schwung warf sie sich auf ihr Bett und vergrub das Gesicht in ihrem Kissen. Die Migräne kehrte mit voller Wucht zurück. Jetzt würde kein Medikament mehr helfen.

Tina heulte und heulte. Irgendwann klopfte es leise an die Tür, und Jule rief: »Mama, ist alles in Ordnung?«

Doch sie gab keine Antwort und stellte sich schlafend. Leise pirschte sich ihr Kind ins Zimmer und schaute auf sie herab. Und genauso leise breitete sie die Decke über ihr aus und zog die Tür behutsam hinter sich zu. Es war eine liebevolle Geste, die ihr erneut die Tränen in die Augen trieb.

Tina war allein im Zimmer, um sie herum herrschte Stille. Nur die Bäume vor dem Fenster rauschten leise in einer leichten Brise. Und irgendwann holte sie ein erholsamer Schlaf ins Reich der Träume.

# 10. Kapitel

In den nächsten Tagen herrschte eisige Stimmung. Wenn überhaupt, sprachen Tina und Peter nur das Nötigste miteinander. Ansonsten spielte Jule stille Post und übermittelte zwischen ihren Eltern kurze Botschaften. Ihr Verhalten war kindisch, das wusste Tina. Und am liebsten hätte sie, so wie früher immer, den ersten Schritt gemacht. Im Streit auseinanderzugehen, war ihr ein Gräuel, sie liebte Harmonie um sich herum. Schweigen oder schlechte Stimmung waren für sie nur schwer zu ertragen. Aber diesmal konnte sie sich zu einer Versöhnung nicht durchringen. Sie sah die Schuld für den Streit auf beiden Seiten. Den ersten Schritt zu tun, kam ihr wie ein Schuldeingeständnis vor.

Am Freitagmorgen hielt Tina es nicht mehr aus. Die permanent schlechte Stimmung drückte ihr aufs Gemüt, und ihre Migräne hatte sich wie ein fetter Kloß im Kopf eingenistet und wollte nicht weichen. Außerdem musste schlicht und ergreifend eine Entscheidung her, und die wollte sie mit ihrem Mann gemeinsam treffen. Deshalb startete sie am Frühstückstisch einen ersten kleinen Versuch. Wie immer hatte sie Kaffee gekocht und den Tisch gedeckt. Peter kam schweigend ins Zimmer und vergrub sich sofort hinter seiner Zeitung. Er hielt sie wie ein Bollwerk in die Höhe und demonstrierte damit deutlich seine abwehrende Haltung.

Tina holte tief Luft, auf eine Art war es gut, dass er sie nicht ansah. Sie war nervös, und es fiel ihr schwer, die richtigen Worte zu finden. Für den Anfang musste eine Einleitung her, sozusagen etwas Unverfängliches. Deshalb sagte sie: »Ich hole heute Nachmittag Fine vom Kindergarten ab, wollen wir vielleicht zusammen was unternehmen?«

»Ich hab viel zu tun«, brummte Peter nur und schwieg dann wieder.

Erneut herrschte Stille. Oben rumorte Jule in ihrem Zimmer und stürzte gleich darauf ins Bad. Würgende Geräusche drangen zu ihnen nach unten. Tina ignorierte sie, so gut es ging. »Also gehe ich allein mit Fine an den Strand? Es wäre schön, wenn Opa mal wieder mitkommt«, hakte sie noch einmal mit versöhnlicher Stimme nach. Die Zeitung zitterte kurz, doch Peter schien ihre vorsichtige Annäherung nicht wahrzunehmen. »Ich sagte ja gerade – ich habe viel zu tun«, knurrte er einsilbig.

Ihr Pulsschlag stieg langsam an. Dennoch versuchte Tina, noch einen Schritt in seine Richtung zu machen. »Peter, wollen wir nicht über die ganze Sache noch einmal in Ruhe reden. Ich bitte dich«, sagte Tina schon ein Stück weit eindringlicher.

Ihr Mann ließ schließlich die Zeitung sinken, faltete sie betont langsam zusammen, nahm einen Schluck Tee und schob den Stuhl zurück. »Für mich gibt's nichts zu reden. Du kennst meine Meinung und basta!«

Ehe Tina einen klaren Gedanken fassen konnte, fiel die Tür hinter ihm ins Schloss, und sein Transporter rollte vom Hof. Wie eine dumme Gans hockte sie am Tisch und schaute auf die abgeschnittenen Brote, die ihr Mann nicht mal angerührt hatte. Kurze Zeit später wandelte sich ihre Verblüffung in Wut. Tina stellte das Geschirr klirrend in die Spüle, warf die Schnitten in den Abfall und räumte den Rest der Lebensmittel in die Schränke. Dann stürmte sie ins Büro und studierte die Liste für den heutigen Tag. Sie las sie vielleicht zehnmal, gab es dann auf und sank auf ihren Schreibtischstuhl. Im Obergeschoss herrschte Stille, Jule hatte sich vermutlich wieder hingelegt. Für einen Spaziergang zum Strand hinunter war es jetzt schon zu spät, obwohl sie sich unendlich nach der Ostsee sehnte. Also musste eine kleine Runde durch den Garten reichen.

Die Vögel zwitscherten, und das Unkraut spross fleißig in den Beeten. Die Sonne zauberte erste Schattenspiele auf den Rasen. Doch all das war Tina heute egal. Immer noch war ihr Puls auf Anschlag. Wenn sie ehrlich war, konnte sie sich Peters heftige Reaktion nicht erklären – sie war so vollkommen untypisch für ihn. Er, der eher bedächtig war, dem man jedes Wort aus der Nase ziehen musste, verhielt sich wie eine verschlossene Auster und im nächsten Augenblick wie eine abgeschossene Rakete. Tina umrundete die Rasenfläche wieder und wieder.

Stimmen ertönten hinter ihr. Auf den Hof fuhren die ersten Gäste und wollten ihre Schlüssel abgeben. Sie kamen schon seit vielen Jahren, und Tina versuchte, ihr freundlichstes Lächeln aufzusetzen. Dann ging es um die üblichen Themen, nämlich Wetter, Essen, Wassertemperaturen. Aber sie hörte teilweise gar nicht richtig hin, nickte nur abwesend und gab lapidare Antworten.

Den ganzen Tag trug sie diese unglaubliche Wut im Bauch. Sie putzte damit die Wohnungen, bezog damit die Betten und schüttelte die Kissen so heftig aus dem Fenster, das sie Frau Holle Konkurrenz gemacht hätte. Sie konnte die Wut erst ablegen, als Fine mit ausgebreiteten Armen im Kindergarten auf sie zugestürmt kam. Ihre Haare wehten, und das Strahlen auf ihrem Gesicht war aufheiternd. Voller Liebe vergrub Tina das Gesicht im Haar ihres Enkelkindes und atmete diesen ganz besonderen kindlichen Duft tief ein. Augenblicklich wurde sie ruhiger, angesichts von Fine konnte man einfach nur gute Laune haben. Die Kleine lachte sie an und zeigte ihr voller Stolz, wie gut sie schon mit dem Dreirad fahren konnte. Tina lobte sie, und Fine wurde noch ein wenig stolzer auf sich.

Dann holten sie sich ein Eis und setzten sich in den riesigen Strandkorb, der gleich neben dem Supermarkt stand. Fine baumelte mit den Beinen und ließ es sich schmecken. Munter erzählte sie von ihrem heutigen Tag, von ihren Freunden und kleinen Streitereien. Schon nach kurzer Zeit war ihr Mund von einer dicken Schicht Schokoeis umrandet, und auch das Shirt bekam erste Spritzer ab. Später radelte Tina mit ihrer Enkelin ein Stück durch den Darßwald und bog zum Meer ab. Mit Sandspielzeug und Decke bewaffnet liefen sie Richtung Wasser.

Endlich waren die Wassertemperaturen so, dass auch Fine in die

Ostsee durfte. Erst zögerlich und mit angehaltenem Atem ließ sie das Wasser ihre Waden umspülen. Bei jeder Welle juchzte Fine laut auf und wurde immer mutiger. Stück für Stück tastete sie sich voran, bis sie bis zum Bauch im Wasser stand. Ihre orangenen Schwimmflügel leuchteten in der nachmittäglichen Sonne. Tina nahm sie auf den Arm und hüpfte in den heranrollenden Wellen auf und ab. Fine konnte gar nicht genug davon bekommen. Immer wieder rief sie: »Weiter Oma, noch mal, noch mal!«

Später puderten sie ihre Haut mit Sand, bauten Burgen, sammelten Unmengen Muscheln und fuhren gegen Abend heim. Peter war immer noch nicht da, und auch Jule glänzte durch Abwesenheit. Nach dem Abendbrot brachte Tina Fine nach Hause. Franzi wartete schon auf sie und pickerte mit einer Hacke in ihrem Vorgarten herum.

Und erst als ihre Tochter sie fragte, wie es denn so ginge, wurde Tina bewusst, dass sie in den letzten Stunden nicht einmal an ihr mittelschweres Problem gedacht hatte. Ihre Enkelin war einfach ein Zauberwesen, das die Sorgen vertrieb.

»Wie es mir geht, na ja, es war schon besser.« Erschöpft strich Tina ihre Haare nach hinten und beobachtete, wie Franzi verbissen Unkraut aus dem Boden riss. Dann sah diese prüfend hoch. Franzi war neugierig, vermutlich hatte Jule sie schon auf den neuesten Stand gebracht, aber sie wollte mit ihrer Tochter jetzt nicht darüber reden. Deswegen verabschiedete Tina sich schneller als sonst eigentlich üblich. Franzis verblüffte Blicke über den Gartenzaun ignorierte sie, so gut es ging, und brauste mit ihrem Auto davon.

Zu Hause musterte sie die krümeligen Rücksitze. Fine hatte auf der Rückfahrt einen Keks gegessen und ganze Arbeit geleistet. Seufzend holte sie den Staubsauger aus der Garage und machte sich an die Arbeit. Dabei fiel ihr ein kleines Stück Papier auf, welches unter dem Vordersitz hervorlugte. Mit spitzen Fingern zog Tina es heraus und hielt zu ihrem Erstaunen die Visitenkarte in den Händen, die Daniel ihr vor einiger Zeit gegeben hatte. Damals, bei ihrem Abschied an der Zingster Seebrücke. Kein Wunder, dass sie die Karte trotz aller Suche nicht gefunden hatte.

Nachdenklich musterte Tina die angegebene Handynummer und zog aus einem inneren Impuls heraus ihr Telefon aus der Tasche. Doch dann zögerte sie, es war einfach lächerlich, was wollte sie denn sagen: *Hallo, ich hab Ihnen mal das Bein verbunden, erinnern Sie sich noch an mich?* Und dann, wie sollte es dann weitergehen? Sollte sie ihm von ihrem Streit erzählen? Das würde Daniel vermutlich herzlich wenig interessieren. Oder etwa von der Erbschaft, von ihrem Wunsch und Marions Tod? Na ja, das schon eher. Aber was erhoffte sie sich von ihm? Außerdem war Freitagabend. Mit Sicherheit trat die Band bei einem Konzert auf.

Zehn Minuten später stand Tina immer noch mit der Karte in der Hand da und stierte die krümeligen Rücksitze an. Eigentlich war es doch egal. Was sollte schon passieren – nichts. Das Schlimmste wäre, dass er sich nicht mal mehr an sie erinnern könnte. Damit würde sie leben können. Also wählte sie die Nummer und lauschte atemlos. Es klingelte einmal, zweimal, dreimal – fast wollte sie schon auflegen, da sagte seine ruhige, tiefe Stimme: »Hallo!«

Tina holte tief Luft und erwiderte: »Hallo, hier ist Tina.« Ihr Mund fühlte sich an, als hätte sie vorhin eine Portion Sand geschluckt.

»Tina, ähm, Tina.« Er klang verwirrt. Na also, nun hatte sie sich blamiert bis auf die Knochen. Er, der jeden Abend neue Menschen bei seinen Konzerten kennenlernte, wusste natürlich nicht mehr, wer sie war. Doch dann sagte er lachend. »Tina, Tina aus Prerow. Natürlich, Entschuldigung, ich habe dich gar nicht gleich erkannt. Oder waren wir noch beim Sie? Egal, jetzt sind wir beim Du. Ich freue mich, dass du mich anrufst, wie geht's dir denn?«

*Was sollte sie jetzt sagen? Mir geht es blendend? Es war einfach eine dumme Idee gewesen, ihn anzurufen.* »Ach, es geht so. Und dir, wie geht's dir?«, fragte sie daher nur kurz angebunden.

Daniel schwieg einen Moment. »Mir geht's gut. Aber du klingst irgendwie, na ja, ich finde, du klingst ziemlich deprimiert. Sorry, wenn ich das so sage. Ist was passiert?«

Die Frage brachte Tina aus der Fassung. Augenblicklich brach sie in Tränen aus. Verdammt, auch das noch!

»Was ist denn los, Tina? Ist alles in Ordnung?«, fragte Daniel besorgt durch den Hörer.

»Nichts ist in Ordnung. Aber leider kannst du mir dabei auch nicht helfen«, schluchzte sie und tastete nach einem Taschentuch. »Es war einfach idiotisch, dich anzurufen.«

»Aber du hast mich angerufen, dafür muss es einen Grund geben. Manchmal kann man dem anderen nicht helfen. Aber man kann ihm zuhören, das ist wichtiger als so mancher lapidare Ratschlag. Einfach mal alles auszusprechen, sich die Dinge von der Seele zu reden.«

»Es ist ein bisschen viel zum Erzählen, und ich will dich wirklich von nichts abhalten«, antwortete sie leise.

»Du hältst mich von nichts ab, mach dir keine Gedanken! Aber vielleicht willst du lieber persönlich mit mir reden. Ich kann hier nur momentan nicht weg, willst du nicht herkommen?«, fragte Daniel.

»Was, jetzt, zu dir, also ich meine, zu dir nach Rügen?«, stotterte Tina verblüfft.

»Warum nicht, wenn du jetzt losfährst, bist du in etwa zwei Stunden da, je nachdem, wie der Verkehr ist. Aber jetzt in den Abendstunden ist nicht mehr so viel los. Du kannst gerne im Gästezimmer schlafen, ich hab genug Platz in meiner alten Hütte.« Täuschte sie sich, oder erklang im Hintergrund Gelächter. Doch gleich darauf herrschte am anderen Ende Stille. Daniel schien gespannt auf ihre Antwort zu warten.

Hilflos blickte Tina sich um und schaute direkt ins Gesicht von Jule, die urplötzlich hinter ihr stand und anscheinend gelauscht hatte. Nun wusste sie gar nicht mehr, was sie sagen sollte.

»Nein, das ist unmöglich. Ich muss mich morgen um die Gäste kümmern«, stotterte sie und würgte die Unterhaltung ab. »Entschuldige, dass ich dich gestört habe. Ich muss jetzt auch weiter, also, ich meine, ins Büro und so. Auf mich wartet ein Haufen Arbeit.«

Jule verdrehte die Augen, und Daniel sagte: »Nun hör aber auf! Du hast mich überhaupt nicht gestört. Wenn du reden willst, weißt du, wo du mich findest – jederzeit. Also, mach's gut, Tina!« Ein leises Klacken ertönte, und die Verbindung war unterbrochen.

Hastig verstaute Tina das Handy in ihrer Hosentasche und bückte sich nach dem Staubsauger. Doch Jule hielt sie am Arm fest. »Mama, was ist eigentlich los bei dir oder euch beiden? Papa und du, ihr sprecht ja gar nicht mehr miteinander. Und wer war das am anderen Ende? Ich meine, ich weiß ja, um was es geht. Euer Streit war ehrlich gesagt nicht zu überhören.«

»Dann kennst du ja die Meinung deines Vaters«, sagte Tina bitter.

»Was erwartest du denn von ihm? Soll er binnen zwei Minuten alle seine Ansichten über den Haufen werfen? Das kann er nicht. Okay, vielleicht war er ein wenig ungerecht«, erklärte ihre Tochter. »Aber trotzdem musst du ihn verstehen. Ich wüsste auch nicht, wie es funktionieren sollte, mit diesem Laden und allem.«

»Das weiß ich doch. Leider lässt er nicht mit sich reden, aber wir müssen reden, und zwar dringend. Es muss nämlich eine Entscheidung her, denn es ist zwar meine Erbschaft, aber wir teilen uns unser Leben. Also müssen wir zusammen überlegen. Ich bin überzeugt, es ist ein Fehler, alles einfach so zu verkaufen.« Dass Tina dabei ständig an Marion denken musste und das Gefühl hatte, diese würde sich im Grab umdrehen, verschwieg sie lieber. »Ich hab's heute Morgen noch mal versucht, in aller Ruhe. Aber er hat seine vorgefertigte Meinung und rückt davon keinen Zentimeter ab.«

»Weißt du, was ich glaube? Du solltest dieses Angebot annehmen, das von diesem Mann am anderen Ende der Leitung«, sagte Jule und riss ihr den Staubsauger aus den Händen. »Fahr zu ihm, rede mal mit einem Außenstehenden über die ganze Sache, und vielleicht kommst du dann zu einer Lösung. Ich glaube, so ein kleiner Tapetenwechsel, würde dir ganz guttun. Vor allem nach der ganzen Sache mit Marion. Und Vati hat noch ein bisschen Zeit, um darüber nachzudenken. Du wirst sehen, vielleicht sieht in zwei Tagen alles schon ganz anders aus.«

»Ich kann doch nicht einfach zu jemand fast Fremdem fahren. Ich meine, das ist doch, na ja ...« Tina schwieg verlegen. Sie sah wieder Daniels Augen vor sich, seine Hände, hörte seine beruhigende Stimme, und ihr Herz begann schneller zu schlagen.

»Mama, wir sind doch nicht mehr im Mittelalter.« Jule verdrehte die Augen. »Du kommst mal raus, redest mit anderen Menschen und kommst Sonntag wieder heim. Ich hab eh nichts zu tun und schmeiße den Laden. Na, was sagst du? Und Papa werde ich das auch erklären. Außerdem sprecht ihr momentan sowieso nicht miteinander. Vielleicht merkt er gar nicht, dass du weg bist.« Angesichts Tinas betroffener Miene meinte Jule lachend. »Mama, das war ein Spaß. Ich sage ihm natürlich, wo du bist. Vielleicht nicht in allen Einzelheiten, aber so ein bisschen. Und nun los, pack deine Tasche!«

Eine halbe Stunde später rollte Tina mit ihrem Auto Richtung Rügen und konnte selbst kaum glauben, dass sie das tatsächlich tat. Sie hatte Daniel ein zweites Mal angerufen. Ihre Tochter hatte so lange genervt, bis sie schließlich ihr Telefon erneut ergriff. Danach packte sie in aller Eile eine kleine Tasche. Jule speicherte in der Zwischenzeit die angegebene Adresse in Tinas Navi ein und schickte sie energisch auf die Reise. »Nun fahr schon Mama und mach dir ein paar schöne Tage. Und keine Gedanken machen, ich habe hier alles im Griff.«

»Aber denk morgen an die Schlüssel, die bei den Nachbarn deponiert werden müssen.« Sorgenvoll schaute Tina Richtung Haus.

»Das steht doch alles bei den Papieren. Du schreibst solche Sachen immer doppelt und dreifach auf.« Jule verdrehte die Augen und verfrachtete sie energisch in ihr Auto. »Ich bin froh, dass ich was zu tun habe, und helfe dir gern, aber nun los. Sonst bist du erst Mitternacht auf Rügen.«

Mit einem mulmigen Gefühl fuhr Tina davon. Die Ereignisse der letzten halben Stunde hatten sie vollkommen überrumpelt. Sie war gar nicht so richtig zum Nachdenken gekommen, und das war vermutlich das Allerbeste.

Daniel hatte bei ihrem zweiten Anruf nur entspannt gelacht und gesagt: »Ich freue mich auf dich, bis später!« Es klang so selbstverständlich, als wäre es das Natürlichste auf der Welt, dass sie einfach so bei ihm hereinschneite.

Und nun war sie also auf dem Weg. Je länger sie fuhr, umso unwohler fühlte Tina sich. Am liebsten hätte sie kehrtgemacht, aber dann würde sie daheim ein Donnerwetter von Jule erwarten. Peter fiel ihr kurz ein, aber der würde vermutlich schon mit seiner Angel über den Bodden schippern und keinen Gedanken an sie verschwenden.

Endlich tauchte der erste Hinweis auf ihr Ziel Rügen auf den Schildern am Straßenrand auf. Und dann lag sie auch schon vor ihr – die neue Rügenbrücke. Elegant schwang sie sich in luftige Höhen empor und brachte die Menschen auf die größte Insel Deutschlands. Kleine rote Lämpchen blinkten hoch oben auf den Phylonen, die man tief in den Meeresgrund getrieben hatte. Wie Spielzeugautos schlichen die Fahrzeuge weit vor ihr über das riesige Bauwerk.

Tina verspürte fast so etwas wie Bedauern, denn sie hatte die alte Brücke immer sehr gemocht. Auch wenn sie in den Sommermonaten zu einem regelmäßigen Verkehrshindernis wurde, besonders wenn man sie zum Passieren der Schiffe nach oben klappte. Der Stau zog sich manchmal bis vor die Tore Berlins, behaupteten manche Anwohner Scherzes halber. Ganz so schlimm war es nicht, aber man brauchte schon ordentlich Geduld bei der Anreise. Dennoch war die Anfahrt immer besonders gewesen und machte jeden Ausflug auf die Insel einzigartig. Wenn das Wasser des Strelasunds schimmerte, der Straßenrand von unzähligen Anglern geziert wurde und der kleine Strand von Altefähr auftauchte, dann war man wirklich richtig auf Rügen. Ein unbändiges Glücksgefühl hatte Tina damals immer überkommen, denn sie hatte in ihrer Kindheit hier so manche Ferientage verbracht. Obwohl der Strand genauso aussah wie in Prerow und das Wasser ebenso salzig war, kam sie sich jedes Mal vor, als würden sie in eine fremde Welt reisen. Eine Schwester ihres Vaters wohnte hier und hatte eine große Wohnung in Saßnitz, deren Gästezimmer bei sämtlichen Verwandten sehr beliebt war. Tante Gertrude war eine strenge, sehr energische Person gewesen, die Haare auf den Zähnen hatte. Sie lebte mit einer Frau zusammen, und obwohl alle immer behaupteten, dass die beiden nur in Freundschaft verbunden waren, schien zwischen den zwei Frauen mehr zu sein. Immer wenn Tina mit ihren Eltern kam, verschwand diese andere Frau. Angeblich weil sie beruflich viel zu tun hatte. Aber sie vermutete damals schon, dass ihren Vater Bernd der für damalige Zeiten ungewöhnliche Beziehungsstatus störte. Tante Gertrude nahm ihre Verwandtschaft zur Begrüßung in den Arm und enthielt sich jeglichen Kommentars über ihr Leben. Sie rauchte Zigarre und lachte mit einer so tiefen Stimme, dass die Wände wackelten. Als Tina zwölf Jahre alt war, verstarb Gertrude plötzlich und unerwartet. Um ihren Tod wurde ein Geheimnis gemacht – niemand sprach darüber. Erst viele Jahre später fand Tina heraus, dass Gertrude sich umgebracht hatte. Die Gründe dafür blieben im Dunkeln. Damit endeten die Rügenbesuche für eine gewisse Zeit. Und auch ihr letzter Ausflug mit Peter war schon ein ganzes Weilchen her. Jetzt klopfte ihr Herz voller Vorfreude, und in der einsetzenden Dunkelheit schaute sie sich überrascht um.

Als Erstes staunte Tina über die breite Straße, die ins Inselinnere Richtung Bergen führte. Diese war ihr unbekannt, doch von anderen Urlaubern hatte sie davon gehört. Riesige Baustellen säumten den Straßenrand. Von der einstmals etwas verschlafen wirkenden Insel war nicht mehr viel übrig geblieben. Doch bevor sie richtig in der Inselmitte angekommen war, leitete ihr Navi sie von der Hauptstraße runter. Langsam wurde es dämmriger. Die Sonne war glutrot untergegangen und kündigte einen weiteren Tag mit viel Sonnenschein an. Mit jeder Minute, in der das Tageslicht schwand, wurden die Straßen schlechter und schmaler. Aber sie wurden ihr auch vertrauter. Da waren sie, die Alleen mit ihren uralten Bäumen, die sie früher schon so geliebt hatte. Tina holperte über das für diese Gegend so typische Kopfsteinpflaster. Putbus war ihr noch ein Begriff gewesen, dann tauchten am Straßenrand nur noch unbekannte Namen auf. Die Dörfer wurden immer kleiner und verwunschener. Fast hatte man den Eindruck, in einigen von ihnen wäre die Zeit stehen geblieben.

Endlich streiften ihre Scheinwerfer das Schild von Lubkow. Häuser gab es auch hier nur wenige. Eine einzelne Straßenlampe stand mitten auf einem Rondell, neben einer uralten windschiefen Bushaltestelle.

Die Laterne gab zwar alles, konnte aber den unmittelbaren Umkreis nur spärlich erhellen. Resigniert schaute Tina sich um. Mit stoischer Stimme verkündete ihr Navi, dass sie ihr Ziel nun erreicht hätte. Doch wo war ihr Ziel? Nirgends waren Hausnummern erkennbar, die Fenster der wenigen Häuser lagen im Dunkeln. Sie konnte ja schlecht bei irgendwelchen stockfremden Menschen klingeln und nach Daniel fragen. Tina war kurz davor, sich einfach in Putbus ein Pensionszimmer zu nehmen. Jule würde es nie erfahren, und sie hatte ihre Ruhe. Trotzdem tuckerte sie mit ihrem Auto tapfer eine weitere Runde und musterte die dunklen Vorgärten.

Urplötzlich zuckte Tina zusammen und trat mit aller Kraft auf die Bremse. Direkt vor ihrem Auto tauchte eine dunkle Gestalt auf und wedelte hektisch mit den Armen. Sie brauchte einen kleinen Moment, um Daniel zu erkennen, der dort in ihrem Scheinwerferkegel umhersprang. Lachend kam er zur Fahrertür und bedeutete Tina, die Scheibe herunterzulassen. »Ich hab schon nach dir Ausschau gehalten und die Ohren gespitzt. Hier in dieser Einöde hört man einfach jedes ankommende Auto. Schön, dass du da bist. Einfach dort vorne links in die offene Einfahrt neben dem großen Haus biegen.« Daniel wies ihr mit beiden Händen wie auf dem Flugplatz die Richtung.

Inmitten einer üppigen Hecke zeigte sich eine kleine Lücke, die Tina mit ihrem Auto passierte. Linker Hand lag die Hauswand. Sie sah wilde Rosen, die in einer Rabatte vor sich hin wucherten. Rechts schossen Koniferen in den Himmel und versperrten die Sicht zum Nachbarhaus. Dann endete die Hausfront und gab den Blick auf eine große Wiese frei. Im Hintergrund streifte ihr Scheinwerfer über knorrige alte Obstbäume. Mitten auf der Wiese flackerte ein Feuer, um das mehrere Personen saßen.

Tinas Herz machte einen Hüpfer. Es war eine Mischung aus Erleichterung, nicht mit ihm allein zu sein, und Enttäuschung, komischerweise aus demselben Grund. Neugierige Blicke wandten sich zu ihr, während Daniel die Tür öffnete und ihr beim Aussteigen behilflich war.

Freundschaftlich nahm er sie in den Arm und drückte seine etwas stachelige Wange wie selbstverständlich an ihre. »Ich freue mich und hab mir richtig Sorgen gemacht. Ehrlich gesagt, klangst du am Telefon furchtbar. Aber lass uns später darüber reden«, raunte er mit einem Seitenblick zu den anderen Personen. Er nahm ihren Arm und zog Tina zum Feuer. »Hattest du eine gute Fahrt?«

Tina nickte atemlos. »Alles in Ordnung, ich dachte allerdings, ich komme nie an. Die Straßen wurden immer schmaler.«

»Ja, ich wohne am Ende der Welt, aber du findest keinen schöneren Platz als hier. Jetzt stelle ich dich erst mal meinen Freunden vor. Keine Angst, sie sind auf der Durchreise nach Schweden. Morgen sind wir sie wieder los und haben unsere Ruhe«, sagte er leise. Aber doch so laut, dass es die anderen auch hören mussten.

Protestierendes Gelächter ertönte. »Na he, wir dachten, du freust dich, du alte Socke.« Ein bärtiger Mann, der an die zwei Meter sein musste, erhob sich und schlug Daniel mit seiner Hand auf die Schulter. Gespielt fiel dieser in sich zusammen und hielt sich den Arm.

Dann prasselten Namen auf Tina ein, die sie sich beim besten Willen nicht merken konnte. Die kleine Gruppe bestand aus drei Pärchen und einer einzelnen Frau. Alle saßen auf uralten Campingstühlen und gaben sich entspannt und locker. Die einzelne Frau stellte Daniel als Sonja vor. Als Tina ihr die Hand gab, fühlte es sich an, als hätte sie in den Eisschrank gegriffen. Kalte Finger umschlossen ihre und hielten sie einen Moment fest. Sonja musterte Tinas Gesicht, was im Schein des flackernden Feuers nicht einfach war. Sie machte es ebenso und erblickte rabenschwarze lange Haare, die fast bis auf die Hüften der zierlichen Frau fielen. Ihr Gesicht lag im Dunkel, doch sie strahlte im Vergleich zu den anderen Gästen etwas aus, das Tina zurückzucken ließ. Da war ein Gefühl von Antipathie, Sonja schien sie nicht unbedingt willkommen zu heißen. Krampfhaft riss Tina ihre Hand aus der Umklammerung und drehte sich zu Daniel um.

Zum Glück erlöste dieser sie aus der unangenehmen Situation und bot ihr einem Campingstuhl an. »Setz dich doch, willst du was trinken? Wir hätten eine Art Bowle, von unserer lieben Anja gezaubert, oder einen wunderbaren französischen Rotwein, den unser Bert von seiner letzten Reise mitgebracht hat. Zum Glück mehrere Flaschen, denn der Wein ist ein leckeres Gesöff.«

Am liebsten hätte Tina einfach nur ein Glas Wasser getrunken, doch angesichts der Gläser der anderen Gäste entschied sie sich für den Rotwein. »Danke«, sagte sie, räusperte sich und nahm das Glas entgegen. Wie selbstverständlich setzte Daniel sich an ihre Seite.

Tina schaute in die Flammen, nippte am trockenen Wein und verfolgte die lockeren Gespräche, die hin und her schwappten. Es war ein lustiges Geplänkel und drehte sich meist um Erinnerungen an alte Zeiten. Diverse Schwänke wurden zum Besten gegeben, und immer wieder erfüllte lautes Gelächter den Garten. Tina fühlte sich immer noch ein wenig unwohl. Bei einigen Seitenblicken bemerkte sie, dass Sonjas Blick aufmerksam auf ihr ruhte.

Doch der Wein verteilte sich in ihrem Körper und sorgte allmählich für ein Gefühl der Entspannung. Ihr Gehirn schaltete in einen anderen Modus, und sie spürte, wie Wärme in ihre Wangen schlich. Die anderen bezogen sie ab und zu in die Unterhaltung mit ein, bedrängten sie aber nicht, wenn sie nur kurz angebunden antwortete. Hier in diesem Garten herrschte eine ganz besondere Atmosphäre, und wider Erwarten begann sie sich wohlzufühlen.

Tina legte den Kopf in den Nacken und schaute in den Sternenhimmel über ihr. Die Nacht war klar, die Sicht hervorragend. Nirgends störten die hellen Lichter einer Großstadt den Anblick. Es war eigentlich wie in Prerow, aber doch anders.

»Zählst du die Sterne?«, fragte eine kühle Stimme neben ihr.

Verwirrt schaute Tina auf die Frau, die den Platz von Daniel eingenommen hatte. Der sorgte anscheinend gerade für Getränkenachschub. Sonja saß dort mit verschränkten Beinen und schaute ebenso wie sie Richtung Himmel. Ihre ganze Haltung strahlte Gelassenheit aus.

»Zählen nicht, das habe ich als kleines Kind gemacht. Heute bewundere ich einfach nur die Schönheit dieser weit entfernten Himmelskörper«, sagte Tina.

»Eine vergängliche, tödliche Schönheit. Sollten wir in die Nähe eines Sterns kommen, sterben wir an seiner Hitze, und wenn wir ihr Licht endlich erblicken, sind manche Sterne schon verschwunden. Man schaut sozusagen in die Vergangenheit, etwas, das einem nichts bringt. Denn nur der Moment zählt, weder das Gestern noch das Morgen bringt uns weiter. Dennoch hat der Himmel etwas Faszinierendes, und ich frage mich oft, was es ist, das ihn so besonders macht«, meinte Sonja mit einer leicht heiseren Stimme. Sie zündete sich eine Zigarette an und blies den Rauch langsam nach oben. Dann hielt sie ihr die Schachtel hin. »Möchtest du eine?«

Tina schüttelte den Kopf. Das unangenehme Gefühl von vorhin verstärkte sich noch weiter. Die Frau hatte etwas an sich, was ihr unheimlich war.

»Vielleicht ist es die Weite, dieses Unendliche dort oben, was uns anzieht?«, versuchte Tina, ein weiteres Argument zu finden. »Die Entdeckung neuer Welten, anderer Wesen?«

»Denkst du?« Ein forschender Blick traf Tina. »Eine tödliche Weite – eiskalt, ohne Ende und Anfang. Wir sollten unseren Blick lieber auf die Erde richten, den Ort, wo wir leben. Hier gibt es für jeden von uns genug zu tun.«

Da hatte sie ja richtig Glück gehabt. Von chaotischen Diskussionen daheim gleich in die nächste. Sollte Sonja doch andere mit ihren Ansichten nerven. »Na ja, jeder hat seine Sichtweise. Ich liebe es jedenfalls, in den Himmel zu schauen«, sagte Tina möglichst abweisend und hoffte, endlich wieder ihre Ruhe zu haben.

»Oho!« Die Frau schnippte ihre Asche elegant zu Boden. »Spüre ich da ein wenig Verärgerung, das wollte ich nicht. Wenn ich dich gereizt habe, so tut es mir leid.« Gelassen änderte sie ihre Sitzposition und legte ein Bein über die Armlehne. Der Lichtschein des Feuers flackerte auf Sonjas Gesicht und zeigte große, dunkle Augen und einen vollen, sinnlichen Mund. »Denn Daniels Freunde sind auch meine Freunde. Und es ist eine lange, intensive Freundschaft, die uns beide miteinander verbindet. Eine Freundschaft, die schon so manche Krise überstanden hat und hoffentlich auch überstehen wird. Wir kennen uns schon viele Jahre, und einer kann sich auf den anderen verlassen.«

»Schön für dich«, sagte Tina in schnippischem Tonfall und erhob sich langsam. »Gute Freunde zu haben ist immer wichtig.«

Sonja lachte leise und warf dabei ihren Kopf zurück. Ihre langen Haare fielen über die Rückenlehne und streiften beinahe die Wiese unter ihren Füßen. »Fühlst du dich von mir bedrängt oder ungerecht behandelt? Das lag nicht in meiner Absicht. Ich wollte nur ...«

»Na, ihr beiden«, unterbrach Daniel in diesem Moment das Gespräch, und Tina war ihm mehr als dankbar dafür. »Kann ich euch noch etwas zu trinken bringen?«

Sonja zeigte auf das Glas vor ihren Füßen. »Ich bin versorgt.«

»Mir auch nicht«, schoss es aus Tina förmlich heraus. »Ich bin ehrlich gesagt ziemlich müde.« Mit einem großen Schluck leerte sie ihr Glas.

»Logisch, war ja bestimmt auch kein einfacher Tag. Komm, ich zeig dir dein Zimmer.« Auffordernd sah er sie an. Tina wandte sich zum Gehen und winkte den anderen in der Runde kurz zu. Allgemeine Wünsche wie »Schlaf gut!« und »Träum was Schönes!« wurden ihr zugerufen.

Als sie den Kreis schon fast verlassen hatte, schlossen sich Sonjas Finger um ihr Handgelenk. Tina hatte das Gefühl, in einem Schraubstock zu stecken. »Schlaf schön! Und denk daran: Das, was man die erste Nacht in einem neuen Bett träumt, wird oft Wirklichkeit.«

Tina nickte hastig, löste ihre Hand aus dem Griff der anderen Frau und massierte kurz ihr Handgelenk. Tina spürte förmlich Sonjas Blick in ihrem Rücken, obwohl sie außerhalb des Feuerscheins augenblicklich von der Dunkelheit des Gartens verschluckt wurde.

Daniel ergriff leicht ihre Hand. »Müssen wir noch was aus deinem Auto holen?«

»Ach ja, meine Tasche, die ist noch im Kofferraum.« Nervös strich Tina sich eine Strähne aus dem Gesicht. Ihre Hand zitterte leicht. »Sorry, ich bin ein wenig durcheinander.«

»Hat Sonja dich verwirrt?« Forschend schaute er sie an. »Sie ist manchmal ein wenig spooky, aber ansonsten ganz in Ordnung. Wenn sie ihren dramatischen Abend hat, nervt sie alle mit ihren Ansichten, und am nächsten Morgen ist sie wieder vollkommen normal. Mach dir nichts draus, da ist jeder mal dran.«

Tina beschloss, seine Worte nicht zu kommentieren und keinen Gedanken mehr an die andere Frau zu verschwenden. Schließlich war Sonja morgen wieder verschwunden, sie würden sich nie mehr sehen, wozu sich also Gedanken machen?

Zusammen betraten sie einen großen Hausflur, von dem rundherum Türen abgingen. »Das Haus ist schon lange im Besitz meiner Familie. Meine Urgroßeltern waren Gutsherren, deswegen die Größe«, sagte Daniel erklärend. »Aber außer dem Haus ist vom einstigen Besitz nicht allzu viel übrig geblieben. Und auch das Haus ist alles andere als feudal. Ich hoffe, du hast dich nicht auf Luxus eingestellt«, sagte er grinsend, und Tina musste lachen. »Morgen kann ich dir ja alles zeigen. Hier unten wäre das Bad.« Er deutete auf eine Tür. »Wir haben leider nur das eine, aber oben ist eine Toilette und in deinem Zimmer ein Waschbecken. Ich hoffe, das ist okay für dich?«

Tina nickte. »Vollkommen okay, ich brauche eigentlich nur ein Bett, ich bin todmüde.«

»Na dann komm, auf nach oben.«

Daniel schritt voraus und trug ihre Tasche. Über eine knarrende Holztreppe ging es ins Obergeschoss. Auch hier gab es mehrere Türen, und eine davon öffnete er. Sie betraten ein kleines Zimmer, welches direkt unter der Dachschräge lag und deswegen ausgesprochen gemütlich wirkte. Es gab ein Bett, einen Schrank, eine Kommode und einen einzelnen Stuhl. Das war's dann auch schon. Das Waschbecken war gleich vorn neben der Tür angebracht. Der Blick aus dem kleinen Fensterchen, welches irgendjemand schon weit geöffnet hatte, ging nach vorn Richtung Straße. Doch angesichts der ruhigen Lage des Ortes war nicht mit allzu viel Verkehr zu rechnen. Bunte Bettwäsche mit riesigen Blumen zierte das Bett. »Ist noch von meiner Oma«, meinte Daniel mit einem Schmunzeln.

»Kenne ich, hab zu Hause auch noch solche Exemplare.« Tina lachte.

»Okay, wenn du alles hast, wünsche ich dir eine gute Nacht. Wenn was sein sollte, du findest mich unten, die Tür hinten links. Aber wir sitzen bestimmt noch eine Weile im Garten. Wenn man sich nur einmal im Jahr sieht, gibt es viel zu erzählen. Jetzt schlaf dich erst mal aus, Tina!« Er schaute sie einen Moment ruhig an und zog dann die Tür hinter sich zu.

Sie war allein. Tina atmete tief die kühle Abendluft ein und beugte sich aus dem Fenster. Es war nichts zu hören, ringsumher herrschte Totenstille. Da war weder ein vorbeifahrendes Auto noch ein bellender Hund. Die Straßenlaterne war ein ganzes Stück entfernt. Zwar stand direkt vor dem Haus auch eine, aber deren Lampe schien kaputt zu sein. Die Dunkelheit hatte etwas Faszinierendes.

Tina zog sich aus, warf ihre Sachen über den Stuhl und ließ sich dann mit einem wohligen Seufzer ins Bett sinken. Die Bettwäsche roch nach einem vertrauten Duft. Doch sie brauchte eine Weile, um zu erkennen, dass es Lavendel war. Lavendelsäckchen hatte ihre Großmutter früher auch immer in den Schrank zwischen die Wäsche gelegt. Es war ein tröstlicher Geruch aus ihrer Kindheit, und sie kuschelte sich voller Behagen in das aufgeplusterte Kissen. Und obwohl sie angenommen hatte, kein Auge in dieser fremden Umgebung zuzubekommen, schlief Tina nach wenigen Minuten tief und fest ein.

# 11. Kapitel

Ein Geräusch hatte sie geweckt. Sie konnte jedoch zunächst nicht zuordnen, wozu es gehörte. Irritiert blickte Tina sich im finsteren Zimmer um und brauchte einen kleinen Moment, um sich zu orientieren. Sie lag in einem einzelnen Bett, neben ihr herrschte Stille – da war kein schlafender Peter. Es fehlte auch der tröstliche Schein der Laterne vor ihrem Haus.

Plötzlich fiel ihr ein, dass sie sich gestern auf den Weg zu Daniel gemacht hatte. Ein rufendes Käuzchen schwirrte durch die Nacht und ließ seinen klagenden Ton erklingen. Doch das war nicht das Geräusch gewesen, das Tina gehört hatte. Es war von draußen, von vor ihrer Tür gekommen. Und jetzt hörte sie es wieder. Da waren tappende Schritte, auf dem Flur schlich jemand umher.

Sie tastete nach ihrem Handy, das vor dem Bett lag, und warf einen Blick auf das Display. Es war kurz nach drei. Erneut ertönte das Geräusch, nur diesmal direkt vor ihrer Tür. Leise knarrte eine Diele. Tina setzte sich aufrecht hin, richtete die Lampe ihres Telefons auf die Tür und beobachtete die Klinke. Jeden Moment rechnete sie damit, dass sie bewegt wurde. Aber nichts geschah. Mit angehaltenem Atem lauschte sie und spürte, wie das Blut in ihren Ohren pochte.

Wieder erklang das Schlurfen im Flur, doch es schien sich langsam zu entfernen. Einmal noch knackte ein Dielenbrett, dann herrschte Stille. Tina wartete ein paar Minuten und schlich dann mit nackten Füßen zu ihrer Tür. Sie trat auf ein Dielenbrett. Das Knarren hörte sich so laut an, dass sie befürchtete, das ganze Haus würde davon aufwachen. Doch nichts geschah. Langsam, Stück für Stück, öffnete Tina die Tür. Der obere Flur lag in absoluter Dunkelheit, doch mittlerweile hatten sich ihre Augen an das fehlende Licht gewöhnt und sie konnte einzelne Umrisse erkennen. Da war die alte Truhe, die gegenüber ihrem Zimmer stand, und dort die Treppe, die nach unten führte. Sonst war nichts zu sehen, der Flur war leer. Alle anderen Türen schienen, soweit sie es erkennen konnte, geschlossen zu sein.

Tina huschte wieder in ihr Bett und zog die Decke bis unters Kinn. Alte Häuser, da knackte manchmal das Gebälk, und die Sinne spielten einem einen Streich. Vielleicht hatte Daniel auch eine nächtliche Runde gedreht, wer wusste das schon. Wieder umfing sie der tröstende Lavendelduft und schickte sie nach einer Weile erneut ins Reich der Träume.

Als sie das nächste Mal erwachte, fiel bereits heller Sonnenschein ins Zimmer. Die vorgezogenen leichten Vorhänge bauschten sich in einer morgendlichen Brise. Laute Geräusche erklangen vor dem Haus. Lachen und einzelne Gesprächsfetzen schallten zu ihr nach oben. Tina schlich ans Fenster und spähte vorsichtig hinaus. Vor dem Haus standen zwei Wohnmobile. Um diese scharten sich Daniel und seine Freunde von gestern Abend. Umarmungen und gute Wünsche wurden ausgetauscht. Auch Sonja stand dabei und blickte urplötzlich genau zu ihrem Fenster rauf. Erschrocken zuckte Tina zusammen und wich zurück.

Dann ertönte Motorengeräusch und lautes Hupen. Sie warf noch einen Blick nach unten und sah Daniel, der seinen davonfahrenden Freunden hinterherwinkte. In der folgenden Stille schlüpfte Tina in ihre Sachen, wusch sich am Waschbecken und machte sich dann auf den Weg nach unten. Niemand war zu sehen, der untere Flur lag leer und verlassen, die Tür zum Garten war weit geöffnet. Staubkörnchen tanzten im hereinströmenden Sonnenschein. Einen Moment schaute Tina sich ratlos um und betrat dann den einzigen Raum, dessen Tür offen stand.

Es war die Küche, deren Mittelpunkt ein großer alter Tisch mit acht

Stühlen bildete, auf dem noch diverse Frühstücksutensilien standen. Tinas Blick fiel auf die alte Wanduhr – es war gleich zehn. Sie hatte keine Ahnung, wann sie das letzte Mal so lange geschlafen hatte. Anscheinend schien ihr der kleine Ortswechsel wirklich gutzutun. Neugierig streifte sie im Raum umher. Bunt zusammengewürfelte Küchenmöbel, ein Vorratsregal und ein alter Herd zierten ringsumher die Wände, von denen in einigen Ecken der Putz abbröckelte. Alles war alt, passte aber irgendwie in diesen Raum. Bunt karierte Vorhänge hingen vor den Fenstern, an denen einige Grünpflanzen vor sich hin vegetierten. Einen grünen Daumen schien Daniel nicht zu besitzen.

Hinter ihr ertönten Schritte, und gleich darauf betrat Daniel den Raum. Er trug eine kurze weiße Hose und darüber ein ausgewaschenes Shirt mit einer unleserlichen Aufschrift. Seine Haare wirkten leicht strubbelig, als hätte er gerade erst geduscht. Neugierig schaute er sie an und lächelte dann. »Guten Morgen, ich glaube, ich kann mir sparen, danach zu fragen, wie du geschlafen hast. Du siehst gut aus, erholt und ausgeruht. Bestimmt haben dich die anderen mit ihren Autos geweckt.«

Sie winkte ab. »Zum Glück!« Tina zeigte auf die Uhr. »Immerhin ist es schon zehn, ich hab gepennt wie ein Murmeltier. Zu Hause bin ich um diese Zeit schon mit der ersten Bürorunde fertig oder hab den halben Garten vom Unkraut befreit.«

»Und genau deswegen bist du hier, um mal ein bisschen abzuschalten und dich verwöhnen zu lassen. Kaffee, Tee, frische Brötchen?« Daniel sah sie fragend an, und seine Lachfältchen kräuselten sich.

»Ein Kaffee wäre toll, und ein Brötchen nehme ich auch gerne.«

»Na dann los! Lass uns ein Tablett bestücken und draußen unter dem Kirschbaum frühstücken. Das mache ich immer am liebsten, wenn ich hier bin und das Wetter stimmt. Früher, bei meiner Großmutter, haben wir darunter Kaffee getrunken, und dazu gab es selbst gebackenen Kuchen.«

Ganz am Rand der Wiese stand im hinteren Teil des Grundstücks ein uralter, knorriger Kirschbaum. Seine Äste wuchsen ungehindert in alle Himmelsrichtungen und waren teilweise schon abgestorben. Ein

Nistkasten hing an seinem Stamm, und eine alte Schaukel baumelte an einem der stärkeren Äste. Ihre Seile sahen reichlich morsch aus, und Tina hätte es nicht auf den Versuch ankommen lassen, die Stabilität zu testen. Darunter gab es zwei kleine selbst gezimmerte Holzbänke, in deren Mitte ein Tisch stand. Mit schnellen Handgriffen deckte Daniel den Tisch. Tina kam kaum dazu, ihm zu helfen.

Sogar zwei Sitzkissen, die sie sich unter den Hintern klemmten, hatte er noch mitgebracht. Während über ihnen die Blätter rauschten und die Bienen summten, ließen sie es sich schmecken. Tinas Blick wanderte zum Haus, das im morgendlichen Sonnenschein lag. Man sah ihm die besseren Zeiten immer noch an, doch der Zahn der Zeit nagte und es mussten dringend einige Reparaturen erledigt werden. Da war das alte Dach, dessen Ziegelsteine mit dickem Moos überwachsen waren, oder die Fensterläden, die teilweise recht schief in ihren Angeln hingen. Dennoch war es ein zauberhaftes Anwesen, vielleicht gerade wegen dieses unperfekten Zustands.

Daniel langte noch einmal kräftig zu, als hätte er vorhin nicht schon gefrühstückt. Die Brötchen schmeckten wie frisch vom Bäcker geholt, der Kaffee hatte genau die richtige Stärke. Sogar zwei frische Eier schienen von vorhin noch übrig geblieben zu sein.

Ruhig kauten sie vor sich hin. Es war kein bedrückendes Schweigen, wie manchmal bei ihr daheim. Nein, es fühlte sich vollkommen normal an, und sie hatte nicht das Gefühl, die Stille brechen zu müssen.

»Nun sind deine Freunde also weitergezogen«, sagte Tina nach einer Weile.

Daniel schluckte und nickte dabei. »Ja, es war nur ein kleiner Zwischenstopp. Sie machen seit einigen Jahren immer gemeinsam Urlaub und touren dieses Mal durch Schweden. Aber ich freue mich immer, wenn die bunte Truppe mal wieder reinschaut. Man sieht sich viel zu selten.« Über den Tisch blickte er in ihre Tasse und wollte Kaffee nachschenken. Dabei berührten sich ihre Hände, und hastig zog Tina ihre Finger zurück. Fast verlegen griff sie nach dem nächsten Brötchen und vertiefte sich in das Marmeladenglas. *Mein Gott, sie benahm sich ja schlimmer als ein Teenager.*

Nach einer ganzen Weile verschränkte Daniel seine Hände im Nacken, legte die Beine auf die andere Sitzbank und lehnte sich entspannt zurück. Sein Blick ging Richtung Kirschbaum, dessen Blätter sich sacht im Wind bewegen. »Und, was denkst du, was wollen wir heute Schönes unternehmen? Worauf hättest du Lust? Es wird ein traumhafter Tag, den wir unbedingt nutzen sollten.«

Unsicher zuckte Tina ihre Schultern. »Ich weiß ja nicht, was du so geplant hattest. Immerhin bin ich einfach so reingeschneit.«

»Das hast du genau richtig gemacht. Diese spontanen Besuche sind meist die allerbesten.« Er schwieg kurz und schien nachzudenken. Dann musterte er sie von oben bis unten. »Bist du seefest? Wenn ja, hätte ich eine Idee für uns beide.«

»Wenn wir nicht gerade bis Schweden fahren, glaube ich schon«, sagte Tina. Eigentlich hatte sie nie mit der Seefahrt Probleme gehabt, im Gegenteil. Sie liebte es, auf dem Wasser unterwegs zu sein.

Mit dieser Antwort schien Daniel zufrieden zu sein, denn er erhob sich und klatschte in die Hände. »Sehr gut, dann lass uns aufbrechen. Die Gartenführung hat bis heute Abend Zeit.« Schnell räumte er die Frühstücksutensilien aufs Tablett und schaffte alles nach drinnen. Er begann in einem alten Wandschrank zu stöbern und zauberte schließlich eine Kühltasche hervor. »Okay, dann lass uns mal schauen.« Kritisch musterte er den Inhalt des Kühlschranks und wandte sich dann an Tina. »Ach, dort drüben im Schrank findest du Teller und Besteck, Gläser sind eine Etage darüber. Und in der Ecke müsste eigentlich noch mein Einkaufskorb stehen.«

Sie packte alles ein und legte noch ein paar Servietten dazu. In der Zwischenzeit füllte Daniel die Kühltasche und zog schließlich den Reißverschluss zu. Dann wanderten seine Blicke zu Tina, zufrieden nickte er. »Sehr gut, ich sehe Turnschuhe und bequeme Sachen. Vielleicht noch ein Basecap für den Kopf, und du bist perfekt angezogen. Warte mal, ich müsste noch irgendwo eines haben.« Er verschwand in einem der Räume und kam kurze Zeit später mit einem dunkelblauen Basecap mit der Aufschrift »Ramos« zurück. »Es ist immer gut, wenn man ein paar Fanartikel zu Hause hat«, meinte er grinsend. »Und nun, lass uns aufbrechen.«

Vollkommen überrumpelt von seiner spontanen Art folgte ihm Tina mit dem Picknickkorb nach draußen. In einer alten Remise, in der noch einige Heuhaufen aufgestapelt waren, stand ein dunkelgrüner Jeep, der schon ein paar Roststellen aufwies. Auf der Schutzplane des Reserverades war ein Schriftzug angebracht, der derart ausgeblichen war, dass ihn niemand mehr lesen konnte. Belustigt bemerkte Daniel ihren kritischen Blick. »Keine Angst, mein Auto hat mich noch nie im Stich gelassen. Außerdem zählen die inneren Werte, und der Motor ist eins a in Schuss.«

»Na, wenn du es sagst.« Tina grinste ebenso zurück und hüpfte auf den Beifahrersitz. »Dein Knie konnte ich noch verarzten, mit Autos kenne ich mich nicht aus.« Der Motor heulte mit einem lauten Geräusch auf, und schwungvoll fuhr Daniel mit dem Wagen aus dem Unterstand.

Bei Tageslicht sah das Dorf nicht wesentlich größer aus als bei Nacht. Es bestand aus gerade mal fünf Häusern, von denen zwei unbewohnt und ziemlich verfallen wirkten. Alle lagen entlang der holprigen Dorfstraße, die einen jeden einzelnen Stein spüren ließ. Daniel spielte Fremdenführer. »Hier wohnt der alte Meier mit seiner Frau, ein ziemlicher Geizhals, aber ansonsten in Ordnung. Hatte früher mal eine leitende Stelle in unserer LPG. Und manchmal denkt er, die hat er immer noch. Da drüben wohnte bis vor Kurzem Martha. Nach ihrem Schlaganfall fiel ihr das Gehen immer schwerer, also haben sie die Kinder nach Bergen geholt. Das Haus ist angeblich verkauft worden, und nun warten wir alle auf die neuen Besitzer.« Er zeigte auf ein Reethaus, das Tina als noch bewohnt angesehen hatte.

»Vielleicht wird es ein Ferienhaus«, mutmaßte Tina. »Da sind die Leute doch total scharf drauf.«

»Doch nicht hier. Siehst du irgendwo das Meer?« Sie schüttelte den Kopf. »Da hast du deine Antwort. Wir liegen viel zu sehr in der Inselmitte. Das ist auf eine Art schlecht, auf die andere Art aber auch gut. Da drüben wohnt Familie Mewers, sind vor einigen Jahren aus Bayern hierhergekommen. Er betreibt ökologischen Landbau und ärgert mit seinen Gewächsen den alten Meier, der alles für Unkraut hält. Und sie trägt wollene Socken und lange Wickelröcke, aber ansonsten sind sie ganz okay.« Und so setzte sich die Führung fort, bis Daniel die wenigen Nachbarn beschrieben hatte.

Nach dem Ortsausgangsschild lenkte er den Wagen auf einen schmalen Feldweg, der nicht wesentlich ebener als die Straße war. Links und rechts lagen Felder und Wiesen. Tina und Daniel wurden auf dem schlechten Weg kräftig durchgerüttelt. Daniel strahlte und sah sie begeistert an, und auch Tina konnte ein Lachen nicht unterdrücken. Nach einer Weile kamen sie an eine große Koppel, auf der einige Schafe im Schatten eines Baumes standen. Neugierige Blicke verfolgten ihr Auto, und ein lautes Blöken ertönte. Mit einem heftigen Ruck stoppte der Wagen. Tina musterte die Weide und fragte sich, ob das allen Ernstes ihr heutiges Ziel war. Entschuldigend schaute er sie an. »Hier stehen die Schafe vom alten Meier, ich schaue ab und zu mal nach dem Rechten, weil er nicht mehr so gut zu Fuß ist. Ich bin gleich wieder da.«

Daniel sprang aus dem Auto, näherte sich der Weide und öffnete das quietschende Tor. Ganz am Rande stand eine alte Wasserpumpe, deren Schlegel er ein paarmal betätigte. Frisches Wasser schoss heraus und ergoss sich in einen steinernen Trog. Augenblicklich kamen die Schafe, die sich bisher sicherheitshalber im hinteren Bereich der Weide aufgehalten hatten, auf ihn zu. Das frische Wasser schien sie zu locken, sie nahmen Tempo auf und näherten sich mit ziemlicher Geschwindigkeit. Einer der Schafböcke senkte angriffslustig den Kopf und stieß ein lautes »Mäh!« aus. Daniel drehte sich ruckartig um und sprintete angesichts des kampflustigen Schafes Richtung Ausgang. Ziemlich hektisch trat er den Rückzug an und schloss hinter sich in aller Eile das Tor. Tina, die vor dem Auto wartete, konnte sich ein Grinsen nicht verkneifen.

Erleichtert trat er neben sie und beobachtete von dort das Geschehen auf der Weide. Erst jetzt fiel ihm das Lächeln auf ihrem Gesicht auf.

Vorsichtig knuffte er Tina in die Hüfte. »He, was gibt's denn da zu lachen? Bei diesen Viechern weiß man nie. Da, dieser Bock hat mich vor Kurzem umgerannt. Mir tat alles weh, und keine Krankenschwester war in Sicht«, sagte er mit wehleidiger Stimme, konnte aber selbst ein Grinsen nur schlecht unterdrücken. »Mühevoll hab ich mich von der Weide geschleppt.«

»Ich glaube, da hätte ich mit meinen wenigen Kenntnissen über Erste Hilfe auch nicht helfen können«, meinte Tina verschmitzt. Sie flirtete, wurde ihr in diesem Moment klar. Denn ihre Augen blitzten Daniel an. Es tat gut zu flirten, sie hatte es nicht verlernt. Vielleicht gehörte Flirten zu den Dingen im Leben, die man nie verlernte, egal, wie lange es auch her war. Sie genoss es, wie er sie anschaute und wie er lächelte. Sie genoss es sogar, hier mit ihm vor dieser abgelegenen Schafweide im Nirgendwo zu stehen.

Die Schafe soffen und wandten sich dann wieder ihrer Lieblingsbeschäftigung, dem Fressen, zu. Einige liefen auch in Richtung des Stalls, der sich an der anderen Seite befand. Tina erkannte einige Heuballen und daneben einen alten Traktor.

»Na, da wollen wir mal wieder.« Daniel klopfte auffordernd auf den Beifahrersitz, und die Fahrt ging zurück zum Ort. Er schwenkte erneut auf die alte Dorfstraße und erreichte nach einigen Minuten eine größere Ortschaft, die Tina gestern auch passiert haben musste. Jetzt, im hellen Sonnenschein, wirkte alles anders. Die Straßen wurden glatter, und das Gerüttel hörte auf.

Dann ging es gefühlt einmal quer über die Insel. Beide schwiegen, und Tina genoss die Fahrt sehr. Sie hielt eine Hand aus dem Fenster und ließ den Fahrtwind darüberstreichen. Sie spürte, dass Daniel ihr ab und zu einen Seitenblick zuwarf. Leise dudelte das Radio vor sich hin. Sie fühlte sich wie im Urlaub und in einer anderen Welt. Zunächst fuhren sie Richtung Binz, ließen die Abfahrt dahin aber links linken. Auch Sellin, Baabe und Göhren steuerten sie nicht an. Die Straße wurde immer schmaler und wand sich eine für Rügen'sche Verhältnisse fast schon Berg zu nennende Steigung empor. Es ging durch einen dichten

Wald, an dessen Ende der Blick sich weit über eine sanfte Landschaft öffnete. Irgendwann bog Daniel rechts ab und hielt nach einer ganzen Weile vor einem rostigen Tor. Mit einer Hand kramte er im Handschuhfach und schien endlich gefunden zu haben, was er suchte, nämlich einen genauso rostigen Schlüssel.

»Ich öffne nur das Tor, denn wir sind am Ziel.« Er lachte und sprang aus dem Auto. Tina erkannte ein dicht bewachsenes Grundstück, an dessen Rand ein Fahrweg nach unten führte und nach einer Biegung verschwand. Quietschend und mit einigem Widerstand schwang der Torflügel schließlich nach innen.

Daniel fuhr das Auto aufs Grundstück und verschloss hinter ihnen das Tor. Sie umrundeten vorsichtig die Biegung, und dann lag er plötzlich unmittelbar vor ihr – der Bodden. Tina hielt einen Moment den Atem an, denn diesen Anblick hatte sie nicht erwartet. In etwa zehn Metern Entfernung lag das Ufer, an dem ein altes verwittertes Bootshaus stand. Links und rechts befand sich ein Schilfgürtel, der den Blick zu eventuellen Nachbarn versperrte. Ein verfallener Bungalow stand am äußersten Rand mit einer rostigen Hollywoodschaukel davor, auf die sich bestimmt schon lange niemand mehr gesetzt hatte. Dennoch schien sich jemand regelmäßig um den Garten zu kümmern, denn der Rasen war gemäht und die Hecke zum Nachbarn sorgfältig geschnitten.

»Na, wollen wir aussteigen und uns alles ansehen?« Daniel schaute sie fragend an, und Tina nickte. Eine kleine Führung begann. »Das Grundstück gehörte früher dem alten Meier, dem mit den Schafen. Aber er schafft es nicht mehr, es in Schuss zu halten. Seit einigen Jahren dürfen mein Bruder Manuel und ich sein Boot nutzen. Aber Manuel wohnt bei Berlin und ist zu selten hier. Na und mir fehlt meist die Zeit, obwohl ich am liebsten jeden Tag rausfahren würde. Deswegen ist dein Besuch einfach wunderbar, weil ich so mal wieder einen Grund habe, das Boot klarzumachen.«

»Und der Bungalow?«, hakte Tina nach und wies auf die verfallene Hütte.

»Ist akut einsturzgefährdet, es liegen noch Angelzeug und solche

Sachen drin. Ist aber ansonsten nicht mehr zu nutzen, kannst du eigentlich nur noch abreißen.«

Sofort sprang Tinas Geschäftssinn an. Wenn man ein wenig Geld in die Hand nahm, konnte man ein lauschiges Urlaubsdomizil errichten. Die Leute waren verrückt nach solchen Objekten, die direkt am Wasser lagen. Da war sie wieder, die Besitzerin einer Zimmervermietung, die Geschäftsfrau. Hastig schob sie die Gedanken beiseite.

Daniel lief hinunter zum Wasser und warf einen kurzen Blick in das dort an einem Steg liegende Boot. »Manuel war vor zwei Tagen hier und ist mit Lissy rausgefahren«, sagte er erklärend. »Deswegen haben wir Glück. Alles ist vorbereitet, trocken, und wir müssen kein Wasser ausschöpfen.« Das Boot war ein älteres Modell, eher eine Jolle als ein richtiges Segelboot. Es hatte nur ein Segel und keine Kajüte. Dennoch stieg Tinas Vorfreude auf den heutigen Ausflug.

Gemeinsam machten sie den Kahn flott und verstauten ihre mitgebrachten Sachen unter einer Bank im hinteren Bereich. Daniel holte noch mehrere Decken aus seinem Kofferraum und löste dann die Leine. Er hisste das Segel, und langsam ging die Fahrt hinaus auf den Bodden.

Es war ein traumhafter Tag. Am strahlend blauen Himmel zeigten sich nur einzelne Schönwetterwolken. Das Wasser war so blau wie der Himmel, und kleine silberne Wellen kräuselten sich auf seiner Oberfläche. Einige wenige Boote waren unterwegs, und ihre weißen Segel glitzerten auf dem Wasser. Tina beugte sich über die Bordkante und ließ ihre Hand durchs Wasser streichen. Es fühlte sich kühl an, angenehm und verlockend. Am Ufer zeigten sich grüne, grasbewachsene Hügel, die von einigen Häusern unterbrochen wurden. »Die Zickerschen Berge«, erklärte Daniel. »Wunderschön zum Wandern, mit bezaubernden Aussichten aufs Meer. Zum Glück darf hier nicht gebaut werden, das wäre sonst ein Frevel.« Schafe, die aus der Ferne winzig klein wirkten, weideten friedlich vor sich hin.

Langsam glitt das Boot übers Wasser. Seine sanften Bewegungen waren so unendlich beruhigend, am liebsten hätte sie sich schlafen gelegt. Tina schloss ihre Augen und hielt das Gesicht in den Wind. Sie löste die Spange in ihrem Nacken und fuhr sich durch die roten Haare. Der Wind erfasste eine einzelne Strähne und wehte sie in ihr Gesicht. Wäre so ein Ausflug mit Peter möglich? Würde er dabei Freude empfinden oder am liebsten seine Angel hervorholen? Sie konnte es nicht sagen. Diese Erkenntnis traf sie am meisten. Sie hatte den Zugang zu ihrem Mann verloren, Tina wusste nicht mehr, wie er dachte und fühlte. Und das nicht erst seit heute. Das Gemeinsame, das »Wir«, war ihnen abhandengekommen. Vermutlich empfand Peter genauso, deswegen seine Bemerkung mit den Faxen. Auch sie hatte sich verändert, das, was gestern für sie noch richtig gewesen war, erwies sich heute als unstimmig. Da war eine grundsätzliche Unzufriedenheit, und die entging Peter natürlich nicht.

Daniel steuerte eine kleine Bucht an. Dort holte er das Segel ein und ließ die Jolle einfach so vor sich hin dümpeln. »Ich weiß ja nicht, wie es dir geht, aber ich habe schrecklichen Hunger. Die Seefahrt steigert immer meinen Appetit.« Gemeinsam breiteten sie eine Decke auf dem Holzboden aus und holten ihre mitgebrachten Schätze aus Korb und Kühltasche. Daniel hatte wirklich an alles gedacht. Da waren frisches Obst, Wurst und Käseaufschnitt und einige übrig gebliebene Baguettebrötchen vom Frühstück. Zu guter Letzt zauberte er eine Flasche Sekt hervor.

»Du willst mich wohl betrunken machen?«, rutschte es Tina heraus.

»Wäre das denn so schlimm?«, meinte Daniel mit rauer Stimme, und sein Blick ließ ihr das Rot in die Wangen schießen.

»Eigentlich nicht, Hauptsache, ich falle nicht ins Wasser«, meinte Tina leichthin und musterte angestrengt den vor ihnen liegenden Schilfgürtel.

»Und wenn, dann rette ich dich«, sagte Daniel und warf sich in Pose. »Ich war in meiner Jugend mal Rettungsschwimmer und hab die entsprechenden Griffe bestimmt noch drauf. So einen Fisch wie dich würde ich gern mal aus dem Wasser ziehen.« Immer noch war sein Blick unergründlich, seine Augen schimmerten wie der Bodden.

Tina steckte sich lieber eine Weintraube in den Mund und schaute hastig in eine andere Richtung.

Nach dem Essen streckten sie sich auf dem Boden des Bootes aus und machten es sich jeder auf seiner Seite bequem. Daniel brach nach einer ganzen Weile schließlich das Schweigen. »Also, Tina, was ist passiert? Warum hast du mich angerufen? Es gibt viel zu erzählen, hast du zu mir gesagt. Nun, hier sind wir, und wir haben Zeit ohne Ende.«

Sie suchte nach den richtigen Worten und erzählte dann einfach alles so, wie es ihr in den Sinn kam. Als Tina zu Marions Tod kam, stockte ihr für einen Moment die Stimme, da war er wieder, der dicke, fette Kloß in ihrem Hals. Sie ließ nichts aus, auch nicht ihren heftigen Streit mit Peter und sein Unverständnis. Jules plötzliche Heimkehr und die Angst, dass am Ende alles wieder an ihr hängen bleiben würde, obwohl sie doch so gerne Großmutter war, brachte sie genauso zur Sprache. Daniel schwieg die ganze Zeit, er unterbrach sie kein einziges Mal. Ab und zu nahm er einen Schluck Sekt oder trank aus seiner Wasserflasche.

Dann herrschte Stille. Über ihnen kreisten drei Möwen und schienen sich über irgendetwas schrecklich zu streiten. Auch im Tierreich schien nicht immer alles perfekt zu sein. Langsam segelte ein anderes Boot vorbei. An Bord räkelte sich eine langhaarige Blondine und hielt ihre Haare in den aufkommenden Wind. Die Bugwelle des anderen Schiffes brachte ihre kleine Jolle zum Schaukeln, genau wie den Schilfgürtel hinter ihnen.

»Das mit Marion tut mir sehr leid, sie erschien mir so voller Lebenskraft. Auch wenn man das sicher nach einer einzigen flüchtigen Begegnung nicht sagen kann«, meinte Daniel nach einem Moment des Schweigens. »Einen guten Freund zu verlieren, ist immer schwer und in deinem Fall ganz besonders. Du hast sie gefunden, das war sicher hart. Tja, und nun fragst du dich auch noch, was das eigentlich alles soll? Und ob dein Wunsch ihren Tod ausgelöst hat? Ich glaube, da kann ich dich beruhigen. Wünsche lösen niemals eine negative Reaktion aus, dessen bin ich ganz sicher. Was hat Marion also bezweckt, mit ihrem zugegebenermaßen nicht ganz fairen, aber doch verständlichen Schachzug? Ich glaube, sie kannte dich viel besser, als du glaubst. Oft nehmen wir uns selbst ganz anders wahr, als wir in Wirklichkeit auf unser Umfeld wirken. Sieh es doch mal so: Du kannst noch einmal die Weichen neu stellen. Nicht jeder hat die Chance dazu. Auf deinem Lebensweg ist plötzlich und unerwartet eine neue Abzweigung aufgetaucht. Nun ist es an dir, bleibst du weiter auf der Hauptstrecke, die sicher und eingefahren ist, aber gerade deshalb vielleicht auch eine gewisse Gewöhnung aufweist. Viele der Dinge links und rechts neben dem Weg kommen dir bereits bekannt vor, und es erwarten dich nur noch wenige Überraschungen. Du kennst jeden Baum und jeden Strauch und langweilst dich vielleicht sogar ein wenig. Oft denkst du zurück, an die Zeiten, wo du losgezogen bist auf deiner Strecke. Wo alles neu und aufregend war. Wo urplötzlich Hindernisse auftauchten, die du irgendwie umschifft hast.

Aber da ist ja noch diese neue Strecke. Ein Nebengleis biegt mit einer ziemlich scharfen Kurve von der Hauptstrecke ab, und du weißt nicht, was hinter der nächsten Biegung liegt. Wenn du dich für die Hauptstrecke entscheidest, wirst du es nie erfahren, alles läuft weiter wie gehabt. Wenn du aber das Nebengleis wählst, wer weiß, was auf dich zukommt? Du wirst eventuell einige Waggons samt Passagieren verlieren, findest aber bestimmt neue Mitreisende und erkundest völlig neue Gegenden. Und ich bin sicher, dass es auch die Möglichkeit gibt, zu wenden und wieder auf die Hauptstrecke zurückzukehren.«

An ihm war wirklich ein Psychologe verloren gegangen, dachte Tina, die ihn mit großen Augen anschaute. »Wow, das hast du schön gesagt! Mir fehlen ehrlich gesagt gerade die Worte.«

»Das kenne ich ja schon von dir, auch auf der Seebrücke warst du zum Schluss etwas schweigsam.« Daniel lächelte sie an. »Weißt du, ich hab diese Situation vor einigen Jahren selbst durchgemacht. Vielleicht kann ich dich deswegen so gut verstehen und finde die richtigen Worte.«

Tina schwieg und ließ ihre Hand erneut ins Wasser gleiten. Nachdenklich nagte sie an ihrer Unterlippe. »Mit anderen Worten rätst du mir, mein Erbe anzunehmen und die neue Strecke zu befahren.«

Daniel richtete sich auf und lehnte sich an die Bordwand. Er wedelte mit seinem Finger. »Oh nein, ich habe dir nur die beiden Wege aufgezeigt, der Rest liegt bei dir.«

Sie seufzte. »Na ja, ich muss selbst entscheiden, das ist mir klar. Aber was würdest du an meiner Stelle tun? Die Frage ist doof, aber ich stelle sie trotzdem.«

»Doof schon, aber auch verständlich. Ich würde die Frage ehrlich gesagt auch stellen.« Daniel angelte nach der Wasserflasche und nahm einen langen Schluck. Täuschte sie sich, oder zögerte er die Antwort extra lange hinaus. »Aus den Erfahrungen, die ich gemacht habe, würde ich das Erbe annehmen und ins kalte Wasser hüpfen. Vielleicht erst mal auf Probe. Wenn deine Tochter da ist, könnte sie doch in der Zimmervermietung für dich einspringen. Da wäre beiden Seiten geholfen. Du hättest eine Vertretung, dein Mann wäre mit der Firma nicht allein, und du könntest in aller Ruhe probieren, ob das Schmuckgeschäft dir überhaupt gefällt. Setz dir eine Frist, was weiß ich, ein halbes Jahr oder so. Danach kannst du immer noch verkaufen und gut.« Befriedigt lehnte er sich zurück. Es war ein perfekter Vorschlag. Doch sofort tauchte das Gesicht ihres Mannes vor Tina auf. Peter würde niemals damit einverstanden sein. Im Gegenteil, er würde toben.

»Das wird nur nicht funktionieren, weil mein Mann mir einen Vogel zeigen wird«, sagte sie daher sogleich. »Er ist ziemlich stur, vor allem wenn er einmal eine feste Meinung hat.«

»Vermutlich hast du recht, vielleicht aber auch nicht. Im Endeffekt ist es dein Leben, du allein triffst die Entscheidungen und musst mit den Konsequenzen leben. Und du solltest dir eine Frage dringend stellen ...« Daniel zögerte kurz. »Frag dich, ob du ihn noch liebst, und entscheide dann. Frag dich, ob du den Rest deines Lebens mit ihm verbringen willst, ob ihr immer noch die gleichen Träume und Wünsche habt. Wenn nicht, gibt es nur zwei Lösungen – du trennst dich von ihm, oder du begräbst deine eigenen Wünsche auf dem Boden des Meeres.«

Das saß, und trotzdem wusste Tina, dass er in diesem Augenblick den Nagel auf den Kopf getroffen hatte. Und Daniel bemerkte es sofort. Er musste es in ihrem Gesicht sehen, an ihrer veränderten Körperhaltung bemerken.

Plötzlich strich er mit seinem Finger sanft über ihre Wange. Es war eine hauchzarte Bewegung, und fast dachte Tina, sie hätte sich die Berührung nur eingebildet. Sie zuckte zusammen und schaute zu Boden. Abermals berührte Daniel sie und hob mit seiner Hand ganz leicht ihr Kinn an, bis sie gar nicht anders konnte, als ihm in die Augen zu schauen. Da war sie wieder, diese unglaubliche Tiefe. Diese besondere Farbe, in der man sich zu verlieren glaubte. Ein leichtes Lächeln umspielte seine Mundwinkel, und Daniels Gesicht näherte sich dem ihren. Sie spürte schon seinen Atem, wie er sanft über ihre Haut strich. Tinas Herz klopfte immer schneller. Noch einmal berührte sein Finger ihre Wange, dann lehnte er sich zurück an die Bordwand. Der magische Augenblick war vorbei.

»Jetzt wird nicht mehr gegrübelt, nicht an diesem wunderschönen Tag«, sagte er mit heiserer Stimme. »Jetzt hissen wir das Segel und ziehen weiter, hier gibt es noch so viel zu entdecken, einverstanden?«

Tina nickte, sie konnte nichts sagen. Ihr Blut pulsierte derart heftig, dass sie seine Worte kaum verstand. Ungeschickt klemmte sie die zitternde Hand unter ihren Hintern. In ihr kämpften Erleichterung und Enttäuschung miteinander, und sie hätte beim besten Willen nicht sagen können, welches Gefühl stärker war.

Daniel stand auf und zog sie mit einer Hand lässig nach oben. Und Tina spürte, dass auch er schneller atmete. Noch einmal war sie ihm ganz nahe. So nahe, dass sie sogar sein Aftershave roch und kleine Sonnensprenkel in seinen Augen sah. Das Boot begann sanft zu schaukeln, und Hilfe suchend hielt sie sich an seinem Körper fest. »Und versprich mir eins – keine trüben Gedanken mehr, nicht an diesem wundervollen Tag. Zum Grübeln hast du nächste Woche noch genug Zeit. Denn wenn man auf dem Bodden trübe Gedanken hat, braut sich meistens ein Gewitter irgendwo zusammen, und wir haben keine Kajüte.«

Sie kicherte leise. »Was ist denn das für ein Seemannsgarn.«

»Du glaubst mir nicht, pass lieber auf, dass wir nicht einweichen und in einen heftigen Regenschauer geraten. Aber nun, Segel hissen und ab die Post!« Geschäftig wandte er sich ab, und Tina räumte das Picknick zusammen.

# 12. Kapitel

Es wurde ein wundervoller Nachmittag. Sie kreuzten auf dem Bodden hin und her, lachten, quatschten und gerieten natürlich in keinen Regenschauer. Sobald Tina spürte, dass sie anfing zu grübeln, jagte sie die trüben Gedanken ganz weit fort. Daniel hatte recht, heute ging es nur darum, die Zeit zu genießen, und sie ertappte sich dabei, dass sie die verbleibenden Stunden bereits zählte. Nicht mehr lange, und sie musste wieder fort, fort von hier, aber vor allem fort von ihm.

Daniel – was hatte er nur mit ihr angestellt? In ihrem Bauch flatterten Schmetterlinge. Sie waren winzig klein, ließen sich aber nicht leugnen. Er war ein toller Mann, mit ihm konnte sie reden, er war voller Verständnis. Aber war das Peter am Anfang ihrer Beziehung nicht auch gewesen? Daniel und sie lagen auf einer Wellenlänge. Aber was bedeutete das schon? Hatte er überhaupt Interesse an ihr, oder war er einfach nur ein netter Typ, der ihr helfen und beistehen wollte? Da waren so viele »aber« in ihrem Kopf, und die verwirrten Tina ungemein. Auf dem heutigen Tag lag der Zauber alles Neuen, da würde sie sich nichts vormachen. Doch es war schön, und sie genoss seine Aufmerksamkeit und Bewunderung ungemein.

Am frühen Abend steuerte er die Jolle Richtung Ufer. Mit einem leichten Plopp stieß sie an den Steg. Gemeinsam machten sie das Boot fest, räumten ihre Sachen ins Auto und lüfteten erst mal gründlich durch.

Während der Wagen von frischer Luft durchgepustet wurde, setzten sie sich auf den Steg, ließen die Beine baumeln und beobachteten, wie sich die Sonne langsam rot färbte. Niemand sagte ein Wort, das hätte den Moment irgendwie zerstört. Unter ihnen gluckten die Wellen und schwappten an die hölzernen Pfähle. Es roch brackig, ein Geruch, den sie immer schon geliebt hatte. Das Schilf wiegte sich leicht in einer abendlichen Brise.

Fast schon wehmütig erhob sich Daniel und sah Tina, die sehnsüchtig aufs Wasser blickte. »Meinetwegen können wir die Nacht hier verbringen«, sagte Daniel grinsend. »Aber ich denke, wir sollten nach Hause fahren. Es fällt mir jedes Mal unendlich schwer, mich von hier loszureißen. Manchmal wünschte ich, mein Haus würde hier stehen.« Tina verstand ihn, sie hatte gerade dasselbe gedacht. Jeder Gedanke daran, den verfallenen Bungalow als Urlaubsdomizil herzurichten, war verflogen. Hier musste einfach alles genauso bleiben, wie es jetzt war – ein verwunschenes Stück Land am Bodden.

Auf der Heimfahrt ließ Tina ihr Seitenfenster weit runter. Der Wind rauschte ins Auto und zog an ihren Haaren. Es ging nur langsam voran. Auch andere strebten vom Strand zurück zu ihren Urlaubsunterkünften, und sie standen eine ganze Weile im Stau.

Am Horizont versank die Sonne in Form eines feuerroten Balls. Erst in der Dämmerung erreichten sie das kleine Dorf, und Daniel parkte den Wagen wieder in der alten Scheune. Noch im Wagen ergriff er ihre Hand. »Danke für den wundervollen Tag, ich habe deine Anwesenheit sehr genossen.«

Verlegen sah sie ihn an. »Es war wirklich wunderschön, ich hab für die tolle Bootstour, aber vor allem deine Ratschläge zu danken.«

»Gern geschehen, im Ratschlägeerteilen, bin ich immer ziemlich gut. Darin, sie umzusetzen, eher weniger«, sagte er verschmitzt lächelnd. »Wollen wir dann später noch ein Glas Wein trinken? Was meinst du?«

Tina nickte. »Gerne, ich würde mich freuen. Es ist so ein wundervoller Abend, die Luft ist so lau und angenehm.«

»Gut, dann treffen wir uns in einer Stunde im Garten.«

In ihrem Zimmer legte Tina sich aufs Bett und schloss die Augen.

Ihre Haut brannte, und daran war nicht nur der reichliche Sonnenschein schuld, den sie heute hatte genießen können. Kurz bevor die Stunde um war, schlüpfte sie in eine andere Hose und zog eine helle Bluse an. Ihre Haare bedachte sie mit ein paar Bürstenstrichen, und auf den Hals sprühte sie ein wenig Parfüm. Zum Schluss legte sie noch ein wenig Lipgloss auf und ging dann nach unten.

Der Picknickkorb stand auf dem Küchentisch, und ganz Hausfrau räumte sie ihn aus und das schmutzige Geschirr in die Maschine. Dann spähte Tina in den schattigen Garten. Es war kurz vor neun, die Stunde war fast um. Sie brauchte einen kleinen Moment, um Daniel zu entdecken, der auf einer von zwei bequemen Liegen neben der Feuerstelle lag. Auf dem kleinen Tisch dazwischen brannte eine flackernde Gaslaterne. Beim Näherkommen sah sie, dass er die Augen fest geschlossen hatte. Gleichmäßige Atemgeräusche zeugten davon, dass ihr Begleiter ein Nickerchen hielt.

Möglichst behutsam setzte Tina sich auf die andere Liege und betrachtete ihn. Ihr fiel ein, dass sie ihn schon einmal mit geschlossenen Augen gesehen hatte, damals nach seinem Fahrradunfall. Heute wirkte er glücklich und gelöst. Der Tag am Wasser hatte seiner Haut neue Bräune geschenkt. Deutlich traten die kleinen weißen Linien zwischen seinen Lachfalten hervor. Sie entdeckte auf seiner rechten Wange eine feine Narbe, die sich halbmondförmig Richtung Nase erstreckte. Am liebsten hätte sie den zarten Strich mit dem Finger berührt. Doch in diesem Moment begann Daniel sich zu regen. Er öffnete seine Augen und streckte die Arme nach oben. »Jetzt sag bloß, dass ich eingeschlafen bin. Na, ich bin vielleicht ein toller Gastgeber, lass dich hier sitzen, während ich schnarche.«

»Ich hab mir in der Zwischenzeit den Garten angesehen«, sagte Tina lachend.

Prüfend schaute er in ihre Blickrichtung. »Garten, welchen Garten, du meinst wohl die unkrautüberwucherte Wildnis?«

»Ach«, winkte sie ab, »bei mir sieht's auch nicht anders aus.«

»Das glaube ich nicht. Ich bin sicher, dass bei dir alles perfekt ist.

Die Beete sind vom Unkraut befreit, die Fenster blitzen, und jeden Sonntag steht ein ungemein leckerer Braten auf dem Tisch.«

»So siehst du mein Leben?« Tina warf ihm einen erstaunten Blick zu. »Da muss ich dich enttäuschen und leider sagen: Knapp daneben.«

»Na, wie auch immer. Ich gehe mal nach drinnen und hole uns eine Flasche Wein.« Während er zum Haus ging, ertappte sich Tina dabei, wie sie seinen wohlgeformten Hintern im letzten Tageslicht betrachtete.

Nach einer Weile kam Daniel mit einer Flasche und zwei Gläsern wieder. Der Wein schimmerte blutrot, und als Glas auf Glas traf, gab es ein dezentes Klingklang. »Auf dich und dass deine Träume und Wünsche in Erfüllung gehen mögen«, sagte er und schaute ihr dabei tief in die Augen.

»Auf dich, verbunden mit einem großen Dankeschön für deine Hilfe und dass ich hier einfach so hereinschneien durfte.« Tina versuchte, seinem Blick standzuhalten, verbarg Daniels Gesicht dann aber hinter ihrem Weinglas. Es war ein fruchtiger, leichter Wein, nicht so schwer nach einem warmen Tag. Dennoch stieg er ihr augenblicklich in den Kopf.

»Du bist jederzeit willkommen, wenn etwas ist, setz dich einfach in dein Auto und komm her. Es sei denn, ich habe einen Auftritt oder muss arbeiten«, meinte er sogleich.

Tina lehnte sich zurück und stellte ihr Glas auf den kleinen Beistelltisch zwischen ihnen. Ihr Blick ging Richtung Himmel. »Das muss herrlich sein. Auf der Bühne stehen und die begeisterten Fans sehen. Alle jubeln dir zu, und du schenkst den Menschen Momente voller Freude. Ich stelle mir das wunderbar vor.«

»Das ist es«, sagte Daniel und blickte auch nach oben. »Man saugt den Applaus ein wie eine Droge und würde ihn am liebsten konservieren. Aber die Erinnerung verfliegt schnell, und man will unbedingt mehr. Doch dann kommen die Momente nach dem Konzert, die sind oft schwer. Daran habe ich mich noch immer nicht gewöhnt. Eben noch haben dir alle applaudiert, und dann fährst du in deinem Auto allein nach Hause. Dieser krasse Gegensatz zwischen dem prallen Leben und dieser Stille, der macht mir zu schaffen. Na ja, es gibt sicher Schlimmeres, und irgendwann wird es zur Normalität.« Er beugte sich ein Stück in ihre Richtung und nahm Tinas Hand. »Hättest du nicht mal Lust, zu ein paar Konzerten mitzukommen? Nicht als Besucherin vor der Bühne, sondern hinter den Kulissen.«

»Du meinst so als Groupie, das dann auch in die Garderobe darf?«, fragte Tina verschmitzt.

»Ja, als Groupie.« Daniel grinste. »Klasse Idee, nur fehlt uns der Tourbus, wir demolieren auch keine Hotelzimmer oder stürmen die Bar. Aber ansonsten würde ich dir alles bieten, was zu einem richtigen Rockerleben dazugehört.«

Tina seufzte. »Das klingt gut. Aber ich glaube, das bleibt ein unerfüllbarer Wunsch. Denn da sind ja immer noch meine kleinen und großen Probleme. Ehe ich die nicht geklärt habe, ist nichts mit Groupie, und danach fehlt mir vermutlich die Zeit. Du weißt doch, die Zimmervermietung geht immer vor.«

»War ja auch nur eine Idee. Jedenfalls gebe ich die Hoffnung nicht auf, dass ich eines Tages nach dem Konzert nicht allein nach Hause fahren muss, sondern du an meiner Seite bist. Das wäre wundervoll.« Seine Worte berührten sie, und plötzlich war der Wunsch übermächtig, genau das zu tun. Mit ihm mitzuziehen und die Zimmervermietung einfach eine Zimmervermietung sein zu lassen.

»Warum gibt es eigentlich niemanden an deiner Seite? Du bist charmant, gut aussehend, ein toller Mann, da sollten die Kandidatinnen doch Schlange stehen?« Hatte Tina tatsächlich gerade diese Frage gestellt? Im Nachhinein biss sie sich auf ihre Lippen, aber nun war sie ausgesprochen.

Daniel schenkte erst in aller Ruhe sein und dann ihr Weinglas voll und schwieg. Eine Ader an seinem Hals begann zu pulsieren.

»Entschuldige, ich wollte dir nicht zu nahetreten. Es geht mich ja auch gar nichts an«, sagte Tina und versuchte so, die Situation zu retten.

»Schon gut, du brauchst dich nicht zu entschuldigen. Wie sagte eine meiner verflossenen Partnerinnen: ›Daniel, du bist nicht beziehungsfähig. Eine Frau, die dir in den Kram passt, muss erst noch gebacken werden.‹

Damit hat sie den Nagel vermutlich auf den Kopf getroffen. Ich bin halt ein schwieriger Fall und sollte vermutlich am besten auch allein bleiben. Ich bringe den Frauen kein Glück, solche Männer gibt es eben.« Er sagte es mit ganz viel Humor, doch Tina spürte den Ernst hinter seinen Worten.

Danach verfielen beide in tiefes Schweigen. War es möglich, hatte sie mit ihrer unbedachten Frage die wunderbare Chemie zwischen ihnen beiden zerstört? Es schien ganz so zu sein, denn Daniel sah in den Himmel und sagte kein Wort. Tina fiel der gestrige Abend ein und ihr seltsames Gespräch mit Sonja. Am liebsten hätte sie gefragt, was ihn mit ihr verband, ließ es dann aber bleiben.

Langsam erfasste die nächtliche Kühle ihren Körper. Ein leichter Wind war aufgekommen, der allmählich stärker wurde. Fröstelnd legte Tina ihre Arme übereinander, doch Daniel zeigte keine Reaktion. Immer noch schwieg er und starrte geistesabwesend in den Sternenhimmel. Allmählich fand sie seine Reaktion etwas übersteigert. So schlimm war ihre Nachfrage ja nun wirklich nicht gewesen. Mit einem Ruck erhob sie sich nach einer langen Zeit und bemerkte, dass er erschrocken zu ihr aufblickte. »Ich glaube, es ist besser, wenn ich ins Bett gehe. Ich bin schrecklich müde.«

»Ja ... ja, ich werde dann auch gleich zu Bett gehen«, sagte er zerstreut und ergriff fast schon abweisend ihre ausgestreckte Hand. »Bis morgen früh, schlaf gut!« Das war alles, sonst nichts.

Tina lief langsam Richtung Haus. Wenn sie ehrlich war, erwartete sie im Stillen, dass er ihr hinterherkam oder zumindest noch einen letzten Gruß rief. Doch nichts geschah, alles blieb still. Sie durchquerte die Diele und stieg die Treppe ins Obergeschoss empor. War ihre Frage so schlimm gewesen? Am liebsten hätte sie ihre Tasche gepackt und wäre heimgefahren. Doch es war schon kurz nach elf, und sie fühlte sich tatsächlich vollkommen erschlagen. Der Tag auf dem Wasser hatte sie erschöpft.

Sie wusch sich in aller Eile am Waschbecken, denn sie konnte sich beim besten Willen nicht dazu durchringen, das Badezimmer im Untergeschoss aufzusuchen. Sie wollte Daniel an diesem Abend auf keinen Fall mehr über den Weg laufen. Dann sank Tina in die weichen Kissen und nahm wieder den tröstlichen Geruch von Lavendel wahr.

Doch anders als gestern Abend wollte sich der Schlaf nicht einstellen. Sie wälzte sich hin und her und schaute ständig auf ihr Handy. Mittlerweile war es schon weit nach Mitternacht, und sie wurde immer munterer. An Schlaf war nicht zu denken. Seufzend stand Tina auf und blickte aus dem Fenster. Die Straße lag im Dunkeln, irgendwo mauzte eine Katze herzzerreißend, und gleich darauf stimmte eine zweite ebenso inbrünstig ein. Das Käuzchen drehte ebenfalls seine Runden und stieß immer wieder seine traurigen Klagerufe aus.

Tina drehte sich um. Ihr Blick wanderte zum Bett, doch sie wusste, sie würde immer noch kein Auge zubekommen. Also schlüpfte sie in eine leichte Hose, streifte ihre Strickjacke über und öffnete vorsichtig die Tür. Der Mond warf sein fahles Licht durch eines der Dachfenster und sorgte zumindest für ein wenig Helligkeit. Alles war still, kein Geräusch erfüllte das alte Haus. Von den knackenden Balken und dem Ticken der alten Uhr mal abgesehen.

An der Treppe spähte sie nach unten. Die Diele lag leer und verlassen, und so pirschte sich Tina langsam, Stufe für Stufe, hinab. Einmal erwischte sie ein knarrendes Brett, doch alles blieb ruhig. Aus der Küche drang der sanfte Schein einer Lampe, doch als sie vorsichtig in den Raum spähte, sah Tina, dass er leer war. Die Eingangstür war geschlossen, und in Zeitlupe öffnete sie sie. Dann war sie draußen, und ein Schwall kühler Nachtluft umfing sie. Sie wickelte die Strickjacke fester um ihren Körper und ging im Lichtschein des Mondes Richtung Garten. Links lagen die alten Wirtschaftsgebäude, und rechts reckte sich die Koniferenhecke bedrohlich dunkel in den nachtschwarzen Himmel. Die beiden Liegen, auf denen sie gerade noch gelegen hatten, waren leer. Nur die leere Flasche Wein, stand noch auf dem Beistelltisch.

Ein Blick zurück zeigte, dass in sämtlichen Fenstern des Hauses

Dunkelheit herrschte. Vermutlich lag Daniel längst in seinem Bett und schlief den Schlaf der Gerechten, während sie sich mal wieder Gedanken machte. Tina ließ sich auf einer der Liegen nieder und zog die Beine an.

Plötzlich schien es ihr, als wäre gerade die Haustür geöffnet worden. Ein Schatten huschte an einem der Nebengebäude entlang. Zuerst glaubte Tina, dass die Dunkelheit ihr einen Streich spielte. Sie lag ganz still und fixierte fest den Punkt, an dem sie die Bewegung gesehen hatte. Nichts geschah, alles war ruhig. Doch dann, als sie kurz davor war, wieder in ihr Bett zu gehen, hörte sie eine Tür knarren. Gleich darauf sah sie den Schatten erneut. Tina hielt den Atem an und rührte sich nicht von der Stelle.

Dann lief jemand um die Hausecke und verschwand in Richtung Straße. Deutlich waren knirschende Schritte auf dem Kies zu hören. Minuten später startete in der Ferne ein Motor, und ein Auto entfernte sich. Sie wartete noch einen kleinen Moment und lief dann vorsichtig zu dem flachen Nebengebäude, vor dem sie den Schatten gesehen hatte. Früher war es sicher ein Schuppen oder ein Stall gewesen. Behutsam legte Tina ihre Hand auf die Klinke. Die Tür gab ohne Weiteres nach und schwang nach innen auf. Vor ihr lag ein dunkler Vorraum, von dem zwei Türen abgingen. Einen Moment blieb sie stehen, doch schließlich siegte ihre Neugier.

Die rechte war verschlossen, die direkt gegenüberliegende Tür nicht. Zunächst sah Tina nur irgendwelche blinkenden Knöpfe und einen schwachen Lichtschein, der von einer Wandlampe kam. Es dauerte einen Moment, bis sie erkannte, dass sie in Daniels Tonstudio zu stehen schien. Da waren die Mischpulte und dahinter ein Raum, in dem vermutlich die Musiker bei Aufnahmen standen. Das Studio war leer. Kein Wunder, der nächtliche Besucher hatte sich ja bereits aus dem Staub gemacht.

Sorgfältig verschloss Tina den Raum und wollte wieder nach draußen in den Garten gehen. Dabei prallte sie gegen einen Körper und wich zurück. Sie erschrak so heftig, dass sie unwillkürlich eine Hand an ihr Herz presste. Feste Hände umfassten ihre Oberarme und zogen sie in den Lichtschein der aufflammenden Hoflampe.

»Tina, was um Gottes willen machst du um diese Zeit hier?«, fragte Daniel. Dennoch war ihre Erleichterung übergroß, fast hatte sie erwartet, dem zurückgekommenen nächtlichen Besucher in die Arme gelaufen zu sein. Doch ihr Herz schlug immer noch im Galopp, und sie brauchte einen kleinen Augenblick, bis sie ihre Stimme wiedergefunden hatte.

»Ich ... entschuldige, ich konnte nicht schlafen. Da wollte ich einfach eine kleine Runde durch den Garten drehen. Aber dann, gerade als ich wieder ins Bett wollte, war da diese Person, die hier herumschlich«, stotterte Tina.

Eine weitere Außenlampe flammte auf, und ein heller Lichtschein blendete ihre Augen. Daniel stand vor ihr, nur mit seinen Shorts bekleidet. Auf seiner nackten Brust kräuselten sich dunkle Haare. Eigentlich sah er aus, als wäre er geradewegs aus dem Bett gekommen. Verständnislos blickte er sie an. »Was hast du gesehen? Ich meine, hier ist niemand.«

Sie holte tief Luft. »Jetzt nicht mehr, derjenige ist ja auch weg. Also, ich stand da drüben, und ich hab ganz genau gesehen, wie jemand aus dem Haus kam und kurz darauf hier drinnen verschwand, nach einer Weile herauskam und dann mit einem Auto davonfuhr.«

Daniel deutete auf die Studiotür. »Hier drin soll jemand gewesen sein? Dann lass uns nachschauen.«

»Der Raum ist leer, jetzt zumindest, ich hab schon nachgesehen.« Mittlerweile fühlte sich Tina zunehmend gereizt. Seine unterschwelligen Zweifel gaben ihr den Rest. Den Anfang hatte der so unschön geendete Abend gemacht.

»Trotzdem würde ich gerne selbst nachschauen.« Er verschwand im Inneren des Gebäudes, und Tina folgte ihm schließlich widerstrebend. Wie zu erwarten war der Raum immer noch leer. Daniel sah sich langsam um, betätigte eine Taste, am Rande des großen Mischpults, und die unzähligen Lämpchen erloschen mit einem Schlag. Dann schaute er stirnrunzelnd die leuchtende Wandlampe an.

»Keine Ahnung, ich kann mir nicht erklären, wer hier etwas wollte. Die Technik zu klauen lohnt sich nicht, alles ist fest eingebaut. Vielleicht hast du dich getäuscht.« Doch da war etwas in seiner Art, was in ihr den Verdacht weckte, er sage nicht die Wahrheit. Irgendetwas schien auch ihm aufgefallen zu sein.

Wie auch immer, in diesem Moment war Tinas Frust auf Anschlag. »Tja, ich weiß jedenfalls, was ich gesehen habe. Der Rest ist mir egal. Ich werde jetzt in mein Bett gehen und morgen früh abreisen.« Mit einem Ruck drehte sie sich um und stürmte aus dem Anbau, dann die Treppe hoch und zu ihrer Zimmertür.

Direkt davor holte Daniel sie ein und ergriff schwer atmend ihren Arm. »Entschuldige, das wollte ich nicht. Ich ... ich bin und bleibe ein Idiot. Es tut mir leid.« Bittend schaute er sie an.

Mit verschränkten Armen lehnte sie sich an ihren Türpfosten und schwieg. »Und wegen vorhin im Garten, na ja, du hast einen wunden Punkt bei mir getroffen. Ich rede nicht so gerne über das Thema Frauen. Eigentlich rede ich überhaupt nicht gern über mich. Am liebsten beschäftige ich mich mit den Problemen anderer Leute, um mich von meinen eigenen abzulenken.« Daniel ergriff ihre Hände. »Es tut mir wirklich leid, und ich wollte nicht, dass dieser wunderbare Tag so endet. Nimmst du meine Entschuldigung an, mir liegt wirklich sehr viel daran.« Da war er wieder, dieser ganz besondere Blick aus seinen blauen Augen. Sie konnte ihm einfach nicht böse sein.

»Okay, einverstanden, ich hätte ja auch nicht fragen zu brauchen. Manchmal ist meine Zunge schneller als alles andere.«

»Die Frage war vollkommen in Ordnung, nur meine Reaktion nicht. Also fährst du nicht gleich morgen früh ab, sondern frühstückst noch mit mir und lässt dir alles hier zeigen?« Voller Sorge schaute er sie an.

Tina nickte. »Einverstanden, wir frühstücken noch zusammen«, sagte sie mit einer gewissen Zurückhaltung.

Daniel strahlte, mit einem Schlag wirkte er wie der glücklichste

Mann auf der Erde. »Ich freue mich, das ist eine gute Nachricht. Ich hoffe, du kannst jetzt einschlafen, Tina.« Er beugte sich zu ihr. Seine Lippen näherten sich ihrem Gesicht immer mehr. Und dann, als sie fast schon glaubte, er würde sie auf den Mund küssen, als ihre Lippen voller Erwartung zu zittern begannen, drückte er einen zarten Kuss auf ihre Wange. Sanft strich sein Daumen über ihre Schläfe. »Bis morgen früh!«

Tina nickte nur und verschwand stolpernd in ihrem Zimmer, ehe ihre Beine endgültig nachgaben. Mit klopfendem Herzen lehnte sie sich an die geschlossene Tür und presste ihre Hände gegen den Kopf.

Er verwirrte sie, er sorgte für Chaos in ihrem Hirn. Daniel war einfach undurchschaubar, und dieses Gefühl war neu und unvertraut. Und dennoch war es eines der schönsten, das sie in den letzten Monaten verspürt hatte.

# 13. Kapitel

Der zweite Einschlafversuch schien perfekt geklappt zu haben. Denn Tina wurde von einem vorsichtigen Klopfen an ihrer Tür geweckt. Ein Blick auf ihr Handy zeigte, dass es auch heute wieder bereits fast zehn war. Anscheinend funktionierte ihre innere Uhr, die sie stets am frühen Morgen weckte, hier auf Rügen nicht.

Erneut ertönte das Klopfen. Sie zog die Bettdecke bis unters Kinn und rief: »Herein.«

Vorsichtig wurde die Tür geöffnet. »Guten Morgen!«, rief Daniel. Er balancierte ein über und über beladenes Frühstückstablett in seinen Händen. Tina war so überrascht, dass sie sich mit einem Ruck aufsetzte. »Frühstück ans Bett, womit habe ich denn das verdient?«

»Sieh es als kleine Wiedergutmachung für gestern Abend an. Ich habe mich wirklich so unendlich blöde benommen, dass es mir jetzt noch leidtut.« Behutsam stellte er das Tablett auf der Bettdecke ab. »Ich hoffe, ich habe an alles gedacht. Frische Brötchen, okay aufgebackene, aber sie schmecken köstlich. Eier, Tee, ein wenig Wurst und Käse und natürlich Marmeladen von Sonja.«

»Es sieht wunderbar aus, die Überraschung ist dir gelungen.« Dann dachte sie über seine Worte nach. Schneller als gedacht waren sie also bei dem Thema angelangt, was Tina gestern so auf der Seele gebrannt hatte. »Von Sonja?«, fragte sie deswegen unsicher nach und musterte die Köstlichkeiten vor ihr.

»Sonja, du hast sie am Freitag kennengelernt. Sie besitzt einen riesigen Garten, überhaupt ist sie eine begnadete Gärtnerin und zaubert die tollsten Dinge aus den Schätzen ihres Gartens. Unter anderem diese Marmeladen. Und dann verkauft sie sie und beglückt ihren ganzen Freundeskreis damit.«

»Und was macht sie sonst so?«, hakte Tina nach und bemühte sich um einen möglichst beiläufigen Tonfall. »Also ich meine, wenn sie keine Marmeladen fabriziert?«

»Ihr beide müsstet euch eigentlich hervorragend verstehen. Sie besitzt ein Schmuckgeschäft in Sellin und scheint sehr erfolgreich zu sein, soweit ich weiß. Wenn du willst, kannst du sie ja mal besuchen. Vielleicht hat sie den einen oder anderen Tipp für dich. Okay, sie ist manchmal etwas gewöhnungsbedürftig, aber ansonsten schwer in Ordnung. Wir kennen uns schon viele Jahre, und mittlerweile weiß ich mit ihr umzugehen und sie mit mir.«

Das waren zwei Informationen, die Tina in aller Ruhe verdauen musste. Die erste war, dass Sonja auch Schmuck verkaufte, und die zweite und eigentlich schwerwiegendere, dass sie vermutlich nicht in Schweden war. Der gestrige Abend fiel ihr siedend heiß ein. Konnte es Sonja gewesen sein, deren Schatten sie gesehen hatte? Auszuschließen war es nicht, aber auch nicht mit Sicherheit zu sagen.

»Ihr kennt euch also schon lange?« Tina balancierte einen Teller auf ihrem Schoß und schmierte sich ein Brötchen. Daniel, der gerade dasselbe tat, schaute unbeteiligt. »Schon zig Jahre, wir waren mal ein Paar. Aber das ist lange her, in unserer Jugend. Ich sagte ja schon, ich bin für Beziehungen einfach nicht gemacht oder warte auf die eine, perfekte Frau. Jedenfalls haben wir gemeinsam entschieden, dass es besser ist, eine Freundschaft zu haben, als eine derart verunglückte Beziehung zu führen.« Er lachte kurz auf und seufzte. »So, aber nun lass uns zu wichtigeren Dingen kommen. Heute Vormittag zeige ich dir das Haus, und dann werden wir beide zusammen etwas kochen? Na, was meinst du?«

Tina sah ihn verblüfft an. Sie kam aus dem Staunen nicht mehr heraus. Immer wenn sie glaubte, ihn ein klein wenig besser zu kennen, überraschte Daniel sie wieder mit einer komplett neuen Seite. Mit ihm zusammen kochen, irgendwie stellte sie sich das wunderbar vor. Sie war sicher, es würde gut funktionieren.

Eine Stunde später stand Tina fertig angezogen in der Diele und war bereit zur Hofführung. Das Anwesen war kurz gesagt riesig und stellte für jeden, der es bewirtschaften sollte, eine Herausforderung dar. Deswegen schlug Daniel sich gar nicht erst mit solchen Gedanken herum und kümmerte sich nur um das Haus, die Nebengebäude und den Teil des Gartens, der in unmittelbarer Nähe lag. Alles andere – der kleine Teich, der Obstgarten und der einst stolze Gemüsegarten – vegetierten vor sich hin. Fast wehmütig betrachtete Tina einige knorrige Bäume, die dringend einen Schnitt gebraucht hätten und dann vermutlich wieder sehr leckeres Obst geben würden. Hier fehlte eindeutig eine Frau. Doch sobald sie diesen Gedanken gedacht hatte, rief sie sich selber zur Räson. Wer auch immer diese Frau eines Tages sein sollte, sie war es vermutlich nicht.

Umso gepflegter war sein Studio, und voller Freude erklärte er ihr die einzelnen Geräte. Während Daniel an den Knöpfen und Reglern hantierte, saß Tina neben ihm und schaute mit einem verstohlenen Schmunzeln zu. Man spürte deutlich, dass dieser Arbeit seine ganze Liebe galt. Er präsentierte einige der bei ihm aufgenommenen Stücke, und obwohl sie keine Expertin war, hörte man seine ausgezeichnete Arbeit deutlich heraus.

»Und, hast du Lust, willst du auch mal probieren?« Grinsend deutete er auf die abgetrennte Kabine, in der mehrere Mikrofone standen.

Sichtlich entsetzt blickte Tina ihn an und hob abwehrend die Hände. »Was, singen, um Gottes willen, eher bringe ich deinen Gemüsegarten auf Vordermann. Da kriegen mich keine zehn Pferde rein. Ich hab früher mal im Kirchenchor gesungen, und irgendwann legte man mir nahe, mir ein anderes Hobby zu suchen. So kam ich dann zur Schmuckproduktion, da hab ich wenigstens niemanden mit meinem Gesang gestört.«

Nachdenklich schob Daniel einen Regler nach oben. »Komisch, du bist die erste Frau, die hier in diesem Studio ist und nicht will, dass ich eine Aufnahme von ihr mache. Andere würden dafür so manches hergeben. Stattdessen willst du Unkraut jäten.« Stille senkte sich über den Raum, und Tina schaute verlegen in eine andere Richtung. Da war Daniel aber schon vor ihr, er zog sie langsam nach oben, bis sich ihre Gesichter fast berührten. Als sie seinen Blicken ausweichen wollte, zwang er sie sanft, ihn anzusehen.

»Weißt du eigentlich, warum ich gestern Abend so schweigsam reagiert habe?«, fragte er sie mit heiserer Stimme.

Sie schüttelte nur sacht den Kopf und schwieg.

»Ich habe so reagiert, weil ich deinen Mann beneide, dafür, dass er eine solche Frau wie dich gefunden hat. Und weil er nicht zu schätzen weiß, was er besitzt. Ich beneide ihn um die Jahre, die er mit dir verbringen durfte und um dieses Gefühl, das du immer noch für ihn aufbringst. Aber am meisten beneide ich ihn darum, dass du heute wieder zu ihm fährst. Mit ihm unter einem Dach lebst und Zeit mit ihm verbringst.«

»Du kennst mich doch gar nicht«, flüsterte Tina mit rauer Stimme und räusperte sich.

»Mag sein, aber das, was ich bisher von dir kennenlernen durfte, hat mir gezeigt, dass du die Frau bist, auf die ich so lange gewartet habe. Und jetzt habe ich dich gefunden, und du bist nicht frei. Ich habe eben kein Glück mit den Frauen.«

Diese Worte hatte er vielleicht schon zu unzähligen vor ihr gesagt. Doch ein Blick in seine Augen zeigte Tina, dass es nicht so war. Da war so viel Kummer und Schmerz – unmöglich, dass er ein solch guter Schauspieler sein sollte.

Ihr fehlten die Worte, was sollte man darauf erwidern? Hatte ihr überhaupt schon einmal ein Mann so etwas gesagt?

Daniel strich ihr sanft über die Wange, und dann küsste er sie. Es war ein zärtlicher Kuss, der sie berührte. Er war nicht voller Leidenschaft, sondern eher voll einer stillen Zärtlichkeit, die sie tief in ihrem Inneren traf. Seine Lippen berührten ihre, und Tina empfand es wie eine Erlösung. Sie stöhnte leise, schlang ihre Arme um seinen Hals und zog ihn näher zu sich heran. So lange hatte sie auf diesen Kuss gewartet, und nun wollte sie ihn spüren, mit jeder Faser. Voller Begehren presste er seinen Körper gegen ihren, und sie spürte deutlich seine unterdrückte Leidenschaft.

Doch genauso schnell wie der Kuss begonnen hatte, endete er wieder. Daniel löste ihre Hände aus seinem Nacken und zog sie nach unten. Mit dieser Geste brachte er eine gewisse Distanz zwischen sie, und die Nähe verflog mit einem Schlag. »Entschuldige«, murmelte er undeutlich.

Tina wollte am liebsten schreien: »Hör nicht auf, bitte mach weiter, lass mich nicht los!« Doch er drehte sich bereits herum, und die Worte erstarben ihr auf den Lippen. Schwer atmend lehnte Daniel am Pult, drehte ihr den Rücken zu und schaltete an irgendwelchen Knöpfen herum.

Sie ließ ihre Hände hängen und sah ihn an. Da war so viel Abwehr in seiner Haltung, dass es schon fast schmerzte. In diesem Augenblick kam sie sich verletzt vor, aber auch unendlich dumm. Was hatte sie eigentlich erwartet? Er wusste von ihrem Mann und von ihren Problemen. Er wusste, dass sie nicht frei war, dass in ihrem Inneren mehr Unsicherheiten waren als Klarheiten. Sie hatte sich wie ein naiver Teenager verhalten, der seinen ersten Kuss bekam. Sie, die Kinder und Enkel hatte, führte sich auf, als wäre sie achtzehn und schaltete ihren Verstand komplett auf Sparflamme.

Da drehte Daniel sich um. Er war um Fassung bemüht, das sah man ihm deutlich an. Die Ader an seinem Hals trat deutlich hervor und pochte heftig. Ein harter Zug lag um seinen Mund. »Tja, das war unsere kleine Führung über mein Grundstück.« Er blickte auf die Uhr an seinem Handgelenk. »Schon fast zwölf, wenn wir heute Mittag etwas in den Magen bekommen wollen, sollten wir so langsam mal mit dem Kochen anfangen.«

Tina nickte, sie folgte ihm nach draußen und war froh, dass er anscheinend keine Antwort zu erwarten schien. In der Küche durchstöberte er den Kühlschrank und machte ihr einen Vorschlag, was man kochen könnte. Sie hörte gar nicht richtig hin, sagte einfach nur Ja und stürzte sich auf das Gemüse. Mit Inbrunst begann Tina all das, was er ihr hinlegte, klein zu schnippeln. Rücken an Rücken hantierten sie, und jeder hing seinen Gedanken nach.

Dass am Ende dabei überhaupt etwas Essbares und noch dazu Schmackhaftes herauskam, war in erster Linie Daniel zu verdanken. Denn Tina stand vollkommen neben sich. Er zauberte mit leichter Hand einen Salat, schmorte Gemüse an, fabrizierte ein traumhaftes Risotto und richtete alles an wie ein Sternekoch im Fernsehen.

Ihre Kehle war anfangs wie zugeschnürt und sie musste sich regelrecht dazu zwingen, etwas zu essen. Doch nach den ersten Bissen wurde es leichter, einfach weil das Gekochte unendlich lecker war. Daniel plauderte über irgendwelche belanglosen Dinge, doch Tina hörte nicht richtig hin. Ihr Kopf war voller Nebel. Irgendwann schien ihm das aufzufallen, und am Ende schwieg er auch. Als ihr Teller leer war, fühlte sie sich verpflichtet, etwas zu sagen. »Lecker, es war wirklich köstlich, du bist ein guter Koch.«

»Na ja, im Laufe der Jahre notgedrungen angeeignet. Aber es freut mich, dass es dir geschmeckt hat.« Über den Tisch hinweg ergriff er Tinas Hand. »Wegen vorhin, ich ...«

»Du musst nichts sagen«, unterbrach sie ihn fast schon unwirsch. »Es ist alles in Ordnung, und es ist besser so. Lass uns den Tisch abräumen und den Abwasch machen, und dann fahre ich nach Hause.« Sie stand auf und beendete damit das Gespräch.

Die Arbeit wurde in aller Eile erledigt. Tina spürte, dass Daniel noch etwas sagen wollte, doch sie vermied jede Gelegenheit, so gut es ging. Scheppernd räumte sie die sauberen Teller in den Schrank und sortierte klappernd das Besteck ein. Dann eilte sie die Treppe hinauf. Sie spürte Daniels Blick in ihrem Rücken und war heilfroh, endlich allein zu sein. In ihrem Zimmer packte sie die Tasche, eigentlich warf sie alles einfach nur hinein. Dann schaute Tina ein letztes Mal aus dem Fenster und atmete tief durch. Die Bäume am anderen Straßenrand bogen sich im Wind, und eine Katze spazierte selbstbewusst die Dorfstraße entlang.

Wehmut erfasste sie. Jetzt musste alles ganz schnell gehen, nur keine großen Worte mehr und schon gar keine Umarmungen. Dann konnte sie für nichts garantieren, und sie wollte auf keinen Fall in Tränen ausbrechen.

Dementsprechend kühl war der Abschied dann tatsächlich. »Melde dich mal«, sagte Daniel mit verschlossenem Gesicht. Er zog sie leicht in seine Arme und drückte einen freundschaftlichen Kuss auf ihre Wange. Tina machte sich stocksteif. Fast schon erschrocken ließ er sie los und sah sie ungläubig an. Sein Blick versetzte ihr einen Stich.

Es fiel ihr schwer, auf Abstand zu gehen. Man musste immer versöhnlich auseinandergehen, wer wusste, ob man sich wiedersehen würde. Tina spürte, wie die Fassade bröckelte. Sie hatten einen traumhaften Tag miteinander verlebt. Er hatte ihr geholfen, ihr zugehört, sie einfach so eingeladen – ohne große Worte. Sie war ungerecht. Deswegen umarmte sie ihn nach einer Weile, nur ganz leicht, aber immerhin. »Danke für alles!«, flüsterte sie, machte sich los und stieg schnell ein. Hektisch startete sie den Motor und fuhr dann Richtung Ausfahrt. *Schau nicht zurück, fahr los, tu es nicht!* Und dann warf sie doch einen Blick zurück. Und sah ihn stehen, mit hängenden Armen stand er verloren da und blickte ihr hinterher. In diesem Moment brachen bei Tina alle Dämme. Mit tränenblinden Augen tuckerte sie die Allee entlang und hämmerte wütend über sich selbst auf das Lenkrad. Warum musste das Leben nur so unendlich kompliziert sein?

# 14. Kapitel

Wie früher saßen sie in der Küche um den Tisch. Jule und Franzi auf der Eckbank und Peter und sie auf den Stühlen. In der Mitte stand eine große Kanne Tee und der obligatorische Teller mit Barthels Butterkeksen. Jule hatte wohlweislich den Anrufbeantworter eingeschaltet, damit niemand sie störte.

Tina hatte an diesem Nachmittag den Familienrat einberufen, weil sie ihre Entscheidung verkünden wollte. Auf der gesamten Heimfahrt von Rügen hatte sie ununterbrochen gegrübelt. Nachdem die Tränen versiegt waren, versuchte sie, die Fakten zu sortieren. Das Wochenende mit Daniel und ihre verwirrenden Gefühle für ihn schob sie dabei beiseite. Es waren schon genug Dinge in ihrem Kopf, die unaufhörlich dort kreisten. Ihr blieb genug Zeit zum Nachdenken, denn zusammen mit unzähligen anderen Fahrzeugen schlich sie Richtung Festland. Und dann, gerade als sie den Strelasund überquerte, rissen die Wolken auf, und ein einzelner Sonnenstrahl fiel genau in ihre Richtung. Es war der Augenblick gewesen, in dem sie plötzlich wusste, was sie wollte. Und das mit einer Sicherheit, die sie selbst verblüffte. Da war kein Zögern, da war einfach nur die Gewissheit, ihren Weg zu kennen.

Peter hatte sie beim Heimkommen begrüßt. Es war ein erster Schritt in ihre Richtung, und sie vermutete, dass Jule interveniert hatte. Er stellte ihr keine Fragen, und auch ihre Tochter hielt sich zurück. Doch Tina spürte sehr wohl, dass die Familie – aber ganz besonders ihr Mann – ihr verstohlene Blicke zuwarf. Diese irritierten sie, weil sie sie nicht deuten konnte.

Tina war dennoch erstaunlich ruhig. Noch am Morgen hatte sie vermutet, vor Aufregung keinen Ton herauszubekommen. Doch die plötzlich erlangte Gewissheit gab ihr Kraft. Ihr Mann befand sich in Abwehrhaltung. Krampfhaft umschloss er mit den Händen seine Tasse und schaute auf die Tischdecke, die mit blauen Kornblumen bestickt war.

»Ich hab viel nachgedacht, in den letzten Tagen und es mir wirklich nicht leicht gemacht«, sagte Tina mit fester Stimme. »Ihr wisst ja, was Marion mir vermacht hat. Irgendwie schien sie meine Träume und Wünsche besser zu kennen als ich selbst. Jedenfalls habe ich mich entschlossen, den Laden probehalber zu führen. Und zwar bis Ende dieses Jahres.« Nun war es heraus. Die Reaktionen am Tisch waren durchaus unterschiedlich. Franzi schaute sie entsetzt an, Jule schien ihre Entscheidung bereits geahnt zu haben, und Peter umklammerte die Tasse derart fest, dass sie jeden Moment zu zerspringen drohte.

Tina beugte sich nach vorn, ein Stück in Richtung ihrer Familie. Es sollte eine versöhnliche Geste sein. »Ich habe mir alles genau überlegt. Jule könnte meine Stelle einnehmen. Ende des Jahres ist nicht mehr viel los, da müsste das auch mit ihrer Schwangerschaft passen. Vorausgesetzt, Jule würde den Job annehmen wollen.« Ihre Tochter nickte, handelte sich einen Rempler ihrer Schwester Franzi ein und schaute dann lieber zu Boden. »Was die Reinigungsarbeiten in den Wohnungen betrifft, unsere Karin würde sehr gern ein paar Stunden mehr arbeiten, das hat sie mir vor einigen Wochen schon gesagt. Und in Marions Geschäft bin ich auch nicht allein, ich hab ja ihre Verkäuferin, die Frau Knacke. Also steh ich nicht von früh bis abends im Geschäft und habe noch genug Zeit für euch, für die Zimmervermietung und natürlich für Fine.« Ruhig schaute sie Franzi an, deren Gesichtsausdruck immer noch Bände sprach. »Wenn wir alle an einem Strang ziehen, dann klappt es ganz sicher.« Tina schwieg kurz. »Ich muss es einfach tun, versteht ihr das? Wenn ich es nicht mache, ärgere ich mich vielleicht eines Tages und kann es nicht mehr rückgängig machen, weil das Geschäft verkauft ist. Also habe ich mir selbst eine Frist bis Dezember gesetzt ...« Daniel tauchte vor ihrem inneren Auge auf, wie er ihr diesen Vorschlag unterbreitete, und sie wischte sein Bild schnell beiseite.

Peter erhob sich schweigend. Hart scharrte sein Stuhl über den Holzboden. Fluchtartig verließ er den Raum. Tina schaute ihm nach und stand dann ebenfalls auf. So konnte er mit ihr nicht umgehen. Sie rannte ihm hinterher und erwischte Peter in seinem Schuppen. Mit aller Kraft knallte sie die Tür hinter sich zu und lehnte sich dagegen. Nun waren sie allein, und er musste mit ihr sprechen, ob er wollte oder nicht.

Schwer atmend sah sie ihn an, und langsam drehte Peter sich um und schaute ihr ebenfalls ins Gesicht. Sein Gesicht war im Dämmerlicht des Schuppens nur schemenhaft erkennbar, aber seine Haltung drückte alles aus. Die Hände waren zu Fäusten geballt, der ganze Körper angespannt. Ein vereinzelter Lichtstrahl, in dem Staubkringel tanzten, fiel durch die Holzwand und markierte so etwas wie eine Trennlinie zwischen den beiden Eheleuten.

»Was willst du«, herrschte er sie an.

»Was ich will, ich will mit dir reden. Wir können doch verdammt noch mal nicht so miteinander umgehen.«

»Und was soll ich sagen? Was würdest du gerne von mir hören? Du hast deine Entscheidung doch bereits getroffen. Alles ist perfekt durchgeplant, und Jule hast du schon erfolgreich auf deine Seite gezogen. Meine Meinung scheint dich überhaupt nicht zu interessieren. Also kann ich sie auch für mich behalten.«

»Ich will deine Meinung aber hören.« Tinas Stimme überschlug sich.

»Du hast sie schon gehört, und sie hat sich in keinster Weise geändert.«

»Trotzdem musst du etwas dazu sagen und kannst nicht einfach ohne ein Wort abhauen.«

»Und warum nicht?«

»Warum nicht?« Fassungslos ging sie einen Schritt auf ihn zu. Tina hob hilflos ihre Arme und ließ sie dann wieder sinken. »Weil du mein Mann bist. Weil du mir wichtig bist.«

»So wichtig wie der andere?«

Ihr Herz machte einen kleinen Stolperer. Tina hatte das Gefühl, es würde einen Moment aussetzen. »Welcher andere?«, fragte sie kaum hörbar. Das Blut rauschte in ihren Ohren. Sie kam sich vor wie ein kleines Mädchen, das bei irgendetwas Verbotenem ertappt worden war.

»Na der, bei dem du letztes Wochenende warst? Du wirst dich doch noch daran erinnern, oder?«

Fieberhaft dachte Tina nach. Hatte sie versehentlich etwas verraten, oder hatte gar Jule ihm etwas erzählt? Nein, das war unmöglich, das hätte sie nie getan. Jetzt war es an der Zeit, zu leugnen, alles abzustreiten, irgendwelche faulen Ausreden vorzubringen – aber sie konnte es einfach nicht. Es fühlte sich falsch an. »Ach, schau an, du sagst ja gar nichts«, meinte Peter spöttisch.

»Du hast recht, ich war bei einem anderen Mann. Er ist nur ein guter Freund, mehr nicht. Ich hab ihn besucht, weil ich einfach mit jemand Außenstehendem über alles reden musste, weil hier niemand mit mir gesprochen hat. Ich brauchte einen Rat.« Das klang mehr als lahm, selbst in ihren Ohren.

Peter verschränkte die Arme und lehnte sich an einen alten Schrank. Mittlerweile hatte er seine abwehrende Haltung ein Stück weit aufgegeben. »Du hättest mal in den Spiegel schauen sollen, als du nach Hause kamst. Dein Gesicht strahlte, du rochst nach seinem Aftershave. Halt mich nicht für dumm, Tina! Ich bin nicht blöd. Ein Mann merkt, wenn da irgendwas ist.«

»Aber wenn ich dir doch schwöre, dass nichts war.« Sie schaute zu Boden und rang mit sich. Ihr schlechtes Gewissen und ihr Hang zur Ehrlichkeit zwangen Tina schließlich in die Knie. »Du hast recht, wir haben uns geküsst. Es war nur ein kleiner Kuss, aber ...« Sie verstummte, jede weitere Erklärung war sinnlos. Hilflos schlang sie die Arme um ihren Körper.

Peters Gesicht zeigte keine Reaktion. Er nickte nur kurz und sah zu Boden. Schweigend standen sie sich gegenüber. »Nur ein Kuss«, murmelte er leise. Dann straffte sich sein Körper. »Du hast eine Entscheidung getroffen, und mir bleibt nichts anderes übrig, als mich damit abzufinden. Die Arbeitsteilung mit Jule wird schon klappen. Sie hat dich in den letzten Tagen ja sowieso ständig vertreten.« Seine Ausdrucksweise ließ Tinas Blutdruck steigen, doch sie versuchte, sich zu beherrschen. »Dann wäre nur noch eines zu klären.«

»Was denn? Was willst du klären?« Unsicher sah sie ihn an. Irgendwie nahm das Gespräch einen vollkommen anderen Verlauf, als Tina sich erhofft hatte.

Noch ehe sie seine Ansage verdaut hatte, kam der Satz, der ihr den Boden unter den Füßen wegzog. »Ich möchte, dass du ausziehst. Zu ihm, in Marions Wohnung oder was weiß ich wohin. Ich möchte nicht länger mit dir hier zusammenleben!«

Tina hielt sich krampfhaft am Türpfosten fest. Der Boden unter ihren Füßen schien zu wackeln, bis sie bemerkte, dass es ihre Beine waren, die schlackerten, als wären sie aus Gummi. »Du willst, dass ich ausziehe? Aus unserem gemeinsamen Haus? Du hast nicht das Recht dazu, es gibt gar keinen Grund dafür.« Sie flüsterte nur noch, aber er schien sie trotzdem zu verstehen.

»Ich glaube, es ist das Beste für uns beide. Du willst dir eine Auszeit bis Ende des Jahres nehmen, aber ich glaube nicht, dass uns eine Auszeit retten wird. So, wie es momentan zwischen uns ist, sehe ich keine Basis. Ich kann dir einfach nicht mehr vertrauen. Wenn ich ehrlich bin, weiß ich überhaupt nichts mehr.« Seine Stimme klang schlagartig verletzt, müde, ratlos. »Oder willst du etwa so tun, als wäre nichts gewesen, und neben mir im Bett schlafen?« Gespannt beugte er sich vor und sah in ihre Augen. Ihre Gesichter waren sich ganz nah, doch es schien, als würde sie einem Fremden gegenüberstehen. Tina schwieg und schaute ihm fassungslos ins Gesicht. »Das kann nicht dein Ernst sein, du wolltest wirklich einfach so weitermachen. Du wolltest so tun, als wäre dieser Kuss nie geschehen. Wobei dieser Kuss, er war nur noch der Punkt auf dem i. Aber ich kann und will nicht so tun, als wäre alles wie früher.« Er schien nach Worten zu suchen. »Wir sind uns fremd geworden. Ich verstehe dich nicht mehr. Und du mich vielleicht auch nicht, wie auch immer.« Dann ging ein Ruck durch seinen Körper. »Außerdem hast du Möglichkeiten, wo du unterkommen kannst. Du schläfst ja nicht auf der Straße«, sagte er mit harter Stimme. Der weiche Moment war vorbei. Sie erkannte Peter nicht wieder. Noch nie hatte er so mit ihr gesprochen. Die ganzen Jahre hatten sie sich kaum gestritten. Immer hatten sie eine Lösung gefunden.

Tinas Stimme kehrte langsam wieder. »Also ist es vorbei?«, fragte sie flüsternd.

Peter zuckte die Schultern. »Im Moment ja. Wer weiß schon, was die Zukunft bringt.« Noch einmal sah er ihr direkt in die Augen. Da war kein Zweifel, seine Entscheidung war gefallen, nicht erst jetzt. Er hatte vorher geahnt, was sie sagen würde, und seine Schlüsse daraus gezogen. Es schien ihr fast, als hätte er nur auf diese Gelegenheit gewartet. Da war so eine Erleichterung bei ihm, doch das konnte nicht sein. Sicher bildete sie sich das nur ein.

»Gut, wir sind also quitt, und jetzt würde ich gerne angeln gehen. Wenn du also erlaubst?« Er schob sie einfach beiseite, öffnete die Schuppentür, belud sein Fahrrad und fuhr davon.

Tina war wie erstarrt. Irgendwann, als ihre Beine sie wirklich nicht mehr trugen, sank sie zu Boden. Sie setzte sich einfach mitten auf die schmutzige Erde und blickte immer noch auf die Tür, durch die Peter gerade verschwunden war.

In dieser Haltung fand sie Jule. Wie viel Zeit vergangen war, hätte sie nicht sagen können.

Jule kniete neben ihr nieder und berührte sie leicht am Arm. »Mama, Mensch, was ist denn passiert? Wo ist Papa?«

»Angeln, er ist angeln gefahren.« Ihre eigene Stimme klang fremd in ihren Ohren, als würde sie von einem anderen Planeten kommen.

»Und was hat er gesagt? Habt ihr euch geeinigt? Ist er mit allem einverstanden?«

»Wenn du so willst, kann man das sagen. Euer Vater will, dass ich ausziehe, egal wohin. Es ist vorbei, er trennt sich von mir.« Tina sprach es zwar aus, doch die Worte waren noch nicht richtig in ihrem Hirn angekommen. Da war nur Fassungslosigkeit, sonst nichts.

»Ihr trennt euch? Er schmeißt dich raus?«, fragte Jule mit erstickter Stimme und presste ihre Hand vor den Mund. »Aber das kann er doch nicht machen!«

»Er sieht keine Zukunft mehr für uns. Nach seinen Worten kann er nicht mehr mit mir leben.«

»Einfach so, nur weil du diese Erbschaft annehmen willst?« Jule wankte leicht und setzte sich neben sie.

Was soll's, früher oder später würde Jule eh die Wahrheit erfahren müssen. »Da ist noch was. Ich war doch bei diesem Mann auf Rügen. Tja, wir haben uns geküsst, nur einmal, aber ....« Tina seufzte: »Ich musste es einfach sagen, es zugeben. Peter hatte schon etwas geahnt, und ich kann nicht lügen.«

Ihre Tochter schaute sie fassungslos an. »Er beendet die Beziehung wegen eines Kusses? Und was willst du jetzt tun? Wo willst du hin?«

»Ich hab ja Marions Wohnung. Ich denke, ich ziehe dort ein.« Vielleicht sollte es tatsächlich so sein, war es das Beste für sie, für alle. Mantramäßig versuchte Tina, diesen Gedanken in ihren Kopf zu hämmern. Doch er fühlte sich unendlich falsch an.

Jule legte den Kopf auf ihre Schulter. Zusammen hockten sie auf dem harten Boden. »Es tut mir leid, ich hätte dich vorher fragen und nicht vor vollendete Tatsachen stellen sollen«, meinte Tina nach einer Weile. »Würdest du, ich meine, würdest du tatsächlich meine Vertretung im Büro übernehmen? Die Abrechnungen und so weiter könnte ich ja nach wie vor erledigen. Es geht eher um das Tagesgeschäft.«

»Oh Mama, Mensch, ich weiß nicht, was ich sagen soll. Ich kann alles machen, auch die Abrechnungen. Ganz ehrlich, Mama, ich bin froh, dass ich etwas zu tun habe. Denn ich hab irgendwie immer noch keinen Plan, wie es weitergehen soll. Und ich schaffe es auch nicht, mich zu bewerben. Deswegen kommt dein Angebot gerade richtig. Ich muss schließlich irgendwie Geld verdienen.« Versonnen zeichnete ihre Tochter Kringel in den Staub.

Sanft strich Tina Jule über den Kopf. »Ich verstehe schon, Jean, hat er sich immer noch nicht gemeldet?«

Jule schüttelte den Kopf. »Nein, ich hab die Sache auch mittlerweile abgeschrieben. Vermutlich rennt er schon der nächsten hinterher. Es ist besser, nach vorn zu schauen, du hast ganz recht gehabt. Eigentlich hätte ich nur noch eine Frage.« Sie blickte ihre Mutter an, und in diesem Moment erkannte Tina, wie sehr ihr Kind in den letzten Wochen erwachsen geworden war. Da war ein gewisser Ernst in ihrem Gesicht, den es früher nicht gegeben hatte. »Ich wollte fragen, ob ich hier wohnen bleiben könnte?«

Tina zuckte die Schultern. »Warum nicht, ich glaube nicht, dass Papa damit ein Problem hätte. Frag ihn doch einfach. Immerhin ist ja, wenn ich weg bin, genug Platz im Haus.«

Jule schluckte heftig und umarmte ihre Mutter fest. »Mama, mir tut das alles so leid. Soll ich mit Papa noch mal reden? Vielleicht war alles nur eine Kurzschlussreaktion.«

»Auf keinen Fall, er hat seinen Standpunkt, und ich habe meinen.« Der Blick ihrer Tochter sagte alles, da war so viel Angst und Unsicherheit, dass es Tina in ihrem Inneren wehtat. Zerstreut strich sie Jule über den Arm und versuchte ein Lächeln. Es misslang, also ließ sie es lieber bleiben. Schweigend saßen sie nebeneinander und sahen Nachbars Katze zu, die über ihren Hof stolzierte.

Nach einer Weile begann Tinas Rücken zu schmerzen. Langsam quälte sie sich empor. Jule schaute zu ihr auf. »Was wirst du jetzt tun?«

»Ich werde mir morgen einen Termin beim Notar geben lassen und dann so schnell wie möglich nach Zingst ziehen. Es ist besser die Sache möglichst schnell hinter mich zu bringen.« Langsam ging Tina zum Haus. Die Katze warf sich bettelnd vor ihre Füße und hoffte auf Streicheleinheiten, doch dazu war sie heute nicht in der Lage. In der Küche stand noch immer die Teekanne. Selbst der Teller mit Barthels guten Butterkeksen wirkte vollkommen unberührt. Niemand schien einen genommen zu haben. Gedankenverloren steckte sie sich zwei Kekse in den Mund und kaute automatisch. Dann schaute sie nach draußen. Eigentlich sollte sie Büroarbeit machen. Aber wie hatte Peter sich ausgedrückt? Sie war eh nie im Büro, also konnte diese Arbeit warten.

Tina schnappte sich ihren Autoschlüssel und fuhr Richtung Zingst. In aller Eile hatte sie sich ein Badetuch und eine Flasche Wasser gegriffen. Sie wollte zu dem einsamen Strand, an dem sie nach Marions Tod gewesen war. Sie brauchte eine Weile, um die richtige Stelle zu finden, aber dann stand sie endlich in der kleinen, windgeschützten Bucht.

Wie vor einigen Wochen war kein Mensch zu sehen. Der Wind stand günstig, denn neben kleineren Wellen rollten auch einige größere an Land. Seetang war ans Ufer getrieben worden. Doch Tina störte es nicht. Sie entledigte sich aller Sachen und warf sie einfach in den Sand. Dann stürmte sie, so schnell es ging, ins Wasser. Sie überwand sogar die glatten, rutschigen Steine in Rekordzeit, ignorierte den Schmerz an ihren Füßen und warf sich förmlich ins Meer. Die erste Welle donnerte an ihren Körper und warf sie fast um. Mühevoll kam sie wieder auf die Beine und suchte schwankend den Blickkontakt zum Ufer. Dann wandte sie sich wieder zum offenen Meer und tastete sich voran. Mittlerweile hatte sie die Steine hinter sich gelassen und weichen Sand unter ihren Füßen. Das Wasser reichte ihr mittlerweile bis zur Brust. Gischt spritzte in ihr Gesicht. Sie schmeckte das Salz auf den Lippen, und ein Stück Seetang wickelte sich um ihre Wade. Tina fühlte die Kraft des Wassers, wie es sie hin und her riss. Sie spürte die Elemente und stemmte sich so fest in den Boden, wie sie nur konnte. An der Sandbank vor ihr bildete sich eine Welle. Hoch und höher türmte sich das Wasser auf und kam immer schneller auf sie zugebraust. Weit breitete Tina ihre Arme aus und tauchte in die Welle, bis sie glaubte, ihre Lunge würde platzen. Wasser brodelte in ihren Ohren, an ihren Augen, ihre Füße gaben nach, und sie wurde nach hinten umgerissen.

Erst in letzter Sekunde tauchte sie auf und sog die frische Luft in ihren Körper. Über ihr strahlte der blaue Himmel. Tina blickte taumelnd zum Ufer und glaubte dort eine Gestalt sitzen zu sehen. Sie sah aus wie Marion, doch das war unmöglich. Fest kniff sie ihre Augen zusammen und fixierte den Punkt einen Moment. Die Erscheinung verwandelte sich in einen großen Stein. Doch plötzlich war Marions Stimme in ihrem Kopf. »Was machst du dort draußen? Willst du dich umbringen, wegen Peter? Nimm die Sache in Angriff und schwimm ans Ufer, sofort!«

Eine weitere Welle traf sie und holte sie erneut von den Füßen. Der Sand unter ihr war kaum noch zu spüren. Nicht mehr lange, und die Strömung würde sie aufs offene Meer treiben. Niemand würde ihr Verschwinden in dieser Einsamkeit bemerken.

»Tina, schwimm ans Ufer! Tu es!«, rief Marion noch einmal dröhnend in ihrem Kopf, und endlich machte sie sich mühevoll auf den Rückweg. Immer wieder wurde sie Richtung offenes Meer gezogen, doch dann gönnten ihr die Elemente eine kleine Pause. Tina nutzte sie und erreichte nach einer schier endlosen Zeit das rettende Ufer. Einen winzigen Moment war ein anderer Weg aufgetaucht, der verlockend einfach erschien. Doch sie hatte sich für den Kampf entschieden und für das Leben.

# 15. Kapitel

In der Praxis von Andreas Jäckel begrüßte sie erneut die freundliche Sekretärin vom letzten Besuch. Diesmal nahm Tina den angebotenen Kaffee dankend an. Die letzten Nächte waren furchtbar gewesen. Obwohl Peter kaum zu Hause war, hatte sie jede Nacht vorsichtshalber auf der Couch im Wohnzimmer geschlafen. Diese war ein älteres Modell und nicht unbedingt rückenfreundlich. Das Resultat spürte sie nun deutlich, denn jede einzelne Rippe tat ihr weh. Jeden Morgen quälte Tina sich hoch und schlich dann mühevoll ins Bad.

Dazu kam, dass sie begonnen hatte, Kartons mit Sachen zu packen, die ihr wichtig waren. Sie saß vor vertrauten Sachen und überlegte, was sie mitnehmen oder hierlassen sollte. Im Laufe der Jahre hatten sich viele Dinge angesammelt. Dinge, die ihnen beiden etwas bedeuteten, und Dinge, die nur Tina an etwas erinnerten. Sie hätte mit Peter zusammen sortieren müssen, doch er ging ihr aus dem Weg, also musste sie es allein tun.

Zwei Tage nach der Auseinandersetzung war sie zu ihrer Freundin Anne in deren Pension gefahren. Angesichts ihres Zustands hatte diese sie erst mal hereingebeten und einen starken Kaffee gekocht. Beide setzten sich in den Wintergarten. Die Pensionsgäste waren vermutlich alle bereits am Strand, auf einem Ecktisch stapelte sich noch das schmutzige Geschirr vom Frühstück. Draußen im Hof hatte Tina viele Autos gesehen, alle Stellplätze waren gefüllt. Anne schien also viel zu tun zu haben.

Sie erschien schließlich mit zwei Tassen und setzte sich ihr gegenüber. Tina informierte ihre Freundin in aller Kürze über die Ereignisse der letzten Tage und ignorierte deren betroffene Miene tapfer. »Oh Gott, Tina, das tut mir leid! Ich weiß eigentlich gar nicht so richtig, was ich sagen soll.«

»Ach lass mal, ist schon gut.« Tina seufzte und winkte ab. »Bitte kein Mitleid, sonst heule ich gleich hier auf der Stelle los, und ich hab in den letzten Stunden weiß Gott genug geheult. Ich würde dich nur bitten, es für dich zu behalten. Allzu lange wird es sich eh nicht verbergen lassen, aber zumindest jetzt am Anfang.«

Entrüstet hatte Anne ihr die Hand auf den Arm gelegt. »Ich bitte dich, ich erzähle niemandem etwas. Und wenn wir dir irgendwie helfen können, gib einfach Bescheid!«

»Deswegen bin ich eigentlich auch hier. Du hast doch noch die ganzen Umzugskartons. Könnte ich mir davon ein paar borgen? Und Thomas hat doch den großen Transporter, mit dem ihr manchmal die Gäste fahrt?« Anne hatte genickt. »Könntet ihr mir vielleicht beim Umzug helfen? Ich nehme ja keine Möbel mit, aber es kommt vermutlich doch einiges zusammen. Irgendwie will ich bestimmte Dinge um mich haben, sozusagen als kleine Erinnerung an vergangene Zeiten. Wir selber haben ja den Lieferwagen, aber ich will ehrlich gesagt Peter nicht fragen. Nicht nach allem, was passiert ist«, sagte Tina und schluckte krampfhaft.

»Na klar helfen wir dir. Sag einfach Bescheid! Dann fahren wir dich und helfen auch beim Ausräumen. Sicher sind ja noch Marions Sachen in der Wohnung.«

Tina hatte geseufzt. »Ja, das hatte ich mir eigentlich für das kommende Wochenende vorgenommen. Das wird schwer für mich, sie hing doch so an ihren Dingen, und nun muss alles weggeworfen werden. Aber erst mal muss ich zum Notar, damit die rechtliche Seite geklärt ist.« Anne hatte versprochen zu helfen, und Tina hatte sich sogleich ein Stück weit erleichtert gefühlt.

Anschließend fuhr sie nach Zingst und suchte das Gespräch mit Marions Mitarbeiterin Frau Knacke. Diese war eine stämmige Frau in mittleren Jahren, die das Herz auf dem rechten Fleck hatte. Das letzte Mal waren sich die beiden bei Marions Beerdigung begegnet. Nur hatte Tina damals noch nichts von der kommenden Erbschaft gewusst.

Entsprechend aufgeregt war sie beim Betreten des Ladens. Zwei Minuten später wusste sie, dass keinerlei Grund bestand, aufgeregt zu sein. Frau Knacke kam ihr mit einem Lächeln entgegen. »Ach Mensch, Frau Barge, ich freue mich, Sie zu sehen. Es tut so gut, irgendwie komme ich mir vollkommen verloren vor, so ohne die Chefin. Ihr Lachen und ihre Fröhlichkeit fehlen.« Dann wurde sie ernst. »Haben Sie sich schon entschieden? Ich habe von Dr. Jäckel gehört, dass die Chefin Ihnen den Laden vererbt hat.«

»Ja, ja, ich habe eine Entscheidung getroffen. Ich werde das Geschäft erst mal übernehmen. So probehalber bis Ende des Jahres. Ich muss schauen, wie alles wird, ob ich alles unter einen Hut bekomme.«

Frau Knacke nickte verständnisvoll. »Das verstehe ich, Sie haben ja auch noch Ihre Vermietung. Aber ich habe schon mit Dr. Jäckel gesprochen. Bis jetzt habe ich nur stundenweise gearbeitet. Ich würde sehr gerne aufstocken. Meine Jungs sind groß, und seit mein Mann und ich uns getrennt haben, fällt mir oft die Decke auf den Kopf. Also falls Sie einverstanden sind, würde ich Sie da gerne unterstützen.«

Tina nickte. »Sie würden mir auf jeden Fall damit sehr helfen. Wir besprechen das alles noch einmal in Ruhe.« Gedankenverloren ging sie zu Marions Arbeitsplatz am Fenster. Alles lag noch genauso, als wäre sie nur einmal kurz zur Tür hinausgegangen. Ihre Finger glitten über die Schmuckdrähte und Werkzeuge. In der unteren Schublade ruhte noch das Collier, welches Marion ihr an ihrem letzten gemeinsamen Tag am Meer gezeigt hatte. Der Bernstein, den Tina als Mittelstück empfohlen hatte, lag daneben. Marion war nicht mehr dazu gekommen, ihn einzupassen.

Plötzlich stieg Angst in Tina auf. All das sollte ihr gehören. Sie hatte nie in einem solchen Rahmen Schmuck hergestellt. Was würde werden, wenn die Leute ihre Anfertigungen nicht mochten, sie nichts mehr verkauften? Sie waren Marions Qualität gewöhnt, ihre verrückten Ideen und Kreationen. Walter Steeger fiel ihr ein. Sie musste ihn unbedingt kontaktieren und sich bei ihm in den neuesten Techniken schulen lassen.

Frau Knacke versprach, in den nächsten Tagen allein die Stellung zu halten und sich bei ihr zu melden, wenn irgendetwas sein sollte.

Und nun saß Tina bei Dr. Jäckel mit einer unglaublich heißen Tasse Kaffee in der Hand. Minuten später öffnete sich dessen Bürotür, und der Notar kam mit großen Schritten auf sie zugeeilt. Er trug heute einen dunklen Anzug mit fliederfarbener Krawatte und dazu passendem Einstecktuch. Ihn umwehte wie beim letzten Mal der Hauch eines sehr teuren Aftershaves. Lächelnd schüttelte er ihr die Hand. »Frau Barge, hallo, schön, Sie zu sehen. Kommen Sie, geht es, oder soll ich Ihnen den Kaffee abnehmen.« Hilfsbereit ergriff er ihren Arm.

»Danke, es geht schon.« Tina balancierte die Tasse in ihrer Handfläche und setzte sich vor den Schreibtisch.

»Gut, wie meine Sekretärin mir sagte, haben Sie sich entschieden, das Erbe anzunehmen. Ich muss sagen, ich freue mich sehr. Vor allem für ihre verstorbene Freundin. Ich habe die Papiere so weit vorbereitet, ein paarmal werden wir uns wohl noch sehen müssen. Aber ich denke, es wird alles problemlos über die Bühne gehen.«

Ein unglaublicher Papierwust ergoss sich über Tina. Sie leistete unzählige Unterschriften und las Papiere über Papiere durch. Doch dann war alles erledigt und geschafft. Erleichtert strich sie eine Haarsträhne zurück.

»Tja, der Papierkram, es wird immer schlimmer.« Dr. Jäckel kreuzte seine Hände und schaute sie dann neugierig an. Mittlerweile war Tina bei der dritten Tasse Kaffee, und so langsam zeigte dieser seine Wirkung. Ihr Herz klopfte, und sie merkte, wie ihr Blutdruck anstieg. Hitze kroch in ihre Wangen und färbte diese rot. »Darf ich Ihnen eine Frage stellen.« Der Notar lächelte sie an.

»Fragen Sie ruhig, solange es nicht die ganzen Sachen da betrifft.«

Mit einer Hand zeigte Tina auf den Schreibtisch. »Ich muss gestehen, ich habe nur die Hälfte behalten.«

»Oh nein, das ist mein Part. Mich würde interessieren, was Sie mit der zauberhaften Eigentumswohnung ihrer verstorbenen Freundin vorhaben?« Augenblicklich war Tina hellwach. Immer wenn es um Immobilien ging, schaltete sie auf höchste Warnstufe. Wohnungen in dieser Lage waren begehrt, und so mancher Anwalt oder Notar verschaffte sich mit der Empfehlung entsprechender Objekte an befreundete Makler einen kleinen Zuverdienst.

Entsprechend kühl fiel ihre Antwort aus. »Ich werde die Wohnung selbst bewohnen. Mein Mann und ich haben uns vorübergehend getrennt.«

Täuschte sie sich, oder war der feine Dr. Jäckel gerade zusammengezuckt. Eigentlich hatte sie das von ihm nicht gedacht, aber in so manchem Menschen konnte man sich täuschen. »Oh«, stotterte er. »Das tut mir leid, ich hoffe, dass Ihre Trennung nicht mit der Erbschaftsangelegenheit zusammenhängt.«

Tina nippte kurz an ihrem Kaffee und entschied sich dann, dass den Notar die ganze Sache nicht das Geringste anging. »Nein, die Trennung war schon länger geplant«, meinte sie knapp.

»Dennoch tut es mir leid für Sie. Ich hoffe, Sie finden in der neuen Wohnung ihr Glück. Manchmal ist so ein Neustart richtig befreiend, und man bemerkt erst lange Zeit später, dass trotz des momentanen Kummers, dieser Schritt der einzig richtige war«, sagte er versonnen und spielte abwesend mit seinem Kugelschreiber.

Verwirrt schaute Tina den Notar an und wurde aus seinen Worten nicht so richtig schlau. »Na ja, wie auch immer. Ich hab noch viel zu erledigen und muss weiter.«

»Natürlich, das verstehe ich.« Er händigte ihr noch einen dicken Umschlag mit diversen Schlüsseln und Papieren aus und brachte Tina dann zur Tür.

Dr. Jäckel schüttelte ihr zum Abschied lange die Hand und sah ihr ruhig in die Augen. »Wenn ich Ihnen mit irgendetwas helfen kann, bitte melden Sie sich, und das jederzeit. Alles Gute für Sie!«

»Danke, sehr freundlich.« Sie riss sich los und verließ die Kanzlei mit gemischten Gefühlen.

Fast schon erleichtert stürmte Tina durch die Fußgängerzone. Nun war sie also Besitzerin eines Geschäfts und einer Eigentumswohnung. Sie konnte es nicht fassen, aber der Preis dafür war hoch gewesen, eigentlich zu hoch. Tina fragte sich nicht zum ersten Mal, ob es das alles wert gewesen war. Ihre Ehe war zerbrochen, ihr Zuhause war futsch, und das alles wegen Marions Erbe. Vielleicht hätte sie doch auf Peter hören sollen. Doch nun waren die Würfel erst mal gefallen, und es galt, das Beste aus der Situation zu machen.

Am Samstagmorgen machte sich Tina mit ihrem Auto auf nach Zingst. Heute wollte sie die persönlichen Dinge von Marion sichten. In der Küche war sie kurz Peter über den Weg gelaufen. Bei ihrem Anblick verließ er fluchtartig den Raum, als hätte sie eine ansteckende Krankheit. Inzwischen fand sie sein Verhalten fast schon lächerlich. Beinahe jeden Abend war er außer Haus und kam nicht vor Mitternacht heim. Wenn Tina sich frühmorgens von der Couch quälte, war er bereits unterwegs. Oft weckte sie der aufheulende Motor seines Wagens. Dienstliche Dinge regelten sie über Jule oder mit kleinen Zetteln und sprachen kein Wort miteinander. Manchmal kam sich Tina vor, als wäre sie wieder zwölf und würde Stille Post spielen.

Gerade als sie eine Klappkiste mit Abfalltüten und anderem Kram in ihrem Kofferraum verstaute, tauchte zu ihrem Erstaunen Franzi auf. Eine Fahrradbremse quietschte laut hinter ihr, und Tina drehte sich überrascht um. Ihre Tochter blieb in einiger Entfernung stehen und musterte mit undurchsichtiger Miene ihr Auto. Tina wischte sich die Hände an der Jeans ab und ging ein paar Schritte auf Franzi zu. »Hallo, schön, dich mal wieder zu sehen.«

Doch deren Haltung blieb abwehrend. Kühl streckte sie ihrer Mutter eine Hand entgegen und hielt sie damit auf Distanz. Ruckartig blieb

Tina stehen. Ihr war bewusst, ihre Älteste war immer ein Papakind gewesen, aber mit einer solchen Reaktion hatte sie nicht gerechnet.

»Ziehst du schon aus?«, fragte Franzi und musterte den Kofferraum.

»Nein, ich will nur Marions Sachen sichten und ein wenig ausräumen. Also zumindest versuche ich es. Sie hatte ja so viel Kram. Aber ich brauche auch ein wenig Platz für meine Dinge.«

»Aha!« Franzi hielt ihre Arme verschränkt.

»Und du?« Tina versuchte ein erneutes Lächeln. »Wolltest du zu mir?«

»Bestimmt nicht«, meinte ihre Tochter sarkastisch. »Ich wollte zu Papa, wegen Fine.«

*Bleib ruhig, schluck den Ärger hinunter!*, murmelte Tina unhörbar vor sich hin. Ihre ältere Tochter brachte sie wieder einmal binnen Sekunden auf die Palme. »Franzi, ich denke, das, was hier passiert, ist in allererster Linie ein Problem zwischen deinem Vater und mir. Es gibt also keinen Grund, sich derart unverschämt zu verhalten.«

»Findest du? Ist es dein Ernst, das zu denken? Du knutschst mit einem wildfremden Typen rum, interessierst dich nicht mehr für die Firma, riskierst eure Ehe und sagst, es ist ein Ding zwischen Papa und dir?« Franzi lachte auf. »Das glaubst du nicht wirklich, du hast alles kaputt gemacht.«

Vielleicht war es wirklich so, vielleicht hatte sie wirklich alles zerstört. Doch da war so vieles, was Tina am liebsten gesagt hätte, aber sie schwieg. Es hätte nur in einem Streit geendet.

»Wie auch immer, ist Papa da?«

»Nein, er ist vorhin weggefahren, keine Ahnung wohin.« Dann holte sie tief Luft. »Was ist denn mit Fine, geht es ihr gut?«

Franzi zuckte die Schultern und wandte sich bereits zum Gehen. »Ja, es ist alles in Ordnung. Wir wollten heute Nachmittag in den Zirkus, und ich wollte Papa noch einmal daran erinnern.«

Richtig, der kleine Wanderzirkus stand vorn auf der Wiese. Vor einigen Wochen hatten sie darüber gesprochen, zusammen hinzugehen. Damals, als alles noch scheinbar gut gewesen war. »Ich könnte doch mitgehen«, meinte Tina stockend und schränkte sogleich ein, »also nur, falls Papa keine Zeit hat.«

»Du?« Franzi musterte sie von oben bis unten. So etwas wie Feindseligkeit lag in ihrem Blick. »Ich glaube, du hast jetzt bessere Dinge zu tun. Kümmere du dich mal egoistisch um dein neues Leben. Wir werden schon klarkommen, ohne dich, mach dir mal keine Gedanken!«

Ohne ihre Antwort auch nur abzuwarten, drehte Franzi sich um und trat mit aller Kraft in die Pedale. Tina wollte ihrer Tochter noch hinterherrufen, dass das Unsinn war. Dass sie jederzeit Zeit für sie und Fine haben würde, aber Franzi war schon verschwunden.

Die ganze Fahrt nach Zingst redete sie sich verzweifelt ein, dass ihre Tochter es nicht so gemeint hatte. Doch sie wusste es besser. Franzi hatte sie verletzen wollen und das auch absolut treffsicher geschafft.

Am Ende waren es Klara und Anne, die sie aus ihrem Tief holten. Denn gerade als Tina dachte, sie würde über dem ganzen Kram in Marions Wohnung verzweifeln, klingelte es. Draußen vor der Tür standen ihre beiden Freundinnen in bequemer Arbeitskleidung. Unsicher schaute Anne sie an. »Ich hoffe, du bist nicht böse, ich weiß, ich sollte es für mich behalten. Aber gestern kam Klara vorbei, und ich hab mich verquatscht. Sie wollte wissen, wie es dir geht, und dabei rutschte mir etwas heraus.«

Klara schob Anne beiseite und nahm Tina in den Arm. »Sie ist nicht böse, sie ist froh, dass sie Hilfe und Unterstützung hat. Denn weiß Gott, die kann sie, glaube ich, gut brauchen.« Ihre Freundin warf einen knappen Blick über Tinas Schulter und in das vorherrschende Chaos. Im kleinen Flur häuften sich Kartons und Säcke. »Und sechs Hände schaffen mehr als vier. Außerdem haben wir frischen Kuchen dabei, damit geht alles viel, viel leichter, wirst sehen.«

Tina trat beiseite und ließ ihre Freundinnen eintreten. Sie war Anne nicht böse, im Gegenteil. Früher oder später würden es sowieso alle in ihrem Umfeld erfahren.

Gemeinsam kamen sie richtig gut voran. Da waren tausend Dinge, die es zu sichten galt. Vieles beließen sie erst mal an seinem Platz. Sie kümmerten sich hauptsächlich um das Schlafzimmer und ein paar Schränke im Wohnzimmer. Voller Wehmut räumte Tina Marions Kleiderschrank aus. Die Sachen passten ihr nicht, und wenn sie ehrlich war, hätte sie sie auch nicht gewollt. Also mussten sie fort, so schwer es auch fiel.

Gegen Nachmittag machten sie es sich auf dem im Sonnenschein liegenden Balkon gemütlich und genossen Klaras selbst gebackenen Kuchen. »Eine tolle Wohnung mit richtig schönen modernen Möbeln«, meinte Anne nach einer Weile. »Ich habe das Gefühl, dass du dich hier sehr wohlfühlen wirst. Die Wohnung passt irgendwie zu dir.«

»Findest du?«, fragte Tina und schaute sich um. Die Vorstellung hier allein zu leben, war immer noch ungewohnt für sie.

»Ja, absolut. Die Größe ist richtig. Die Lage ist genial – du bist schnell am Meer, schnell in deinem neuen Laden und hast die schönste Dachterrasse von Zingst.« Sie spürte, ihre Freundinnen wollten ihr Mut machen.

»Ja sicher.« Tina nippte an ihrem Kaffee und betrachtete die üppig bepflanzten Balkonkästen. Da war so unendlich viel Wehmut in ihrem Inneren. Es fiel ihr alles andere als leicht, von Prerow wegzugehen, und wenn auch nur ein paar Kilometer.

»He, was ist denn los?« Anne beugte sich zu ihr und klopfte auf Tinas Oberschenkel. »Du schaffst das schon, du bist eine Kämpferin. Momentan ist alles schwer und kompliziert, aber bald schon wird es leichter, jeden Tag ein Stückchen mehr.«

Klara sah sie nachdenklich an und warf Anne einen ermahnenden Seitenblick zu. »Aller Anfang ist schwer, ich verstehe Tina schon. Aber glaub mir, du wirst dich an alles schneller gewöhnen, als du denkst. Und wenn nicht, dann kommst du zu uns.«

»Ja sicher, bestimmt habt ihr recht.« Tina seufzte. »Es ist nur ... Ich hatte heute Morgen einen Streit mit Franzi. Natürlich gibt sie mir die Schuld an allem, die ich ja in gewisser Weise auch habe. Sie tut, als würde ich mich für die Familie überhaupt nicht mehr interessieren. Als wäre mir alles scheißegal. Das stimmt aber nicht. Ich vermisse Fine jetzt schon schrecklich.«

»Ah, sie hat dir also Vorwürfe gemacht. Na, darin ist Franzi gut«, meinte Anne und lehnte sich zurück. »Aber ich glaube, sie ist selbst unglücklich. Vielleicht beneidet sie dich sogar, wer weiß! Es ist ungerecht, dir Vorhaltungen zu machen. Dazu hat sie gar kein Recht. Denn Fine hat eine glückliche Oma verdient und nichts anderes. Mach dir darüber keine Gedanken! Ich glaube fest daran, die Dinge werden sich schneller einspielen, als du denkst.«

# 16. Kapitel

Und Anne sollte tatsächlich recht behalten. Vier Wochen waren seit ihrem Gespräch vergangen. Seit einigen Tagen wohnte Tina nun in ihrer neuen Wohnung. Der Umzug war reibungslos über die Bühne gegangen, mithilfe ihrer Freunde und der Unterstützung von Jule.

Sogar mit Peter hatte sie noch einmal gesprochen. Es war eine ziemlich sachliche Unterhaltung gewesen. Aber immerhin hatten sie alles Wichtige klären können, und ihr Mann blieb am Tisch sitzen, was schon mal ein Erfolg war. Jule übernahm ihre Aufgaben, und Tina versprach, regelmäßig über die Abrechnungen zu schauen. Nur zur Sicherheit und für alle Fälle. Ihr Mann sicherte ihr zu, sich zu melden, sobald irgendwelche Probleme auftreten würden. Er reichte ihr zum Abschied sogar die Hand, polterte dann aber ohne ein weiteres Wort aus der Küche.

Und auch Franzi schaute noch einmal vorbei. Sie brachte die kleine Fine mit, die sich voller Liebe auf ihre Großmutter stürzte. Zwar schob ihre Älteste etwas anderes vor, aber Tina spürte, dass sie nur ihretwegen gekommen war, und diese kleine versöhnliche Geste rührte sie.

Fine musterte die gepackten Kartons, die in der Ecke standen. Neugierig lugte sie überall hinein und zog schließlich einen verwaschenen Strampelanzug hervor, der obendrauf lag. »Ist das?«, fragte Fine und sah sie mit großen Augen an.

»Das ist der Strampler, den deine Mama getragen hat, als wir sie aus der Klinik nach Hause geholt haben«, meinte Tina und breitete den Anzug auf dem Sofa aus.

Überrascht schaute Franzi sie an. »Den hast du noch?«

»Natürlich, da hängen so viele Erinnerungen dran.« Traurig sahen sich die beiden Frauen an.

»Mama, es tut mir leid«, flüsterte Franzi schließlich und strich ihrer Mutter über den Arm. »Das, was ich gesagt habe, war so ungerecht. Ich wünsche dir wirklich alles Gute, und ich weiß natürlich, wie sehr du an Fine hängst.«

Tina nahm ihre Tochter einfach in den Arm. Lange standen sie schweigend da und hielten sich ganz fest.

Heute war der allererste richtige Tag in ihrem neuen Leben gewesen. Zum ersten Mal war Tina frühmorgens in den Laden geradelt und hatte die Tür aufgeschlossen.

Frau Knacke hatte ihr schon in den letzten Tagen alles Wichtige erklärt. Gemeinsam waren sie Lieferanten, Rechnungen und sonstigen Papierkram durchgegangen. Die anfallenden Aufgaben waren so ganz anders als in ihrer Zimmervermietung, und dennoch verspürte Tina eine unendliche Vorfreude auf die Arbeit in sich. Es war ein tiefes Gefühl, zum ersten Mal genau das gefunden zu haben, was sie immer schon hatte machen wollen. Angesichts der vielen Steine, die im Tresor auf ihre Verarbeitung warteten, schlug ihr Herz ein wenig höher. Erste Ideen flackerten bereits durch ihren Kopf. Viele Dinge würden noch warten müssen, denn sie war keine Goldschmiedin, die meisten Techniken beherrschte sie nicht.

Frau Knacke sah das ganz pragmatisch. »Das wird schon werden. Für den Anfang kaufen wir einfach fertige Schmuckstücke zu. Und der Rest kommt dann von ganz allein. Außerdem hat Frau Fischer ordentlich vorgearbeitet, der Laden ist ja nicht leer. Und hinten im Tresor liegen auch noch einige Schmuckstücke.«

Tina war unendlich dankbar, eine so kompetente Angestellte zu haben. Ohne Frau Knacke wäre sie vermutlich aufgeschmissen gewesen. Während diese die Kunden bediente, sah sich Tina alles ganz genau an. Die Schmuckstücke nahm sie jetzt mit ganz anderen Augen wahr. Sie berührte die Ketten und strich mit den Fingern über Armbänder und

Ringe. Es würde nicht leicht werden, aber sie würde es packen. Da war eine Gewissheit, die sie nicht mehr losließ.

Zum ersten Mal wanderten ihre Gedanken wieder zu Daniel. Sie hatte sich nur kurz bei ihm gemeldet, um ihm mitzuteilen, dass sie gut zu Hause angekommen war. Darauf kam eine lapidare Antwort. Daniel wusste nichts von den Veränderungen in ihrem Leben und dass er daran nicht ganz unschuldig war. Tina hatte auch nicht vor, es ihm zu sagen. Es war ein wunderbares Wochenende gewesen, aber danach war ihr altes Leben endgültig den Bach runtergegangen.

In den letzten Tagen war Tina immer gegen vier wach geworden, so auch heute. Alte Gewohnheiten ließen sich eben doch nicht so einfach abschütteln. Ein paarmal wälzte sie sich hin und her und stand schließlich um fünf resigniert auf. Dann zog Tina bequeme Sachen an und lief hinunter zum Strand. In diesem Augenblick vermisste sie den Prerowstrom, auf dem sie morgens immer die Enten begrüßt hatten, und den Darßwald, dessen Bäume leise rauschten. All das gab es hier nicht, Zingst war auf eine andere Art und Weise schön. Bestimmt würden auch diese Sehnsüchte vergehen, und Prerow war ja nicht aus der Welt. Am Wasser angekommen mied sie die Seebrücke und lief stattdessen ein paar Strandaufgänge in Richtung ihrer alten Heimat. Die Ostsee war platt wie ein Spiegel. Ein paar Möwen ließen sich von den kaum vorhandenen Wellen durchschütteln und sahen Tina neugierig an. Außer ihr war niemand unterwegs. Die Strandkörbe lagen verwaist. Sie umrundete einige gestern errichtete Sandburgen, die das Wasser noch nicht verschlungen hatte, und wandte sich dann heimwärts. Zu Hause angekommen sprang Tina unter die Dusche, kochte sich einen Kaffee und setzte sich dann auf den Balkon. Langsam erwachte das Leben um sie herum. Der Verkehr auf der Straße nahm zu, und andere Hausbewohner machten sich auf den Weg zur Arbeit. Dennoch war die vorherrschende Stille unvertraut. Sie vermisste das Klingeln des Telefons und ihren Mann Peter, der die Treppe herunterkam und sich hinter seiner Zeitung vergrub.

Energisch lief Tina in die Küche und schaltete das Radio an. Sofort fühlte sie sich besser. Dann inspizierte sie ihren Kleiderschrank und entschied sich angesichts des herrlichen Wetters für ein luftiges blaues Kleid, das sie fast noch nie angehabt hatte. Schnell legte sie noch ein wenig Wimperntusche auf und war gerüstet für den ersten Tag. Marions Fahrrad stand im Keller, Tina holte es aus der Box und fuhr zum Laden, zu ihrem Laden. Aus *Marions Bernsteintruhe* war *Tinas Bernsteintruhe* geworden, auch wenn der alte Schriftzug immer noch über dem Geschäft prangte. In den nächsten Tagen würde das neue Schild geliefert werden, aber auch so wussten alle Nachbarn Bescheid und freuten sich auf sie. Der Gedanke, einen Schmuckladen zu besitzen, war unglaublich und sehr neu. Frau Knacke war noch nicht da, also blieben ihr noch ein paar Minuten ganz für sich allein. Tina atmete tief durch. »Komm schon, du schaffst das. Und wenn es nicht klappt, dann eben nicht.«

Ein dezentes Klingeln ertönte, und Frau Knacke rauschte in den Laden. Zwinkernd schaute sie ihre neue Chefin an und überreichte ihr einen Blumenstrauß aus Sonnenblumen. »Herzlich willkommen, und auf eine gute Zusammenarbeit!« Gerührt bedankte Tina sich und stellte die Blumen ins Wasser.

Dann setzte sie sich an die Werkbank und schaute aus dem Fenster. Viele Urlauber strebten dem Strand entgegen, aber einige betrachteten auch schon die Auslagen vor ihrem Geschäft. Es dauerte nicht lange, und erste Kunden betraten den Laden. Nach einer Weile holte Tina die Tableaus mit Bernsteinen aus dem hinten gelegenen Tresor und begann die erste Kette auf einer Form zusammenzustellen. Kritisch musterte sie das entstandene Schmuckstück und sortierte die Bernsteinkugeln wieder in die einzelnen Fächer ein. Danach begann das Spiel von vorn. Erneut war Tina nicht zufrieden und verwarf ihren Entwurf. Unsicher musterte sie die einzelnen Fächer und Steine.

Da ertönte hinter ihr ein leises Räuspern. »Irgendwann sollten Sie einfach mal damit beginnen, eine Kette aufzufädeln. Ich fand die letzte nämlich sehr schön.« Überrascht drehte Tina sich um. Frau Knacke stand hinter ihr und spähte über ihre Schulter.

»Fanden Sie wirklich? Ich bin so unsicher«, meinte Tina und verdrehte die Augen.

»Marion erzählte mir, dass Sie früher einmal sehr kreative Schmuckstücke entworfen haben. Sie meinte immer, wenn jemand eines Tages ihren Laden übernehmen sollte, dann wären Sie dafür die perfekte Besetzung. Also trauen Sie sich!«

Und Tina traute sich. Am Abend sank sie mit schmerzenden Füßen und noch mehr schmerzenden Schultern stöhnend auf die Couch. Sie schleuderte ihre Schuhe in die Ecke und zog ihr Kleid aus. Mit letzter Kraft hatte sie sich ein Wasser und einen Joghurt geholt und schloss einen Moment die Augen.

Ihr Tag war ein voller Erfolg gewesen. Eine der gerade erst neu gefädelten Ketten hatte Frau Knacke vom Fleck weg verkauft. Tina hatte sich für einen ungewöhnlichen Farbverlauf, aber vor allem möglichst naturbelassene Steine entschieden. Dies schien bei den Kunden gut anzukommen. Einige scharfe Stellen schliff sie behutsam ab und setzte die Bohrung für den Faden. Anfangs zitterten ihre Finger. Bernstein war ein sehr empfindliches Material, bei dem es auf das richtige Fingerspitzengefühl ankam. Doch nach kurzer Zeit spürte sie, dass sie es nicht verlernt hatte, den Stein zu bearbeiten.

So konnte es weitergehen, und die schmerzenden Schultern bekam sie auch noch in den Griff. Dann schweifte Tinas Blick durch ihr neues Heim. Vielleicht sollte sie die Wände neu streichen und das Sofa dort unter die Schräge stellen. Da hatte man auch einen besseren Blick auf die Terrasse. Ein paar Veränderungen würden bestimmt nicht schaden. Marion würde es ihr sicher nicht übel nehmen, dachte sie mit einem Blick gen Himmel. Erst gestern hatte sie tiefblaue Badetücher und ein paar Accessoires fürs Badezimmer gekauft, und gleich wirkte alles ganz anders.

Die Türklingel riss sie aus ihren Gedanken. Tina sah auf die Uhr. Es war kurz nach sieben. Wer konnte das wohl sein? Vielleicht stattete ihr Jule einen Besuch ab. In aller Eile warf sie sich ihren Morgenmantel über und öffnete die Tür.

Zuerst sah Tina nur einen riesigen Rosenstrauß, den ihr jemand direkt vor die Nase hielt. Und einen winzigen Moment dachte sie, dass Peter gekommen war, um sich zu versöhnen. Doch das wäre für ihn absolut untypisch gewesen. Da sank der Rosenstrauß langsam nach unten, und zu ihrem Erstaunen stand Daniel vor ihr und schaute sie lächelnd an. »Hallo, willkommen in deinem neuen Leben! Ich wollte dir alles Gute wünschen.«

Tina stierte immer noch die Rosen an, bevor ihr Blick langsam zu seinem Gesicht wanderte. Er war es wirklich, und er sah so verdammt gut aus, dass es ihr ganz kurz den Atem nahm. Er trug ein ausgewaschenes Shirt und ausgebleichte Jeans, die bis zu seinen Waden reichten. Irgendwie wirkte er, als wäre er gerade einem Surfbrett entstiegen. Daniel schien in der letzten Zeit viel in der Sonne gewesen zu sein, denn seine Augen strahlten noch intensiver als sonst. Was nur an der braunen, gesunden Gesichtsfarbe liegen konnte. Ihr Herz klopfte, und ihre Stimme schien Tina irgendwie abhandengekommen zu sein.

»Entschuldige, dass ich dich einfach so überfalle. Aber ich wollte dich überraschen«, sagte er grinsend.

»Das ist dir auf jeden Fall gelungen«, meinte Tina und räusperte sich leise. »Woher wusstest du überhaupt, wo ich bin?«

»Darf ich, ich meine, darf ich vielleicht reinkommen?« Er beugte sich ein kleines Stück zu ihr. »Unter uns scheint nämlich jemand zu lauschen«, flüsterte er ihr ins Ohr und deutete eine Etage tiefer. Das war sicher die alte Frau Behrend, schon während Tina die letzten Tage geräumt hatte, hatte diese ihren Beobachtungsposten am Fenster keine Minute aufgegeben und verfolgte jede Bewegung auf das Genaueste.

Sie trat ein Stück zur Seite. »Ja, na klar, komm rein!« Im Flur nahm sie die Blumen entgegen und begann in der Küche nach einer Vase zu suchen. Das war gut, denn so konnte Tina Daniel für einen Moment den Rücken zudrehen und ihre zitternden Finger beruhigen. Sie verstand sich selbst nicht. Hatte sie mit dem Kapitel Daniel nicht endgültig wegen Undurchsichtigkeit und sprunghaften Verhaltens abgeschlossen?

Anscheinend nicht, denn anders konnte sie sich ihre Reaktion nicht erklären.

Im Fach unter der Spüle wurde sie schließlich fündig und stellte die Blumen in eine gläserne Vase, die noch von Marion stammte. Dann drehte sie sich um und schaute ihn an. Daniel lehnte lässig im Türrahmen und beobachtete sie mit einem unergründlichen Lächeln. Tina verschränkte ebenso wie er die Arme und schob ihren Po so weit zurück, bis sie endlich den Küchenschrank in ihrem Rücken spürte. Das gab ihr Halt und Sicherheit, redete sie sich zumindest ein. »Also, wie hast du mich gefunden? Und woher weißt du überhaupt, dass ich hier bin?« Der Raum war verdammt klein, und sie fühlte seine körperliche Anwesenheit noch mehr als gerade noch an der Wohnungstür. Tina zurrte den Gürtel ihres Morgenmantels ein wenig fester.

»Ich hab ein wenig recherchiert, muss ich gestehen. Na ja, deine Zimmervermietung in Prerow zu finden, war nicht allzu schwer. Und dann hat mir deine wunderbare Tochter Juliane die Adresse gegeben. Tja, und nun bin ich hier.« Tina konnte es nicht fassen. Warum hatte Jule das getan? Sie wusste doch, wer der Typ war. Die würde sie sich morgen gleich vorknöpfen und ein ernstes Wort mit ihr reden. »Du hast es also doch gemacht und diesen Schritt gewagt. Glückwunsch, das war bestimmt nicht einfach.«

Tina seufzte. »Nein, ganz sicher nicht. Es war sogar ziemlich schwer, vor allem weil es nicht ganz freiwillig war.« Sie überlegte kurz, hier herumzustehen war irgendwie albern. »Wollen wir uns vielleicht nach draußen setzen? Willst du etwas trinken? Wobei ich keine allzu große Auswahl habe. Wasser, Kaffee oder Tee, mit mehr kann ich nicht dienen.«

»Gerne, ich nehme ein Wasser.«

»Geh schon mal raus, ich komme gleich.« Als Erstes stürzte Tina in ihr Schlafzimmer und zog sich in aller Eile ein Shirt und Leggins an. Augenblicklich fühlte sie sich sicherer. Dann holte sie eine Flasche Wasser mit zwei Gläsern und ging nach draußen.

Daniel hatte es sich schon auf einem der Stühle bequem gemacht und sah sich überrascht um. »Du hast es gut getroffen. Ich glaube, du wirst dich hier sehr wohlfühlen.« Komisch, dasselbe hatte Anne auch gesagt.

»Ich werde es wohl müssen, hilft ja nichts.« Verdammt, jetzt bloß nicht wieder wehmütig werden.

Er wurde ernst, beugte sich vor und ergriff ihre Hand. »Was ist eigentlich los, Tina? Ich meine, du wolltest den Laden von deiner Freundin übernehmen, aber nun bist du gleich zu Hause ausgezogen. Das verstehe ich nicht so ganz.«

»Wie das Leben manchmal so spielt. Ich nehme mir eine kleine Auszeit mit allem Drum und Dran.« Das klang besser, als die ganze Wahrheit zu sagen. Sie lachte gekünstelt und nahm einen großen Schluck Wasser. Irgendwie hatte sie bei diesem Thema ständig das Gefühl, gleich heulen zu müssen.

Argwöhnisch schaute Daniel sie an. »Puh, da scheint sich ja einiges getan zu haben in deinem Leben«, sagte er vorsichtig. »Hut ab für deine Entscheidung. Ich finde das sehr mutig.« Er schwieg und betrachtete sie immer noch kritisch. »Ich habe dir übrigens noch etwas mitgebracht. Vielleicht hast du Lust? Wenn nicht, kein Problem. Immerhin hast du ja jetzt genug um die Ohren mit dem Laden.« Daniel legte einen Umschlag auf den Tisch und schob ihn zu ihr herüber.

Tina öffnete ihn, und zum Vorschein kam ein Flyer, der mit verschiedenen Terminen bedruckt war. Es waren die Konzerte, die Ramos in den nächsten Wochen spielen würde. Einige davon fanden ganz hier in der Nähe statt. Zum Beispiel in Stralsund, Schwerin oder Neubrandenburg. Fragend sah sie ihn an.

»Na ja, wir hatten auf Rügen drüber gesprochen, dass du gerne mal als Groupie mitkommen würdest.« Er zwinkerte ihr zu. »Nun, ich würde dich einladen, dich sogar abholen, wenn du willst? Überleg es dir in Ruhe! Der nächste Termin ist noch ein bisschen hin.« Dann leerte Daniel sein Glas und erhob sich. Ruhig schaute er auf sie herab. Tina hielt noch immer unsicher den Zettel in den Händen. »Ich werde dann mal wieder aufbrechen. Immerhin will ich dir deinen wohlverdienten Feierabend nicht komplett versauen, du bist bestimmt geschafft.«

Langsam wandte er sich zum Gehen, Tina erhob sich und folgte ihm. Dabei streiften ihre Blicke den Wohnzimmertisch, auf dem ziemlich verloren ihr Becher Joghurt stand. Und plötzlich schoss ihr ein Gedanke durch den Kopf. »Daniel, nun warte doch mal! Hast du vielleicht Hunger? Ich meine, ich könnte uns etwas kochen. Nichts Großartiges, nur was auf die Schnelle.« Sie schwieg kurz und sah, wie er sich zu ihr umdrehte. »Also, nur wenn du Zeit und Lust hast.«

Er war überrascht, aber nur einen kleinen Augenblick, dann erhellte ein Lächeln sein Gesicht. »Ich hab sogar einen Bärenhunger. Und ich bleibe gerne zum Abendbrot, aber nur unter einer Bedingung – wenn ich dir dabei helfen darf.«

Tina lachte. »Na daran soll es nicht scheitern. Du darfst mir gerne helfen. Aber diesmal verteile ich die Arbeit.« Erleichtert drehte sie sich herum und lief beschwingt Richtung Küche. Ihr Herz schlug schneller. Vielleicht war es die Vorfreude darauf, nicht allein essen zu müssen, oder es lag einfach an ihm. Gemeinsam inspizierten sie ihre Vorräte und mussten angesichts des fast leeren Kühlschranks lachen. Doch im Gemüsefach lag noch ein wenig Gemüse, aus dem Daniel einen einfachen Salat zauberte. Tina kochte Pasta und verfeinerte sie am Schluss mit einem Glas Pesto, das noch von Marion stammte. Parmesan hatten sie keinen, aber es würde sicher auch so schmecken.

Und das tat es. Mit ihren ordentlich beladenen Tellern setzten sie sich nach draußen. Die Dämmerung hatte eingesetzt. Tina holte von drinnen ein Feuerzeug und entzündete das Windlicht, das auf dem Tisch stand. Kerzengeflacker erhellte ihre Gesichter. Augenblicklich musste sie an ihren ersten Abend denken, unten an der Seebrücke. Wie hatte sie sich gesträubt, nach dem Konzert seine Einladung anzunehmen. Was war seitdem alles geschehen!

Daniel ging es anscheinend ähnlich, denn er musterte die Kerze und sagte: »Weißt du noch, unsere erste Verabredung?«

Tina nickte nur und drehte eine Portion Spaghetti auf ihre Gabel.

Sie drehte und drehte, doch die Nudeln wollten einfach nicht so wie sie. Ernst beobachtete Daniel ihre Versuche. Schließlich gab sie es auf und ließ die Gabel auf den Teller fallen.

»Willst du mir vielleicht doch noch irgendwas erzählen?«, fragte Daniel und stellte seinen Teller auf den Tisch.

In diesem Augenblick brachen alle Dämme. So sehr Tina es auch versuchte, die Tränen ließen sich einfach nicht zurückhalten. Daniel umrundete den Tisch und zog sie nach oben. Sanft nahm er sie in die Arme und wiegte sie behutsam hin und her. Seine Hände umschlossen sie fest, und es war tröstlich, seinen warmen, festen Körper zu spüren. Hatte sie es vorhin noch krampfhaft abgelehnt, so sehnte sie sich jetzt unendlich nach jemandem, der sie in den Arm nahm.

Sie standen lange so, während Tina schluchzte und sich den ganzen Kummer der letzten Wochen von der Seele weinte. Irgendwann löste sie sich fast schon wehmütig und betrachtete im Kerzenschein sein Shirt. »Verdammt, jetzt hab ich dich auch noch vollgeheult«, sagte sie schluchzend. Da prangte unübersehbar ein nasser Fleck auf seiner Schulter.

Daniel lächelte. »Egal, der trocknet wieder. Hauptsache, dir geht's etwas besser. Ich glaube, die letzte Zeit war wirklich ein bisschen viel für dich.«

Sie schnäuzte sich kräftig in ihre Serviette. »Ja, aber es hilft nichts. Kommen auch wieder andere Zeiten.« Fast schon trotzig antwortete sie so burschikos wie möglich. Tina konnte mit ihm einfach nicht über dieses Thema reden. Er war zu sehr Teil der Geschichte. Daniel schien das zu akzeptieren und bohrte nicht weiter nach.

Danach war ihnen beiden der Appetit vergangen. Gemeinsam räumten sie das Geschirr in die Küche. Schweigend standen sie sich gegenüber, während die Sterne hinter dem Dachflächenfenster blinkten. Daniel blickte schließlich auf die Uhr. »Es ist schon spät, ich werde mich mal auf den Heimweg machen. Und du gehörst ins Bett. Schlaf wird dir guttun, du brauchst viel Kraft die nächsten Wochen.«

Er lief zur Wohnungstür, öffnete sie und stieg die Treppe hinab. Und in diesem Augenblick, als sie ihn gehen sah, wurde Tina klar, dass sie keinen Schlaf brauchte, sondern nur ihn. Er würde ihr jetzt guttun, nichts anderes und schon gar nicht die ungewohnte Einsamkeit und Stille.

»Daniel!« Sie rief nur seinen Namen. Da drehte er sich um und schaute in ihr gequältes Gesicht. Mit einem Satz stürmte er die Treppe empor und riss sie in seine Arme. Und Tina ließ es geschehen. Voller Leidenschaft presste er seine Lippen auf ihre. Ihre Münder fanden sich ganz wie von allein. Sie küssten sich, und es fühlte sich unglaublich vertraut und dennoch aufregend an. In Tinas Bauch flatterten die Schmetterlinge, sie legte ihre Arme um Daniels Nacken und zog ihn noch ein Stück näher zu sich heran. Er schmeckte unglaublich gut, und sein Körper, der so ganz besonders roch, erregte sie.

Irgendwann schob Daniel sie sachte in den Flur zurück und knallte die Wohnungstür mit seinem Fuß zu. Langsam wanderten seine Hände unter ihr T-Shirt, und als sie ihre nackte Haut berührten, konnte sie ein leichtes Aufstöhnen nicht unterdrücken. Es fühlte sich an, als würde sie in Flammen stehen. Stück für Stück schob er den dünnen Stoff nach oben und streifte ihn schließlich über ihren Kopf. Nur Sekunden später lag auch sein Shirt am Boden. Mit festem Griff umfasste er ihre Pobacken, hob sie leicht hoch und presste sie an die Wand. Tina schlang ihre Beine um seine Hüften. Seine Lippen verließen dabei keine Sekunde ihren Körper. Als er schließlich an ihrem Ohrläppchen zu knabbern begann, schrie sie leise auf. Sie wollte ihn hier und jetzt. Vergessen waren ihr Mann und ihr altes Leben. Es zählte nur der Augenblick. Ihr Verstand schaltete sich total ab.

Eine Sekunde sah er ihr in die Augen. Seine waren dunkel, voller Verlangen. Es schien, als würde ein Schleier des Begehrens über ihnen liegen. Und Tina begriff, dieser Mann lechzte nach ihr mit jeder Faser seines Körpers. Dieser Gedanke war es, der sie am meisten erregte. Sie war begehrenswert, sie war schön. Jemand wollte sie mit Haut und Haaren.

Sie nickte ihm leicht zu, und Daniel wanderte mit ihr auf seinen Hüften langsam zum Schlafzimmer. Dort legte er sie sanft auf dem Bett ab. Dann betrachtete er Tina, und es schien, als würde er sie mit seinen Augen ganz ausziehen. »Weißt du eigentlich, wie schön du bist?«, flüsterte er heiser in ihr Ohr. Sie konnte nichts sagen und schüttelte nur leicht den Kopf. »Dann weißt du es jetzt. Ich wollte dich vom ersten Augenblick an haben. Damals schon, als du wie ein rettender Engel am Straßenrand auftauchtest und mir mein Knie verarztet hast. Da dachte ich, wie es wohl wäre, dich zu berühren und mit dir zu schlafen.«

Tina genoss seine Worte, und ihr Verlangen wurde immer stärker. Wenn er sie jetzt nicht bald berührte, würde sie vermutlich den Verstand verlieren. Und so nahm sie ihren Finger und legte ihn auf seine Lippen. Dann schüttelte sie sanft den Kopf und begann den Gürtel seiner Hose zu öffnen.

# 17. Kapitel

Tina erwachte mitten in der Dämmerung. Draußen zog ein neuer Tag herauf, noch herrschte Stille. Nur der leise Atem Daniels erfüllte den Raum. Behutsam wand sie sich aus seinem Arm und sah ihn an. Ihre Bettdecke hatte sich um seinen Körper gewickelt, und wie selbstverständlich nahm er den meisten Platz im Bett ein. Sie widerstand der Verlockung, ihn zu küssen, die Lachfalten um seine Augen zu berühren oder seine behaarte Brust zu streicheln. Tina stützte sich auf ihren Ellenbogen und ließ ihren Blick über ihn gleiten. Er schlief friedlich, wie ein kleines Kind – mit zu Fäusten geballten Fingern. Von Zeit zu Zeit zuckten seine Lider im Schlaf, und sie dachte einen Moment an Fine und wie oft sie an deren Bett saß und ihr beim Schlafen zuschaute.

Die vergangene Nacht war unglaublich gewesen. Sie hatten sich geliebt, mehrfach. Es war gerade so, als könnten sie einfach nicht voneinander lassen. Daniel war unglaublich im Bett und brachte Tina zu Höhepunkten, die sie noch nie zuvor erreicht hatte. Oder hatte sie das vielleicht nur vergessen? War es mit Peter am Anfang genauso gewesen?

Irgendwann waren ihre schweißnassen Körper dann doch ermattet in die Kissen gesunken, und an sie gekuschelt war Daniel schließlich eingeschlafen. Tina aber hatte keine Ruhe gefunden. Ihre Gedanken kreisten unablässig um diesen Abend. Sie hatte mit einem anderen Mann geschlafen. Da war immer noch Peter in ihrem Kopf, aber ihre Beziehung war beendet, das hatte er ihr klipp und klar gesagt. Und endlich hatte sie sich wieder begehrt gefühlt. Dieses aufregende Gefühl überdeckte momentan noch alles andere.

Ehe sie ihre Gedanken zu Ende denken konnte, begann Daniel sich langsam zu regen. Er öffnete seine Augen, blinzelte ein wenig und schaute sie dann lange an. Ein Lächeln umspielte seine Mundwinkel, er griff nach ihrem Nacken und zog sie auf seinen Körper. »Guten Morgen«, flüsterte er wohlig zwischen zwei Küssen. »Bist du schon lange wach?«

Tina schüttelte den Kopf. »Gerade erst wach geworden.« Seine leichten Bartstoppeln kitzelten ihr Kinn.

»Hab ich geschnarcht, meine Bandkollegen behaupten immer, ich würde schnarchen und dabei einen halben Wald umsägen.«

»Ganz leicht nur.« Sie grinste. »Na ja, manchmal schon ein wenig stärker. Es war auszuhalten, und ich glaube, der Baum vorm Haus steht noch.«

Daniel rutschte im Bett ein Stück nach oben und verkeilte das Kissen in seinem Rücken. Sanft strich er mit seinen Fingern ihre Wade entlang, und Tina spürte, wie sich eine leichte Gänsehaut bildete. Dann wanderte er an ihrem Bein aufwärts und berührte schließlich die Innenseite ihrer Oberschenkel. Das Prickeln wurde stärker, und ehe sie in Gefahr geriet, erneut vollkommen den Verstand zu verlieren, wechselte Tina lieber die Position.

»Ist alles in Ordnung?«, fragte er sie schließlich. »Du wirkst irgendwie so nachdenklich.«

Er hatte recht. Je heller es draußen wurde, umso mehr drängte sich Tina der Gedanke auf, dass das Geschehen der letzten Nacht, so schön es auch gewesen war, ihr Leben noch mehr verkomplizieren würde. Die Schmetterlinge, die gerade noch so wunderbar in ihrem Bauch herumgeflattert waren, wurden zu einem unangenehmen Kloß. Wäre es nicht besser gewesen, erst mal die Trennung von Peter zu verarbeiten? Würde sich Daniel dabei wirklich als hilfreich erweisen?

»Ja, es ist so weit alles in Ordnung«, sagte sie daher lapidar und seufzte. »Ich bin nur ... ich muss mir immer über alles Gedanken machen. Und jetzt auch über letzte Nacht. Eben noch war ich so glücklich, und nun ...« Hilflos zuckte sie mit den Schultern.

»Das ist menschlich, einer grübelt mehr, der andere weniger«, sagte er ruhig.

Tina setzte sich in den Schneidersitz und rutschte an die untere Bettkante. Hart bohrte sich das Holz in ihren Rücken. Hatte sie gestern Abend gar nicht genug von Daniel bekommen können, brauchte sie auf einmal Abstand.

Aus dem Augenwinkel sah sie die Verwirrung in seinem Gesicht. Sie konnte es ihm nicht verdenken; wenn sie ehrlich war, verstand sie sich selbst nicht. Und jetzt kamen auch noch Tränen. Tina blinzelte heftig, doch ihre Augen schimmerten bereits feucht. Vermutlich war sie in den Wechseljahren, ihre Mutter Marianne hatte damals auch ständig geweint und war nur sehr schwer zu ertragen gewesen. Vater hatte sich über deren häufige Stimmungsschwankungen lustig gemacht und Marianne damit immer aufgezogen. Und nun war sie also dran.

»Bereust du es etwa?« Prüfend sah er sie an, und es wirkte, als würde er die Antwort auf seine Frage in ihren Augen suchen.

»Nein, nein, überhaupt nicht, oder doch? Herrgott, ich weiß es nicht!« Plötzlich brach es aus Tina heraus. »Du hast ja keine Ahnung, wie kompliziert alles ist.«

»Dann erzähl es mir doch. Wie soll ich wissen, was los ist, wenn du nichts sagst«, fragte Daniel eindringlich. Eine tiefe Falte stand auf seiner Stirn. »Ich versuche dich zu verstehen, seit gestern Abend schon, aber da ist eine Mauer, gegen die ich immer wieder anrenne.«

Natürlich hatte er recht. Es war falsch zu schweigen, warum auch? Und so erzählte Tina ihm endlich alles. Er machte keinen Versuch, sie zu trösten, sie zu berühren, auch wenn sie weinte, und sie war ihm sehr dankbar dafür. Am Ende schluckte er hörbar und setzte sich auf.

»Das tut mir leid. Also habt ihr euch getrennt, in gewisser Weise auch wegen mir und unserem Treffen.« Er raufte sich die Haare. »Ich meine ... das hab ich nicht gewollt, dass dieser eine Kuss ...« Daniel suchte sichtlich nach den passenden Worten. »Soll ich vielleicht mal mit deinem Mann reden? Ich könnte ihm alles erklären?«

»Bloß nicht«, sagte Tina, winkte energisch ab und lachte sarkastisch auf. »Das würde alles vermutlich noch schlimmer machen. Diesen Kuss hat es gegeben, was soll man da erklären? Und seit letzter Nacht dürfte sich die Sache eh erledigt haben.« Sie streifte mit ihrem Blick das zerwühlte Bett und schaute dann zur Seite.

»Okay, wenn du es so siehst …«

Stille erfüllte den Raum, eine Möwe kreischte vor dem Haus, und sie zuckte heftig zusammen. Tina spürte seinen Blick, konnte Daniel aber nicht ansehen.

Er erhob sich nach einer ganzen Weile und streifte seine Shorts über, die irgendwo vor dem Bett lagen. »Ich werde jetzt gehen.« Er schaute auf die Uhr. »Ich bekomme heute noch einen Kunden, und du musst wieder in deinen Laden.« Zögernd beugte er sich über sie und gab Tina schließlich einen zarten Kuss auf ihre Stirn. »Wenn du mich brauchst, du weißt, wo du mich findest.«

Sie nickte und ließ es schweigend geschehen. Sekunden später fiel die Tür hinter ihm ins Schloss. Wie ein Häufchen Elend hockte Tina auf ihrem Bett. Na klasse, in letzter Zeit hatte sie wirklich ein Händchen dafür, jeden schönen Moment im Nachhinein so richtig zu vermasseln. Die Nacht war toll gewesen, sie war glücklich gewesen – das allein zählte. Hatte sie nicht endlich glücklich werden wollen? Es ging nicht um gestern oder morgen, sondern um diesen Moment. Das hatte Marion auch immer zu ihr gesagt und sich über Tinas Grübeleien amüsiert. Jetzt lebte sie, der Rest war unwichtig.

So schnell sie konnte, sprang sie aus dem Bett heraus und raste auf die Terrasse. Weit beugte Tina sich über die Brüstung und hoffte, noch einen Blick auf Daniel zu erhaschen. Und richtig, dort lief er und erreichte gerade in diesem Moment sein Auto, welches am Straßenrand stand. »Ich wünsche dir einen schönen Tag«, rief sie, so laut sie konnte. Suchend drehte Daniel sich um, beschattete seine Augen und entdeckte sie schließlich an ihrem Aussichtspunkt. Noch einmal rief Tina, winkte ihm zu, und er winkte zurück. Sie konnte sein Gesicht nicht genau erkennen, war sich aber sicher, ein Lächeln darauf gesehen zu haben.

Augenblicklich fühlte sie sich besser und hüpfte beschwingt unter ihre Dusche. Sie hatte Glück verdient, und genau das würde sie sich jetzt nehmen.

Die nächsten Tage lebte Tina nach diesem Motto, und es gelang ihr immer besser. Mit ihrer neuen Wohnung und ihrer neuen Beschäftigung arrangierte sie sich jeden Tag ein Stück mehr. Fast jeden Abend telefonierte sie mit Daniel, und diese Gespräche taten ihr gut. Zusammen mit ihrer Angestellten erstellte sie einen Dienstplan und schaufelte sich für ihn zwei Wochenenden frei, an denen Konzerttermine waren. Seine Freude darüber spürte sie sogar durch den Hörer.

Tina suchte auch die Visitenkarte von Walter Steeger heraus und wählte dessen Nummer. Überrascht hörte er sich ihre Neuigkeiten an und schien über die Tatsache, dass Tina nun doch Marions Geschäft übernommen hatte, sehr erfreut zu sein.

»Wenn das mal keine guten Nachrichten sind. Und jetzt wollen Sie sich bei mir sicherlich den letzten Schliff holen?«

»Na ja, wenn ich ehrlich bin, schon. Ich meine, ich habe bereits einige Ketten hergestellt, aber mir fehlt ein wenig Inspiration«, sagte Tina. »Ich hab das Gefühl, dass alles was ich tue, mehr für den Hausgebrauch ist.«

»Nun gut, der nächste Kurs ist im August und dann wieder im Oktober. Es ist noch genau ein Plätzchen frei, das vielleicht nur auf Sie gewartet hat.«

Kurz dachte sie ans Geschäft und daran, dass ihre Mitarbeiterin dann noch ein weiteres Wochenende allein mit dem Laden war. Doch Frau Knacke hatte ihr immer wieder ihre Bereitschaft dazu signalisiert.

»Perfekt, ich nehme den ersten Termin.«

Erleichtert legte Tina nach dem Gespräch auf. Waren das nicht alles Zeichen, dass sie auf dem richtigen Weg war?

Wenn sie nach Prerow fuhr, war Peter meistens nicht da. Vermutlich wusste er, wann sie kam, und ging ihr aus dem Weg. Jule machte ihre Aufgabe gut, erledigte auch die Abrechnungen, und so blieb für Tina keine Arbeit übrig. Das Bestellbuch für das nächste Jahr füllte sich so rasant, dass sie Jule verblüfft anschaute. Mächtig stolz hatte diese ihr die vielen Buchungen präsentiert. Anfangs ärgerte sich Tina fast ein wenig darüber, begriff dann aber, dass es besser war, dankbar zu sein.

Das Gefühl, nicht gebraucht zu werden, wurde bekämpft, einfach weil es Quatsch war. Denn wenn sie schon mal da war, konnte sich Tina wenigstens ein bisschen um den Garten kümmern. Wie in alten Zeiten kämpfte sie sich durch die Beete und sagte dem Unkraut den Kampf an. Wenn der Rücken nach einer Weile zu sehr schmerzte, schnappte sie sich Jule und schlenderte mit ihr zum *Cafe Strandeck*. Dessen Angebot war legendär. Sogar einen kleinen Tisch im Freien ergatterten sie und kuschelten sich in die bequemen Loungemöbel auf der Terrasse. Der Blick ging direkt in die Ortsmitte und zum Hauptstrandaufgang, hier gab es immer etwas zu sehen. Bei der Bedienung, die Tina sichtlich neugierig ansah, bestellten sie frische Waffeln mit Schlagsahne, Früchten und leckerem Eis. Und während sie sich die Bäuche vollschlugen und Tina versuchte, den köstlichen Torten zu widerstehen, die den anderen Gästen gebracht wurden, beobachteten sie Urlauber und das pralle Leben um sie herum. Jule bediente nebenbei das Telefon und wimmelte selbst ungeduldigste Anrufer, die unbedingt noch ein Zimmer wollten, charmant ab. Es war so wie früher, und Tina ertappte sich dabei, wie sehr sie sich hier immer noch daheim fühlte. Sie liebte Prerow, das war ihre Heimat, alles war ihr vertraut, die Menschen kannten sie, und kein Stein am Wegesrand war ihr fremd. Ob es in ihrem neuen Heim je so werden würde, war ungewiss.

Unbeschwert plauderte Jule vor sich hin und erzählte ihr, wie die letzten Kontrolltermine verlaufen waren. Dem Kind ging es prächtig und ihrer Tochter anscheinend auch. Die Schwangerschaft tat ihr sichtlich gut, und aus ihrem unruhigen Kind wurde langsam eine klar denkende Frau. Nur der Kummer um Jean schien noch an ihr zu nagen, aber sie wollte nicht darüber sprechen. Wann immer Tina nachhakte, winkte Jule ab und wechselte das Thema. Doch Tina sah den kurzen Schatten auf ihrem Gesicht.

Anschließend schlenderten sie zur Seebrücke und liefen auf den klappernden Brettern bis ganz nach vorn. Mit viel Glück ergatterten sie eine freie Bank und schauten schweigend aufs offene Meer. Zum Abschied wurde ihnen ein traumhafter Sonnenuntergang geschenkt, während im Hintergrund der alte Leuchtturm sein Licht zu vorbeifahrenden Schiffen schickte.

Auch mit Franzi kam Tina immer besser zurecht. Ein paarmal telefonierten sie miteinander, und langsam stellte sich die alte Vertrautheit wieder ein. An einem Wochenende brachte Ole ihr sogar die kleine Fine und schaute sich dabei interessiert in der neuen Wohnung seiner Schwiegermutter um. »Schick, gemütlich, passt irgendwie zu dir.« Tina war sich sicher, er würde daheim genau darüber berichten müssen.

Fine blickte zwar neugierig in jeden einzelnen Raum und schien ihren Opa zu suchen, aber sie akzeptierte die neue Situation erstaunlich schnell. In Marions ehemaliges Gästezimmer hatte Tina ein Kinderbett gestellt und die schräge Wand dahinter bunt gestaltet. Da klebten viele Sterne, die im Dunkeln leuchteten, Prinzessinnen in schönsten Kleidern und Elfen, die Schlafsand verstreuten. Begeistert betrachtete Fine alles und wäre am liebsten sofort schlafen gegangen.

Überhaupt hatte Tina begonnen, vieles an der Wohnung zu verändern. Sie kaufte neue Vorhänge und Kissen in einem warmen Terrakottaton und einen dazu passenden Teppich für ihr Wohnzimmer. Den meisten Nippes aus den Schränken warf sie weg und stellte das Sofa so um, dass sie die Terrasse im Blick hatte. Immer mehr wurde die Wohnung zu ihrer eigenen, sogar Tinas Duft lag allmählich in der Luft.

In der kleinen Küche kochte Tina für sich und Fine ein schnelles Essen. Nudeln mit Omas Tomatensoße natürlich, die aß ihre Enkelin am allerliebsten. Gemeinsam legten sie sich dann unter die bunten Figuren im neuen Kinderzimmer und blickten hinauf, bis ihnen die Augen zufielen. Nach dem Mittagsschlaf spazierte sie mit Fine zum Strand und zur Seebrücke. Am meisten begeisterte diese, dass an deren Ende eine Tauchgondel angebracht war. Eine ganze Weile mussten sie zuschauen, wie das Gefährt immer tiefer sank, schließlich verschwand und nach einer Weile wieder auftauchte. Fine war gar nicht mehr wegzubekommen, brauchte aber eine Weile, bis sie sich selbst hineintraute. Die Türen wurden geschlossen, und Fine rückte ganz nah an Tina heran. Langsam sank die Tauchglocke in die Tiefe. Als die Ostsee über ihnen zusammenschlug, holte ihre Enkelin erschrocken Luft und suchte den blauen Himmel. Doch dann konnte sie gar nicht genug davon bekommen, die Unterwasserwelt zu betrachten. Am Ende hatte Tina Mühe, Fine loszueisen.

Am Abend brachte sie ihre todmüde Enkelin ins Bett. Hell leuchteten die zahlreichen Sterne an der Wand, doch Fine bemerkte es kaum noch. Fast augenblicklich schlief sie tief und fest ein.

Mit einem Glas Rotwein setzte Tina sich auf ihre Terrasse und legte den Kopf in den Nacken. Über ihr leuchtete der echte Sternenhimmel, und plötzlich raste eine Sternschnuppe an ihr vorbei. Fieberhaft überlegte Tina sich einen Wunsch.

Alles sollte so werden wie früher – nein, das fühlte sich vollkommen falsch an.

Alles sollte so weitergehen wie jetzt – das war schon besser.

Glück, sie wollte glücklich sein, und ihre ganze Familie sollte es auch sein, das war perfekt.

Mittlerweile war die Sternschnuppe im Himmelsnirwana verschwunden, und der Wunsch hatte sich inzwischen vermutlich erledigt. Dennoch war da die Erkenntnis, dass Tina ihr altes Leben mittlerweile gar nicht mehr zurückhaben wollte. Zum ersten Mal wurde ihr dies überdeutlich bewusst. Sie genoss ihre neue Freiheit und am meisten die Zeit mit Daniel.

# 18. Kapitel

Da war sie wieder, die alte Dorfstraße, die gleich nach der Abzweigung von der Hauptallee begann. Hart rüttelte sie das Kopfsteinpflaster durch, und auch eine der beiden Katzen war zu ihrer Begrüßung erschienen. Gelassen räkelte sie sich am Straßenrand und musterte ihr Auto aus gelben Augen prüfend. Noch ein paar Meter, und Tina bog in Daniels Einfahrt ein. Mittlerweile war ihr alles hier schon ein Stück vertrauter.

Der alte Kirschbaum begrüßte sie und warf seinen Schatten auf den Innenhof und die darunter stehenden Sitzmöbel. Leicht baumelte die Schaukel an ihrem Ast hin und her. Bienen summten und schwirrten eifrig durch mehr oder weniger wild blühende Blumen. Die Tür zu einem der Nebengebäude stand offen. Davor war eine Schubkarre abgestellt, auf der ein großer Haufen frisch gemähtes Gras samt einer Sense lag.

Daniel schien sie schon erspäht zu haben und kam mit weit ausgebreiteten Armen auf sie zu. Er trug Arbeitskleidung und wirkte wie ein richtiger Bauer. Voller Hektik löste Tina den Gurt und stieg aus. Es konnte ihr gar nicht schnell genug gehen, ihn endlich zu berühren. Daniel versenkte sein Gesicht in ihrem Haar und küsste sie dann lange und zärtlich. Augenblicklich beruhigte sich ihr wilder Herzschlag. Er roch so gut, nach Heu und Sommer.

»Ich hab dich so vermisst«, flüsterte er leise. »Du glaubst gar nicht wie sehr. Zuletzt habe ich die Stunden und am Ende die Minuten gezählt.«

»Und ich erst. Dann war noch überall Stau. Vor der Rügenbrücke und nach der Rügenbrücke. Sonst wäre ich schon eine Stunde eher da gewesen«, murmelte Tina zwischen zwei Küssen und legte ihre Hände um seinen Nacken. Ganz fest drückte sie ihn an sich.

»Egal, Hauptsache, du bist jetzt endlich da.« Daniel schob sie ein Stück von sich weg und betrachtete sie. »Du siehst gut aus, glücklich.« Zärtlich küsste er ihre Nase.

Und das war sie auch. Tina spürte Schmetterlinge in ihrem Bauch und kam sich vor, als wäre sie wieder achtzehn Jahre alt und frisch verliebt.

»Wir haben noch zwei Stunden Zeit, bevor wir losmüssen«, sagte er mit aufgeregter Stimme. »Die Anfahrt ist nicht ganz so weit. Ich war heute früh noch beim Bäcker und habe frischen Kuchen gekauft.« Liebevoll hatte Daniel bereits ein Tablett bestückt, das auf einem Tisch am Haus stand. »Oder willst du zuerst deine Sachen reinbringen?«

»Lass uns erst mal Kaffee trinken, den Rest machen wir später«, sagte Tina, grinste und nahm seine zitternden Hände fest in ihre. »Ist das eigentlich das Lampenfieber oder weswegen springst du hier so herum?« Langsam zog ihn Tina zum gedeckten Tisch.

»Ich bin wegen des Konzerts aufgeregt, aber am meisten deinetwegen. Dass du mitkommst, ist unglaublich für mich. Ich hab sogar schon Rasen gemäht, weil ich überhaupt nicht mehr wusste wohin mit mir. Du glaubst nicht, wie sehr ich mich nach dir gesehnt habe.« Mit zittriger Hand schenkte Daniel aus der Thermoskanne Kaffee ein und sah sie an. Ein Teil des Getränkes landete neben der Tasse, sodass Tina ihm diesen Part schließlich abnahm.

Dann atmete sie tief durch. Da war sie wieder, diese Ruhe. Um sie herum war nur das Summen der Insekten im Baum zu hören und ein Traktor, der weit in der Ferne seine Bahnen auf einem Acker zog. Entspannt legte Tina den Kopf zurück und schloss die Augen. Sie fühlte sich hier unglaublich wohl, und zum ersten Mal kam ihr der Gedanke, wie es wohl wäre, hier zu leben. Der frische Kuchen jedenfalls schmeckte schon mal traumhaft. Die Streusel hatten genau die richtige Größe und waren so gut wie früher bei ihrer Großmutter.

Auch Daniel schien sich ein wenig zu entspannen. Seine Hand wanderte schon wieder über ihren Körper. Tina begann schneller zu atmen, als zusätzlich sein Mund an ihrem Ohr knabberte. »Ich hab mich so nach dir gesehnt«, raunte er und hinterließ eine brennende Spur auf ihrem Hals. Das Flirren in ihrem Bauch wurde stärker, und Tina spürte, wie ihr Verlangen zunahm. Erneut küssten sie sich, bis er schließlich ihre Hand ergriff und sie hinter sich herzog. Da war die alte Scheune, deren Tor Daniel mit einem Knarren öffnete. Eine Seite war mit großen Heustapeln gefüllt, und genau dorthin zog er sie. Lachend sanken sie hinein. Hastig streifte er seine Sachen ab, und Tina versuchte mit zitternden Fingern, ihre Bluse zu öffnen. Am Ende zog sie sie ungeduldig über ihren Kopf. Sie liebten sich ungestüm, wild, voller Leidenschaft. Mit einem lauten Stöhnen erreichten sie beide ihren Höhepunkt und lagen dann nebeneinander. Durch das Dach der alten Scheune fielen Sonnenstrahlen, in denen Staubkörner tanzten. Die Luft war erfüllt vom Duft des frischen Heus. Das war pures Glück, das musste einfach Glück sein. Anscheinend hatte ihr Wunsch die Sternschnuppe doch noch erreicht. Ewig hätte sie mit ihm hier so liegen können, so fernab jeglicher Alltagsprobleme. Doch da stand ja noch ein Konzert auf dem Plan, und Daniel zog sie irgendwann bedauernd nach oben.

Eine Stunde später brachen sie auf, und mittlerweile fühlte Tina eine gewisse Anspannung in sich. Daniel hatte, bevor sie kam, schon sein Gepäck im Kofferraum verstaut. Und das war eine ganze Menge. Da waren zwei Gitarren, diverse Technikutensilien, Fanartikel und natürlich die Klamotten für seinen Auftritt. Bevor sie losfuhren, checkte er noch einmal den Kofferraum, so lange, bis Tina seine Hände in ihre nahm. »Ich bin sicher, dass du alles hast.« Schmunzelnd entfernte sie einen Strohhalm aus seinen Haaren. Das hatte sie schon ein paarmal getan.

»Ja, du hast recht.« Er zog sie an sich und küsste sie leicht auf die Stirn. »Es ist gut, dass du da bist. Ich muss aufpassen, dass ich mich nicht zu sehr daran gewöhne.« Da war er wieder, dieser tiefe Blick aus seinen Augen, und wieder einmal glaubte Tina darin zu versinken. »Vielleicht hast du sogar einen beruhigenden Einfluss auf mich – Lampenfieber ist einfach schrecklich.«

Anscheinend konnte Tina ihm das Lampenfieber nicht nehmen. Denn während der Fahrt schwiegen beide, und sie bemerkte deutlich Daniels Anspannung. Fest umklammerten seine Hände das Lenkrad. Das Radio blieb aus, und so herrschte im Fahrzeug Stille. Tinas Herz begann immer schneller zu schlagen. Was würde der Rest der Band wohl zu ihr sagen? Sie hatte keine Ahnung, wie Musiker so tickten. Auf der Bühne hatten sie zwar sehr sympathisch gewirkt, aber wer wusste das schon.

Reichlich unsicher betrat sie deswegen durch einen Hintereingang den Club, in dem die Band heute spielte. Es ging einen Gang entlang, der kein Ende zu nehmen schien. Sie stolperte einfach hinter dem immer noch stummen Daniel in einen schmucklosen Raum, der sie irgendwie an den Umkleideraum erinnerte, den sie früher im Sportunterricht benutzt hatten. Und tatsächlich hing auch noch der wohlbekannte Geruch von Schweiß in der Luft. Die Wände waren schlicht weiß gestrichen, ein altes Sofa stand im Raum, und mehrere Kisten, in denen das Equipment war. Die Band schien bereits vollständig um einen großen Tisch versammelt zu sein. Zahlreiche neugierige Blicke streiften sie.

»Das ist Tina, die heute mal ein wenig hinter die Kulissen schauen möchte«, stellte Daniel sie vor. Anscheinend schien er seine Bandkollegen bereits instruiert zu haben, denn alle begrüßten sie vollkommen selbstverständlich.

Vom Schlagzeuger bekam sie gleich eine Flasche Bier in die Hand gedrückt. »Oder trinkst du nur Wasser?«, fragte er lachend, und Tina schüttelte verneinend den Kopf. »Na da bin ich ja schon mal beruhigt«, meinte der ältere Herr grinsend und schlug Daniel freundschaftlich auf die Schulter. »Deine Begleiterin passt zu uns.«

»Ein Bier«, sagte der erklärend. »Vor jedem Auftritt nur *eine* Flasche, nicht mehr. Das nimmt die Aufregung und macht ein wenig lockerer.

Den Rest trinken wir dann danach.« Er deutete grinsend auf einen gefüllten Kasten, der in der Ecke stand. »Setz dich einfach irgendwohin und fühl dich wie zu Hause«, meinte Daniel leise zu ihr. »Du gefällst ihnen.«

Tina hockte sich auf das alte Sofa und schlug die Beine übereinander. Das war doch gar nicht schlecht gelaufen. Wieder einmal waren ihre Bedenken vollkommen unbegründet gewesen.

Danach gingen alle gemeinsam das Programm für den heutigen Abend durch. Alles sah sehr routiniert aus, man merkte, dass die Truppe ein eingespieltes Team war. Witze und Worte flogen hin und her, und Daniels Aufregung schien abgenommen zu haben. Er schaute ab und zu in ihre Richtung, und sie spürte deutlich, wie glücklich er darüber war, dass sie ihn begleitete.

»So, alles ist geklärt«, sagte er nach einer Weile und drückte ihr einen leichten Kuss auf die Stirn. »Das Programm steht so weit.« Mit einem Seufzen ließ er sich neben sie fallen. Dann blickte er stirnrunzelnd auf seine Uhr. »Ich frage mich nur, wo mein Bruder bleibt. Mal wieder zu spät.« Erst jetzt bemerkte Tina, dass tatsächlich einer der Musiker fehlte. Daniel nahm sein Telefon und wählte eine Nummer, doch am anderen Ende meldete sich niemand. »Mailbox, so ein Mist!«, sagte er verärgert. »Also heißt es warten, so wie immer.« Gedankenverloren leerte Daniel den Inhalt seiner Bühnenlederjacke in einen Papierkorb neben der Couch. Tina erblickte lauter kleine Zettel. Er legte den Arm um ihre Schulter und zog sie an sich. »Am liebsten würde ich jetzt mit dir im Heu liegen und ganz andere Sachen machen«, raunte er leise in ihr Ohr, und Tinas feine Härchen richteten sich auf. »Aber leider muss ich mich nun einsingen. Und da ich das weder dir noch den anderen zumuten will, gehe ich immer vor die Tür.«

Tina beobachtete in der Zwischenzeit die anderen Musiker, doch niemand schien von ihr Notiz zu nehmen. Da war der Papierkorb mit seinen Zetteln, der sie magisch anzog. Eine innere Stimme warnte sie davor, einen von ihnen zu nehmen. Doch Tina konnte einfach nicht anders, sie musste es tun. Sie ergriff ein paar Zettel und schaute verstohlen zu den anderen. Niemand hatte die Aktion bemerkt. Also faltete sie den ersten auseinander. Zunächst begriff sie den Sinn nicht und schaute verständnislos auf das Papier. Da standen eine Telefonnummer und ein Name – Katja. Auf dem nächsten war eine komplette Adresse angegeben, samt dem unverkennbaren Abdruck eines Lippenstiftes, sogar der Geruch eines Parfüms hing daran und stieg in Tinas Nase. Da dämmerte es ihr, und schlagartig färbten sich ihre Wangen rot. Hastig warf sie die Schnipsel wieder in den Korb und nahm einen Schluck Bier. Ihr Herz klopfte, das Unwohlsein in ihrem Bauch wurde stärker. Was hatte sie erwartet? Dass Daniel wie ein Mönch lebte? Dass er keine feste Beziehung hatte, bedeutete ja nicht, dass es keine Frauen in seinem Leben gab. Und die Ladys vor der Bühne schienen verrückt nach ihm zu sein. Auch sie war fasziniert von ihm gewesen. Tina versuchte, den Gedanken an die Zettel abzuschütteln und stattdessen daran zu denken, wie sie sich vorhin geliebt hatten, doch ein winziger Schatten blieb. Dass dieser Schatten noch viel größer werden würde, war ihr in diesem Moment noch nicht bewusst.

Ganz zum Schluss kam dann endlich Daniels Bruder Manuel mit seiner Frau Lissy, die Tina ja schon von ihrer allerersten Begegnung nach dem Radunfall kannte, in die Garderobe geplatzt. Manuel deutete hinter dem Rücken seiner Frau vorsichtig auf sie und verdrehte die Augen. Niemand sagte etwas, die anderen Bandmitglieder wirkten genervt.

Auch heute war Lissy perfekt gekleidet. Sie trug eine schneeweiße Jeans und darüber ein eng anliegendes pinkes Oberteil. Ihre blonden Haare waren hochgesteckt, und lange Ohrringe baumelten an ihrem Hals. Das Gesicht war stark geschminkt, sodass es fast schon maskenhaft wirkte, und natürlich hatte der Lippenstift die gleiche Farbe wie Lissys Oberteil. Aus katzenhaften grünen Augen schaute sie Tina kurz an, lächelte dann gekünstelt und nickte ihr zu. Ganz anders verhielt sich ihr Mann. Manuel drückte lange Tinas Hand und blickte sie begeistert an. Seine Augen strahlten, und die Verwandtschaft mit Daniel war nicht zu leugnen. Genau die gleichen Sonnensprenkel tanzten in ihnen. »Ich freue mich, dass Daniel endlich mal ein Groupie mitbringt und dann auch gleich noch ein so nettes und hübsches.« Er zwinkerte ihr verschmitzt zu. »Wurde nämlich echt mal Zeit. Wir haben schon viel Gutes von dir gehört.«

Überrascht sah Tina ihn an. »Ach wirklich?«

»Hm, es vergeht kein Telefonat, in dem er nicht ausführlich von dir schwärmt«, erwiderte Manuel grinsend.

Während die Bandmitglieder noch einmal kurz miteinander sprachen und Manuel sich anscheinend eine kleine Standpauke abholen musste, setzte sich Lissy zu ihr auf die Couch, und zwar mit dem größtmöglichen Abstand. Sie schwieg, und auch Tina wollte beim besten Willen kein Gesprächsthema einfallen. Abfällig musterte die Frau ihre Bierflasche und nippte betont an einem Glas Wasser. Tina war nicht entgangen, dass auch die anderen Bandmitglieder sie nur sehr flüchtig begrüßt hatten. Außer von Daniel, der seine Schwägerin liebevoll in den Arm genommen hatte, erntete sie meist nur ein kleines Nicken. Lissy wippte neben ihr unaufhörlich nervös mit dem Fuß auf und ab und vermied jeglichen Blick in Tinas Richtung. Mit langen, schlanken Fingern zündete sie sich schließlich eine Zigarette an und stieß den Rauch heftig durch die Nase aus.

Endlich war die Zeit des Auftritts gekommen, und Tina sprang fast schon befreit auf. Zum Schluss hatte es sich angefühlt, als würde die Couch unter ihr in Brand geraten. Gemeinsam gingen sie hinter den Vorhang. Noch einmal umarmte sie Daniel und flüsterte verstohlen: »Toi, toi, toi!« Aus dem Augenwinkel sah sie, dass Lissy sie genauestens beobachtete.

»Heute Abend wird alles super laufen, einfach weil du da bist.« Er drückte sie fest an sich. »Du kannst dort drüben in den Kulissen zusehen, da hast du alles gut im Blick.«

Dröhnend ertönte der Countdown, der sie damals schon so fasziniert hatte. Der Vorhang ging auf, nach und nach betraten die Musiker die Bühne und begannen zu spielen. Tina erblickte zwei Stühle, die jemand bereitgestellt hatte. Zu ihrer Erleichterung ließ sich Lissy jedoch während des ganzen Konzerts nicht blicken. Tina war nicht böse darüber und genoss Daniels Auftritt in vollen Zügen. Ramos spielte einfach super, und das Publikum ging voller Begeisterung mit. Dann schloss sich kurz der Vorhang. Vor der Zugabe kam Daniel für eine Sekunde auf sie zu und küsste sie auf die Wange. »Super Stimmung heute.« Doch gleich darauf verschwand er wieder auf der Bühne, und die Band sang ihren größten Hit. Für Tina gab es kein Halten mehr. Sie sprang von ihrem Stuhl auf und trällerte aus voller Kehle begeistert mit. Zufällig fiel ihr Blick auf die gegenüberliegende Seite der Kulisse. Dort stand Lissy in der Dunkelheit, ohne jegliche Bewegung, starr mit einer Zigarette in der Hand, und schaute sie erneut mit diesem rätselhaften Blick an. Tina ließ ihre Hände verlegen sinken und blickte krampfhaft in Richtung Daniel. Augenblicklich kam sie sich unglaublich dumm vor, warum wusste sie selber nicht. Sie wusste nur eins, diese Frau und sie würden wohl niemals Freundinnen werden. Genauso unverhofft, wie Lissy erschienen war, verschwand sie auch wieder. Doch das unbehagliche Gefühl in Tinas Magen blieb.

Während der anschließenden Autogrammstunde hielt Tina sich diskret im Hintergrund. Es entging ihr jedoch nicht, dass diverse Frauen Selfies mit Daniel schossen und ihm dabei aufreizend nahe kamen. Erneut wanderten kleine Zettel in seine Taschen. Daniel lachte und scherzte. Er ließ kleinere Wangenküsse über sich ergehen und hielt die weibliche Fanschar ansonsten professionell auf Abstand. Dennoch verspürte Tina einen Stich in ihrem Inneren. Diese Frauen waren so viel jünger und teilweise schöner als sie.

Lissy tauchte wieder wie ein Geist neben ihr auf. Mit einem undeutbaren Gesichtsausdruck beobachtete sie die Szenerie. Wenn Tina sich nicht täuschte, umspielte ein gehässiges Lächeln ihre Mundwinkel. »Tja, daran musst du dich gewöhnen. Es ist jedes Mal das Gleiche. Er steht im Mittelpunkt und ist begehrt. Wenn du das nicht aushalten kannst, tust du mir heute schon leid. Wenn Daniel eins nämlich überhaupt nicht vertragen kann, dann ist es Eifersucht.«

»Und wie kommst du darauf, dass ich eifersüchtig bin?«, fragte Tina kühl.

»Wie ich darauf komme? Es steht überdeutlich auf deiner Stirn. Aber mir soll's egal sein, war nur ein gut gemeinter Tipp von mir.« Mit wiegenden Hüften ging Lissy langsam davon.

Am liebsten hätte Tina ihr hinterhergerufen, dass sie auf ihre Tipps verzichten konnte, doch sie schwieg. Es war bestimmt unklug, es sich schon bei der zweiten Begegnung mit Daniels Schwägerin zu verscherzen. Und außerdem hatte die Frau ins Schwarze getroffen. Tina war eifersüchtig.

Im Auto ergriff Daniel ihre Hand. »Es war ein toller Abend, und endlich muss ich nicht allein nach Hause fahren, das ist das Allerschönste.« Tina nickte abwesend und kämpfte mit ihren Empfindungen. Prüfend sah er sie an. »Heh, was ist denn los? Hab ich was falsch gemacht?« In der Dunkelheit tauchte ein Parkplatz auf, und Daniel steuerte ihn an.

Sie seufzte tief und verdrehte die Augen. »Ach nein, du hast nichts falsch gemacht. Es ist nur, na ja, da sind so viele andere Frauen, die sich an dich ranschmeißen.« Lissys Warnung fiel Tina ein, doch nun war es zu spät. Die Zettel erwähnte sie lieber gleich gar nicht, ihr Nachspionieren war ihr nun selbst peinlich.

Daniel schaltete die Leselampe an und nahm ihr Kinn in seine Hand. »Es ist schwer für dich, das kann ich mir vorstellen. Aber das ist mein Job. Es gehört einfach dazu, mit den Fans zu agieren. Diese Frauen haben keine Bedeutung für mich.«

»Das weiß ich doch, nur dich so zu sehen ...«, stammelte sie vor sich hin. Augenblicklich kam Tina sich noch dümmer vor. Sie kannten sich erst kurze Zeit, und schon machte sie ihm Vorhaltungen. »Ich werd mich schon dran gewöhnen.«

»Ganz bestimmt, und merk dir, ich bin eine treue Seele. Du musst dir keine Sorgen machen. Und jetzt, fort mit den trüben Gedanken! Ich will dich lachen sehen«, verlangte Daniel und küsste sie auf die Wange. Mit aller Kraft zauberte sie ein Lächeln auf ihr Gesicht.

Er fuhr erleichtert weiter, und Tina war froh, dass das Licht im Auto erlosch und er ihr Gesicht nicht sehen konnte. Vielleicht sollte sie in Zukunft lieber auf Konzertbesuche verzichten.

# 19. Kapitel

Tina hörte Daniels Stimme aus dem Garten, nicht laut, sondern flüsternd, irgendwie unterdrückt. Und da war noch eine zweite Stimme, die einer Frau gehörte. Er klang verärgert. Es ertönte ein Lachen und gleich darauf ein klatschendes Geräusch.

Mühsam öffnete Tina ihre Augen, ihre Hände strichen über das Laken. Das Bett neben ihr war leer. Draußen herrschte wieder Stille, außer dem obligatorischen Ruf des Käuzchens, welches seine nächtlichen Runden drehte. Irgendetwas hatte sie aus tiefsten Träumen gerissen. Tina lauschte noch einmal, sie hielt den Atem an, aber da war einfach nichts – nur Stille. Hatte sie etwa die Stimmen nur geträumt? Ganz bestimmt war es so, und noch ehe Tina näher darüber nachdenken konnte, schlief sie erneut ein.

Am Morgen lag Daniel neben ihr. Tina betrachtete ihn eine ganze Weile und kuschelte sich an seinen Körper. Mit einem leichten Stöhnen zog er sie an sich und legte den Arm um sie. Tina lauschte dem Knacken der Holzbalken und versuchte noch einmal einzuschlafen. Doch Vogelgezwitscher und Sonnenschein lockten sie nach draußen.

Irgendwann erhob sie sich vorsichtig und huschte aus dem Zimmer. Barfuß und nur mit ihrem Longshirt bekleidet betrat sie den Hof. Es war kurz vor sieben, Tautropfen glitzerten wie Edelsteine auf dem Rasen. Eine bunt gescheckte Katze räkelte sich auf der Wiese und ergriff bei ihrem Anblick die Flucht. Tina drehte eine kleine Runde über Daniels Anwesen. Sie lief an den Nebengebäuden vorbei, wanderte durch den ehemaligen Gemüsegarten und setzte sich schließlich auf die Bank unter dem Kirschbaum. Das Haus lag friedlich in der Morgensonne.

Da blieb ihr Blick an etwas Glitzerndem hängen, das auf dem Rasen lag. Tina hob es auf. Das Fundstück entpuppte sich als ein Ohrring. An einer zart verzierten Silberschlaufe war ein blutrot schimmernder Glasstein befestigt. Nachdenklich legte sie das Schmuckstück auf ihre Handfläche. Die Geräusche der letzten Nacht fielen ihr wieder ein. Hatte sie doch nicht geträumt, war da jemand gewesen? Doch der Ohrring konnte schon länger hier liegen. Sicher gehörte er einem der weiblichen Gäste, die sie an ihrem ersten Abend hier getroffen hatte.

Aus einer inneren Eingebung heraus hängte Tina den Ohrring in den Kirschbaum über sich. An einem Zweig baumelte er sanft in der leichten morgendlichen Brise. Das Licht schimmerte in dem roten Stein und brach sich in dessen Facetten. Wäre es besser, bei Daniel nachzuforschen? Sie verschob diese Entscheidung auf einen späteren Zeitpunkt und vergaß schon kurze Zeit darauf ihren Fund. Tinas Gedanken wanderten zum gestrigen Abend, und heute Morgen, im hellen Sonnenschein, kam ihr das eigene Verhalten fast schon kindisch vor.

Gegen halb zehn ging sie schließlich in die Küche. Neugierig öffnete sie alle Schranktüren, bis sie endlich das Frühstückstablett und das Geschirr entdeckt hatte. In der Zwischenzeit war der Kaffee durchgelaufen, und auch die Eier waren gekocht. Behutsam balancierte sie das Tablett Richtung Schlafzimmer und stemmte ihren Ellenbogen auf die Türklinke.

Daniel schlief noch immer. Mit einem Arm hatte er ihr Kopfkissen umfasst und sein Gesicht darin vergraben. Tina stellte das Frühstück vor dem Bett ab und huschte mit unter die Decke. Sein Körper war warm vom Schlaf. Ein zufriedenes Seufzen ertönte, als er ihre Hände auf seinem Bauch spürte. Dann tastete er schlaftrunken nach ihrem Körper und zog sie an sich.

Später frühstückten sie zusammen im Bett, und es war so, als wären sie schon viele Jahre ein Paar. Die Vertrautheit zwischen ihnen war unbeschreiblich, und manchmal ertappte Tina sich bei dem Gedanken, dass sie eine solche Nähe bei Peter nie gespürt hatte. Den Rest des Tages verbrachten sie ganz entspannt im Garten. Sie legten sich in legerer Kleidung auf die beiden Liegen und träumten vor sich hin.

Schneller als gedacht war der Abend gekommen, und mit einem wehmütigen Gefühl machte Tina sich auf den Heimweg.

»Komm gut nach Hause. Ich vermisse dich jetzt schon«, murmelte Daniel an ihrem Ohr und glitt mit seinem Mund über ihren Hals. Vor Tinas Augen tanzten kleine Schmetterlinge.

»Ich vermisse dich auch, aber wenn ich jetzt nicht gleich losfahre, komme ich nie zu Hause an«, sagte sie mit einer möglichst festen Stimme. »Und morgen muss ich in aller Früh wieder ins Geschäft.«

»Und du kannst wirklich nächstes Wochenende nicht kommen?«, bettelte Daniel und sah sie flehend an.

»Nein, immerhin habe ich ein Geschäft und kann meiner armen Frau Knacke nicht noch mehr Arbeit aufhalsen. Und am nächsten Wochenende fahre ich nach Bansin, zur Weiterbildung.« Tina versuchte, sich ihm ein Stück zu entziehen, denn seine Hände strichen schon wieder über ihre Hüften und sorgten dort für eine wohlige Gänsehaut.

»Dann sehen wir uns ja zwei Wochenenden nicht, du bist so herzlos. Das hätte ich nie gedacht«, meinte er mit wehleidigem Gesichtsausdruck.

Seufzend riss sie sich los und stieg in ihr Auto. »Sei tapfer, bald ist Winter. Dann habe ich mehr Zeit für dich.« Winkend fuhr Tina davon. Daniel stand vor seinem Haus und winkte ihr nach, bis sie um die Ecke der alten Chaussee verschwunden war. Der Abschied schmerzte sie so sehr, dass sie am liebsten auf der Stelle kehrtgemacht hätte. Schon jetzt vermisste sie seine Berührungen.

Und wieder einmal packte Tina ihre Tasche. So viel wie jetzt war sie noch nie in ihrem Leben unterwegs gewesen. Es war Freitag. Draußen rüttelte der Wind an den Bäumen im Nachbargarten, und einzelne Regentropfen fielen auf ihr Dachfenster. Es war der erste Tag, an dem es schien, als würde der Herbst nun endgültig Einzug halten. Diesmal fuhr Tina nicht zu Daniel, sondern zu ihrem heute beginnenden Schmuckkurs bei Walter Steeger. Sie war aufgeregt. Vielleicht war sie die einzige Teilnehmerin, die nur äußerst geringe Kenntnisse in der Schmuckverarbeitung mitbrachte. Vielleicht waren alle anderen viel weiter als sie.

Frau Knacke hatte in den vergangenen Tagen alles getan, um ihr diese Bedenken zu nehmen. »Ich hab selbst mal so einen Kurs absolviert. Machen Sie sich keine Gedanken! Ich hab das alles gut geschafft, aber mir fehlte schlicht und ergreifend dieses besondere Auge, was man für die Arbeit braucht. Meine Ketten wirkten irgendwie immer ein wenig zusammengewürfelt. Ich kann halt Schmuck verkaufen, aber keinen herstellen. Bei Ihnen ist das anders. Sie schaffen das schon, Chefin.« Seit einigen Tagen sprach ihre Angestellte sie mit dieser eigentlich für Marion bestimmt gewesenen Anrede an, und Tina freute sich sehr darüber. Überhaupt hatten die beiden Frauen sich hervorragend zusammengerauft. Frau Knacke war ihr eine unendliche Hilfe und wusste Rat in fast jeder Situation.

Auch Daniel machte ihr am Vorabend Mut, während Tina auf ihrer Couch lag und mit sich haderte. »Mach dich nicht immer so klein! Du wirst sehen, hinterher lachst du über deine Bedenken.« Diese wenigen Telefonate waren sehr wertvoll für sie. Wann immer es möglich war, sprachen sie miteinander, und so langsam stellte sich in Tina das Gefühl ein, mit Daniel eine Beziehung zu haben. Der Gedanke war aufregend. An Peter dachte sie auch noch, besonders in stillen Momenten am Abend. Da tauchte sein vertrautes Gesicht in ihrem Inneren auf. Sie erinnerte sich an die vielen gemeinsam verbrachten Jahre und an viele schöne Momente mit ihm. Doch persönlich begegneten sie sich nie. Wann immer Tina Prerow einen Besuch abstattete, war er nicht da, und manchmal bedauerte sie das. Jule äußerte sich nur vage über ihren Vater, anscheinend schien alles gut zu funktionieren, und niemand vermisste sie. Ein Gedanke, der ihr manchmal sehr zu schaffen machte.

Walter Steegers Haus in Bansin war schnell gefunden. Es lag wie von ihm am Telefon beschrieben etwas außerhalb des Ortes, am Rande des Waldes. Er wohnte in einem älteren Gebäude, das Tina ein wenig an Daniels Zuhause erinnerte. Es war groß, aus Ziegelsteinen errichtet und hatte reichlich Moos auf dem schattigen Dach. Gleich daneben lag eine Pension, in der die Kursteilnehmer üblicherweise abstiegen. Für sie wurde eine Ausnahme gemacht, sie durfte in Walter Steegers Gästezimmer wohnen. Ohne ihren Widerspruch zu dulden, hatte er am Telefon darauf bestanden. »Das fehlte noch, dass Marions beste Freundin in einer Pension absteigt. Sie wohnen bei mir, immerhin habe ich genug Platz im Haus.«

Unter rauschenden Bäumen standen schon zwei Fahrzeuge. Wie Tina den Unterlagen entnommen hatte, gab es insgesamt fünf Teilnehmer.

Herr Steeger erwartete sie bereits und kam quer über den Hof auf sie zu. »Liebe Tina, ich hoffe, ich darf so zu Ihnen sagen. Ich freue mich wirklich riesig, und Marion freut sich da oben auf ihrer Wolke sicher auch. Herzlich willkommen hier bei mir!«

Ehe Tina sichs versah, hatte er sie auch schon in die Arme genommen, und sie hatte nicht das Geringste dagegen. »Ich freue mich auch, hier zu sein. Und ich bin aufgeregt, sogar schrecklich. Gestern war ich schon nahe dran, alles abzublasen.«

Gespielt empört schaute er sie an. »Wie bitte, da wäre ich aber schrecklich enttäuscht gewesen. Sie werden sehen, der Kurs wird Ihnen gefallen und die anderen Teilnehmer ganz sicher auch. Kommen Sie, ich zeige Ihnen erst mal Ihr Zimmer.«

Gemeinsam betraten sie das Haus durch eine seitlich gelegene Tür. Es ging durch einen dunklen Flur und dann über eine ziemlich steile Wendeltreppe in den zweiten Stock. Hier unter dem Dach endete die Treppe an einem kleinen Absatz, von dem zwei Türen abgingen. »Ich hab Ihnen das größere Zimmer zum Wald hinaus gegeben. Da ist so eine himmlische Stille, und der Blick in die Bäume ist beruhigend.« Walter deutete auf die andere Tür. »Da drüben schläft noch eine gute Freundin von mir. Sie hilft mir manchmal ein wenig bei den Kursen.«

Der Raum war düster, denn der Wald, der direkt hinter dem Haus begann, schluckte sämtliches Licht. Da halfen auch die weiß gekalkten Wände recht wenig. Es roch muffig in dem kleinen Zimmer, wie in einem Raum, den lange niemand mehr bewohnt hatte. Tina atmete tief ein und beschloss als Erstes das Fenster weit zu öffnen. Es gab ein Bett, einen Schrank und mehrere Truhen, die aussahen, als wären sie aus dem Mittelalter. Eigentlich fehlte in der Ecke nur noch eine Ritterrüstung, und das Ambiente einer alten Burg wäre perfekt. Oben an der Decke waren Balken, die im Laufe der Jahre derart gedunkelt waren, dass das Holz fast schon bedrückend wirkte. Unter ihren Füßen knarrten die Dielen, und Tina hoffte, unter ihr würde niemand wohnen. Walter sah sie fragend an, und sie äußerte keinerlei Kritik, um ihn nicht zu verletzen. »Ein schöner Raum, ich werde bestimmt super schlafen.«

»Das freut mich.« Er lächelte sichtlich erleichtert. »Ich habe selten Gäste zum Schlafen und bin ein wenig ungeübt. Wir treffen uns in einer halben Stunde zu einer kleinen Einführung. Dann bis später!« Er winkte ihr zu, und Tina war allein.

Sofort riss sie das Fenster auf und ließ frische Luft ins Zimmer strömen. Die Bäume rauschten tatsächlich beruhigend, ganz sicher würde sie trotz allem gut schlafen. Kritisch testete Tina das Bett, es ächzte unter ihrem Gewicht und würde vermutlich den anderen Hausbewohnern jede Drehung überdeutlich mitteilen. Lächelnd zuckte sie die Schultern. Was soll's, zwei, maximal drei Nächte würde es schon gehen. Im Grunde war sie Walter für sein Angebot dankbar, so sparte sie sich das Geld für die Pension. Ihre Tasche stellte Tina auf die kleine Bank direkt neben der Tür und beschloss, später auszupacken. Jetzt warf sie nur noch einen kurzen Blick ins Badezimmer. Das war erstaunlich modern gestaltet, mit einer ebenerdigen Dusche und weiß glänzenden Möbeln. Anscheinend hatte Walter hier mit der Modernisierung begonnen.

Minuten später eilte Tina nach unten, drehte eine halbe Runde um das Haus und betrat es durch den Vordereingang wieder. Eine der zahlreichen Türen stand offen, und von dort ertönte munteres Geplauder.

Als Erstes entdeckte sie Walter, der sich zusammen mit drei Frauen über einen Tisch beugte. Dann erblickte sie lange dunkle Haare, die zu einer Frau gehörten, die mit dem Rücken zu ihr stand und aus dem Fenster genau auf den Weg blickte, den sie gerade genommen hatte.

Tina beschlich ein seltsames Gefühl, diese Haare, diese Figur. In dem Augenblick drehte die Frau sich um, und Tina blickte direkt in Sonjas Gesicht.

# 20. Kapitel

Es gab keinen Zweifel, dort stand Sonja und musterte sie unterkühlt. Dann zwang sie sich ein krampfhaftes Lächeln aufs Gesicht und kam auf Tina zu. »Na wenn das keine Überraschung ist! Mit dir hätte ich hier nun wirklich nicht gerechnet. Sagte Daniel nicht, dass du eine Zimmervermietung hast?« Mit einer geschmeidigen Bewegung warf Sonja ihre Haare zurück und drückte ihr die Hand.

Tina versuchte, ihre Verblüffung zu verbergen »Das ist wirklich eine Überraschung. Mit dir hatte ich auch nicht gerechnet. Walter hat gesagt, das hier wäre der Anfängerkurs. Und wenn mich nicht alles täuscht, bist du eine erfolgreiche Goldschmiedin, zumindest erwähnte Daniel so etwas in der Art.«

In dem Moment näherte sich Walter von hinten und legte seinen Arm um Sonja. »Na ihr beiden, habt ihr euch schon kennengelernt?«

»Das war nicht nötig, wir kennen uns schon. Ich bin Tine auf Rügen begegnet, bei Daniel. Du erinnerst dich sicher an ihn. Der Musiker, du hast ihn bei einem Besuch mal kennengelernt«, erklärte Sonja.

»Tina, ich heiße Tina«, unterbrach sie Sonjas Ausführungen und kam sich dabei fast schon albern vor.

Walter schaute sichtlich überrascht. »Daniel. Die Welt ist wirklich ein Dorf. Ich bin immer wieder erstaunt, wer sich so alles kennt. Na ja, umso besser. Nun lasst uns aber anfangen.«

Jeweils zu zweit setzten sie sich an die hölzernen Werkbänke. Tina war erleichtert, als Sonja neben Walter Platz nahm, ein Stück von ihr entfernt. Es war nicht schwer zu erraten, dass es sich bei ihr wohl um die alte Freundin handelte, die ihm manchmal bei den Kursen zur Hand ging.

Anfangs konnte Tina Walters Worten kaum folgen. Sie konnte sich selbst nicht erklären, warum sie sich so unwohl fühlte. Denn die junge Frau neben ihr, eine Verkäuferin aus Düsseldorf, die im Laden ihrer Eltern arbeitete, war sehr nett und ähnlich neu im Geschäft wie sie selbst. Doch jedes Mal wenn sie nach vorn schaute und dabei in Sonjas abschätzendes Gesicht blickte, rutschte Tinas Herz ein Stück weit tiefer in die Hose. Sie wurde genau beobachtet, Sonja stierte geradezu. So sehr, dass es nach kurzer Zeit sogar ihrer Nachbarin auffiel, die Tina mit dem Ellenbogen anstieß und fragend nach vorne deutete. Sie zuckte nur die Schultern und gab sich ahnungslos.

Bei den ersten kleinen praktischen Arbeiten begann Tina sich langsam zu entspannen. Denn zum Glück betreute Walter ihren Tisch, während Sonja sich der anderen Seite widmete. Sie vertrieb alle trüben Gedanken aus ihrem Geist. Dafür war dieser Kurs einfach zu wichtig für ihre Zukunft.

Nach zwei Stunden gab es die erste Pause. Alle Teilnehmer bedienten sich an einem Tisch, auf dem einige Karaffen mit Wasser und eine große Kanne Kaffee stand.

Tina nahm sich ein Wasserglas und ging dann nach draußen. Tief sog sie die frische Luft in die Lungen und massierte ihre Schläfen. Ein unangenehmer Druck stellte sich ein, und sie hoffte, dass sich keine Migräne entwickelte. Hinter ihr ertönten Schritte, und sie rechnete jeden Moment damit, dass Sonja neben ihr auftauchte. Doch zu ihrer Erleichterung war es Walter, der sich neben sie stellte und mit spitzem Mund in seine Kaffeetasse blies.

»Und, wie kommen Sie bis jetzt zurecht? Wobei, ich als der Ältere würde Ihnen sehr gerne das Du anbieten. Wäre das okay?« Mit einem leichten Lächeln sah er sie an und streckte ihr die Hand entgegen.

»Ich bin Tina, aber das weißt du ja schon.« Sie lachte und ergriff seine Hand. »Bis jetzt komme ich sehr gut zurecht. Ich bin auf die nächsten Tage gespannt, besonders auf das Bearbeiten der Steine. Da bekomme ich immer zittrige Finger.«

Walter winkte beruhigend ab. »Je mehr Selbstvertrauen man dem Stein entgegenbringt, umso besser. Man muss seine Struktur lesen und ihn verstehen. Natürlich passieren kleine Schnitzer, selbst mir nach so vielen Jahren. Und auch Marion sind sie passiert.«

Hinter ihnen ertönte Gelächter, und Tina sah Sonja inmitten der Frauen stehen und eine anscheinend sehr erheiternde Story zum Besten geben. »Ihr mögt euch wohl nicht besonders«, fragte Walter mit leiser Stimme.

Tina zuckte die Schultern, »Kann man so nicht sagen, wir kennen uns ja kaum.«

Er akzeptierte die Antwort und ging nicht weiter darauf ein.

Am Abend sank Tina todmüde in ihr Bett. Zum Glück hatte sie sich auf der Hinfahrt ein belegtes Brötchen besorgt, welches sie nun mit Heißhunger verspeiste. Sie hatte sich einfach nicht mehr aufraffen können, mit den anderen Frauen in eine Gaststätte zu gehen.

Sorgfältig verschloss sie die Tür und lauschte an dem wurmstichigen Holz. Im Haus war alles ruhig. Sonja war gleich nach dem Kurs verschwunden und wollte noch etwas essen gehen.

Tina versuchte noch einmal, Daniel zu erreichen, doch er meldete sich nicht. Also drehte sie sich auf die Seite und lauschte dem beruhigenden Rauschen der Bäume.

Das ungewohnte Lernen machte sich bemerkbar, denn Tina schlief tief und fest bis zum nächsten Morgen und wurde erst vom energischen Klingeln ihres Handyweckers gestört. Ein kurzer Blick auf das Display zeigte, dass Daniel sich nicht bei ihr gemeldet hatte. Sie versuchte es noch einmal, doch wieder ging nur die Mailbox ran. Tina sprang unter die Dusche, zog sich an und band ihre Haare mit einem Gummi zusammen.

Unten erwartete sie Walter schon in seiner Küche. Auf dem Tisch standen zwei Gedecke, anscheinend startete Sonja hungrig in den Tag.

Ihre Gespräche drehten sich um allgemeine Themen, und dann begann auch schon der Kurs.

Der Tag verlief ähnlich wie der gestrige, nur ging es diesmal ans praktische Arbeiten. Ihre Banknachbarin war noch unerfahrener als sie und arbeitete mit zitternden Händen. Immer wieder musste Tina eingreifen und der jungen Frau ein wenig helfen. Schweiß stand auf deren Stirn, und ungeschickt bearbeitete sie den Stein. Tina dagegen kam viel besser zurecht, als sie gedacht hatte, und war ein wenig stolz auf sich. Selbst Sonja schaute auf ihr Endprodukt und nickte anerkennend. Fast alle Steine bearbeitete sie so wie gewünscht und war am Abend mit ihrer Arbeit mehr als zufrieden. Nach ein paar kurzen Worten entließ Walter die Damen in den Feierabend. Er sah erschöpft aus und verließ, bevor irgendjemand mit Fragen auf ihn zukommen konnte, in aller Eile den Raum. Sonja übernahm den Antwort-Part und wirkte sehr geduldig und professionell. Dennoch blickte auch sie ihm besorgt hinterher.

Beim Verlassen des Hauses wehte Tina eine leichte Brise ins Gesicht. Wohlig ließ sie ihr Haar im Wind flattern. Der Tag war lang gewesen, Zeit, ein wenig am Meer entlangzulaufen und endlich frische Luft zu atmen. Sie beschloss, die Gegend zu erkunden. Vielleicht fand sie ein Restaurant, in dem sie eine Kleinigkeit essen konnte, allein und ohne die anderen. Denn ihr Sinn stand nicht nach Gesellschaft. Ihr Handy steckte sie in die Tasche und würde später versuchen, Daniel noch einmal zu erreichen. Dieser hatte ihr heute Nachmittag eine knappe Nachricht geschickt:

> *Ich liebe dich, hab gerade ein bissel Stress mit einem wichtigen Kunden, sorry. Melde mich irgendwann, nicht böse sein.*

Erleichtert hatte sie seine Zeilen gelesen.

Tina holte sich die Strickjacke aus ihrem Zimmer und lief los, auf irgendeinem schmalen Weg, der direkt neben dem Haus begann und in den Wald führte. Irgendwann kam sie an eine Kreuzung und sah sich unschlüssig um. Hier unter den Bäumen wurde es langsam düster. Deswegen wählte Tina den rechten Pfad, der sie normalerweise nach Bansin, zumindest aber ans Meer bringen musste, und schon nach kurzer Zeit hörte sie es leise rauschen. Plötzlich stand sie direkt an der Steilküste. Einige Meter unter ihr lag der menschenleere Strand.

Das Meer schimmerte von hier oben dunkelblau, kleine weiße Schaumkronen kräuselten sich auf seiner Oberfläche. Der Horizont war voller Schiffe, die zu irgendeinem Hafen unterwegs waren. Der Strand war breit und naturbelassen. Tina erkannte einige umgestürzte Bäume, ansonsten aber unendlich viel blendend weißen Sand.

Sie suchte sich eine schöne Stelle, setzte sich auf einige Grasbüschel und schob ihre Füße vorsichtig über die Kante, bis sie über dem Abgrund baumelten. Tief atmete Tina die Seeluft ein und ließ den Tag Revue passieren. Ihre Zweifel waren vollkommen unbegründet gewesen. Und in diesem Moment war sie sich ganz sicher, die richtige Entscheidung für ihr Leben getroffen zu haben. Sie liebte das, was sie tat. Und wer konnte dies schon von sich behaupten.

Da stieg Tina Zigarettenrauch in die Nase. Hastig drehte sie sich um. Leise Schritte ertönten, und Sonja tauchte hinter einer Biegung auf. Diesmal konnte es kein Zufall sein, die Frau musste ihr gefolgt sein. Tina war nahe dran, die Flucht zu ergreifen, aber das wäre wohl albern gewesen. Sonja hatte sich umgezogen und trug nun eine ausgewaschene Jeans, Turnschuhe und eine dicke dunkelrote Strickjacke. Ihre langen Haare hatte sie zu einem lockeren Knoten aufgesteckt.

»Darf ich?« Fragend deutete Sonja auf den Platz neben ihr. Tina nickte, und Sonja setzte sich. »Ein schönes Plätzchen hast du dir da ausgesucht«, meinte sie und musterte den Strand versonnen.

»Ja, beruhigend irgendwie, ich liebe es, so aufs Meer zu schauen oder am Strand entlangzuwandern. Besonders morgens und abends, wenn nicht so viele Menschen unterwegs sind.«

Sonja drückte ihre Zigarette sorgfältig im Sand des Weges aus und stützte ihre Arme neben dem Körper ab. »Ich liebe das Meer auch. Leider sehe ich es zu selten, stehe ja fast jeden Tag im Laden. Aber du weißt ja inzwischen sicher, wovon ich spreche.«

Sie führten ein normales Gespräch. Vielleicht war Sonja doch nicht so extrem, wie sie immer angenommen hatte, dachte Tina.

»Ja, irgendwas ist immer. Ich bin dennoch froh, den Laden übernommen zu haben. Es war schon immer mein Traum, mit Schmuck zu arbeiten«, meinte Tina versonnen. »Auch wenn ich dann für manche Dinge nur noch wenig Zeit habe.«

Sonja nickte und begann mit einem Halm Dünengras zu spielen. »Es ist schön, wenn man seine Träume leben kann. Walter hat mir vorhin alles erzählt, also, ich meine die ganzen Neuigkeiten, die es bei dir gibt. Ich wünsche dir jedenfalls viel Glück, auch für dein neues Leben. Das war bestimmt nicht leicht, deine Familie zurückzulassen und das Unternehmen, was du mit aufgebaut hast.« Sie schwieg kurz und meinte dann knapp. »Du hast Talent, das muss ich sagen. Marion hatte wirklich recht, du liebst die Steine, und sie lieben dich.«

Verblüfft sah Tina die Frau an. »Du kanntest Marion? Wie seltsam, sie hat mir nie von dir erzählt.«

»Kennen ist übertrieben, wir sind uns ein paarmal begegnet, durch Walter eben.« Sonja griff in ihre Tasche und entnahm dieser die Zigarettenschachtel. »Stört es dich?« Fragend blickte sie Tina an, und diese schüttelte den Kopf. »Rauchen ist ein großes Laster, eigentlich mein einziges. Ansonsten arbeite ich den lieben langen Tag. Ich finde, ein Laster darf jeder haben.«

Dann herrschte Stille. Von unten drang das leise Rauschen der Wellen zu ihnen nach oben. Ein einsames Pärchen mit Hund spazierte am Strand entlang und hielt sich an den Händchen. Das Tier gebärdete sich wild und stürzte mal hierhin und mal dorthin, aber die beiden ließen sich davon kein bisschen stören.

»Und, mit dir und Daniel läuft es gut?«, fragte Sonja mit heiserer Stimme. Da war es wieder, dieses ungute Gefühl in Tinas Bauch. Der Drang, aufzustehen und zu gehen, wurde erneut stärker.

»Ja, läuft ganz gut«, meinte Tina vage. Sie hatte nicht die geringste Lust, mit dieser Frau über ihre Beziehung zu sprechen.

»Er ist ja auch ein toller Mann, einfühlsam und sensibel. Mit ihm kann man reden, über alles, was einem so auf der Seele brennt.«

Tina lächelte versonnen. »Ja, da hast du recht. Und er kann gute Ratschläge geben.«

Sonja lachte leise. »Oh ja, das kann er. Deswegen ist er sehr beliebt beim weiblichen Geschlecht.« Sie legte ihre Hand auf Tinas Oberschenkel. »Sorry, ich hoffe, ich trete dir nicht zu nahe. Aber so ist es nun einmal. Man muss tolerant sein, sonst funktioniert eine Beziehung mit ihm nicht.«

Tina fühlte sich immer unwohler und entschied sich zu schweigen. Das Pärchen war mittlerweile verschwunden. Die Dämmerung sank schnell auf ihren einsamen Sitzplatz herab.

»Wir waren früher auch mal ein Paar, doch das weißt du sicher längst.« Sonja stieß den Rauch in den Himmel. »Aber das ist schon viele Jahre her. Zum Glück ist uns eine tiefe Freundschaft geblieben, wir vertrauen uns und sind immer füreinander da. Das ist wertvoller, als nur im Bett herumzuturnen«, fügte Sonja mit sarkastischer Stimme hinzu.

Da war der Moment erreicht, sie musste weg. Keine Sekunde länger wollte sie hier sitzen bleiben. Was immer ihr Sonja noch sagen würde, es war bestimmt nichts Gutes. Tina bewegte sich, rutschte ein Stück nach hinten und versuchte auf die Beine zu kommen. Mühevoll stemmte sie sich hoch. Sonja blieb sitzen, packte aber urplötzlich ihr Handgelenk. Wie Klauen schlossen sich die Finger um ihre Haut. In ziemlich unbequemer Haltung hockte Tina neben ihr. Der Wind frischte auf, und damit verstärkte sich auch das Rauschen des Meeres.

»Und mit Lissy, kommst du mit ihr auch klar?« Da war etwas in der Stimme dieser Frau, das Tina zögern ließ. Es wäre für sie ein Leichtes gewesen, sich einfach loszureißen, doch ihre Beine waren wie gelähmt, eigentlich war ihr ganzer Körper erstarrt. Sonjas dunkle Augen bohrten sich im letzten Licht des Tages in ihre. »Ich frage nur, obwohl ...« Sie zögerte kurz. »Daniel und du, ihr seid so vertraut, dass er dir sicher alles über Lissy erzählt hat. Über ihre ganz besondere Rolle, den Platz, den sie in seinem Leben hat. Ein Platz, den keine andere Frau jemals einnehmen kann. Für mich wäre das ja nichts, aber du musst das selbst wissen.«

»Was meinst du?«, flüsterte Tina mit erstickter Stimme.

Sonja lachte auf. »Dachte ich es mir doch. Du weißt es nicht. Nun, die beiden haben ein spezielles Verhältnis, deswegen ist sie auch so häufig bei ihm. Manuel weiß nichts davon und wird es wohl auch nie erfahren. Deswegen habe ich Schluss gemacht. Freundschaft ja, aber nicht mehr. Ich will einen Mann ganz für mich und nicht nur ein Stück ...«

Den Rest hörte Tina nicht mehr, sie wollte ihn nicht hören. Tina riss sich los und stolperte den schmalen Pfad an der Steilküste entlang. Sie stürzte blind drauflos, während die Worte der anderen Frau noch in ihren Ohren dröhnten. Was meinte Sonja denn um Himmels willen? Welche besondere Rolle sollte Lissy spielen? Sie war seine Schwägerin und nicht mehr. War es möglich, dass Sonja nur hatte Gift versprühen wollen? Zuzutrauen wäre es ihr, doch Tina ahnte, dass das nicht alles war.

Erschöpft lehnte sie sich an einen Baum, spürte das raue Holz auf ihrer Stirn und merkte, wie ihr Herz fast bis zum Zerspringen schlug. Tina hätte sich auf dieses Gespräch nicht einlassen sollen. Es war ein Fehler gewesen, sich von Sonjas am Anfang so freundlichen Worten einlullen zu lassen.

Da tauchte ein Pfad auf, der steil zum Strand hinabführte. Tina nahm ihn, rutschte stellenweise auf dem Hintern nach unten oder hielt sich an Sträuchern fest. Ein dicker Stamm blockierte den Weg. Sie überkletterte ihn, geriet ins Straucheln und stürzte. Ihr Handgelenk durchfuhr ein scharfer Schmerz, der sich langsam über den ganzen Arm ausbreitete. Hoffentlich würde sie morgen überhaupt arbeiten können. Tina blieb im losen Sand sitzen und begann zu heulen.

Verdammt, eben war sie noch so glücklich gewesen und nun das. Sie nestelte das Handy aus ihrer Tasche, wählte Daniels Nummer und ließ es klingeln. Nach einigen Sekunden meldete sich eine weibliche

Stimme, »Hallo?«, fragte die Frau am anderen Ende. Und dann noch einmal, jetzt schon etwas ungeduldiger. »Hallo, wer ist denn da?«

Wie erstarrt drückte Tina auf die rote Taste. Diese Stimme war ihr bekannt, sie war zu speziell, um verwechselt werden zu können. Sie gehörte eindeutig Lissy.

# 21. Kapitel

Wie sie zu ihrem Zimmer gekommen war, konnte Tina später nicht mehr sagen. Irgendwann hatte sie den Strand erreicht und war tränenblind an der Wasserlinie entlanggelaufen. Teilweise umspülten die Wellen ihre Füße, doch sie merkte es kaum. Sie hatte das Gefühl, dass der Wind immer stärker wurde, bis sie sich am Ende regelrecht in einzelne Böen stemmen musste. Die Lichter von Bansin kamen langsam näher. Irgendwo rechts oben, am Abbruch der Steilküste, saß vielleicht immer noch Sonja und lachte sich über ihre Reaktion kaputt. Doch Tina hatte die Bestätigung für deren Worte selbst bekommen. Lissy war an Daniels Telefon gegangen, obwohl er angeblich einen wichtigen Kunden hatte. Was immer das bedeutete, es vermittelte ihr kein gutes Gefühl.

Der Hunger war Tina schlagartig vergangen, und kraftlos schleppte sie sich die schmale Treppe zu ihrem Zimmer empor. So, wie sie war, mit Sand und Seetang übersät, warf sie sich auf das Bett. In diesem Moment war ihr alles egal. Erschöpft schloss sie die Augen. Erst das Telefon, welches in ihrer Tasche zu summen begann, riss sie aus ihren Grübeleien. Daniels Gesicht leuchtete auf dem Display auf. Tinas Finger wanderte zur grünen Taste und zog sich dann wieder zurück. Sie ließ das Handy klingeln, bis es schließlich verstummte. Nach einem kurzen Moment begann das Spiel von Neuem, bis der Mann am anderen Ende schließlich aufgab.

Fast schon erleichtert drehte Tina sich auf den Rücken und starrte an die Decke. Auf was für eine Geschichte hatte sie sich da bloß eingelassen? Ihr ruhiges Leben hatte sie hinter sich gelassen, wegen eines

Mannes, der sie vielleicht nur verarschte. Okay, da war auch noch die Erbschaft, Daniel war ja nicht an allem schuld. Am liebsten hätte Tina manchmal ein Telefon ins Jenseits benutzt, um Marion gehörig den Marsch zu blasen. Aber heute hätte sie sie um Rat gefragt. Ein Mensch zum Reden, irgendjemand, der ihr zuhören würde, das wäre jetzt schön. Doch es war schon fast zehn, keinen, den sie kannte, wollte sie um diese Zeit mit ihrem Anruf nerven.

Das laute Knallen einer Tür ließ Tina hochschrecken. Verwirrt strich sie über ihr Gesicht und sah sich um. Draußen war es stockfinster. Im Flur ertönten klappernde Schritte, jemand eilte die Treppe hinab. Jemand, der es ziemlich eilig zu haben schien. Tina huschte Richtung Tür und lauschte. Aus dem Erdgeschoss war eindeutig ein Wortwechsel zwischen Sonja und Walter zu hören. Die beiden stritten unverkennbar miteinander, doch es waren nur einzelne Wortfetzen zu verstehen.

Behutsam, um ein Knarren zu vermeiden, öffnete Tina die alte Holztür. Eine andere Tür knallte, dann heulte ein Motor auf. Mittlerweile herrschte Stille im unteren Flur, jedoch vernahm sie deutlich ein heftiges Atmen. Aus dem Atmen wurde ein Keuchen und schließlich ein Stöhnen. Das war Walter, und es schien ihm schlecht zu gehen.

Tina stieg vorsichtig hinab und spähte über das Geländer. Da sah sie Walter sitzen. Er hockte mitten auf der steinernen Treppe und griff sich angsterfüllt ans Herz. So schnell sie konnte, sprang sie die restlichen Stufen hinab.

»Walter, was ist denn los?« Tina ergriff seine Hände und zwang ihn mit festem Griff, sie anzusehen. Es dauerte einen kleinen Moment, bis der Mann sie zu erkennen schien. Schweiß stand auf seiner Stirn, das Gesicht war aschfahl. Mühevoll strich er ihr übers Haar. »Tina, mein Gott, ich hielt dich im ersten Augenblick für deine Mutter Marianne. Du siehst ihr so unglaublich ähnlich, besonders wenn du die Haare offen trägst. Ich sollte dich mal fotografieren, deine Schönheit im Bild festhalten.« Verunsichert zog sich Tina ein Stück zurück. »Weißt du eigentlich, dass wir beide früher mal ein Paar waren? Aber ich war immer schon ein Idiot, mit Hang zu jungen Weibern und mit ganz viel Blödsinn im Kopf. Da hat sie sich für deinen Vater entschieden. Das war das Beste, was sie tun konnte. Und ich, ich hocke hier, nun ist auch noch Sonja fort.« Er begann zu zittern und schlang die Arme um seinen nur von einem Schlafanzug bekleideten Körper.

Tina zog ihn mit aller Kraft nach oben. »Komm schon, steh auf! Wenn du noch länger auf der kalten Treppe sitzen bleibst, holst du dir den Tod.« Mühsam stellte sie ihn auf die Beine und öffnete dann die schmale Tür, die in seine privaten Räume führen musste. Hier drin war Tina noch nie gewesen.

Überrascht schaute sie sich um. Sie standen in einer Art Wohnzimmer, das, durch eine große Schiebetür getrennt, direkt in ein Schlafzimmer überging. Das breite Bett war zerwühlt, es herrschte eine gewisse Unordnung im Raum. Überall lagen Dinge herum. Doch das war nicht das Auffälligste. Verblüfft betrachtete Tina die Wände, die mit Fotografien junger Frauen in Schwarz-Weiß übersät waren. Bilderrahmen hing an Bilderrahmen. Während sie Walter in einen Sessel verfrachtete, ließ sie ihren Blick darüber gleiten. Überrascht hielt Tina inne und sah genauer hin. Da waren Aufnahmen ihrer Mutter. Mit einem strahlenden Lächeln räkelte sie sich im Sand und warf dem Fotografen verliebte Blicke zu oder lehnte auf der alten Seebrücke und sah versonnen aufs Meer. Marianne musste vielleicht achtzehn oder zwanzig gewesen sein, als die Bilder entstanden waren. Daneben hingen Fotos anderer Frauen, alle sahen sich auf eine fast schon gespenstische Art ähnlich. Es waren junge Frauen, die dem Fotografen ihre ganze Schönheit zeigten, jung und natürlich. Keine war stärker geschminkt oder gestylt. Aus dem Rahmen fielen nur die Fotos an einer Wand im Schlafzimmer. Jetzt wusste Tina, wo das Bild entstanden war, welches bei Marions Trauerfeier neben dem Sarg gestanden hatte. Es gab noch einige davon. Auf allen trug ihre Freundin dieses auffallende rote Kleid. Daneben hingen Bilder eines kleinen Mädchens, je höher die Blicke wanderten, umso älter wurde das Kind. Schon beim ersten Foto wusste Tina, wer dort abgebildet war – nämlich Sonja. Mit einem Ruck drehte sie sich zu Walter um. Er sah die Fragezeichen auf ihrem Gesicht.

»Tja, früher oder später hättest du es sowieso herausgefunden. Sonja – sie ist das einzig Vernünftige, was ich jemals hinbekommen habe. Sie ist mein ganzer Stolz, mein Kind, und ich würde wohl alles für sie tun. Das hier« – er zeigte auf das Haus –, »das hier ist alles nur für sie. Doch sie will es nicht, sie hängt an ihrem Geschäft da auf Rügen. Es interessiert sie nicht mal ansatzweise. Sie hilft mir zwar bei meinen Schulungen, aber nur wenn ich sie überrede. Wie neidisch war ich auf Marion, dass sie dich als Nachfolgerin gefunden hat, ein Geschenk ist das. Und jetzt ist Sonja fort, vermutlich für immer. Na ja, du hast ja unseren Streit gehört.« Wieder griff Walter sich an sein Herz. Tina sah sich um, erblickte eine Karaffe und goss ihm ein Glas Wasser ein.

Dankbar trank er es in einem Zug aus. Diesen kurzen Moment nutzte Tina, um ihre Gedanken zu ordnen. Der Plan schlug fehl. Wenn sie ehrlich war, begriff sie gar nichts mehr. Deswegen sagte sie vage: »Ich habe nichts Konkretes verstanden.«

»Ach, es ist auch egal.« Walter sah sie einen Moment ruhig an. »Wobei, da es ja auch mit dir zu tun hat, will ich es dir erzählen. Sonja wusste, dass du kommst. Sie war vor einigen Tagen bei mir zu Besuch und hat die Teilnehmerliste gesehen. Dann war sie plötzlich ganz scharf darauf, mir ausgerechnet bei diesem Kurs behilflich zu sein. Erst heute habe ich erfahren, warum. Das musst du mir glauben.« Beschwörend sah er Tina an. »Weißt du, mir liegt viel an dir. Ich möchte, dass es mit Marions Laden gut weitergeht, und ich möchte, dass es Mariannes Tochter gut geht. Einfach weil deine Mutter Marianne meine erste große und vielleicht auch einzige Liebe war. Sonja hat ihre eigenen Pläne, aber die gehen mich nichts an.«

Tina sank auf den anderen Sessel und sah dem alten Mann ins Gesicht. Täuschte sie sich, oder sah Walter auf einmal zehn Jahre älter aus. »Und was sind Sonjas Pläne, wenn ich fragen darf?«, flüsterte sie mit leiser Stimme.

»Willst du das wirklich wissen?« Er seufzte und zuckte resigniert mit den Schultern. »Es geht um Daniel. Sie waren vor vielen Jahren für kurze Zeit zusammen. Dann trennte er sich von ihr, und seitdem rennt sie ihm hinterher. Es ist nicht seine Schuld, aber Sonja ist einfach verrückt nach ihm. Sie würde alles tun, um ihn ganz für sich zu haben.«

»Und was weißt du über Lissy?« Es war ein spontaner Schuss ins Blaue, doch Walter sah sie nur verständnislos an. »Keine Ahnung, das ist doch diese Schwägerin. Nein, da kann ich dir nicht helfen.« Er erhob sich langsam und ging Richtung Bett. »Ich werde jetzt versuchen zu schlafen. Immerhin ist morgen noch ein Kurstag, den ich alleine durchstehen muss.«

Tina folgte ihm. Eine Frage musste sie aber unbedingt noch stellen. »Und diese Bilder von meiner Mutter und die ganzen anderen?«

Walter legte sich hin und lächelte gequält. »Ich hab deine Mutter so sehr geliebt. Ich hab versucht, wenigstens noch einmal eine Frau wie sie zu finden. Es ist mir nicht gelungen, nicht mal auf einer Fotografie.« Er schloss die Augen und drehte sich auf die Seite.

Wie gerädert legte sich Tina später in ihr Bett. Sie hatte kurz bei Walter gesessen, der gleich darauf eingeschlafen war. Sie warf noch einen letzten Blick auf die vielen Fotos und empfand Mitleid mit diesem Mann, der einer Jugendliebe hinterhertrauerte. Doch so müde sie auch war, der Schlaf wollte nicht kommen. Mittlerweile war es kurz nach eins. Aus einer inneren Eingebung heraus erhob sie sich und packte ihre Tasche. Sie konnte hier einfach nicht mehr bleiben, geschweige denn an einem weiteren Schulungstag teilnehmen. Dann setzte Tina sich an den kleinen Schreibtisch und schrieb an Walter ein paar kurze Zeilen. Den Zettel legte sie auf ihr Bett.

So leise wie möglich schlich sie nach unten, horchte an seinen Räumen und zog dann die Tür behutsam hinter sich zu. Mit angehaltenem Atem startete Tina den Motor. »Bitte spring an«, flüsterte sie beschwörend, und ihr Auto tat ihr den Gefallen. Je weiter sie sich von Bansin entfernte, umso besser fühlte sie sich. Es war geradezu befreiend.

Am Sonntag erwachte Tina erst gegen Mittag von laut prasselndem Regen, der auf ihr Dachfenster trommelte. Sie wanderte durch die Wohnung und warf einen kurzen Blick auf ihre Dachterrasse. Regentropfen bildeten sich an den Möbeln oder perlten zu Boden. Der Himmel war grau, und Wolken jagten dahin. Ihr Handy lag auf dem Küchentisch und verriet ihr, dass Daniel seit gestern mehrfach versucht hatte, sie zu erreichen. Doch sie hörte seine Nachrichten nicht ab. Stattdessen nahm sie das Telefon und rief bei Franzi an. Erstaunt meldete diese sich und versicherte auf ihre Nachfrage, dass sie ruhig vorbeikommen könne. Als Tina dann eine halbe Stunde später ihr Auto vor Franzis Gartenzaun stellte, entdeckte sie zu ihrer großen Freude auch ihre jüngste Tochter. Beide Mädchen standen in der Haustür und sahen zu, wie Tina in Höchstgeschwindigkeit durch den strömenden Regen hastete.

Spontan umarmte sie ihre beiden Töchter und zog sie zu sich heran. Jules Bäuchlein war mittlerweile unverkennbar, die Schwangerschaft schritt voran. »Geht's dir gut?«, fragte Tina und strich ihr übers Haar.

»Klar doch«, meinte ihre Jüngste. »Endlich ist diese blöde Übelkeit vorbei. Ich dachte, die verlässt mich gar nicht mehr, aber es wird besser. Wir sortieren übrigens gerade Babysachen. Franzi hat die Tüten vom Dachboden geholt und will mir einiges davon überlassen. Eigentlich sogar das meiste.«

Franzi schwieg und sah ihre Mutter mit der üblich leicht abwehrenden Haltung an, die sie einfach nicht ablegen konnte. »Willst du einen Tee?«, fragte sie schließlich statt einer Begrüßung.

Tina nickte, und zusammen setzten sie sich in die gemütliche Wohnküche. »Fine schläft wohl noch?«

»Ja, die letzte Nacht war ein bisschen schwierig. Sie hatte Bauchschmerzen, keine Ahnung warum«, sagte Franzi während das Geschirr klapperte. Mitten auf den Tisch stellte sie einen Teller mit Keksen. Tina musste lachen. »Sag bloß, die sind von Barthels.«

»Na klar, Ole hatte in Rostock zu tun und hat sämtliche Bestände der Bäckerei aufgekauft. Alte Familientraditionen müssen schließlich fortgeführt werden.«

Dann herrschte Schweigen, Tassen klirrten auf Tellern, und Kekse wurden verspeist. Die Stimmung war angespannt. Jule brach schließlich den Bann und fragte. »Und, wie war dein Kurs?«

»Ich bin eher abgehauen, ich hatte irgendwie Sehnsucht nach euch. Und ich habe gemerkt, dass ich viel mehr kann, als ich dachte.«

»Das ist doch super.« Jule lachte und stieß Franzi verstohlen an. Auch diese lächelte ein wenig.

Danach war der Bann gebrochen. Tina erzählte noch ein bisschen von ihrem Kurs, Jule von ihrer Schwangerschaft und Franzi von Fine und dem Ärger auf Arbeit, der immer größer wurde. Dann sichteten sie gemeinsam Babysachen, hielten Strampler und Mützchen in die Höhe und staunten darüber, wie groß Fine in so kurzer Zeit geworden war. Der Nachmittag verging wie im Flug, öfter erfüllte lautes Lachen den Raum, und am Abend dachte Tina, dass sie ihre Kinder tatsächlich unsagbar vermisst hatte. Und nicht nur das, wenn sie ehrlich war, vermisste sie ihr ganzes altes Leben mehr, als ihr lieb war. An Daniel dachte sie nur kurz, und das erschreckte sie eigentlich am meisten.

Am Abend konnte sie seine Anrufe nicht länger ignorieren. Er hatte unzählige Male angerufen und ihre Mailbox überfüllt. Tina schenkte sich ein Glas Wein ein, legte sich dann auf die Couch und rief ihn an. Gleich nach dem ersten Klingelton meldete er sich. »Mensch, was ist denn los? Ich hab mir Sorgen gemacht, also habe ich bei Walter angerufen. Der meinte, du seist früher abgefahren, warum wisse er nicht.« Also hatte Walter den Inhalt ihres Briefes für sich behalten. In diesem Moment war Tina ihm sehr dankbar dafür. »Und dann meldest du dich einfach nicht.« Er schien zu lauschen. »Tina, bist du noch dran?«

»Ja, bin ich«, sagte sie und nippte an ihrem Glas. Lange hatte sie darüber nachgegrübelt, was sie sagen sollte. Sie konnte sich nicht recht dazu durchringen, mit ihm am Telefon über dieses brisante Thema zu sprechen. Tina hatte das Gefühl, sie müsste ihm dabei unbedingt in die Augen sehen.

»Und warum bist du einfach nach Hause gefahren? Ich dachte, der Kurs sei dir so wichtig?«, fragte Daniel mit unsicherer Stimme.

»Na ja, der Kurs war toll. Aber auch anstrengend.« Tina zögerte kurz und sagte dann. » Wusstest du eigentlich, dass ich beim Kurs eine alte Bekannte von dir getroffen habe? Sonja war da, ich war ziemlich überrascht, sie zu sehen.«

»Ach tatsächlich, ich wusste gar nicht dass sie noch solche Kurse besucht.« Daniel klang ehrlich überrascht. »Ich dachte, sie ist viel weiter.«

»Sie hat den Kurs auch nicht besucht, sie hat ihn an der Seite von Walter abgehalten. Wusstest du, dass sie seine Tochter ist?«

Ohne das geringste Zögern antwortete Daniel: »Nein, das wusste ich nicht. Ich meine, ich kenne Walter von ein, zwei Besuchen. Ich dachte, er wäre ein alter Freund ihrer Mutter. Eigentlich hat Sonja nie von ihrem Vater gesprochen.«

»Du hast nie erwähnt, dass du Walter kennst?«, hakte sie nach.

»Das hab ich bestimmt vergessen. Ich kenne so viele Leute, wenn ich die alle aufzähle.«

In der Leitung herrschte ein kurzes Schweigen. Tina versuchte sich ihre nächsten Worte sorgsam zurechtzulegen. »Und was hast du so Schönes gemacht?«

Daniel stöhnte. »Hör bloß auf! Ich hatte einen ziemlich schwierigen Kunden zu Besuch. Wir produzieren sein neues Album – ich sage nur Künstler. Das gesamte Wochenende bin ich nicht aus der Bude gekommen. Bis in die Nacht hinein haben wir gefeilt und geschliffen, und dennoch hat es ihm nicht gepasst. Ich tat mir fast schon selbst ein wenig leid. Und ich hab dich vermisst – unendlich.«

Tina ignorierte diesen letzten Satz standhaft. Er log, das spürte sie. Seine Stimme war verändert, sie zitterte. »Ach ja, ist das so?«

Er atmete schwerer. »Ja, das ist so. Sag mal Tina, was ist eigentlich los? Ich komme mir gerade wie auf der Anklagebank vor. Erst meldest du dich ewig nicht und dann führst du als erstes Gespräch ein regelrechtes Verhör mit mir.«

Tina trank ihr Glas Wein in einem Zug leer und atmete dann tief durch. »Entschuldige, es war ein langer Tag. Ich bin nicht ganz so gut drauf.«

»Vielleicht solltest du schlafen gehen, morgen sieht die Welt schon ganz anders aus. Wir telefonieren einfach morgen noch mal.« Dann veränderte sich sein Tonfall. »Wann sehen wir uns das nächste Mal? Ich könnte am Freitag zu dir kommen.«

»Diese Woche ist es nicht so gut«, sagte Tina hastig. »Ich muss am Freitag nach Prerow wegen der Abrechnung und am Wochenende den Laden schmeißen.« Das klang ziemlich konstruiert, und Daniel bemerkte es sofort. Er gab einen undefinierbaren Laut von sich. »Aber in zwei Wochen, da könnte ich zu dir kommen«, meinte sie schließlich einlenkend. Vielleicht reagierte sie über. Sie durfte Sonjas Worten nicht zu viel Bedeutung einräumen, eventuell gab es für Lissys Meldung am Telefon eine ganz einfache Erklärung.

»Das wäre schön«, erwiderte Daniel. »Wir haben am Samstag davor einen Auftritt, möchtest du mit?«

»Lieber nicht, ich komme dann eben am Sonntag.«

»Oder du kommst eher, und ich lege den Schlüssel unter die Matte. Aber bis dahin werden wir bestimmt noch viele Male miteinander telefonieren.« Daniel schien zu lächeln. »Und nun, geh ins Bett und schlaf schön!«

»Ja, du auch«, sagte Tina und legte schnell auf.

Ihre anfängliche Euphorie was sie beide betraf, hatte einen großen Riss bekommen. Sie spürte es deutlich. Wo war ihr Glück von vor ein paar Tagen geblieben, die Schmetterlinge in ihrem Bauch? Da waren Zweifel, die immer größer wurden. Lag das wirklich nur an Sonja und an seiner offensichtlichen Lüge? War es vielleicht doch keine Liebe, die sie verbunden hatte, sondern nur anfängliche Begeisterung? Tina beschloss, in den nächsten Tagen ihre Empfindungen für Daniel ganz genau unter die Lupe zu nehmen.

Am kommenden Tag stürzte sie sich geradezu in ihre Arbeit. Zusammen mit Frau Knacke bestellte sie neue Steine, um das Gelernte sofort anzuwenden. Sie putzten die Vitrinen und gestalteten im Laden manches um. An einigen Tagen schlossen sie den Laden schon gegen vierzehn

Uhr, es waren nur noch wenige Urlauber auf den Zingster Straßen unterwegs. Der Sommer war endgültig vorbei.

Manchmal holte sie Fine ab und betrat wie früher ihr altes Zuhause. Anfangs war ihr das komisch vorgekommen, es war, als würde sie in ein fremdes Heim eindringen. Doch nach und nach stellte sich die alte Vertrautheit ein. Peter hatte ihr über Jule ausrichten lassen, dass er nichts dagegen habe. Immerhin sei es ja noch ihr gemeinsames Haus, egal, was passiert war.

Eines Nachmittags saßen sie zu dritt in der Küche, während Fine gedankenverloren malte. Zusammen mit Jule ging sie die reichlich eintreffenden Buchungen für das nächste Jahr durch. Das war jedes Mal eine knifflige Angelegenheit, denn es galt diverse Wünsche von allen Seiten zu beachten. Viele Gäste kamen seit vielen Jahren, und die buchten manchmal sehr spät und waren dann umso enttäuschter, wenn nichts mehr frei war.

Ein riesiger Plan lag deshalb auf dem Tisch, der sich mehr und mehr füllte. Der abzuarbeitende Zettelstapel wurde immer kleiner. Irgendwann legte Jule ihre Beine auf den freien Stuhl und massierte ihre Waden. »Die Übelkeit ist jetzt weg, dafür hab ich nun dicke Waden.«

»Und einen dicken Bauch«, ergänzte Tina und grinste.

Ihre Tochter schaute an sich herunter. »Stimmt, wenn Jean mich so sehen könnte, würde er von allein die Flucht ergreifen.«

»Oder er würde sich so richtig in dich verlieben. Manche Männer stehen auf Schwangere.«

»Der nicht«, meinte Jule abfällig. »Der steht nur auf Schlanke. Übrigens hat er sich jetzt mal gemeldet.«

Tina schaute überrascht. »Ach tatsächlich, und was wollte er?«

»Wissen, wie es mir geht. Er scheint erfahren zu haben, dass ich schwanger bin.«

»Und wie hast du reagiert?«

»Gar nicht, erst nicht melden und dann auf einmal freundschaftlich tun. Keine Chance, nicht mit mir, also hab ich aufgelegt.« Ihre Jüngste verschränkte demonstrativ die Arme vor dem Körper.

Tina seufzte. »Na ja, ich meine, überleg es dir noch mal. Immerhin ist er der Vater deines Kindes, das ist nun mal Fakt. Irgendwann wirst du deinem Kind Antworten auf gewisse Fragen geben müssen.«

»Möglich, aber nicht jetzt.« Dennoch nagte Jule unverkennbar an ihrer Unterlippe und schien über Tinas Worte nachzudenken.

Fine schnappte sich ein neues Blatt Papier und versuchte eine große Sonne zu malen. Das Kunstwerk geriet ein wenig krumm und schief. Sie streckte beim Versuch, es besser zu machen, ihre Zungenspitze heraus. Genauso hatte Franzi früher immer gemalt. Überhaupt hatte Tina mit ihren Töchtern oft hier am Tisch gesessen. Sie dachte an Peter und zögerte kurz, doch dann fragte sie nach.

»Und ansonsten, wie geht's deinem Vater? Ist alles gut bei euch? Wir sehen uns ja kaum noch.« Sie hatte versucht, die Frage möglichst leichthin zu stellen, aber Tina spürte eine gewisse Anspannung in sich.

»Dem geht's gut, alles beim Alten, mach dir keine Sorgen! Wir sind ein eingespieltes Team.« Jule winkte ab. »Du kennst ihn doch, Laub zusammenrechen, kaputte Dinge reparieren und angeln gehen. Das ist Papas Leben. Er ist wenig zu Hause.« Diese Antwort war typisch Jule und stellte Tina nicht recht zufrieden.

Mit Franzi, die eine halbe Stunde später kam, um Fine abzuholen, brauchte sie über Peter gar nicht zu reden. Sie würde sich noch mehr zurückhalten.

Am Abend lag Tina in ihrem Bett. Wieder gingen heftige Regenschauer auf das Dachfenster über ihr nieder. Das Prasseln, das sonst immer so unglaublich beruhigend war, brachte ihr keinen Schlaf. Die Gedanken kreisten um ihr neues Leben, und erneut dachte sie, dass sie sich selbst nicht mehr verstand. Sie liebte ihren Laden, ihre neue Aufgabe, sie fühlte sich wohl in ihrer Wohnung, und dennoch war da eine Sehnsucht nach alten Zeiten, die sie sich einfach nicht erklären konnte. Heute wäre sie am liebsten in Prerow geblieben, hätte sich an den Herd gestellt und wie früher einfach eine Suppe für alle gekocht. Stattdessen war sie in ihre leere Wohnung gekommen und nahm sich einen Joghurt aus dem Kühlschrank. Wieder einmal empfand Tina sich als ungerecht, immer wollte sie etwas anderes und wusste selbst nicht was.

# 22. Kapitel

Wie mit Daniel vereinbart, lag der Hausschlüssel unter dem rechten Blumenkübel. Die Pflanzen darin waren vertrocknet, es wäre Zeit für eine Herbstbestückung gewesen, doch Männer sahen das vermutlich anders. Tina öffnete die Haustür und betrat die leere Diele. Wie beim ersten Besuch war die Küchentür angelehnt. Mitten auf dem Tisch stand eine Vase mit einem bunten Strauß, und davor lag ein Zettel.

*Meine liebe Tina,*
*ich hoffe, du bist gut angekommen. Fühl dich einfach wie zu Hause. Essen ist im Kühlschrank, ich habe vorgekocht, du brauchst es nur noch warm zu machen. Ich versuche, so schnell wie möglich zu kommen. Ich hab Sehnsucht nach dir; schön, dass du da bist.*
*Dein Daniel*

Gedankenverloren las Tina die Zeilen und tauchte ihr Gesicht in die Blumen. In den letzten Tagen hatten sie nur wenig miteinander telefoniert. Sie hatte das Gefühl, als würden ihre Gespräche immer unpersönlicher. Ihre Vertrautheit war verschwunden, da waren zu viele Fragen, auf die sie sich Antworten erhoffte, und nur deswegen war sie hier. Daniel gab sich wie immer, aber Tina war sich sicher, er bemerkte die Veränderungen auch.

Im Kühlschrank stand ein großer Topf mit Kartoffelsuppe, die verführerisch duftete, doch Tina hatte keinen Hunger. Stattdessen fiel ihr Blick nach draußen und wanderte automatisch zum alten Kirschbaum.

Tina musterte die Zweige, konnte aber von hier aus nichts erkennen. Also lief sie hin und fand den Ohrring auf Anhieb. Wie ein Fremdkörper baumelte das Schmuckstück mit dem roten Stein immer noch an dem Ast, an den sie es damals gehängt hatte. Nur war dieser mittlerweile kahl. Der Boden unter dem Baum war mit raschelndem Laub bedeckt. Es wehte ein kühler Wind, der den Winter ankündigte.

Sie drehte eine kleine Runde durch den Garten, flüchtete aber angesichts der nächsten aufziehenden Regenwand wieder ins Haus. Tina wanderte durch die stillen Räume und betrat das Wohnzimmer, welches zur Straße heraus lag. Ein Raum, den Daniel vermutlich kaum benutzte, denn es wirkte immer noch, als wären seine Großeltern eben erst kurz zur Tür hinausgegangen. Und so spazierte sie durch alle Räume und konnte sich einer gewissen Neugier nicht erwehren. Dennoch öffnete Tina keine Schranktüren oder Schubladen. In Daniels Schlafzimmer lag einer seiner Pullover auf dem Bett. Sie drückte ihre Nase hinein und roch daran. Sein unverkennbarer Geruch hing in dem Kleidungsstück. Aber auch dieser Duft brachte ihren Bauch nicht mehr zum Vibrieren.

Gerade als sie im Obergeschoss die Tür zu ihrem damaligen Zimmer öffnete, hörte sie unten ein lautes Knarren. Tina blieb wie angewurzelt stehen und lauschte. Dann erklangen Schritte, genau wie damals, als sie hier übernachtet hatte. Erneut knarrte eine Tür, dann war Ruhe. Sie hielt die Luft an und traute sich nicht, sich zu rühren. Die Stille dehnte sich, so sehr, dass ihre Beine zu schmerzen anfingen und sie sich dringend bewegen musste.

In der Ecke stand ein alter Schirm, den schnappte sich Tina und stieg vorsichtig die Treppe hinab. Sie spähte über das Geländer, doch die Diele war leer. Dafür fiel aus der Küche warmer Lichtschein in den Flur. Konnte es sein, dass Daniel eher als erwartet zurückgekommen war? Doch er hätte sicher nach ihr gerufen und sich nicht still in die Küche verzogen.

Tina straffte die Schultern. Sie hielt den Schirm mit fester Hand, stieg die restlichen Stufen hinab und betrat die Küche. Einen Moment hatte sie mit Sonja gerechnet, denn sie spürte den zarten Geruch eines weiblichen Parfüms.

Doch zu ihrem Erstaunen saß Lissy am Küchentisch und hielt Daniels Zettel in ihren Händen. Sie sah Tina an und lächelte dann angesichts des Schirms kurz.

»Lissy, was machst du hier?«, fragte Tina und verspürte ein leichtes Unbehagen. »Daniel ist beim Konzert.«

»Ich weiß, ich hab Manuel heute Nachmittag schließlich hingefahren. Dabei erzählte mir mein Schwager, dass du heute zu Besuch kommst. Und da dachte ich mir, ich komme mal vorbei, und wir beide plaudern ein wenig. Ich hab schon unzählige Konzerte miterleben dürfen, ist eh immer das Gleiche. Und so hast du ein wenig Gesellschaft.« Lissy legte den Zettel zur Seite. Sie trug einen dicken Wollpullover und hatte ihre Haare zu einem strengen Pferdeschwanz gebunden.

Vorsichtig setzte Tina sich auf den gegenüberliegenden Stuhl am Tisch. Sie nahm nur mit einem Teil ihres Pos Platz und war bereit, jederzeit aufzuspringen. Wenn sie ehrlich war, legte sie auf Lissys Gesellschaft so gar keinen Wert. Mit Müh und Not rang sie sich deshalb ein »Aha!« ab. Ihr war schleierhaft, was Lissy hier wollte. Rausschmeißen konnte sie sie schlecht, immerhin war es Daniels Zuhause und sie dessen Schwägerin.

Lissy schaute aus dem Fenster, schüttelte sich und rieb ihre Hände aneinander. »Es ist kalt geworden, nur noch Regen und Sturm. Ich vermisse den Sommer und die Wärme. Mir ist immer kalt. Magst du einen Tee, ich koche uns einen.« Wie selbstverständlich fing Lissy an, in der Küche herumzuhantieren, und wartete ihre Antwort gar nicht ab. Als das Wasser kochte, stellte sie kurze Zeit später eine Tasse vor Tina und setzte sich wieder. Ihre langen, schlanken Finger umfassten den eigenen Teepott und wärmten sich daran.

»Ah, das tut gut. Zum Glück ist noch nicht richtig Winter, du glaubst gar nicht, wie die Stürme um diese alte Bude fegen. Die Dachziegel klappern, und der Schornstein heult. Und selbst im Bett friert man noch.« Schaudernd sah Lissy sich um. »Ich bin so froh, dass Manuel dieses Haus nicht haben wollte. Ich hätte hier nie leben können, in dieser Einöde.«

»Im Sommer ist es ganz schön«, sagte Tina leise und beobachtete die Frau auf der anderen Seite des Tisches genau. Lissys Augen sahen seltsam aus, ihre Pupillen schimmerten riesengroß, und sie wirkte, als wäre sie nicht ganz bei sich. Immer wieder strich sie sich fahrig über das Gesicht.

»Ja, da hast du wohl recht, aber der Sommer ist kurz und der Winter lang und deprimierend«, meinte Lissy und nahm einen Schluck Tee.

Mittlerweile fühlte Tina, wie ihr jede Minute kälter wurde. An der Temperatur im Raum konnte es nicht liegen, eher an der Frau, die ihr gegenübersaß. Dankbar ergriff sie die heiße Tasse und nahm einen großen Schluck. Der Tee schmeckte gut, fruchtig, mit einer herben Note ganz am Ende.

»Hoffentlich dauert das Konzert nicht so lange. Ich hasse es, wenn Manuel so spät nach Hause kommt und ich so lange allein bin«, meinte Lissy und blies vorsichtig in ihre Tasse. »Besonders jetzt, wenn es immer früher dunkler wird.«

Tina räusperte sich. »Holst du ihn denn nicht ab?«

»Nein, er fährt mit einem Kollegen.« Erneut nippte Lissy an ihrer Tasse. »Ich kann ihn ja gar nicht abholen, ich bin doch hier bei dir.«

Inzwischen schlug Tinas Herz wie ein galoppierendes Pferd. Irgendetwas stimmte hier nicht. Es wäre das Beste, einfach zu gehen, die Flucht zu ergreifen. Doch sie blieb sitzen und trank noch einen Schluck Tee. Ihre Glieder waren müde, alles war so schwer.

»Und, hast du die Zeit genutzt, während Daniel nicht da ist, um dich ein wenig umzusehen und herumzuschnüffeln?«, fragte die blonde Frau plötzlich und stierte sie an.

Ich hab nicht geschnüffelt, versuchte Tina zu erwidern. Aber die Worte wollten sich nicht formen lassen. Ihre Zunge lag bleischwer im Mund und war vollkommen nutzlos. Sie war ein Fremdkörper, der nicht zu ihr zu gehören schien. Vorsichtig, damit es ihr Gegenüber nicht bemerkte, versuchte sie, sich hochzustemmen. Doch ihre Beine knickten weg, und sie plumpste wieder auf den Stuhl.

»Hast du doch, aber das ist egal. Ich danke dir übrigens dafür, dass du meinen Ohrring gefunden hast.« Lissy griff in die Tasche und zog den Schmuck hervor. Blutrot glitzerte der Stein im Schein der Lampe. »Er hat für mich eine besondere Bedeutung, Manuel hat ihn mir vor vielen Jahren geschenkt. Als du bei Daniel zu Besuch warst, habe ich ihn verloren. Ich wollte mir nur eine CD aus dem Tonstudio holen, und wer geistert mitten in der Nacht über den Hof, ausgerechnet du. Also musste ich mich verstecken, und dann habe ich den Ohrring einfach nicht mehr finden können. Wahrscheinlich hast du damals schon überall herumgestöbert. Aber wenigstens hattest du den Anstand, im Gästezimmer zu schlafen und nicht bei ihm.« Lissy schwieg und betrachtete Tina mit einem prüfenden Blick. »Was hat Sonja, diese kleine Schlampe, dir eigentlich erzählt bei dieser Schulung? Ich vermute mal, sie hat nur vage Andeutungen gemacht, denn sie weiß eigentlich nichts, gar nichts. Seit Jahren forscht sie und spioniert herum, aber das ist egal, sie ist nur eine Bekannte und wird nie zu etwas anderem werden. Du dagegen spielst eine andere Rolle, eine Rolle, die mir nicht gefällt.«

Tina wurde immer heißer, ihr brach geradezu der Schweiß aus. Mühsam wickelte sie das Tuch vom Hals, doch Lissy sprach einfach weiter.

»Niemand weiß, was zwischen Daniel und mir ist, niemand außer uns beiden. Und dir, denn jetzt wirst du die Geschichte erfahren. Aber es nützt dir nichts, denn du wirst sie niemandem erzählen können.«

Da war so ein Unwohlsein, eine Übelkeit, vor Tinas Augen begann es zu flirren. Hilflos sah sie sich um. Ihr Mund war trocken. Mit letzter Kraft ergriff sie die Tasse und führte sie zitternd zu ihrem Mund. Doch kurz davor hielt sie inne und roch am Tee. Der bittere Geschmack kam nicht vom Tee.

Lissy lachte auf. »Trink ruhig, du hast schon genug von dem Mittel zu dir genommen. Wusstest du eigentlich, dass ich früher mal meine Mutter gepflegt habe? Endlose vergeudete Jahre waren das.« Sie sah aus dem Fenster und schlang die Arme um ihren Körper. »Sie wollte nicht in ein Heim, wollte unbedingt daheim bleiben, stur wie ein Ochse war sie. Mein ganzes Leben hat sie mir gestohlen, mich herumkommandiert, nie konnte ich es ihr recht machen. Sie litt unter starken Schmerzen und war sehr unruhig – einige dieser Medikamente habe ich aufgehoben, und ein paar sind vorhin in deinen Tee gewandert.«

Tinas Augen weiteten sich angsterfüllt. Überhaupt schienen ihre Augen die einzigen Körperteile zu sein, welche sie noch bewegen konnte. Ihr Atem ging immer schwerer, sie plagte das Gefühl, gleich zu ersticken.

Die weißblonde Frau schlug ihre Beine lässig übereinander und setzte sich entspannt hin. »Warum musstest du auch in unser Leben kommen? Bis dahin war alles so leicht, aber dann wurde es kompliziert. Und weißt du warum? Weil Daniel sich in dich verliebt hat. Er meinte, du wärst die erste Frau, die ihn zu einer Beziehung bewegen könnte. Die ganzen Jahre hat er geflirtet, hatte mal diese und mal jene. Nie wurde es ernst, erst mit dir.« Sie lachte bitter auf. »Ausgerechnet mit einer verheirateten Frau, durch und durch normal. Ja und nun fragst du dich vermutlich, was Daniel und mich verbindet. Weißt du eigentlich, dass ich einen Sohn habe, Oliver? Er ist zweiundzwanzig und lebt in Berlin. Er ist mein ganzer Stolz, ich liebe ihn über alles. Nur schade, dass er nicht Manuels Sohn ist.«

Lissys Fuß wippte hektisch auf und ab. Tina fühlte sich immer schlechter. Ihr Puls raste, und die Übelkeit wurde schlimmer. Teilweise konnte sie Lissys Worten kaum mehr folgen. Noch nie hatte sie von einem Sohn gehört, oder doch? Hatte sie es vielleicht nur vergessen. »Oliver ist Daniels Sohn, er ist während eines Ausrutschers entstanden. Es war nur eine Nacht, aber sie veränderte alles. Natürlich weiß mein Mann das nicht, es würde ihn umbringen. Oder er würde mich rausschmeißen, nach all den Jahren. Ich würde alles verlieren, vor allem Manuel, verstehst du? Und jetzt kommst du ins Spiel und Daniel mit seiner verdammten Andeutung, dir eines Tages alles erzählen zu wollen. Er sagte mir nur, er hätte sich in dich verliebt – verliebt, verstehst du?«

Lissy beugte sich vor. Ihre Augen waren riesig, sie schimmerten in einer unnatürlichen Farbe. »Gegen Liebe ist alles andere machtlos, nichts kommt dagegen an.« In diesem Moment verschwamm Lissys Gesicht zu einem farblosen Klecks, eine Welle von Übelkeit brach über Tina herein, und sie spürte, wie der Boden auf sie zukam. Da war ein Aufprall, wieder auf die ohnehin schon schmerzende Schulter, dachte sie noch. Und dann nur Schwärze.

Als Tina zu sich kam, spürte sie unter sich ruckelnde Bewegungen. Um sie herum herrschte vollkommene Dunkelheit. Sie brauchte einige Minuten, um zu erkennen, dass sie im Kofferraum eines Wagens liegen musste. Auf eine glatte Strecke folgte eine holprige Straße. Ihr Körper wurde leicht hin und her gerüttelt. Vorsichtig versuchte sie, Arme und Beine zu bewegen, doch ihre Gliedmaßen wollten ihr einfach nicht gehorchen. Sie war nicht gefesselt, was vermutlich auch gar nicht nötig war. Wie war sie hierhergekommen?

Das Gespräch mit Lissy fiel ihr ein. Ihre Andeutungen, die seltsame Art zu sprechen. Diese Frau war einfach irre. An alles konnte Tina sich nicht erinnern, aber das, was sie behalten hatte, klang alles andere als gut.

Plötzlich stoppte das Auto, und ein quietschendes Geräusch ertönte. Es ging noch einmal einige Meter weiter, und der Wagen kam erneut zum Stehen. Eine Tür klappte auf und zu, dann ertönten Schritte, die sich entfernten.

Tina lauschte, doch es war nichts zu hören. Sie schloss die Augen und versuchte alle Kräfte zu mobilisieren, doch vergebens. Ihre Gliedmaßen waren Fremdkörper, die nicht zu ihr gehörten. Nicht mehr lange, und Lissy würde zurückkommen.

Unversehens wurde die Kofferraumtür mit einem Schlag geöffnet. Das diffuse Licht der Klappenbeleuchtung fiel ihr ins Gesicht, und für einen kurzen Moment schloss Tina geblendet die Augen.

»Nun komm schon, versuch aufzustehen!«, zischte ihr eine leise weibliche Stimme zu, und jemand zerrte heftig an ihrem Arm. »Ich helfe dir, warte, erst die Beine!«

Tina sah verwirrt auf den vor ihr stehenden Schatten. Das war doch nicht Lissy. Es dauerte einige Sekunden, bis sie begriff, dass sie Sonja vor sich haben musste. Energisch versuchte diese, ihr auf die Beine zu helfen, doch sie konnte sich einfach nicht rühren. Als es ihr nicht gelang, spürte Tina, wie kräftige Schläge auf ihre Wangen knallten. Der plötzliche Schmerz brachte sie ein kleines Stück mehr ins Hier und Jetzt zurück.

»Aber ich meine ...«, nuschelte sie undeutlich.

»Nicht jetzt! Lissy kann jeden Moment zurückkommen. Nun mach schon, verdammt, versuch es, bitte. Sie macht gerade das Boot klar, aber das dauert nicht lange. Wenn du nicht mitmachst, knalle ich den Kofferraum zu und lasse dich hier.«

Diese Ansage half. Tina mobilisierte alle ihre Kräfte, stützte sich schwer auf die Frau an ihrer Seite und humpelte los. Panische Angst gab ihr Kraft. Immer noch war hinter ihnen alles still. Ab und zu knickte sie weg, doch endlich war das Gartentor erreicht. Erst hier verstand Tina, wo sie waren, hier hatte der Segelausflug mit Daniel begonnen. Was zum Teufel hatte Lissy hier gewollt, in dieser einsamen Gegend? Das Segelboot, der Bodden – sie erschauerte leicht. Warum half ihr ausgerechnet Sonja? Bis jetzt hatte sie angenommen, dass diese Frau sie geradezu erbittert hasste.

Sonja öffnete die Tür ihres Autos und ließ Tina auf den Beifahrersitz plumpsen. In aller Eile schlüpfte sie selbst hinein und startete den Motor. Keine Sekunde zu spät, denn in diesem Augenblick kam Lissy wie eine Wahnsinnige aus dem Tor gestürzt und schaute panisch die Straße auf und ab. Im Licht der Scheinwerfer sahen sie ihre weit aufgerissenen Augen. Wie von Sinnen versuchte sie sich auf die Straße zu werfen, um sie aufzuhalten. Mit enormer Geschwindigkeit raste Sonja ungerührt knapp an ihr vorbei. Sie fuhr so schnell es ging und holperte derart über die schlechte Dorfstraße, dass es klang, als würde das Auto gleich unter ihnen auseinanderbrechen.

Erst vorn auf der Hauptstraße ging Sonja etwas vom Gas. Doch schon an der nächsten Abzweigung hielt sie sich scharf links und stoppte nach wenigen Metern. Es war ein schmaler Feldweg, hinter dem gleich der Wald begann. Schnell löschte sie alle Lichter. Gemeinsam spähten die beiden Frauen in die Dunkelheit. Die Lichter eines schnell fahrenden Autos huschten auf der Hauptstraße vorbei. »Das dürfte Lissy gewesen sein. Wir warten hier noch kurz, und dann rufe ich Daniel an.« Mit festem Griff umklammerte Sonja das Lenkrad und stierte immer noch in den Rückspiegel.

»Warum hast du das getan? Ich meine, wir waren ja nicht unbedingt beste Freundinnen«, fragte Tina mit lallender Stimme. Ihre Kehle schmerzte.

Sonja lachte auf. »Ganz ehrlich, ich weiß es nicht. Und vielleicht werde ich die ganze Aktion bald bereuen, aber heute musste ich dir einfach helfen. Ich habe das ganze Gespräch draußen auf dem Hof mit angehört. Eigentlich wollte ich mit dir über Daniel reden, aber dann kam alles anders. Ich sah euch dort am Tisch sitzen und schlich mich in die Diele. Ich hatte schon lange das Gefühl, dass mit Lissy etwas nicht stimmt.« Noch einmal drehte sie sich um. »Ich glaube, wir haben genug gewartet. Nun lass uns fahren, je eher wir hier wegkommen, desto besser.«

Sonja kurvte rückwärts auf die dunkle Straße. Dann passierten sie einen dichten Wald und sahen schließlich die ersten Lichter von Baabe.

Unterwegs rief Sonja bei Daniel an. Dieser schien auf der Rückfahrt vom Konzert zu sein. Erregt schrie er in den Hörer, und Sonja musste mehrfach versichern, dass Tina vollkommen in Ordnung sei.

Immer wieder nickte sie ein, die Müdigkeit war stark. Das Mittel, das Lissy ihr verabreicht hatte, schien immer noch zu wirken. Mit aller Kraft versuchte Tina wach zu bleiben, während Dörfer an ihr vorbeirasten. Am Stadtrand von Bergen trafen sie sich schließlich. Daniel stürzte auf ihr Auto zu, öffnete die Tür und riss Tina in seine Arme. Immer wieder betrachtete er sie von oben bis unten. »Geht es dir auch wirklich gut? Ist alles in Ordnung?«

»Ja, bitte, Daniel, lass mich los! Ich bin nur noch ein wenig benommen.« Mühsam löste sie sich von ihm und lehnte sich hilflos an den Wagen. Ihre Beine zitterten, und ihr war speiübel.

Dann sah Daniel Sonja an und umarmte diese ebenfalls. »Oh Gott, das vergesse ich dir nie. Wo ist Lissy?«

»Keine Ahnung, sie war vollkommen außer sich. Vielleicht ist sie zu dir gefahren? Sie wird bestimmt Tina suchen.«

Daniel überlegte kurz. »Wir müssen zur Polizei, es hilft nichts, und dann rufe ich noch einmal Manuel an. Er müsste bald da sein.«

Auf der Polizeiwache bekam Tina erst mal einen Tee von einem sichtlich überforderten Beamten gereicht. Dieser schien sich auf eine gemütliche Nachtschicht eingestellt gehabt zu haben und schob verstohlen eine gut mit Schnitten bestückte Dose zur Seite.

Misstrauisch roch Tina an der gereichten Tasse und versuchte dann, dem Geschehen um sie herum zu folgen. Sie gab einige Dinge zu Protokoll, doch die eigentliche Befragung wurde auf den nächsten Tag verschoben.

Dann kam auch noch ein Arzt, der sie in einem Nebenzimmer untersuchte. Er gab nach einiger Zeit Entwarnung. »Ich vermute einen Mix von Beruhigungsmitteln. Die Medikamente lassen in ihrer Wirkung bereits nach. Sie sollte sich dennoch schonen und versuchen zu schlafen. Oder sie gehen für eine Nacht ins Krankenhaus.«

»Oh Gott, nein, bitte, bloß nicht.« Abwehrend hob Tina die Hände.

In diesem Augenblick kam Daniel von draußen zurück. Er schien noch einmal mit seinem Bruder telefoniert zu haben und war sehr ernst. Leise sprach er mit einem jungen Polizisten, der zustimmend nickte.

»Was ist denn?« Angsterfüllt umfasste Tina seinen Arm. »Haben sie Lissy gefunden?«

»Noch nicht, aber mach dir keine Gedanken! Sie fahren gleich bei mir daheim vorbei und suchen sie dort. Du bist in Sicherheit.«

Tina nickte und lehnte sich mit dem Kopf gegen die Wand. Immer wieder fielen ihr die Augen zu.

Sonja räusperte sich. »Wenn du nichts dagegen hast oder die Polizei, könnte ich Tina mit zu mir nehmen. Dort kann sie sich hinlegen. Denn nach Hause kann sie in ihrem Zustand jetzt nicht fahren und zu dir auch nicht.«

Tina wollte erst protestieren, aber auch dazu war sie zu müde. Eigentlich wollte sie nur schlafen. Was sollte schon geschehen; wenn Sonja ihr etwas hätte tun wollen, hätte sie sie nur Lissy überlassen müssen. Daniel musterte sie beiden Frauen kritisch, informierte dann aber einen der Polizisten. Der hatte nichts dagegen und bat nur darum, dass Tina sich zur Verfügung hielt. »Ich komme später nach.« Liebevoll strich er ihr über das Gesicht. »Ruh dich aus und versuch ein wenig zu schlafen.«

Wieder stiegen sie in Sonjas Auto. Sie fuhren etwa eine halbe Stunde, dann hielten sie vor einem kleineren Haus. Es lag ein wenig abseits, schemenhaft konnte Tina Wiesen und Schilf erkennen. Sonja brachte sie ins Innere und öffnete eine Tür. Neugierig sah Tina sich um. Sie kamen in ein kleines Wohnzimmer. Vorsichtig bettete Sonja Tina auf die Couch und breitete eine kuschelige Decke über ihr aus. »Die Toilette ist da drüben. Ich schlafe nebenan; wenn was ist, einfach rufen.«

Ehe Sonja den Raum verlassen konnte, hielt Tina sie am Arm fest. »Danke, ich danke dir sehr, für alles, was du getan hast.«

»Wie gesagt, vielleicht werde ich das alles eines Tages bereuen. Aber heute war es richtig, sonst hätte ich nie mehr in den Spiegel schauen können. Das, was Lissy zu dir gesagt hat, waren die Worte einer Irren. Sie muss krank sein.«

Die Müdigkeit schlug unerbittlich zu, und binnen kurzer Zeit war Tina fest eingeschlafen.

# 23. Kapitel

Ein leises Schnarchen drang in ihre Träume. Es wurde immer stärker. Mühsam öffnete Tina ihre Augen und spürte, dass jemand mit seinem Kopf auf ihrem linken Arm ruhte. Dieser Jemand war Daniel. Er saß auf dem Boden vor ihrer Couch und war fest eingeschlafen. Draußen vor dem Fenster graute der Morgen. Ansonsten herrschte Stille. Verwirrt blickte sie sich um.

Tina lag in Sonjas Wohnzimmer, und die Ereignisse der letzten Nacht kamen ihr wieder ins Gedächtnis. Lissy, die sie mit diesem irren, kaum zu beschreibenden Blick angesehen hatte. Ihre Andeutungen, das Medikament und die Angst, aus dieser Situation nicht mehr lebend rauszukommen.

Vorsichtig begann sie sich zu regen. Daniel erwachte mit einem Ruck und schreckte heftig nach oben. Hastig fuhr er sich durch sein Haar und stöhnte dann auf. Sein nächster Blick galt Tina. »Bist du in Ordnung? Oh Gott, ich muss eingeschlafen sein. Die Nacht war lang.«

Sie nickte. »Ja, mir geht's gut. Ist Lissy gefunden worden?«

Daniel kam auf die Beine und setzte sich zu ihr auf die Couchkante. »Manuel hat sie gefunden, und kurz darauf kam die Polizei. Sie war in meinem Haus und irrte vollkommen verwirrt durch die Räume.« Er suchte nach Worten. »Tina, es tut mir alles so leid. Ich weiß gar nicht was ich sagen ...«

»Was ist mit ihr?«, unterbrach Tina ihn. »Sie war so verändert, wie weggetreten, gleichzeitig aber auch sehr klar.«

Daniel seufzte. »Lissy hat seit Längerem ein Problem, aber ganz schlimm ist es erst vor zehn Jahren geworden. Damals haben die beiden ihren Sohn verloren. Oliver war zwölf und starb nach einem Badeunfall. Er war mit Freunden unterwegs und ist von einem Steg gesprungen. Sie konnten ihn nur noch tot bergen.« Tina sah ihn erschrocken an. »Seit diesem Tag war sie nicht mehr dieselbe. Sie wurde vor Schmerz fast wahnsinnig. Manuel hat alles versucht – sie waren bei Therapeuten, haben die unterschiedlichsten Medikamente ausprobiert. Irgendwann schien es ihr wieder besser zu gehen. Nach außen wirkte sie vollkommen normal, lachte, bewältigte ihren Alltag. Was gestern passiert ist, keine Ahnung.« Er zuckte die Schultern. »Die Ärzte vermuten einen erneuten Nervenzusammenbruch.«

»Sie hat mir erzählt, dass ihr Sohn in Berlin leben würde und ihr ganzer Stolz wäre.« Daniel stöhnte auf und fuhr sich fahrig über das Gesicht. »Und sie hat mir noch mehr erzählt über Oliver ...«

»Und was?« Unsicher sah er sie an.

Tina zögerte kurz. »Sie sagte, dass Oliver dein Sohn sei, durch einen Seitensprung entstanden, und dass Manuel es niemals erfahren dürfte, da er sie dann verlassen würde.«

Daniel erhob sich und trat ans Fenster. »Sie hat wahrscheinlich recht, und ich bin weiß Gott nicht stolz darauf. Wir waren damals beide betrunken, und dann ist es passiert. Sie war so glücklich, da Manuel und sie seit Langem verzweifelt versuchten, ein Kind zu bekommen. Inständig bat sie mich zu schweigen. Also schwieg ich, vielleicht war es auch sein Kind, wir haben das nie testen lassen.« Er sah Tina eindringlich an. »Aber das hat doch mit uns beiden nichts zu tun. Diese Geschichte ist vor langer Zeit passiert.«

Sie schwieg, aus dem Nebenzimmer ertönten Geräusche, und gleich darauf klopfte es vorsichtig an der Tür. Sonjas Kopf schob sich durch den Türspalt. Als sie sah, dass sie beide schon wach waren, kam sie ins Zimmer.

»Will jemand einen Kaffee, ich wollte mir gerade einen machen?«

Daniel nickte, und ehe sie das Gespräch fortsetzen konnten, erhob sich Tina und folgte Sonja in die Küche. »Ich werde ihr helfen.«

Eigentlich stand sie mehr im Weg, als dass sie tatsächlich eine Hilfe war. Aber sie konnte einfach nicht mit ihm allein in einem Raum sein.

Am Tisch herrschte eine angespannte Atmosphäre. Eigentlich sprach nur Daniel, und zwar über die Ereignisse der letzten Nacht, die die beiden Frauen nicht mehr mitbekommen hatten. Wie er berichtete, war Lissy in eine Klinik gebracht worden. Manuel war bei ihr geblieben. Sonja nickte nur zerstreut und sagte ansonsten nicht viel. Gegen neun erhob sie sich, »Ich muss jetzt in den Laden, ihr könnt die Tür hinter euch zuziehen.«

Tina protestierte. »Nein, bitte, wir gehen auch. Ich möchte nach Hause. Wir haben schon genug Unruhe verursacht.«

Sonja zuckte gleichgültig die Schultern. »Wie ihr wollt.« Die Wärme von gestern Abend war aus ihrer Stimme verschwunden, sie war wieder die gleiche schnoddrige, kühle Person wie vorher. Dennoch bedankte sich Tina noch einmal bei ihr.

Energisch wandte sich Sonja ab. »Bis irgendwann mal!«

Tina sah ihr nach, wie sie kräftig in die Pedale trat und um die nächste Hausecke verschwand. Sie wurde aus Sonja einfach nicht schlau.

Schweigend fuhren sie zu Daniels Haus. Tinas Auto stand noch immer dort, wo sie es gestern geparkt hatte. Doch so vieles hatte sich seitdem verändert. Sie gingen in die Küche, Daniel setzte sich, aber Tina blieb stehen. Ihr Blick fiel auf den roten Ohrring, der vor der Blumenvase auf dem Tisch lag. Lissy hatte vergessen, ihn mitzunehmen. Gedankenverloren nahm sie ihn in die Hand.

»Der gehört übrigens Lissy, ich fand ihn vor einiger Zeit draußen im Garten. Sie war in der Nacht meines ersten Besuches hier und vermutlich auch im Tonstudio. Ich hab mir nicht eingebildet, dass da jemand war, und du wusstest das, nicht wahr?« Ernst sah sie Daniel an.

»Ja, Herrgott, ich dachte es mir zumindest.« Er war genervt, und zwar ziemlich. Mittlerweile fragte sich Tina, was er eigentlich von ihr erwartete. Sollte sie einfach so tun, als wäre nichts gewesen? »Wir haben immer mal ein paar Aufnahmen von ihr gemacht. Sie hat gesungen und war glücklich und entspannt dabei. Manuel durfte das nicht wissen, er wollte es nicht, befürchtete immer, es wäre zu viel für sie. Manchmal geisterte Lissy hier herum, heimlich. Ich habe ihr gesagt, dass sie das lassen soll.«

»Sie war auch an dem Tag hier, als ich auf Usedom war.«

Verblüfft sah Daniel sie an. »Woher weißt du das?«

»Ich hab dich angerufen, und sie ging ans Telefon«, sagte Tina schlicht.

Er raufte sich die Haare und kam einen Schritt auf sie zu. »Ich hatte das Handy auf dem Küchentisch liegen lassen. Da muss sie es gefunden haben.« Doch Tina wich zurück. »Aber all das hat keine Bedeutung«, meinte Daniel mit heiserer Stimme und hob die Hände.

»Keine Bedeutung sagst du? Sie wollte mich umbringen, sie hat mir irgendwelche Medizin verabreicht und wollte mich über Bord werfen. Keine Ahnung, woher sie die Kraft dazu nahm. Sie wollte mich beseitigen, weil sie Angst hatte, dass du mir alles erzählst, dass alles herauskommt. Und da sagst du, es hätte keine Bedeutung? Kannst du mir erklären, wie ich dir jemals wieder vertrauen soll?« Ihre Stimme kippte. Also schwieg Tina und presste ihre Hand aufs Herz.

Daniel war plötzlich in weite Ferne gerückt, und sie bekam eine vage Ahnung von dem, was sie eigentlich wollte. Sie sah aus dem Fenster. »Ich glaube, ich werde jetzt nach Hause fahren.«

»Aber es ist erst Vormittag, du wolltest doch heute Abend heimfahren.« Erregt sprang Daniel auf. »Außerdem will dich die Polizei noch einmal sprechen. Ich habe hier eine Visitenkarte, du sollst dich unter dieser Nummer melden.«

»Ja, dann werde ich das tun. Gib mir bitte die Karte!« Ruhig ging Tina auf ihn zu und streckte die Hand aus.

»Ich kann doch mitkommen, du musst da nicht alleine hin. Bitte, Tina, lass mich dir helfen? Ich verstehe gar nicht, was mit dir los ist.« Daniel sah sie flehend an.

»Ich möchte alleine gehen, ich möchte nicht, dass du mitkommst.«

Sie brauchte jetzt Ruhe und Zeit für sich allein. »Ich melde mich bei dir, ruf mich bitte nicht mehr an!«

»Was soll das bedeuten? Ich dachte, du und ich, das könnte etwas werden. Und jetzt bist du so verändert und alles nur wegen dieser alten Sache«, rief er und kam auf sie zu.

»Es hat vielleicht mit dieser Geschichte zu tun, aber nicht so viel, wie du denkst«, sagte Tina leise. »Ich muss über vieles nachdenken, und ich glaube, das mit uns beiden, das wird nichts. Ich habe es mir gewünscht, das musst du mir glauben. Wir sind vielleicht einfach zu verschieden.«

Sie nahm ihre Tasche aus der Diele und lief zum Auto. Noch einmal betrachtete sie das Haus, sah den Garten und den alten, knorrigen Kirschbaum an. So viele Träume hatte sie gehabt, und nun waren sie alle verblasst. Ihr Luftballon war einfach geplatzt.

Tina rollte langsam vom Hof. Bevor sie um die Straßenecke bog, schaute sie noch einmal zurück. Es war niemand zu sehen, Daniel schaute ihr nicht hinterher. Und auf einmal hatte sie die innerliche Gewissheit, diesen Ort hier nie mehr wiederzusehen. Es war ein Jahr der Abschiede, und dieser fiel ihr leichter, als sie vor einigen Tagen noch angenommen hatte.

# 24. Kapitel

Heute Morgen war der erste Schnee gefallen. Als Tina auf ihre Dachterrasse schaute, sah sie auf dem Boden eine leichte Schicht liegen. Wie gezuckert sahen die Gartenmöbel aus. Es war Dezember geworden. Ihre morgendlichen Spaziergänge fielen immer kürzer aus. Stürme tobten und brachten das Meer in Wallung. Gischt peitschte über die Seebrücke oder ließ die Wellen an Land donnern.

Es war einsam in Zingst geworden. Nur noch wenige Urlauber verirrten sich in die Geschäfte. Erst das nahe Weihnachtsgeschäft würde die Kassen vielleicht wieder ein wenig klingeln lassen. Tinas kleiner Laden war ganze Tage geschlossen. Sie gab Frau Knacke frei und bewältigte den Rest spielend allein. Dennoch hatte sie ein gutes Jahr mit zufriedenstellenden Umsätzen gehabt. Ein erstes Durchrechnen zeigte, dass sie, wenn alles so blieb, vom Geschäft gut leben und auch Frau Knacke bezahlen konnte.

Tina besuchte Prerow inzwischen fast täglich, denn Jules Bauch war mittlerweile beachtlich rund. Sie ging ihr zur Hand, wann immer es notwendig war, und schaltete und waltete in ihrem alten Zuhause fast wie früher. Der Geburtstermin rückte näher und mittlerweile wartete die ganze Familie auf den neuen Erdenbürger.

Von Daniel hatte Tina nichts mehr gehört. Er schien ihre Entscheidung zu akzeptieren. Und Tina wusste, dass sie richtig gewesen war. Sie dachte zwar manchmal an ihre gemeinsame Zeit und die vielen schönen Momente, aber sie vermisste ihn nicht. Sie spürte keinerlei Drang, sich bei ihm zu melden.

Wer sich allerdings bei ihr gemeldet hatte, war zu ihrem Erstaunen Sonja gewesen. An einem regnerischen Tag bimmelte die Türklingel des Ladens. Tina, die sich gerade über eine knifflige Arbeit beugte, wurde von ihrer Angestellten angesprochen. »Chefin, da ist jemand, der sie gerne sprechen würde.«

»Ja, einen kleinen Moment.«

»Lass dir ruhig Zeit; wenn man einen Stein bearbeitet, ist Hektik fehl am Platz.« Zu ihrer Verblüffung stand Sonja durchgeweicht im Geschäft und lächelte sie an. »Darf ich mal schauen?« Sie deutete neugierig auf ihren Arbeitsplatz, und Tina nickte. Sie betrachtete ihre Arbeit. »Sehr interessant, gefällt mir gut. Ich hätte nur die Bohrung ein wenig asymmetrischer angesetzt, dann würde es vielleicht noch ein bisschen natürlicher wirken. Aber dennoch, ein tolles Schmuckstück. Überhaupt sehe ich viele schöne Arbeiten und kann dir nur gratulieren.«

Tina lachte. »Hui, ein Lob aus deinem kritischen Mund zählt für mich doppelt.« Sie musterte die Frau, zu deren Füßen sich bereits eine kleine Lache bildete. »Mein Gott, hast du ein Bad in der Ostsee genommen? Lust auf einen Kaffee?«

Sonja nickte. »Oh ja, Kaffee klingt gut. Ich bin total durchweicht. Irgendwie hatte ich den Weg von meinem Parkplatz hierher kürzer in Erinnerung.«

»Weißt du was? Warte mal!« Tina entschwand nach hinten. Kurze Zeit später kam sie mit ihrer Tasche und der Regenjacke zurück. »Wir fahren zu mir nach Hause. Mein Auto steht gleich nebenan. Heute ist eh nichts mehr los. Da kannst du dir wenigstens was Trockenes anziehen.«

In ihrer Wohnung reichte sie Sonja ein Handtuch sowie einen kuschligen Pullover samt Leggins und kochte eine große Kanne Tee. Dann setzten sich beide Frauen auf Tinas gemütliche Couch.

»Wie es dir geht, brauche ich ja nicht zu fragen«, meinte Sonja nach einer Weile. »Ich muss neidlos sagen, du siehst gut aus.«

»Danke, du aber auch.« Tina lächelte. »Was gibt es Neues auf Rügen?«

»Ach na ja, immer das Gleiche.« Sonja winkte ab. »Die Geschäfte so lala, das Wetter bescheiden. Oder wolltest du eher wissen, wie es einer ganz bestimmten Person geht?«

»Eigentlich nicht, aber du kannst es mir trotzdem sagen. Ich bin mit der Geschichte durch.«

»Das alles hat Daniel getroffen, stärker, als du ahnst«, meinte Sonja ernst. »Anscheinend warst du ihm wirklich sehr wichtig. Inzwischen hat er sich aufgerappelt. Er hat seine Musik und mich, irgendwie zumindest als gute Freundin. Auch wenn ich dich nicht ersetzen kann und will«, fügte sie ernst hinzu.

»Das ist gut«, sagte Tina und meinte es ehrlich. »Ich wünsche ihm alles Glück. Wir hatten eine schöne Zeit, aber ich vermisse ihn nicht so, wie ich sollte, wenn da noch tiefere Gefühle wären.«

Wieder zuckte Sonja mit den Schultern. »Da kann man nichts machen. Lissy ist immer noch im Krankenhaus. Sie hatte wohl tatsächlich einen Nervenzusammenbruch, und es soll ihr nicht gut gehen. Sie scheint über einen längeren Zeitraum unkontrolliert irgendwelche Medikamente genommen zu haben. Manuel ist am Boden zerstört. Übrigens haben sich die beiden Brüder vor einigen Wochen ausgesprochen, du weißt schon worüber. Daniel hat es mir erzählt.«

»Also ist alles bereinigt?«

»Ja, kann man so sagen. Daniel wollte es wohl nicht länger mit sich herumtragen, obwohl Oliver gestorben ist.« Sonja brach ab, ergriff ihre Teetasse und nahm vorsichtig einen Schluck. »Aber ich bin aus einem anderen Grund hier. Mein Vater ist tot.«

Tina zuckte zusammen. »Was, Walter ist tot? Das wusste ich nicht, entschuldige, hätte ich gewusst …«

»Mach dir keine Gedanken, es haben nur wenige erfahren. Er starb vor zwei Wochen im Krankenhaus, der Notarzt kam diesmal zu spät. Ich habe ihn in aller Stille beerdigt, so wie er es wollte. Es war das Herz, ähnlich wie bei Marion. Er sollte seit Jahren kürzertreten.« Da war sie wieder, Sonjas kühle Art. Fast hatte Tina angenommen, die Frau hätte sich geändert. »Er hat dir etwas hinterlassen. Ich habe es hier in diesen

Umschlag getan. Es sind Fotos von Marion und deiner Mutter, und er meinte, du würdest sie vielleicht haben wollen.« Sie legte einen großen Umschlag auf den Tisch.

Tina schluckte, seltsam, je älter sie wurde, umso mehr trafen sie solche Nachrichten. Vor einigen Jahren war das Sterben noch so unendlich weit weg gewesen und nun kam es immer näher.

Es wurde dann noch ein erstaunlich entspannter Abend. Tina war am Ende selbst überrascht, wie gut sie sich verstanden hatten. Sie diskutierten ewig über Schmuck und Bernstein und fanden kein Ende. Es war schon fast zehn Uhr, als Sonja sich langsam erhob. Mittlerweile hatte es aufgehört zu regnen. Die Sonne hatte einen beeindruckenden Sonnenuntergang geliefert. Beim Abschied drückte Sonja lange ihre Hand. »Ich wünsche dir Glück. Soll ich Daniel von dir grüßen?«

Tina schüttelte heftig den Kopf. »Nein, besser nicht. Wenn er gerade erst drüber weg ist, lassen wir alles beim Alten.«

Sonja ging die Treppe hinab, drehte sich aber nach einigen Stufen noch einmal um. »Hast du eigentlich mit Daniel mal über mich gesprochen? Ich meine, was hat er über mich gesagt?« Gespannt sah sie Tina an.

Ein lautes Klacken ertönte, und das Treppenlicht erlosch. Tina drückte erneut auf den Schalter. »Er sieht eine gute Freundin in dir«, sagte sie fast hilflos.

Die schwarzhaarige Frau nickte beinahe unmerklich, winkte ihr leicht zu und ging davon.

Als Tina am nächsten Tag nach Prerow fuhr, musste sie wieder an dieses Gespräch denken. Vermutlich hatte sie sich in Sonja getäuscht. Sie schien eine todunglückliche Frau zu sein, die einer unerfüllten Liebe nachhing.

Die Straße vor ihr war mit einer leichten Schneeschicht übersät. Deutlich erkannte man die Spuren der vorausgefahrenen Fahrzeuge. Die wenigen Bäume am Straßenrand bogen sich heftig im Wind, und ein paarmal krampfte Tina mit aller Kraft die Hände um ihr Lenkrad, damit das Auto auf der Straße blieb.

Fast erleichtert sah sie den Darßwald vor Prerow auftauchen. Die nächsten Meter war sie vor den schlimmsten Böen geschützt. Vor der Einfahrt zur Rehaklinik rangierte ein Streufahrzeug hin und her und versprühte Salz auf der Straße. An der kleinen Kirche verließ Tina schließlich die Hauptstraße und bog in den Ort ab. Auch hier waren die Wege menschenleer. Nur vor den Supermärkten und der Apotheke standen ein paar Fahrzeuge. Dick vermummte Urlauber trotzten dem Wetter und machten sich auf den Weg zum Strand.

Gerade als sie auf das Grundstück fahren wollte, kam ihr Peter mit seinem Transporter entgegen. Überrascht sah er sie an. Tina setzte zurück, damit er die Einfahrt passieren konnte. Als er mit seinem Auto an ihr vorbeifuhr, hob er kurz die Hand, blieb aber nicht stehen. Die Enttäuschung über sein Verhalten traf sie. Er schien ihr noch immer nicht verziehen zu haben und würde das vielleicht auch nie tun.

Seufzend verließ Tina ihr Auto und hastete über den Hof zur Hintertür. Peter hatte den Weg gekehrt, dennoch war es glatt, und beinahe wäre sie auf den Steinen ausgeglitten. Jule erwartete sie bereits in der Küche. Ihre Füße lagen auf einem Stuhl, und ihr dicker Bauch ragte prall nach oben. In der Küche war es muckelig warm, während draußen der Wind ums Haus heulte. In den letzten Wochen hatte Jule einiges zugenommen, zu ihrem Leidwesen überall am Körper, auch im Gesicht. Doch ihr Appetit war stärker. »Ich kann mich einfach nicht beherrschen und könnte nur noch essen«, hatte sie letzte Woche erst zu Tina gesagt.

»Mach dir keinen Kopf; wenn das Kind erst da ist, kriegst du die Pfunde schnell wieder runter.« So ging es normalerweise allen Frauen in ihrer Familie. Auch Franzi hatte schon nach kurzer Zeit wieder in ihre alten Klamotten gepasst.

Jule sah nicht gut aus. Sie massierte ihr Kreuz und zog ein schmerzverzerrtes Gesicht. Tina setzte sich neben sie. »Was ist denn los? Geht's dir nicht so gut?«

Ihre Tochter verlagerte vorsichtig die Beine. »Keine Ahnung, seit gestern Abend habe ich so ein komisches Ziehen. Dann ist es wieder weg, nach einer Weile ist es wieder da.«

»Wehen?«, fragte Tina und strich sanft über den kugelrunden Bauch.

»Das wäre zwei Wochen zu früh. Eigentlich ist doch heute noch mal Kontrolluntersuchung.« Normalerweise wurde Jule von einer ortsansässigen Ärztin betreut, doch wegen einiger unklarer Befunde fanden parallel dazu noch Untersuchungen in der Frauenklinik Rostock statt. So war es auch heute geplant.

»Wie auch immer, lass uns fahren.« Tina half Jule beim Anziehen und verfrachtete sie dann in ihr Auto, auf dessen Windschutzscheibe sich schon wieder eine Schneeschicht gebildet hatte. »Wir brauchen bestimmt länger, der Wind wird immer stärker.« Die Kiefern in den Gärten bogen sich und ächzten im Sturm. Wäre der Darßwald nicht gewesen, der den Ort schützte, hätten die nördlichen Winde die Häuser voll getroffen. Aus einer plötzlichen Eingebung heraus lief Tina noch einmal zum Haus und holte Jules Kliniktasche, die gepackt im Flur stand.

»Besser man hat, als man hätte«, sagte sie auf den erstaunten Blick ihrer Tochter hin und startete den Motor. Es wurde eine lange Fahrt nach Rostock. Der Schneefall nahm nach kurzer Zeit wieder zu, Schneeflocken tanzten über der Fahrbahn und wurden herumgewirbelt. Stellenweise erkannten sie kaum noch den zu ihrer Rechten liegenden Deich. Am Ende tuckerten sie mit zwanzig Stundenkilometern über die Straße, und Tina war sichtlich froh, als sie endlich das Klinikgelände erreichten. Jule war während der Fahrt immer stiller geworden. Sie atmete schwer, und auf ihrer Stirn stand ein leichter Schweißfilm.

Zum Glück fand Tina auf Anhieb einen günstigen Parkplatz, so wenige Fahrzeuge hatte sie hier noch nie stehen sehen. Mit Schnee bestäubt erreichten sie das Krankenhaus. Erleichtert ließ Jule sich in einen am Eingang stehenden Rollstuhl sinken, und Tina schob sie über die Gänge zur Frauenabteilung. Sie atmete flach, der spezielle Geruch von Krankenhäusern rief eine gewisse Übelkeit bei Tina hervor, denn sie hasste Kliniken. Doch heute ging es um ihr Kind.

Nach kurzer Wartezeit wurde Jule schließlich aufgerufen. Tina wollte man später zu den Ultraschallaufnahmen dazu holen. Doch dann kam alles anders. Sie hatte gerade eine Broschüre zur Hand genommen und begann darin zu blättern, als eine Schwester auf sie zugeeilt kam. »Wir haben Ihre Tochter in den Kreißsaal gebracht. Sie hat bereits ordentlich Wehen. Dennoch wird es wohl noch einige Zeit dauern, aber Heimfahren lohnt sich nicht mehr und schon gar nicht bei dem Wetter. Möchten Sie zu ihr?«

Tina nickte perplex und tastete nach dem Handy in ihrer Tasche. »Ich würde nur noch mal meinen Mann anrufen.«

»Machen Sie das und dann einfach dort hinten an der Tür klingeln.«

Tina wählte Peters Nummer. »Ja«, meldete er sich kurz angebunden.

»Ich bin's, ich bin mit Jule im Krankenhaus. Es geht los, das Baby kommt. Ich wollte dir nur Bescheid geben.«

Sie hörte ihn schneller atmen. »Gut, ich komme, sobald ich kann. Ich muss nur noch etwas fertig machen.« Im Hintergrund war eine Stimme zu hören.

»Das musst du nicht«, sagte Tina.

»Ich will es aber«, meinte Peter mit fester Stimme und legte auf.

Dann begann eine Zeit des Wartens. Am Anfang lief Tina mit ihrer Tochter den Gang auf und ab. Das kannte sie von ihren eigenen Geburten noch gut. Irgendwann wollte Jule dann zurück in ihr Zimmer. Die Wehen kamen jetzt regelmäßig und in immer kürzeren Abständen. Der Rest lief an Tina vorbei wie ein Film. Jule, die vor Schmerzen stöhnte und ihre Hand umklammerte, die Hebamme, die die entsprechenden Anweisungen gab, und schließlich der erste befreiende Schrei. Das Baby wurde Jule auf den Bauch gelegt, es war ein kleines, rosiges Mädchen, welches sich die Lunge aus dem Leib schrie. Die kleinen Hände waren zu Fäusten geballt, und eine zornige Falte stand auf der schrumpeligen Stirn. Ein Flaum aus rabenschwarzen Haaren bedeckte den Kopf und bildete einen bezaubernden Kontrast zu den blinzelnden blauen Knopfaugen.

Es war ein unglaublicher Moment. Bei Fines Geburt war Ole an Franzis Seite gewesen, aber diesmal hatte Tina alles hautnah miterlebt.

Fast andächtig berührten die beiden Frauen das kleine Wesen. Tränen traten in Tinas Augen, sie war gerührt und überglücklich und konnte sich an ihrer zweiten Enkelin gar nicht sattsehen.

Während Jule versorgt wurde, wankte Tina erschöpft, aber glücklich nach draußen. Sie legte die OP-Kleidung ab und wusch sich ihr Gesicht mit kaltem Wasser. Dann verließ sie den Kreißsaal. Peter wartete vor der Tür, ging aufgeregt auf und ab und kam auf sie zugestürzt. »Und, ist alles gut gegangen?«, fragte er sie ungeduldig.

Sie nickte. »Ja, alles ist in Ordnung. Es ist ein kleines Mädchen.«

Unsicher stand ihr Mann vor ihr und lächelte zaghaft. Und plötzlich, sie hätte später nicht mehr sagen können, wie es geschah, riss er sie in seine Arme. Ganz lange standen sie so und hielten sich fest. Tina atmete seinen vertrauten Geruch ein und fühlte sich Peter so nahe wie schon viele Jahre nicht mehr. Vielleicht sollte dieses kleine Wesen sie wieder zusammenbringen.

Nach einer unendlich langen Zeit löste er sich und sah ihr glücklich in die Augen. Immer näher kamen sich ihre Lippen, bis sie schließlich zueinanderfanden. Es war ein stiller Kuss, ohne rasende Leidenschaft, dafür voller Vertrautheit. Peters Hände hielten sie, und Tina fühlte sich unendlich geborgen.

Dann erklang die Glocke des eintreffenden Fahrstuhls, und erschrocken fuhren beide auseinander. Verlegen betrachteten sie die Schwester, die mit einem Essenswagen an ihnen vorbeiging.

Mit heiserer Stimme fragte Tina: »Weiß Franzi es schon?«

Peter nickte und räusperte sich. »Ja, ich hab sie vorhin angerufen. Sie wollte später vorbeikommen.« Er seufzte und strich sich über seine Augen. »Willst du einen Kaffee? Unten ist eine Cafeteria?«

»Ein Kaffee wäre herrlich, ich bin total übermüdet.« Gemeinsam fuhren sie nach unten und saßen sich dann schweigend gegenüber. Ihre Finger lagen nur wenige Zentimeter auseinander, doch sie ließen den Abstand bestehen. Tina nippte an dem kochend heißen Getränk und sah nach draußen. »Was für ein Wetter.« Irgendwie hatte sie die Stille durchbrechen müssen.

Peter nickte. »Und es soll noch schlimmer werden. Für das nächste Wochenende ist der erste schwere Sturm des Jahres angesagt. Zum Glück sind kaum Gäste in den Wohnungen.«

Dann herrschte wieder Schweigen. Verstohlen musterte Tina ihren Mann. Er sah gut aus, jünger irgendwie. Aber vielleicht lag es auch daran, dass sie sich nicht mehr jeden Tag sahen und Veränderungen nun umso deutlicher wurden.

Tinas Telefon klingelte. Am anderen Ende war Franzi. »Wo seid ihr denn, ich suche euch schon wie verrückt?«, keuchte sie aufgeregt in den Hörer.

»Wir sind in der Cafeteria.«

»Dann kommen wir hin.«

Wir – hatte Franzi bei dem Wetter etwa Fine oder Ole mitgebracht? Doch als Franzi kam, hatte sie einen schlanken, groß gewachsenen Mann mit dunklen Haaren an ihrer Seite, der unsicher zu ihnen sah.

Misstrauisch musterte Peter den Fremden und presste ein »Wer ist das denn?« zwischen den Zähnen hervor.

»Keine Ahnung«, flüsterte Tina zurück und sah Franzi fragend an.

Der Fremde trug eine Jeans mit einer schwarzen Lederjacke und hatte einen großen Blumenstrauß in seinen Händen.

Franzi strahlte. »Und, was ist es?«

»Ein Mädchen«, murmelte Tina leise und musterte den Mann verwundert.

»Ach so«, sagte Franzi und sah ihre Eltern genervt an, ganz so, als wäre es das Selbstverständlichste, hier mit einem Fremden aufzukreuzen. »Das ist Jean, ihr wisst schon, Jules Bekannter aus Neuseeland.«

Beide nahmen auf den freien Stühlen Platz, und der junge Mann schaute unsicher zu Boden.

»Du meinst der Jean, der sie …« Tina fehlten die Worte. Verwirrt sah sie zu Peter.

Dieser sprang ein. »Der Jean, der sie geschwängert hat und dann mit einer anderen auf und davon ist.« Eine Ader an seinem Hals begann gefährlich zu pochen. Tina legte beruhigend ihre Hand auf seinen Arm.

»Aber in der Zwischenzeit hat Jean unzählige Male versucht, Jule zu erreichen«, erklärte Franzi. »Er war sogar in Prerow und wollte mit ihr reden, aber sie war stur ohne Ende. Immer wieder hat er sie angerufen, und einmal hab ich seine Nummer auf ihrem Handy gesehen. Ich habe sie notiert, und dann die Sache in die Hand genommen. Jean studiert inzwischen übrigens in Hamburg, deswegen war er jetzt so schnell vor Ort. Er hat alles stehen und liegen lassen und ist gekommen.« Franzi, die Vermittlerin, eine Rolle, die eigentlich reichlich ungewohnt für sie war.

»Und was willst du jetzt mit dieser Aktion bezwecken? Wenn Jule schon vorher nicht mit ihm reden wollte, wird sie ihn wohl jetzt noch weniger sehen wollen«, sprach Peter ihre Gedanken aus. »Vor allem an so einem Tag, der eigentlich ganz der Familie gehören sollte.«

»Wartet erst mal ab! Frauen, die gerade ein Kind bekommen haben, ticken ein bisschen anders. Und wer wäre wohl mehr Familie als der Vater des Kindes?«, erwiderte Franzi schnippisch.

Jean schwieg die ganze Zeit, und Tina war unsicher, ob er überhaupt verstand, worüber sie sprachen.

Gemeinsam gingen sie schließlich auf die Station, zu der man Mutter und Kind nach der Geburt gebracht hatte. Peter und Tina betraten das Zimmer zunächst allein. Jule lag erschöpft, aber glücklich in ihrem Bett direkt am Fenster. Das danebenstehende Gitterbettchen war leer. Das kleine Mädchen war fest an ihre Seite geschmiegt und schlief friedlich.

»Ist sie nicht wunderschön?« Jule strahlte ihre Eltern an. »Ist sie nicht einmalig?«

Tina nahm die Kleine auf ihren Arm und gab sie nach einem Moment an Peter weiter. Etwas unbeholfen stand er mit dem Kind da. Doch sie sah das Glück in seinen Augen. Still schaute er seine Frau an, und ihre Blicke verschmolzen. Das Baby zuckte im Schlaf, die langen Wimpern zitterten, und ein leises Schmatzen war zu hören. »Sie ist wunderschön«, sagte Peter heiser und legte das Kind zu seiner Mutter zurück.

»Gut gemacht.« Er strich Jule über den Kopf. »Wie soll sie denn heißen?«

Jule wirkte augenblicklich unsicher und nagte an ihrer Unterlippe.

»Lass mal, das hat ja noch Zeit«, warf Tina dazwischen. »Draußen wartet übrigens weiterer Besuch auf dich. Franzi ist gekommen, und sie hat jemanden mitgebracht.«

Peters Miene versteinerte sich augenblicklich. »Wenn du ihn nicht sehen willst, dann schmeiß ich den Kerl raus. Sag es ruhig!«

Ihre Tochter starrte aufgeregt auf die Tür. »Den Kerl, welchen Kerl? Sag bloß, sie hat Jean mitgebracht?« Tina nickte knapp. »Oh Gott, wirklich? Mama, wie seh ich aus?« Hektisch strich Franzi ihre Haare glatt und zupfte am Nachthemd herum.

Tina verdrehte die Augen, ging zur Tür und winkte die Wartenden herein. Während Franzi neugierig auf das Bett zueilte, blieb Jean abwartend neben der Tür stehen. Bittend sah er Jule an.

Tina musterte die beiden eine Weile und deutete dann mit ihrem Kopf Richtung Gang, sodass die Familie ihr hinausfolgte. Draußen vor der Tür bauten sich alle auf. Franzi versuchte sogar zu lauschen, wurde aber von ihrer Mutter daran gehindert. Aus dem Zimmer war kein Geräusch zu hören.

An der Decke hing eine Uhr, die monoton vor sich hin tickte. Peter stierte auf die Zeiger. Als etwa eine Viertelstunde vergangen war, wandte er sich ruckartig um. »Also, macht, was ihr wollt, ich geh jetzt mal nachschauen«, knurrte er energisch. Noch ehe ihn Tina daran hindern konnte, öffnete er die Tür. Alle drei sahen Jean auf Jules Bett sitzen. Er hielt das Baby in seinem Arm und lächelte genauso glücklich wie ihre Tochter. Und da wusste Tina, dass sich zumindest hier alles zum Guten wenden würde.

# 25. Kapitel

Das Jahr neigte sich dem Ende entgegen. Fast täglich fiel die Temperatur ein wenig mehr. Winterstürme tobten über das Land, und die Straßen wurden gefährlich glatt. Einige der so sehnlich erwarteten Urlauber stornierten ihre Hotelzimmer und blieben lieber daheim. Bei jedem Besuch in Prerow tuckerte Tina vorsichtig über die Landstraße und war froh, wenn sie ihr Ziel heil erreichte.

Seit fast zwei Wochen waren Jule und die kleine Lucie nun wieder zu Hause. Am zweiten Tag nach der Geburt hatten ihre Tochter und Jean sich gemeinsam für diesen Namen entschieden, zur Erinnerung an Jeans verstorbene Mutter. Der Franzose war wirklich rührend um seine kleine Familie bemüht. Er ging jeden Tag ins Krankenhaus und besuchte Jule später auch in Prerow, wann immer es ging. Eines Tages bot Peter ihm schließlich die Couch im Wohnzimmer an, nur damit diese ständige Pendelei aufhörte. Jean stand nachts auf, ging mit dem Baby spazieren und half Peter sogar bei Reparaturarbeiten in einer der Ferienwohnungen.

Dennoch war die Wohnsituation nicht ideal. Jule und Lucie schliefen im ehemaligen Kinderzimmer, in dem auch die Wiege stand. Damit war der Raum voll. Also hatte man den Wickeltisch kurzerhand im Bad untergebracht, weshalb die Dusche kaum noch erreichbar war. Am Ende kapitulierte Peter, baute seine Modelleisenbahn doch wieder ab und lagerte sie im Keller. Dass dies dennoch kein Dauerzustand bleiben konnte, war allen Beteiligten klar.

Bei einem Besuch legte Tina gerade Babysachen zusammen, während ihre Tochter die kleine Lucie stillte. Draußen im Flur erklang lautes Trampeln, und gleich darauf kam Peter schneebedeckt ins Zimmer. Er nickte Tina lächelnd zu und ging dann zu seiner Enkelin. »Na, trinkt sie richtig?« Behutsam berührte er die Kleine am Köpfchen.

Jule nickte. »Ja, sie hat sogar ziemlichen Hunger. Tut mir leid wegen letzter Nacht. Ich hab Lucie einfach nicht beruhigt bekommen.«

Peter winkte ab. »Hab mich heute Mittag noch mal aufs Ohr gehauen. Alles in Ordnung.« Dass das eine glatte Lüge war, erkannte Tina deutlich an den riesigen Augenringen in seinem Gesicht. Auf Zehenspitzen entschwand er Richtung Küche, drehte sich dann aber in der Tür noch einmal um. »Wegen Weihnachten, was sind denn deine Pläne?« Er sah Tina fragend an.

Die zuckte überrascht die Schultern. »Ich hab noch keine Pläne.«

»Dann machen wir es wie immer. Weihnachten kommt die Familie zusammen, und zwar hier bei uns. Ich denke doch, du bist einverstanden.«

Und ob Tina einverstanden war. Wenn sie ehrlich war, machte sie sich seit Wochen Gedanken um diesen Tag. Die Vorstellung, allein in ihrer Wohnung sitzen zu müssen, war der absolute Horror für sie. Umso mehr freute sie sich über die Einladung ihres Mannes. »Danke, das finde ich eine gute Idee. Dann mache ich auch den Kartoffelsalat. So wie immer.«

»Gut, dann ist das abgemacht.« Fort war er und verschwand in der Küche. Seitdem sie sich im Krankenhaus nähergekommen waren, ging Peter ihr wieder aus dem Weg und war ganz der Alte.

Jule, die immer noch Lucie stillte, lächelte still in sich hinein. »Hm, Kartoffelsalat von Mama, arme Lucie, hat noch keine Zähne und muss leider darauf verzichten.«

Am Vorabend des Weihnachtsfestes stand Tina in ihrer Küche und schnippelte diverse Zutaten für den Kartoffelsalat. Aus dem Radio dudelten Weihnachtslieder, und so langsam kam Vorfreude in ihr auf. Hinter ihr qualmte ein Räuchermann, und überall im Raum brannten Kerzen.

Heute Abend hatten Frau Knacke und sie sich voneinander verabschiedet. Morgen würde das Geschäft zubleiben und erst wieder nach den Feiertagen öffnen. Ihre Mitarbeiterin war ihr mittlerweile total ans Herz gewachsen. Spontan hatte Tina Frau Knacke umarmt und ihr ein kleines Päckchen überreicht. »Also, Chefin, wir hatten doch ausgemacht, uns nix zu schenken«, sagte diese und hob tadelnd den Finger. »Na ja, da kann ich natürlich nicht zurückstehen.« Ihre Verkäuferin langte in die Tasche und holte ihrerseits auch ein Geschenk heraus. »Frohe Weihnachten, Chefin, und ich wünsche Ihnen ein paar schöne Stunden im Kreis der Familie.«

Und nun war es bereits kurz vor neun. Tina warf schwungvoll die sauren Gurken in die Schüssel und begann dann umzurühren. Minuten später stellte sie die gigantische Schüssel auf ihre Terrasse, da deren Ausmaße ihren Kühlschrank gesprengt hätten.

Im Schlafzimmer prüfte Tina noch einmal den Klappkorb mit ihren Geschenken. Auch für Jean hatte sie eine Kleinigkeit besorgt. Besonders schwer war es ihr in diesem Jahr gefallen, etwas für Peter zu finden. Doch dann hatte sie in der Zingster Buchhandlung einen tollen Bildband über Angeln in Norwegen entdeckt. Sie konnte nur hoffen, dass er sich darüber freuen würde.

Tina ging ins Badezimmer, drehte an den Hähnen der Wanne und verteilte großzügig Badezusatz im einströmenden Wasser. Dann goss sie sich den Rest Rotwein vom Wochenende in ihr Glas und holte das Buch vom Nachtschrank. Direkt über ihr lag das Dachfenster, auf dessen Scheibe sich langsam eine dichte Schneeschicht zu bilden begann. Morgen würde ein perfekter Tag werden, und jetzt schneite es auch noch. Es war so still, dass sie meinte, die einzelnen Schneeflocken auf das Dach fallen zu hören.

Ihr auf dem Badewannenrand liegendes Handy tutete. Eine SMS. Tina schaute auf das Display und las erstaunt Daniels Namen. Er schrieb nur wenige Zeilen.

*Ich wünsche dir frohe Weihnachten. Alles Gute noch zur Geburt deiner kleinen Enkelin, Daniel.*

Gedankenversunken ließ sie das Telefon sinken und überlegte, ob sie ihm antworten sollte. Sie entschied sich schließlich für ein kurzes

*Dankeschön, dir auch.*

Daniel – wie es ihm wohl ging, wie würde er Weihnachten verbringen? Und Lissy, war sie immer noch im Krankenhaus?

Tina blieb ewig lange in der Wanne liegen und ließ immer wieder heißes Wasser nachlaufen. Ihr Herz klopfte, wenn sie an den morgigen Tag dachte. Irgendwie hatte Tina das Gefühl, dass sich morgen vieles entscheiden würde, und sie hoffte, dass das Glück ihr hold war. Als sie der Wanne entstieg, war ihre Haut schrumpelig. Dann legte Tina sich auf die Couch und sah sich sinnlose Sendungen im Fernsehen an. Doch es wollte und wollte sich einfach keine Müdigkeit einstellen.

Weit nach Mitternacht ging sie schließlich schlafen. Sie träumte kurz, aber intensiv. Daniel kam in ihren Träumen vor. Er klopfte an ihre Tür, laut und immer lauter. Als sie ihn dann endlich einließ, verwandelte er sich in Peter, der sie traurig anschaute und davonging.

Schweißgebadet wachte Tina auf und sah auf ihren Wecker. Es war kurz vor fünf. Der Schnee des gestrigen Abends war verschwunden, dafür fiel ein deprimierender Nieselregen. Kein Wunder, über Nacht waren die Temperaturen auf über zehn Grad geklettert. Tina seufzte, also war wieder nichts mit weißer Weihnacht.

Sie holte ihre Wetterjacke aus dem Schrank, streifte die Gummistiefel über und lief Richtung Strand. Zingst schlief noch, die Fenster waren dunkel, kein Mensch zu sehen. Überall vor den Geschäften und Restaurants wedelten Lichterketten im Wind. Bunt geschmückte Weihnachtsbäume standen in den Vorgärten. Statt Schneeflocken schimmerten Regentropfen an ihren Ästen. Die Ränder der Straßen wurden von schmutzig grauem Matsch geziert, eine letzte Erinnerung an den

Schneefall von gestern Abend. Tina nahm den nächstgelegenen Strandzugang, kämpfte sich durch den losen Sand empor und lief dann los. Regen prasselte auf ihre Kapuze. Sie holte ganz tief Luft und sog die frische Meeresbrise in ihre Lungen. Weit draußen auf dem Wasser warfen die Windräder des Offshoreparks ihre roten Lichter in den dunklen Himmel. Die Ostsee schwappte gemächlich an den Strand und zeigte sich von ihrer sanften Seite. Lange lief Tina so dahin und ließ ihre Gedanken kommen und gehen. Als der Morgen graute, wandte sie sich wieder Richtung Zingst und schlenderte nach Hause. Tina fühlte sich besser, die Müdigkeit war verflogen.

Die restlichen Stunden vergingen zäh. Immer wieder schaute Tina auf die Uhr. Gegen Mittag begann sie schließlich ihren Kleiderschrank zu durchforsten und entschied sich für eine dunkle Hose und einen grünen Wollpullover, den sie mit Peter zusammen in Dänemark gekauft hatte. Sie bürstete ihr Haar, legte ein wenig Wimperntusche auf und verteilte Lipgloss auf ihrem Mund. Zufrieden betrachtete Tina sich im Spiegel. Auch sie hatte sich verändert, nicht nur ihr Mann. Die letzten Monate waren nicht leicht gewesen, doch sie fühlte sich attraktiv und schön wie noch nie.

Die Straße, auf der sie nach Prerow fuhr, war leer. Kaum ein Auto kam ihr entgegen. Kein Wunder, am Heiligabend wollte man mit seinen Liebsten zusammen sein. Und ihre Liebsten waren alle in ihrem alten Zuhause versammelt, so wie es in den vergangenen Jahren immer gewesen war.

Fine öffnete ihr mit feuerroten Wangen die Tür. »Oma, Oma, bald kommt der Weihnachtsmann. Ich bin so aufgeregt.«

Tina nahm sie lachend in den Arm. »Ich auch, aber mach dir keine Sorgen, der Weihnachtsmann ist ein ganz lieber Kerl.« Es war das erste Fest, an dem Fine so richtig Weihnachten feiern konnte. Voriges Jahr hatte sie nur die vielen Kerzen und Lichter bestaunt und den Mann im roten Mantel entsetzt angesehen.

Peter wartete im Flur, er ergriff Tinas Hand und küsste sie ganz leicht auf die Wange. Er schien ein neues Rasierwasser benutzt zu haben. »Frohe Weihnachten«, murmelte er leise, und Tina wünschte ihm das Gleiche.

Wie jedes Jahr stand im Wohnzimmer ein kleiner Weihnachtsbaum, direkt zwischen den Fenstern, die zur Straße hinausgingen. Peter schien ihn geschmückt zu haben, denn die elektrische Beleuchtung war reichlich schief angebracht und die Kugeln ungleichmäßig verteilt. Tina sagte nichts und widerstand der Versuchung, einzelne Kerzen gerade zu rücken. Darunter war die Krippe aufgebaut, und der Schwibbogen aus dem Erzgebirge warf seinen Schein nach draußen.

Jule stillte gerade die kleine Lucie, und Franzi hantierte in der Küche herum. Wie selbstverständlich schloss sich Tina ihr an und erledigte letzte Handgriffe. Die Luft war von weihnachtlichen Gerüchen erfüllt, und es herrschte diese besondere Stimmung, die es nur einmal im Jahr gab.

Gegen fünf deckten sie alle zusammen den Tisch. Tina schleppte ihre Salatschüssel ins Haus und vertrieb unablässig Ole, der unbedingt vorab kosten wollte. Sie würzte noch ein wenig nach und werkelte in ihrer früheren Küche herum, wie in alten Zeiten. Franzi warf in der Zwischenzeit die Wiener Würstchen in den Topf. So, wie es seit vielen Jahren in ihrer Familie Tradition war. Andere aßen Fisch, aber bei ihnen gab es seit Generationen das Gleiche. Später versammelten sie sich an der langen Tafel, mit Ausnahme von Lucie, die oben friedlich und satt in ihrer Wiege schlummerte. Tinas Kartoffelsalat wurde gelobt, und alle aßen mehr, als sie eigentlich vertrugen. Aber auch das gehörte zu Weihnachten. Mit dicken Bäuchen räumten sie den Tisch ab. Eine Weihnachts-CD wurde aufgelegt, und dann machte sich festliche Stimmung breit. Das Telefon klingelte, und Tinas Eltern meldeten sich aus den Bergen und schickten Weihnachtsgrüße ans Meer. »Bei uns schneit es unablässig«, berichtete ihre Mutter. »Wir wollen gleich zur Christmette und hoffen, wir kommen noch durch.«

Wehmütig sah Tina in den immer stärker werdenden Nieselregen vor dem Fenster. »Bei uns regnet es mal wieder.« Sie seufzte.

»Schön, dass ihr wenigstens Weihnachten zusammen verbringt«, meinte Marianne mit einem gewissen Unterton. Sie hatte die gesamte Trennung stets als Schwachsinn bezeichnet.

»Komm jetzt«, murmelte Vater Bernd am anderen Ende und entwand seiner Frau den Hörer. »Macht euch ein paar schöne Stunden, wir kämpfen uns jetzt durch den Schnee.«

Dann herrschte gespannte Stille. Die Kerzen brannten, die Pyramide auf dem Tisch drehte sich und wurde von Fine neugierig beäugt.

Alle warteten am geschmückten Baum auf das Eintreffen des Weihnachtsmannes. Fine wurde von Sekunde zu Sekunde ungeduldiger und wollte partout ihren Posten am Fenster nicht verlassen. Opa Peter musste mit Ausschau halten, und endlich klopfte es laut und vernehmlich an der Tür.

Der Weihnachtsmann, gespielt von Franzis Nachbar, betrat polternd das Haus. Alle Familienmitglieder mussten einzeln vortreten, ein Lied singen oder ein Gedicht vortragen. Besonders lustig gestaltete sich dies bei Jean, der sich in einer Mischung aus Englisch, Französisch und Deutsch bemühte, etwas einigermaßen Verständliches hervorzubringen. Dann bekam jeder ein Geschenk, und am Ende wurde zusammen ausgepackt.

Peter schien sich über seinen Bildband sehr zu freuen. Er hatte ihr ebenfalls ein Buch gekauft, es war antiquarisch und berichtete über die Bernsteinschmuckherstellung in alten Zeiten. Für Tina war es wie eine weitere versöhnliche Geste, er schien ihre neue Arbeit ein wenig mehr zu akzeptieren. Doch ihr fiel auf, dass er, je später es wurde, immer öfter nervös auf die Uhr schaute.

Aus dem Augenwinkel sah Tina den Lichtschein von zwei Scheinwerfern durch das Wohnzimmer huschen. Ein Auto fuhr auf den Hof. Gleich darauf klingelte es an der Tür. Alle sahen sich überrascht an, und Fine vermutete sogleich, der Weihnachtsmann hätte wohl noch ein Geschenk für sie vergessen.

Wie von der Tarantel gestochen sprang Peter auf und eilte in den Flur. Täuschte Tina sich, oder warfen Franzi und Ole sich einen verstohlenen Blick zu?

Gleich darauf hörte sie im Flur flüsternde Stimmen. Die Tür ging auf, und Peter betrat den Raum. Er war nicht allein, sondern hielt eine Frau an seiner Hand. Einen Moment war Tina verwirrt und fragte sich, was Ramona aus dem Supermarkt hier wollte. Sie war eine kleine, energische Person, rundlich und mit einem praktischen Kurzhaarschnitt. Heute trug sie jedoch ein dunkles Kleid und sah irgendwie verändert aus.

Dann räusperte Tinas Mann sich und begann zu sprechen. »Ja also, das ist Ramona, na ja, ihr kennt sie ja alle. Ich dachte, dass heute Abend der richtige Zeitpunkt wäre, um euch meine neue Lebensgefährtin vorzustellen.«

# 26. Kapitel

Die darauf folgende Stille war unbeschreiblich. Tina starrte geradeaus und wiederholte innerlich die wenigen Worte in Dauerschleife, um deren Sinn zu verstehen. Es wollte ihr nicht richtig gelingen, ihr Verstand sträubte sich einfach dagegen.

Jule sah genauso entgeistert aus und ließ das Geschenk, welches sie gerade auspackte, in ihren Schoß sinken. Jean blickte zwischen allen Beteiligten hin und her, er verstand vermutlich nur Bahnhof. Dann wanderte Tinas Blick zu Franzi, und sie erstarrte. Wenn sie nicht alles täuschte, waren ihre Tochter und deren Mann die Einzigen im Raum, die nicht überrascht von dem späten Besuch waren.

Fine rettete schließlich die unangenehme Situation, indem sie auf Ramona zu rannte. »Hast du auch noch ein Geschenk für mich?«

Und Ramona hatte natürlich eins, sie holte aus ihrer Tasche ein kleines Päckchen hervor und gab es der Kleinen. Ansonsten sah man der Frau das Unbehagen deutlich an. Krampfhaft klammerte sie sich an Peters Arm und vermied jeglichen Blick in Tinas Richtung.

Diese saß in ihrem Sessel und versuchte, einen einigermaßen normalen Gesichtsausdruck zu bewahren, obwohl ihr unendlich übel war. Ihre Gesichtsmuskeln waren schon ganz verkrampft, von dem Versuch, normal zu schauen. Ole erhob sich und murmelte irgendwas davon, eine rauchen zu wollen. Spontan sprang Tina auf und folgte ihm nach draußen. Ihre letzte Zigarette lag viele Jahre zurück, aber jetzt brauchte sie eine. Wobei ihr jedes Mittel recht gewesen wäre, nur um diesem Raum entfliehen zu können.

Gemeinsam quetschten sie sich unter das winzige Vordach. Ohne einen Kommentar hielt Ole ihr die Schachtel hin. Tina zündete sich mit zitternden Fingern eine Zigarette an und inhalierte den Rauch so tief, dass ihr fast die Luft wegblieb. »Ich wusste gar nicht, dass du rauchst«, nuschelte ihr Schwiegersohn unbeholfen. Sie warf ihm nur einen kurzen Seitenblick zu, der anscheinend genügte. Denn Ole verstummte auf der Stelle.

Aus dem Nieselregen war mittlerweile ein heftiger Schauer geworden. Pfützen bildeten sich auf dem Hof. Aus den Fenstern der Nachbarhäuser schimmerte warmer Lichtschein bis zu ihnen, doch Tina stierte vor sich hin.

Als die Zigarette aufgeraucht war, nahm Tina sich schweigend noch eine zweite. Die Haustür ging auf, und Franzi trat nach draußen. »Wir sollten dann mal gehen, Fine wird langsam müde, …«

»Hast du es gewusst?«, fragte Tina sie mit unterdrückter Wut in ihrer Stimme.

»Was meinst du, also ich weiß nicht recht …?«, stotterte ihre Tochter.

Sie sah ihr direkt in die Augen, so unangenehm lange, bis Franzi schließlich verschämt zu Boden blickte. »Ich frage dich, hast du es gewusst? Und du weißt genau, was ich meine«, zischte Tina. Ihre Finger umklammerten die Zigarette. Sie bemühte sich um Beherrschung.

Franzi zuckte die Schultern. »Nicht direkt, also ich meine, nicht konkret.«

Tina warf die Zigarette zu Boden, direkt vor die Haustür, und trat sie aus. »Du hättest mir etwas sagen können, mich zumindest vorwarnen. Dann wäre ich nämlich nicht gekommen.«

»Mama, wir haben es erst nur geahnt. Papa war ja kaum noch da, auch nachts nicht. Und dann haben wir ihn zufällig gesehen, also ihn und Ramona. Ich hab ihn gefragt, und er hat es uns erzählt. Immerhin lebt ihr getrennt, und du hattest ja auch eine neue Beziehung.« Franzi schwieg und sah Hilfe suchend Ole an.

Tina sagte kein Wort, öffnete die Tür und ging noch einmal kurz ins

Wohnzimmer. Der Raum war still wie ein Grab, die Atmosphäre zum Zerreißen gespannt. Mit der allergrößten Beherrschung verabschiedete sie sich von Jule und dem immer noch sichtlich verwirrten Jean. Ramona und Peter saßen nebeneinander auf der Couch. Sie hielt die Augen gesenkt und hatte ihre Hände fest zwischen die Knie geklemmt. Tina nahm Peter nur aus dem Augenwinkel wahr, er schien sie mit seinem Blick zu fixieren. Womöglich wollte er, dass sie etwas sagte, aber sie konnte nicht.

Tina verließ den Raum ohne ein weiteres Wort. Im Flur drückte sie Fine an sich und vergrub ihr Gesicht ganz kurz in deren duftendem Haar. »Oma hat dich lieb und wird dich immer lieben«, murmelte sie leise und verließ dann ohne ein weiteres Wort ihr ehemaliges Zuhause.

Draußen startete sie ihr Auto und trat heftig aufs Gaspedal. Der Motor heulte auf, und mit quietschenden Reifen verließ Tina das Grundstück. Sie wollte weg, einfach nur weg von hier.

Tränen liefen ihr über die Wangen und nahmen ihr die Sicht. Sie fuhr nicht weit. Gleich hinter dem Tourismusbüro parkte Tina ihr Auto mit letzter Kraft auf einem leeren Platz. Wenn sie jetzt weiterführe, würde sie am Ende noch einen Unfall bauen. Sie pfefferte die Autotür hinter sich zu und lief blind Richtung Strand. Regen strömte auf sie ein, sie spürte ihn kaum. In null Komma nichts war sie vollkommen durchweicht, und die Sachen klebten ihr am Körper.

Da war die kleine Holzbrücke, die über den Prerowstrom führte, und der beruhigend rauschende Darßwald zu beiden Seiten. Heute nahm sie nichts davon wahr. Wie eine Gehetzte stürzte sie Richtung Strand, nahm den kleinen Hügel, stapfte durch den tiefen Sand und erreichte schließlich atemlos den Dünenkamm. Das Meer war in der Dunkelheit nur zu erahnen. Links von ihr leuchteten friedlich die Lampen der Seebrücke, sonst waren da nur Stille, Schwärze und Regen. Und hier, mitten in den Dünen, fiel Tina auf die Knie und vergrub ihre Hände im weichen Sand. Sie wurde nass, sie wurde schmutzig – ihr war alles egal. Ein riesiger Kloß aus Trauer und Enttäuschung saß in ihrem Bauch. Er nahm ihr fast die Luft, und sie versuchte krampfhaft Sauerstoff in ihre Lungen zu bekommen. Und dann schrie sie. Sie schrie, so laut sie konnte, es würde sie sowieso niemand hören. Tina schrie sich die ganze Enttäuschung von der Seele, so lange, bis sie irgendwann erschöpft zusammensank.

Tage vergingen, sie zogen einfach an Tina vorbei. Den Laden bewältigte sie mit letzter Kraft und war oft so angeschlagen, dass Frau Knacke sie besorgt nach Hause schickte. Tina versank in Selbstmitleid, und es wurde täglich schlimmer.

Silvester verbrachte sie allein und vergrub sich in ihrer Wohnung. Sie ließ alle Jalousien herab und versteckte ihren Kopf unter einem Stapel Kissen, damit sie nur keine Rakete hörte. Während alle das neue Jahr begrüßten und voller Hoffnung neue Kalender aufhängten, ließ sie immer wieder die Ereignisse der letzten Monate Revue passieren. Sie verteufelte Marion, die ihr mit dieser verdammten Erbschaft den ganzen Schlamassel eingebrockt hatte; Daniel, der ihr diesen Schwachsinn über das Wünschen erzählt hatte und den sie zu lieben geglaubt hatte; Peter, der ihr nach Lucies Geburt klare Signale eines möglichen Neuanfangs geschickt hatte; und am Ende sich selbst, weil sie so dämlich gewesen war. Tina war bewusst, es stand ihr nicht zu, Peter zu verurteilen, sicher hatte sie ihn schwer enttäuscht. Aber die Art und Weise, wie er seine neue Beziehung offenbart hatte, war unendlich verletzend für sie gewesen.

Ihre Türklingel stellte sie ab, das Telefon zog sie aus der Dose, und ihr Handy ignorierte sie gleich ganz. Tina verging vor Sehnsucht nach Fine und Lucie, aber sie fürchtete, bei einem Besuch auf ihren Mann oder die andere zu treffen.

Mitte Januar wurde das Geschäft schließlich für zwei Wochen geschlossen. Tina hätte es am liebsten offen gelassen, doch Frau Knacke meinte, dass eh niemand kommen würde. Energisch hängte ihre Angestellte einen Zettel auf, der anzeigte, wann sie wieder öffnen würden, und meinte, es wäre an der Zeit, dass Tina sich mal wieder ein wenig um sich selbst kümmerte. Es war Saure-Gurken-Zeit, die erst mit Beginn der Winterferien enden würde. Den wenigen Strandwanderern stand nicht der Sinn nach Schmuckstücken. Nun war also auch noch hier eine große Leere entstanden.

An manchen Tagen versuchte Tina sich zu motivieren. Früh im Bett nahm sie sich vor, heute bei Jule anzurufen, und schaffte es dann doch nicht. Sie hielt den Hörer in der Hand und hatte nicht die nötige Kraft, die entsprechenden Tasten zu drücken.

Aber eines Tages, Tina kam von einem kurzen Sprung in den Zingster Supermarkt und schloss gerade die Haustür auf, da legte sich eine Hand auf ihre Schulter. »Wir dachten schon, wir erreichen dich überhaupt nicht mehr.« Erschrocken drehte sie sich um und erblickte hinter sich Anne, Klara und Jessi.

Anne betrachtete sie langsam von oben bis unten. »Tina, ich glaube, wir müssen mal Klartext reden. Denn du siehst ehrlich gesagt furchtbar aus.« Ohne dass sie etwas tun konnte, wurde ihr der Einkaufskorb aus der Hand genommen, und die Frauen drängten an Tina vorbei ins Haus. Ihr blieb nichts anderes übrig, als langsam den dreien zu folgen, die schon vor ihrer Wohnungstür warteten und ihr kurz entschlossen den Schlüssel aus der Hand nahmen.

Drinnen riss Klara als Erstes sämtliche Fenster auf und sorgte für einen mächtigen Durchzug. Anne musterte kopfschüttelnd den Aschenbecher. »Seit wann rauchst du denn? Solange ich hier lebe, habe ich dich noch nie mit einer Zigarette gesehen?« Der Aschenbecher wurde entleert und zum Einweichen in die Spüle gestellt.

Tina stand einfach hilflos herum und sah zu, wie Kaffee gekocht und der Tisch gedeckt wurde. Jessi zauberte ein Paket Kuchen aus ihrem Einkaufskorb, und dann wurde Tina energisch auf einen Stuhl gedrückt und ein Gedeck vor sie hingestellt. Mittlerweile war es im Raum empfindlich kalt geworden, doch erst nach weiteren fünf Minuten ließ sich Klara dazu herab, die Fenster wieder zu schließen. »Jetzt ist es besser, hier war ja eine Luft wie in einem Raubtierkäfig.«

»So und jetzt isst du erst mal richtig, du siehst ja aus wie eine wandelnde Leiche«, sagte Anne energisch. »Und keine Widerworte. In deinem Kühlschrank war außer Licht nichts drin.« Erst als Tina das zweite Stück Kuchen verspeist hatte, gaben die drei Ruhe. Wohlwollend nickte Klara den anderen zu, anscheinend hatten sie diese Aktion gemeinsam geplant.

Am Ende war es tatsächlich dieser überfallartige Besuch, der Tina wieder zurück ins Leben holte. Sie sah die anderen Frauen an und brach in Tränen aus. »Ihr habt ja recht, aber ich war einfach so ...« Ihr fehlten die Worte.

»Das wissen wir doch alles. Aber irgendwann muss das Leben weitergehen. Ich hab Jule neulich beim Spazierengehen getroffen, und sie hat mir alles erzählt. Also das, was am Weihnachtsabend passiert ist«, meinte Anne, nahm sich noch ein Plunderteilchen und kaute energisch. »Das war schon ein starkes Stück. Aber sich zu verkriechen ist keine Lösung. Frag mal Jessi! Wenn sich jemand mit so was auskennt, dann sie.«

Die blonde Frau pustete sich energisch eine Strähne aus der Stirn und versuchte vergebens, ihre üppigen Locken in einen Zopf zu zwingen. »Ha, wem sagst du das! Ich bin diejenige, die fünf Minuten vor dem Termin ihre Hochzeit mit Erik hat platzen lassen.« Tina erinnerte sich an das damalige Dorfthema Nummer eins. »Dann hab ich mich vergraben, bei Klara. Ich wollte einfach nicht mehr – schwanger, unverheiratet, und eine Ausreise mit meinem Beinahe-Ehemann nach Kanada stand an. Und zu allem Überfluss wollte ich mit einem Mann ins Ausland, den ich betrogen hatte, und mit einem Kind unter dem Herzen, von dem ich nicht mal wusste, ob es nun seines war. Glaub mir, wenn du einen Seitensprung mit eventuellen Folgen fünf Minuten vor dem Traualtar beichtest, ist die Katastrophe vorprogrammiert.« Jessi nahm einen Schluck Kaffee und fuhr dann fort. »Aber du kannst dich vergraben, solange du willst, deine Probleme warten draußen vor der Tür, die gehen nicht weg. Also haben Erik und ich uns zusammengerauft, was nicht immer einfach war.« Klara nickte und verdrehte die Augen. »Aber es wurde besser, jeden Tag ein wenig mehr. Denn wir beide waren aufeinander angewiesen. Und so fanden Erik und ich wieder zueinander, dort im fernen Kanada. Tja und dann wurde Timmy geboren – unser Sohn.«

»Wenn du den Kleinen siehst, wirst du verstehen, warum Erik keinen Vaterschaftstest mehr brauchte. Der Junge ist einfach Erik in einer etwas jüngeren Ausgabe«, warf Anne lachend dazwischen.

»Und voriges Jahr haben wir endlich geheiratet, nicht hier am Meer, sondern bei uns daheim, und nicht so pompös, wie ich es eigentlich gewollt hatte. Es war alles eine Nummer kleiner«, fuhr Jessi fort.

Klara stöhnte auf:, »Aber wirklich nur eine winzige Nummer kleiner. Ich sage nur: weiße Kutsche, dreistöckige Torte, zehnminütiges Feuerwerk, Sektempfang und so weiter. Wenn ich da an meine bescheidene Hochzeit denke, bekomme ich direkt ein schlechtes Gewissen.«

»Eure Hochzeit war wunderschön«, sagte Tina sogleich. »Ich denke noch oft an diese wunderbare Feier zurück.« Vor allem wie intakt ihr Leben damals noch war, fügte sie im Geist dazu.

»Was wir dir sagen wollen, so verfahren die Sache auch momentan aussieht, es geht immer irgendwie weiter.« Jessi lehnte sich zurück und verschränkte die Arme.

»Mit Peter vermutlich nicht, der ist ja mittlerweile in besten Händen«, meinte Tina sarkastisch und spürte schon wieder, wie sich die Tränen nach oben kämpften. Energisch schnäuzte sie ihre Nase.

Anne und Klara warfen sich einen kurzen Blick zu. »Ja, du hast recht, das mag sein. Aber es gibt auch noch andere Männer und vor allem wichtigere Dinge auf dieser Welt«, sagte Anne nachdrücklich.

»Ja, ganz bestimmt. Wobei ich im Moment nur nicht weiß was«, grummelte Tina.

»Freundschaft zum Beispiel.« Jessi lachte. »Ich bin das beste Beispiel dafür, dass auch durch die dicksten Regenwolken irgendwann ein Sonnenstrahl lugt. Aber wenn du deine Fenster verrammelst, wirst du ihn nie sehen.«

»Hm, vielleicht«, erwiderte Tina und schaute versonnen aus dem Fenster. Draußen nieselte es schon wieder, von einem Sonnenstrahl war nichts zu sehen.

Klara schlug mit der Faust auf den Tisch. »Tina, du hast zwei wundervolle Töchter, zwei traumhafte Enkelinnen, einen schönen Laden und uns. Was willst du mehr? Schluss jetzt mit Trübsal blasen! Morgen fahren wir alle zusammen nach Rostock, und was machen wir dort?« Erwartungsvoll schauten drei Augenpaare Tina an.

Die wurde immer verwirrter. »Keine Ahnung, uns die Stadt ansehen?«

Anne verdrehte die Augen. »Ja, das auch. Wir gehen shoppen, was gibt es Besseres für die weibliche Seele als eine kleine Shoppingtour mit deinen besten Freundinnen.«

»Also, es ist alles bereits geplant«, meinte Jessi. »Wir holen dich morgen ab und machen uns einen tollen Tag.«

Samstagabends sank Tina todmüde in ihre Badewanne. Mit letzter Kraft hatte sie die zahlreichen Tüten ins Schlafzimmer geschleppt und die Schuhe in die Ecke geschleudert. Früh um acht hatte Klara sie abgeholt und ließ keine von Tinas Ausreden wie Kopfschmerzen oder Übelkeit gelten. »Nichts da, du kommst mit«, meinte sie energisch, wickelte Tina einen Schal um den Hals und schob sie aus der Wohnung. Zusammen fuhren sie in Annes Pension, in der der Rest des Quartetts schon auf sie wartete. Dann ging es nach Rostock. In einem Parkhaus stellten sie ihren Wagen ab, und der Bummel durch die alten Gassen begann. Da waren Läden, die Tina noch nie in ihrem Leben wahrgenommen hatte und in die ihre Freundinnen sie gnadenlos schleiften. Jessi hatte einen guten Blick für Mode, die Tina ganz besonders gut stand. Bei einem Blick auf die Preisetiketten wurde ihr zwar heiß, aber dieser Tag war etwas Besonderes und würde einen neuen Abschnitt ihres Lebens einläuten.

In einer schmalen Straße blieb Tina schließlich vor dem Schaufenster einer kleinen Boutique stehen. Ein darin ausgestelltes Kleid zog ihre Blicke magisch an. Es war ein Abendkleid, kein alltägliches Kleidungsstück, sondern etwas ganz Besonderes. Und die Farben waren unbeschreiblich, noch nie hatte Tina etwas Ähnliches gesehen. Am Ende war es Klara, die ihren Arm ergriff und sie ins Geschäft zog. »Das Kleid auf der Puppe, das interessiert uns«, sagte sie zu der erwartungsvoll schauenden Verkäuferin.

»Ah, Sie meinen das grünliche! Einen Moment, ich hole es.«

Tina wurde in eine Umkleidekabine gesteckt und bekam das Kleid aus dem Schaufenster hineingereicht. Und erst da, vor dem Spiegel, sah sie, wie stressig die letzten Wochen gewesen sein mussten. Denn ihr passte eine Kleidergröße, die sie in den letzten Jahren nicht mehr für möglich gehalten hätte. Versonnen stand sie vor dem Spiegel und drehte sich leicht hin und her. Am Ende entschied sie sich für dieses grüne Kleid, welches in verschiedenen Farbnuancen schimmerte und ihre roten Haare perfekt unterstrich. Das Oberteil hatte einen ziemlich gewagten Ausschnitt, doch die Inhaberin des Ladens zeigte sich derart begeistert, dass Tina am Ende nicht anders konnte, als das Kleid zu kaufen. »Eine Frau muss zeigen, was sie hat, und vor allem, dass sie eine Frau ist. Trauen Sie sich doch mal was, und ich garantiere Ihnen, wann immer Sie das Kleid tragen, werden alle Blicke auf Ihnen ruhen.«

Als Tina sich in der Umkleidekabine noch einmal ganz allein betrachtete, fand sie, dass sie gut aussah. Nein, sogar mehr als gut, sie sah fantastisch aus. Sie war immer noch da, konnte Spaß haben, lachen. Gerade hatte ein neues Jahr begonnen, war nicht jetzt der perfekte Zeitpunkt für einen Neuanfang? Immerhin hatte sie darin ja mittlerweile genug Übung.

Die Enttäuschung von Weihnachten würde sie nicht kleinkriegen. Die Mädels hatten recht, sie hatte zwei Töchter und zwei Enkelinnen, einen schönen Laden, und sie hatte ihr Leben endlich selbst in der Hand. Sollte Peter doch mit seiner Ramona glücklich werden. Sie hatte sich auf eine Beziehung mit Daniel eingelassen, und Peter hatte sein Glück in der Zwischenzeit anderswo gesucht. Das Einzige, was Tina ihm wohl nie verzeihen würde, war, dass er dieses Geständnis ausgerechnet am Weihnachtsabend gemacht hatte.

Anschließend ging es durch Schuhgeschäfte und diverse andere Läden. So lange, bis Tinas Magen anfing zu knurren und Anne streikte. »Macht, was ihr wollt, ich muss jetzt was essen und mich hinsetzen, sonst werde ich ungemütlich.« Sie steuerte ein Restaurant an, und Tina folgte ihr auf dem Fuß. Es war ein typisch maritimes Rostocker Lokal mit Steuerrädern, Buddelschiffen und dicken Tauen, die sich um alte Balken wanden. Durch die kleinen Fenster fiel nur wenig Licht, und Tina brauchte einen kleinen Moment, um sich zu orientieren. Ein Ecktisch war frei, und sie quetschten sich zu viert auf die schmale Holzbank.

Tina entschied sich für eine gebratene Scholle mit Salzkartoffeln und Remouladensoße. Das Essen war ausgesprochen lecker. Irgendwann öffnete sich erneut die Tür, und zwei Männer betraten das Lokal. Tina sah nur kurz hin, erkannte dann aber zu ihrem Erstaunen Daniel, der sich mit einem Begleiter an den Tresen setzte. Beide orderten ein Bier und waren bald in ein Gespräch vertieft.

Täuschte sie sich, oder schlug ihr Herz ein wenig schneller? Tina hörte so sehr in sich hinein, dass es am Ende sogar Anne auffiel. Bewegungslos schwebten ihr Messer und ihre Gabel über dem Teller. »Also, das Essen ist wirklich lecker, aber ich glaube nicht, dass du deswegen so verklärt schaust«, sagte Anne und stieß sie mit dem Ellenbogen an. Dann folgte sie Tinas Blick. »Na sag mal, ist das nicht der Sänger von Ramos?«, zischte Anne den anderen zu. Schlagartig drehten sich alle drei Frauen um und sahen Daniel an.

»Ich würde es ja noch ein bisschen auffälliger machen«, sagte Tina und seufzte. »Ja, er ist es.«

»Na, und ist das nicht der Typ, mit dem du eine stürmische, ähm ..., was auch immer hattest?«, fragte Jessi und behielt die Bar fest im Blick.

»Ja, auch das ist richtig«, flüsterte Tina und schaute betont woandershin.

»Also ich muss sagen, jetzt finde ich ihn fast noch ein wenig attraktiver als auf der Bühne«, gab auch noch Klara ihren Senf dazu.

»Können wir bitte das Thema wechseln?«, fragte Tina genervt. »Ich möchte nicht über ihn reden. Und wäre es euch möglich, in eine andere Richtung zu schauen?«

Die drei verdrehten grinsend die Augen. Doch selbst Tina ertappte sich dabei, wie sie immer wieder Daniel musterte. »Na, wie auch immer, ich will unbedingt noch in diesen neuen Laden unten am Hafen«, sagte Jessi mit einem knappen Blick auf die anderen. »Zeit aufzubrechen.«

Anne, deren Füße anscheinend auch schon schmerzten, stöhnte leise auf. »Hätt ich das gewusst, so ein Stress!«

Die Frauen winkten dem Kellner, und Tina hoffte inständig, unentdeckt am Tresen vorbei nach draußen huschen zu können. Doch ausgerechnet in diesem Augenblick drehte Daniel sich um und sah ihr direkt in die Augen. Da war zuerst Überraschung und dann so etwas wie Freude. Tina blieb wie angewurzelt stehen. Da war es wieder, das leichte Flattern in ihrem Bauch.

»Tina, mein Gott, was machst du denn hier?« Sein Blick glitt über ihren Körper.

»Wir waren essen, also meine Freundinnen und ich.« Sie drehte sich um und wollte auf Jessi und den Rest verweisen, doch wie von Zauberhand waren alle verschwunden. Na prima, alle schon zur Tür raus, und sie stand als Letzte hier.

»Schön«, sagte er. »Das ist übrigens ein Kunde von mir. Wir sprechen über eine zukünftige Zusammenarbeit.« Tina nickte dem Mann knapp zu. »Und, geht es dir gut?«, erkundigte Daniel sich leise.

»Ja, danke, es ist alles in Ordnung.« Ihre Stimme drohte zu versagen. »Und bei dir?«

»Es geht wieder, war nicht so leicht in den letzten Wochen. Ich hab dich vermisst.« Seine Stimme klang rau, und seine Augen waren so dunkel, wie sie sie noch nie gesehen hatte.

Tina nickte, was sollte sie auch sagen. Noch einmal horchte sie in sich hinein. Das Flattern im Bauch ließ nach, ihr Herzschlag beruhigte sich. Sie mochte Daniel, aber da war einfach nicht mehr. Das begriff sie in diesem Augenblick endgültig. »Schön, dass es dir wieder besser geht. Ich muss jetzt los, meine Freundinnen warten auf mich.« Tina beugte sich ohne das kleinste Zögern vor und gab ihm einen leichten Kuss auf die Wange. Dann lief sie zum Ausgang und schloss die Tür hinter sich.

Draußen erwarteten sie neugierige Gesichter. »Und, alles in Ordnung?«

»Alles gut.« Sie lachte und hakte sich bei Anne ein. »Wollten wir nicht shoppen gehen?« Sie warf ihre Haare zurück. Dann bummelten sie weiter durch die Läden, bis sie am Ende die Tüten und Tütchen fast nicht mehr tragen konnten.

# 27. Kapitel

So spät schon. Tina warf einen Blick auf ihre Armbanduhr und hastete durch die Stralsunder Innenstadt. Laut klapperten ihre hochhackigen Schuhe auf den Pflastersteinen. Eigentlich hatte sie in Zingst schon eine Stunde eher losfahren wollen, doch dann war ein Ehepaar in ihren Laden gekommen und hatte sich einige ausgefallene Schmuckstücke zeigen lassen. Tina liebte es zu beraten, und die Zeit war wie im Flug vergangen. Der Ladentisch füllte und füllte sich, aber die beiden konnten sich einfach nicht entscheiden. Auch Frau Knacke hatte zu tun und konnte nicht einspringen. Auf dem Weg nach Stralsund hatte es zu allem Überfluss auch noch einen Unfall auf der Bundesstraße gegeben, und sie hatte mit unzähligen anderen Fahrzeugen im Stau gestanden. Es war mittlerweile August, Hochsaison, und die Straßen waren fast immer verstopft. Und nun war sie über eine Stunde zu spät bei ihrer Bank. Tina rüttelte an der Tür, doch vergeblich. Den Termin mit ihrem Finanzberater hatte sie also verpasst.

Sie blieb kurz stehen und versuchte wieder Luft zu bekommen. Der kleine Zwischenspurt war anstrengender gewesen als gedacht, und die ungewohnt hohen Schuhe, die sie heute zu ihrem Sommerkleid gewählt hatte, hatten ihr den Rest gegeben. Unauffällig betrachtete sie ihr Spiegelbild in der Glasscheibe. Sie sollte wirklich mehr Kleider tragen. Dieses stand ihr ausgesprochen gut. In den letzten Wochen hatte sich der Inhalt ihres Kleiderschrankes deutlich verändert. Mit Klara zusammen war sie ein paarmal bummeln gewesen. Es waren herrliche Nachmittage, die Tina ein wenig an die Stunden mit Marion erinnerten. Höhepunkt ihrer Typveränderung war der neue Haarschnitt gewesen. Schon länger hatte ihre Friseuse ihr immer wieder Vorschläge unterbreitet, und eines Tages hatte Tina dann zugestimmt. Ihre Haare waren nun kürzer und fielen in einem frechen Pagenschnitt glänzend bis zu ihrem Kinn. Alles in allem ging es ihr gut, eigentlich sogar sehr gut. Vergessen waren die Tage des Kummers. Tina schaute wieder voller Vorfreude nach vorn und genoss ihr neues Leben.

Da ertönte eine Stimme hinter ihr. »Frau Barge, schön, dass wir uns einmal wieder über den Weg laufen.« Überrascht drehte Tina sich um und sah Andreas Jäckel hinter sich stehen. Der Notar hatte eine schmale Aktentasche unter den Arm geklemmt und lächelte sie strahlend an. Eine Sonnenbrille thronte auf seinem Haar. Mit seiner hellen Hose und dem himmelblauen Hemd, welches am Kragen ein wenig offen stand, sah er ganz anders wie sonst aus. Irgendwie lockerer und nicht so amtsmäßig.

»Herr Jäckel«, sagte Tina überrascht und strich sich eine Haarsträhne aus dem Gesicht.

»Schon zu«, fragte er und deutete auf die verschlossene Glastür.

»Ja, leider«, meinte Tina. »Ich hatte einen Termin bei meinem Bankberater, aber da war dieser Stau und dann die Parkplatzsuche.«

Er winkte ab. »Kenn ich, momentan ist es wirklich schlimm.« Er deutete nach oben. »Kein Wunder, bei dem herrlichen Wetter, würde ich auch ans Meer wollen.« Dann sah er sie an und lächelte. »Also kann ich davon ausgehen, dass sie jetzt nichts vorhaben?«

Tina schaute auf ihre Uhr. Jetzt würde sie normalerweise in einem stickigen Bankbüro sitzen, und danach hatte sie noch einen kleinen Schaufensterbummel machen wollen. Frau Knacke würde den Laden für den Rest des Tages allein schmeißen. »Eigentlich nicht«, sagte sie und lächelte zurück.

»Hm, was halten Sie davon, wenn ich Sie auf einen Kaffee einlade? Gleich bei mir um die Ecke gibt es die besten Cupcakes von ganz Stralsund. Da verspreche ich wirklich nicht zu viel, Sie werden sehen. Na, was sagen Sie? Und bitte, sagen Sie nicht Nein! Sie würden mir damit den Tag retten, der war bis jetzt nämlich alles andere als optimal.« Bittend sah er sie an, und Tina konnte gar nicht anders, als seine Einladung anzunehmen.

Sie schlenderten zu einem etwas versteckten Café, welches in einem Hinterhof lag. Tina hätte den schmalen Durchgang zwischen all den Schaufenstern gar nicht wahrgenommen. Zahlreiche kleine Tische waren unter lauschigen Arkaden oder Sonnensegeln verteilt. Kein Stuhl passte zu dem anderen, es war ein buntes Sammelsurium von Möbelstücken. Die bunten Kissen auf den Sitzen sorgten für Gemütlichkeit. Es herrschte eine entspannte Atmosphäre, der Blick auf die mit Efeu zugewachsenen Häuserwände war wirklich einmalig, und es schien, als wäre man in ein kleines Zauberreich gekommen. In der Mitte des Hofes gab es einen Brunnen, der vor sich hinplätscherte. Überall standen Blumenschalen, Keramiken oder urige Holzfiguren. Windlichter sorgten am Abend für die entsprechend dezente Beleuchtung. Überrascht schaute sie sich um. Andreas Jäckel wählte einen Tisch in einer Ecke, direkt unter einem Fliederstrauch, und rückte Tina galant den Stuhl zurecht.

Die Kuchenkarte war die nächste Überraschung. Hier gab es Sorten, von denen sie noch nie gehört hatte. »Beim ersten Mal habe ich auch so geguckt. Aber glauben Sie mir, ich hab die Karte von oben nach unten getestet, und es schmeckt wirklich alles«, sagte der Notar angesichts ihres hilflosen Blickes.

Am Ende entschied Tina sich für einen Waldmeister-Erdbeer-Frischkäse-Cupcake, und Andreas Jäckel nahm dasselbe.

Dann beugte er sich über den Tisch, ein kleines Stück in ihre Richtung. »Und, wie ist es Ihnen ergangen? Was macht die Bernsteintruhe? Haben Sie Ihre Entscheidung bereut?« Dann zögerte er kurz. »Oje, das waren gleich drei Fragen auf einmal. Aber als Erstes möchte ich Ihnen sagen, dass Sie sehr gut aussehen. Der neue Haarschnitt steht Ihnen.«

Tina lachte die in ihre Wangen steigende Röte einfach weg. »Danke für das Kompliment, und ja, es geht mir gut, sogar sehr gut. Das Geschäft läuft prima, und ich habe meine Entscheidung nicht bereut. Also alles bestens, und wie geht es Ihnen?«

Der Notar holte tief Luft. »Arbeit, viel Arbeit, manchmal frage ich mich, wann ich das letzte Mal das Meer gesehen habe oder einfach mal so entspannt wie jetzt gerade einen Kaffee trinken konnte.« Die Kellnerin unterbrach ihn und kam mit einem voll beladenen Tablett an den Tisch. Kurze Zeit später probierte Tina ihren Cupcake und sah Andreas Jäckel überrascht an. »Oh mein Gott, dieser Geschmack ist unglaublich! Dieser Waldmeister, das ist, das ist ….« Sie suchte nach der passenden Beschreibung.

»… wie früher diese Waldmeisterlimonade in den kleinen Flaschen, die im Bauch so geprickelt hat.«

»Oder wie die Waldmeistergötterspeise, die meine Oma jeden Sommer gemacht hat«, erwiderte Tina lachend. »Und zwar eine Riesenschüssel voll.«

»Ja genau, oder wie die Waldmeisterbonbons, die es so selten gab und die man sich einteilen musste. Jeden Tag nur einen Bonbon.« Schmunzelnd setzte er noch einen drauf: »Ich muss schon sagen, wir beide haben die gleichen Kindheitserinnerungen.«

»Das sind so Sachen, die vergisst man nie. Umso dankbarer bin ich, jetzt hier mit Ihnen in diesem schönen Café sitzen und diesen Geschmack mal wieder spüren zu können.« Augenblicklich hätte sich Tina am liebsten auf die Zunge gebissen. Guter Gott, was sagte sie denn bloß!

Andreas Jäckel sah sie an und zwinkerte ihr zu. »Mir geht es genauso, und wie ich schon sagte, Sie retten mir den Tag.«

Die folgenden Stunden vergingen wie im Flug. Sie redeten miteinander, als würden sie sich schon viele Jahre kennen. Es war ein lockerleichtes Geplauder, und sie kamen von einem Thema zum nächsten. Nach dem Kaffee bestellte Andreas Jäckel für sie beide eine große Karaffe mit Saftschorle, die sommerlich frisch schmeckte. Sie tranken Glas um Glas und vergaßen die Zeit. Und irgendwann kam die Kellnerin herbei und entzündete das Windlicht, welches auf dem kleinen Tischchen stand. Erst da schaute Tina das erste Mal auf ihre Uhr. »Unglaublich, es ist gleich neun!«

»Na ja, wenn man so wunderbar plaudert, merkt man nicht, wie die Stunden verfliegen«, meinte Andreas Jäckel mit einem gewissen Bedauern in der Stimme.

»Für mich wird es Zeit. Ich muss morgen wieder um neun in meinem Laden stehen und hab ja noch ein Stück Weg vor mir«, sagte Tina und spürte, dass sie am liebsten sitzen geblieben wäre.

»Darf ich Sie noch zu Ihrem Auto bringen?« Ruhig schaute der Notar sie an.

Tina schüttelte leicht den Kopf. »Das müssen Sie nicht. Ich stehe gleich hier um die Ecke.«

»Und wenn ich es trotzdem gern möchte?« Da war etwas in seiner Stimme, was ihr Herz höherschlagen ließ.

Dann schlenderten sie durch die leeren Gassen. Ihre Hände baumelten lässig nebeneinander. Sie berührten sich nicht, und doch spürte sie seine Anwesenheit überdeutlich. Und dann waren sie doch so schrecklich schnell an Tinas Auto angekommen. Sie nestelte den Schlüssel aus ihrer Tasche und öffnete die Tür. Es wurde Zeit, Abschied zu nehmen. Im Schein einer flackernden Laterne standen sie sich gegenüber.

»Nun hätte ich eigentlich nur noch zwei Fragen an Sie«, flüsterte Andreas Jäckel. »Die erste wäre, ob wir nicht endlich Du zueinander sagen wollen? Und die zweite schieb ich gleich hinterher.« Er holte tief Luft. »Würdest du mit mir einen Ausflug ans Meer machen, vielleicht mit dem Fahrrad? Einfach so spontan irgendwohin radeln, und ein kleines Picknick machen. Allein kommt man sich immer so einsam vor.«

Tina musste nur eine winzige Sekunde überlegen. »Zweimal ja«, sagte sie ebenso leise zu ihm und lachte.

»Wirklich, na dann sage ich mal, nächstes Wochenende, einverstanden?« Fragend sah er sie an und ergriff ihre Hände.

»Ich muss erst mal in den Dienstplan schauen, aber ich melde mich bei dir – gleich morgen.«

»Prima, so machen wir es. Und ich suche das Ziel aus.«

»In Ordnung«, sagte Tina. »Aber nur, wenn ich den Picknickkorb bestücken darf.«

»Hm, da freue ich mich jetzt schon drauf. Na dann, komm gut heim, Tina! Und danke für den schönen Tag!« Er beugte sich vor und gab ihr einen leichten Kuss auf ihre Wange. Vollkommen unverbindlich, so wie gute Freunde sich zum Abschied küssen. Dann ließ er ihre Hände los und trat einen Schritt zurück.

»Ich melde mich bei dir.« Tina hob die Hand zum Gruß, stieg ein und ließ den Motor an. Bevor sie um die nächste Ecke bog, blickte sie noch einmal in die schmale Gasse zurück. Andreas stand immer noch unter der Laterne und schaute ihr winkend hinterher.

Tinas Herz klopfte, in ihrem Bauch war ein warmes, wohliges Gefühl – und die Erkenntnis, dass sie sich auf das kommende Wochenende freute, und zwar so sehr, dass sie die Uhr am liebsten ein Stück nach vorn gedreht hätte.

# 28. Kapitel

Aufgeregt sprang Tina durch ihre Wohnung. Es war gleich zehn, jeden Moment würde Andreas an ihrer Tür klingeln.

Unzählige Male hatte sie in den letzten Tagen über ihre Entscheidung nachgedacht, seine Einladung spontan anzunehmen. Doch sie konnte einfach nichts Verwerfliches daran finden, mit einem Mann einen schönen Tag am Meer verbringen zu wollen.

Es war ausgerechnet Franzi gewesen, die ihr jegliche Bedenken genommen hatte. Franzi, die, nach einer langen Zeit des Schweigens, irgendwann einfach vor ihrer Tür gestanden hatte und ihr ohne Worte um den Hals gefallen war, die geschluchzt hatte wie ein kleines Kind und sich dafür zu entschuldigen versuchte, dass sie Tina nichts von Ramona gesagt hatte. Tina verzieh ihr natürlich und nahm ihr Kind einfach in den Arm. Sie verstand den innerlichen Konflikt ihrer Tochter nur zu gut.

Franzi hatte sie offen angesehen und gefragt: »Geht es dir gut, Mama? Ich meine, fühlst du dich hier wohl, oder hast du manchmal noch Sehnsucht nach zu Hause?«

Tina schluckte und suchte nach den passenden Worten. »Natürlich hab ich manchmal Sehnsucht, es war ja lange Zeit mein kleines Reich. Doch jetzt hab ich mich hier eingerichtet. Ich bin glücklich in meiner neuen Wohnung. Und ich freue mich, dass Jule und Jean in unserem Haus wohnen, da ist es wenigstens in guten Händen.«

»Ich bewundere dich, das war bestimmt nicht einfach.« Franzi schwieg und sah in ihren Tee. »Mama, es tut mir leid, ich glaube, ich war sehr ungerecht zu dir. Das wird mir immer klarer. Wie du das alles geschafft hast, mit dem Laden und der Wohnung, und um die Zimmervermietung kümmerst du dich auch noch. Fine hast du ebenfalls nie vernachlässigt, obwohl ich das anfangs dachte. Und dann noch diese Geschichte mit dem Musiker.« Tina schaute überrascht, ihr war nicht bewusst gewesen, dass Franzi davon wusste. »Jule hat mir alles erzählt und mir gründlich den Kopf gewaschen. Weißt du, Papa und du, ihr wart für mich ein absolutes Dreamteam, meine ganze Kindheit hindurch. Was hab ich euch bewundert, als es bei Ole und mir die ersten Probleme gab. Wir hätten uns fast getrennt und haben nur gestritten, aber ihr ... ihr gehörtet so fest zusammen, und ich dachte immer, ihr schafft einfach alles. Ihr würdet immer zusammenbleiben, bis ihr ganz alt seid. Und dann kam diese blöde Erbschaft von Marion, und von einem Tag auf den anderen geriet mein Weltbild gründlich ins Wanken. Du schienst so egoistisch zu sein, ich hatte das Gefühl, du denkst nur noch an dich. Was für ein Quatsch! Ich hab einige Colliers in deinem Schaufenster gesehen. Sie sind einfach wunderschön. Vermutlich hast du jetzt wirklich endlich deine Aufgabe gefunden.«

Tina hatte einen dicken Kloß in ihrem Hals. Die Worte ihrer Ältesten berührten sie sehr. Ganz bestimmt war es Franzi nicht leichtgefallen, sie auszusprechen. Sie streckte ihre Hände aus und nahm Franzis Finger ganz fest in ihre.

Diese sagte leise: »Ich wollte dir noch sagen: Ich wünsche dir alles Glück der Welt, auch wenn es mit Papa nicht geklappt hat.«

In dem Moment wusste Tina, ihre spontane Zusage war genau richtig gewesen.

Und nun stand sie in ihrer Küche und inspizierte zum zehnten Mal den gepackten Picknickkorb. Es war alles vorhanden, doch sie musste ihre Aufregung irgendwie bekämpfen. Lange hatte sie vor dem Kleiderschrank gestanden und sich schließlich für eine legere Jeans und ein Shirt entschieden. Gestern Abend, als sie schon im Bett lag, hatte ihr Handy gepiept.

*Ich freue mich auf morgen.*

Ihr Herz hatte einen kleinen Hopser gemacht.

Zehn Minuten später spähte sie vorsichtig von ihrer Dachterrasse und sah Andreas, der gerade auf dem Parkplatz sein Fahrrad vom Auto hob. Er schnallte noch eine Decke auf den Gepäckträger und musterte dann suchend ihr Haus. Hastig sprang Tina einen Schritt zurück. Sie fühlte sich irgendwie ertappt. Gleich darauf klingelte es. »Hallo, ich komme runter«, rief Tina durch die Gegensprechanlage. Sie warf noch einen letzten Blick in den Spiegel. Ihre Wangen waren rot, ihr Atem ging schneller – doch sie sah gut aus und fühlte sich unglaublich weiblich.

Andreas wartete vor der Tür. Er trug ebenfalls Shirt und Jeans, es fehlte nicht viel, und sie wären im Partnerlook unterwegs gewesen. Seine Blicke glitten über ihr Gesicht. Spontan beugte Tina sich vor und gab ihm einen kleinen Kuss auf die Wange. Er lächelte, strahlte geradezu, und seine Augen leuchteten.

Gemeinsam holten sie ihr Fahrrad aus dem Keller und machten sich dann auf den Weg. Wie selbstverständlich schnallte Andreas den schweren Picknickkorb auf seinen Gepäckträger und gab Tina die Decke. »Mein Gott, was hast du denn alles eingepackt? Oder sollte ich eher fragen, wie lange wir bleiben wollen?«, meinte er grinsend.

Tina lachte. »Ich hab früher mit Marion immer Picknick am Strand gemacht, und bestimmte Dinge gehören für mich einfach dazu. Lass dich überraschen!«

Sie radelten auf dem Damm Richtung Prerow. Als sie die Stelle passierten, an der Tina Daniel Erste Hilfe geleistet hatte, musste sie einen Moment schmunzeln. Doch heute war Andreas an ihrer Seite. Dann ging es weiter durch den Ort, ihr Haus ließen sie links liegen. Wenn Tina genau hingeschaut hätte, wäre das Dach durch eine Lücke zu sehen gewesen. Am Ortsende bogen sie schließlich in den Darßwald ein und fuhren Richtung Weststrand. Es ging vorbei am Campingplatz, auf dem angesichts des schönen Wetters erste Bewohner eintrudelten und ihre Wohnwagen flottmachten. Die asphaltierte Straße wurde zum weichen

Waldweg. Die Luft roch frisch, nach Tannennadeln und Meeresbrise. Je weiter sie fuhren, umso weniger Menschen begegneten ihnen. An der Wegkreuzung, wo es geradeaus zum Leuchtturm Darßer Ort ging, hielten sie sich links. Und irgendwann bog Andreas auf einen schmalen Pfad ab, der fast unbemerkt durchs Heidekraut führte. Nicht mehr lange, und Tina hörte vor sich das Meer rauschen. Und dann standen sie auch schon oberhalb der Steilküste, die den Weststrand vom Land abschirmte. Die ganze Zeit hatten sie kaum ein Wort gesprochen. Nur anfangs hatte sich Andreas, der die Führung übernommen hatte, ein paarmal erkundigt, ob sein Tempo stimmte. Tina hatte genickt.

Andreas lehnte sein Fahrrad an einen Baum und stellte den Picknickkorb in den weichen Sand. Tinas Rad lehnte er dagegen und schloss beide mit einer Kette zusammen. Dann sah er sie an. »Nun müssen wir noch ein kleines Stück zu Fuß. Aber es ist nicht mehr weit.«

Zusammen liefen sie an der Steilküste entlang, bis sie an eine Stelle kamen, an der es etwas flacher war. Er nahm ihre Hand, und zusammen rutschten sie über den losen Sand nach unten. Einige Menschen waren am Wasser unterwegs, doch niemand nahm Notiz von ihnen.

Tina liebte den wilden Weststrand wegen seiner Natürlichkeit. Hier gab es keine Strandkörbe und keine Wasserwacht. Hier war man auch im Sommer einigermaßen unter sich. Hier konnte man nackt baden gehen und einen schönen Tag am Meer verbringen. Deswegen hatte sie Andreas' Vorschlag sofort zugestimmt.

Er steuerte eine sonnenbeschienene natürliche Bucht an, die von zwei umgestürzten Bäumen nach beiden Seiten begrenzt wurde. Hinter ihnen wand sich die Steilküste nach oben. Irgendjemand hatte aus herumliegenden Ästen so etwas wie ein kleines Schutzdach gebaut. Da hinein stellte Andreas den Picknickkorb und breitete gleich davor die Decke im warmen Sand aus. Das Meer war himmelblau, die Wellen plätscherten an Land, und Möwen ließen sich auf dem Wasser treiben.

Auffordernd klopfte er neben sich, und Tina setzte sich. »Ein schöner Platz.« Sie schloss die Augen und genoss den Sonnenschein. Sanft strich der Wind über ihr Gesicht.

»Ja, das finde ich auch. Jedes Jahr lasse ich mich überraschen, wie meine Bucht wohl diesmal aussieht, und eines Tages ist sie vielleicht ganz verschwunden. Da, dieser Baum ist erst letztes Jahr umgestürzt, von da oben runter.« Andreas deutete auf die Steilküste. »Bei einem Sturm ist Land abgebrochen, und er konnte sich nicht mehr halten. Nun liegt er hier, teilweise an Land und teilweise im Wasser. Ich finde es faszinierend, wie der Lauf des Lebens so ist. Alles hat seinen Plan, nur wir Menschen rütteln manchmal an den Dingen und wollen uns mit aller Macht gegen etwas wehren.«

Tina betrachtete eine Möwe, die langsam auf sie zugetrippelt kam und spielte mit den Fingern im Sand. »Ja, da hast du sicher recht. Es ist nicht immer einfach zu verstehen, was das Leben mit uns vorhat. Deswegen habe ich beschlossen, ich lasse die Dinge ab sofort auf mich zukommen. Nicht immer leicht, aber ich werde zunehmend besser.«

»Ein guter Plan.« Er lachte sie an. »Ich bin sicher, du wirst ihn gut umsetzen können.« Andreas seufzte und zog den Picknickkorb näher zu sich heran. »Aber jetzt bin ich neugierig und würde schrecklich gern einen kleinen Blick in deinen Korb werfen. Ich hab nämlich nicht gefrühstückt, weil ich so aufgeregt war. Gestern Abend war mein Magen wie zugeschnürt. Ich bin bei Verabredungen mittlerweile ein wenig aus der Übung.« Andreas' Ehrlichkeit war frappierend, doch irgendwie mochte Tina seine Art sehr.

»Ich hab auch nichts runterbekommen«, erwiderte sie und zwinkerte ihm zu. Gemeinsam packten sie die Schüsseln und Schüsselchen aus. »Ich hoffe, du magst Kartoffelsalat.«

Er lachte. »Ich liebe ihn. Oh Mann, du hast sogar Beefsteaks gemacht, die liebe ich ja noch mehr.«

Dann ließen sie es sich schmecken. Anschließend lagen sie auf der Decke, ganz nah nebeneinander, und sahen in den Himmel. Sie redeten lange und über alles, was ihnen so in den Sinn kam. Die anderen Menschen, die an ihnen vorbeiliefen, nahmen sie gar nicht wahr. Andreas erzählte von seiner gescheiterten Beziehung und dass er lange gebraucht hatte, um den Schmerz zu verarbeiten. Und auch Tina sprach über ihre Trennung und den Neuanfang. Sogar von der kurzen Affäre mit Daniel erzählte sie und merkte, dass Andreas ihr aufmerksam zuhörte.

Später, als die Sonne schon langsam versank, machten sie sich auf den Heimweg. Sie fuhren in gemächlichem Tempo, als würden sie den Moment des Abschieds noch hinauszögern wollen. Die Stunden waren wie im Flug vergangen.

Viel zu schnell hatten sie den Darßwald hinter sich gelassen und erreichten den Deichweg, der nach Zingst führte. Und da tauchte auch schon Tinas Zuhause auf. Andreas brachte noch ihr Fahrrad in den Keller, und dann standen sie sich schweigend gegenüber. Es war dunkel, nur der Lichtschein einer entfernt stehenden Laterne erhellte den Platz. Andreas' Gesicht war nicht zu sehen, Tina spürte nur seinen Atem, der schneller ging als sonst.

»Ich danke dir für diesen Tag am Meer«, sagte er schließlich leise. »Und ich würde mich freuen, wenn wir uns wiedersehen.«

»Ich mich auch«, flüsterte Tina mit heiserer Stimme, »sehr sogar.«

»Lassen wir die Dinge sich einfach entwickeln, ganz in ihrem eigenen Tempo. Was sagst du dazu?«

Sie nickte. »Ja, lassen wir uns Zeit, denn wir haben keine Eile.«

# Epilog

Die Glocken der Prerower Kirche läuteten und sandten ihren feierlichen Ton über die Ortschaft am Meer. Sanft rauschten die hohen Bäume im Sommerwind. Durch ihr dichtes Blätterdach fielen einzelne Strahlen auf den Boden, Staubkringel tanzten darin. Es war Sonntag, und der Vorplatz der Kirche war voller Menschen. Da waren viele bekannte Gesichter, und alle warteten auf den besonderen Moment – die Ankunft der Braut. Und endlich kam die blumengeschmückte Limousine die Straße entlanggefahren und glitt langsam durch das Menschenspalier. Als Erstes stiegen die Brautjungfern aus, alle in fliederfarbenen Kleidern mit passenden Blumenkränzen auf den Köpfen. Dann kam die Braut selbst, ihr weißes Kleid leuchtete im Sonnenschein. Ein leises Raunen ging durch die Menge.

Der Bräutigam wartete bereits ungeduldig im dunklen Anzug an der kleinen Mauer, die Kirche und Friedhof umgab. Endlich war alles gerichtet, und der zarte Stoff des Schleiers wehte in einer sommerlichen Brise. Langsam schritt die Braut auf ihren zukünftigen Mann zu. Ein kleines Mädchen löste sich aus der Menge und rannte in Windeseile auf die Frau im Hochzeitskleid zu. Mit beiden Armen umfing sie, so fest sie konnte, ihre Mutter. »Mama, Mama!«, rief das Kind und brachte damit die umstehenden Gäste zum Schmunzeln.

Die Braut sah wunderschön aus. Die blonden Haare waren hochgesteckt und wurden von einem zarten silbernen Band um die Stirn gehalten. Kleine und große Bernsteine waren darin eingearbeitet. Um den

Hals trug die Frau eine schlichte Kette, an der ein einzelner großer, ganz besonders schimmernder Bernstein hing.

Strahlend nahm der Bräutigam seine Braut in Empfang, und gemeinsam liefen sie auf die alte Kirche zu. Nach der Begrüßung durch den Pfarrer ging es in das Gotteshaus, und alle Gäste reihten sich hinter den Hauptakteuren ein.

Ganz fest hielt Andreas Tinas Hand. Angesichts ihrer jüngsten Tochter im Brautkleid konnte diese ihre Rührung nur schlecht zurückhalten. »Sie sieht wunderschön aus«, flüsterte sie mit erstickter Stimme leise in sein Ohr.

»Da hast du recht, und dein Schmuck passt hervorragend dazu, toll gemacht«, stimmte er ihr zu und küsste sie leicht auf die Wange. »Die Schönheit muss deine Tochter übrigens von dir haben, denn du siehst heute wieder unglaublich aus.« Als Andreas sie am Morgen das erste Mal in ihrem grünen Kleid gesehen hatte, war ihm der Atem gestockt. Bewundernd waren seine Blicke über ihren Körper gewandert.

Tina konnte ihr Glück kaum fassen. Beruflich hätte es gar nicht besser laufen können. Tinas Laden ging gut, sogar sehr gut, und sie war jeden Tag aufs Neue dankbar dafür, diese Chance durch Marion bekommen zu haben. Frau Knacke war immer noch an ihrer Seite und lenkte das Geschäft in ihrer Abwesenheit mit viel Umsicht. Beide vertrauten sich blind und waren fast so etwas wie Freundinnen geworden. Tina hatte eine eigene Brautschmucklinie entwickelt und war damit auf eine echte Marktlücke gestoßen. Teilweise musste sie Aufträge sogar ablehnen, so viel war zu tun. Immer wenn sie an ihrem Arbeitsplatz saß und aus dem Fenster schaute, ging ihr das Herz auf.

Die Zimmervermietung wurde inzwischen vollständig von Jule geführt. Tina hatte sich, genau wie Peter, aus dem Geschäft zurückgezogen und war glücklich, dass ihr Lebenswerk weiter in der Familie blieb. Jule blühte in dieser neuen Aufgabe förmlich auf und brachte viele neue Ideen ins Unternehmen. Jean pendelte zwar immer noch zwischen Hamburg und Prerow, aber auch da würde sich irgendwann eine Lösung ergeben.

Endlich hatten alle ihre Plätze eingenommen. Ein unterdrücktes Raunen und Husten setzte ein, bis endlich die kraftvollen Töne der Orgel die Kirche erfüllten. Tina trafen sie bis ins Herz, und noch ehe der Pfarrer den ersten Ton gesprochen hatte, rannen ihr schon Tränen der Rührung über die Wangen. Hastig tastete sie nach ihrem Taschentuch. Andreas räusperte sich und hielt ihr lächelnd seines hin.

Ihr Kind sah glücklich aus, wie es dort vorn auf dem blumengeschmückten Stuhl saß. Jule strahlte Jean an, und dieser lachte zurück. Und auch Franzi hatte sich mit ihrem Mann wieder mal zusammengerauft. Beide saßen auf der Kirchenbank neben ihnen und hielten sich an den Händen. Hochzeiten hatten zum Glück ihren ganz eigenen Zauber.

Dann erhob sich die Gemeinde, und das Ehegelübde wurde gesprochen. Mit zitternden Fingern streifte sich das Brautpaar die Ringe über die Finger. Jean nahm seine Frau zärtlich in den Arm und küsste sie so lange, dass aus den hinteren Reihen schließlich Beifall aufbrandete.

Und in diesem Augenblick sah Tina wie zufällig zu Peter, dessen Blick auf ihr ruhte. Er lächelte sie an, und sie lachte zurück. Zwischen ihnen beiden war alles geklärt. Er hatte sein Glück gefunden und sie ihres. Selbst mit Ramona verstand sie sich mittlerweile einigermaßen. Eines Tages hatte sich Tina einfach an ihrer Kasse angestellt und versucht, ein normales Gespräch mit ihr zu führen. Sie würden wohl nie Freundinnen werden, aber das war auch gar nicht nötig. Peter arbeitete mittlerweile als selbstständiger Handwerker und wohnte in Ramonas Haus.

Lange waren Tina und Peter eng verbunden gewesen und hatten sich doch irgendwann gegenseitig verloren. Nun hatte jeder von ihnen seinen eigenen Weg zum Glück gefunden.

Unter den dröhnenden Klängen der Orgel verließen die Gäste wenig später die Kirche. Alle bildeten draußen ein Spalier, welches das Brautpaar durchschreiten musste.

Gerührt nahm Tina ihre jüngste Tochter in den Arm und drückte anschließend auch Jean an sich. »Mach sie glücklich, bitte«, flüsterte sie in sein Ohr, und er nickte.

Während die Frischverheirateten die zahlreichen Gratulationen entgegennahmen, ergriff Tina Andreas' Hand und zog ihn mit sich. Sie steuerte ein Grab an, welches ein wenig abseits von den anderen lag und von der Sonne beschienen wurde. Lange standen sie Arm in Arm vor Marions letzter Ruhestätte. Und wieder einmal dankte Tina ihrer Freundin, die besser als sie selbst gewusst hatte, wie sie erneut zu sich selbst und zum Glück finden konnte.

# Nachwort

Auch in diesem Buch möchte ich wieder Danke sagen.

Ich danke meinem Mann, der mir immer so wunderbar den Rücken freihält und mein kritischster Testleser ist. Ich danke meiner Tochter und meiner Enkelin, für wunderbare, inspirierende Tage am Meer. Ich danke Frau S. Schmidt, in deren zauberhafter Ferienwohnung in Schausende ich traumhafte Tage verbringen und mein Manuskript vollenden durfte. Ich danke meinen Bloggern, deren Arbeit und Meinung für mich unendlich wichtig ist – was wäre ich ohne euch? Ein besonderer Dank gilt meiner Lektorin Caroline Funke und Herrn Raum-Deinzer, die meinem Buch den perfekten Schliff verpasst haben.

Und ich danke euch, meinen lieben Leserinnen und Lesern, für das Lesen meines Buches, für eure Treue und die unglaublich mutmachenden Zuschriften. Danke für eure Meinungen, nur so kann ich mich weiterentwickeln. Schreibt mir auch weiterhin, ich freue mich über jeden Brief. Und vielleicht möchtet ihr mir eine Rezension hinterlassen, dass ist der größte Lohn für meine Arbeit.

Wie immer in meinen Büchern gilt: Nicht jede Straße, nicht jedes Haus ist dort zu finden, wo ich es beschrieben habe. Das ist die künstlerische Freiheit, die einer Autorin zusteht.

www.evelyn-kuehne.de

Bisher erschienen von mir folgende Bücher:
Viertel Kraft voraus

Neuanfang auf Italienisch

Dünengeflüster

Dünenzauber

Die kühne Marie – ein Kinderbuch zugunsten krebskranker Kinder